卷
六

梅娘文集

1942; 2000

【译文卷】卷一

2004 年 9 月摄于日本东京

1984 年
摄于北京农影小区家中

2004 年 9 月 9 日
在日本东京庆应大学演讲,
题目为《我与日本文学》

梅娘 1942 年译
石川达三著的《母系家族》

1942 年 8 月 19 日
梅娘译日本丹羽文雄的《母之青春》,插图之一
原刊北京《民众报》

2004 年 9 月

梅娘应邀访问日本

右起：釜屋修（驹泽大学教授），

梅娘，野原敏江（现为日本东京都立大学汉语讲师），

桥本雄一（东京外国语大学教授）

2004 年 9 月 9 日

梅娘应邀在庆应大学演讲，题目为《我与日本文学》

左起：主持人杉野野元子（庆应大学教授）

翻译野原敏江，翻译大久保明男（首都大学东京教授）

2004 年 9 月

在箱根刘老庄温泉。梅娘与釜屋修对谈，忘记了时间。

左侧为桥本雄一。

梅娘："对我来说，那次相逢真的是百感交集，欲说还休。是釜屋的细心安排，使我重温了在日本生活过的，无不温馨的琐琐细细。"

——梅娘《真情不泯》

1993 年 7 月

梅娘在家里接待日本学者釜屋修。右下为梅娘翻译的釜屋修的著作《玉米地里的作家》

北岳文艺出版社出版，2000 年 11 月

2001 年

梅娘在中国现代文学馆的

赵树理照片前

1982 年
金子二郎（关西日中友好协会会长）在北京饭店与梅娘会面
前排右起：梅娘，金子二郎的妻子，金子二郎、梅娘外孙女柳如眉，
后排右起：柳青，王芝瑜，金子的女儿

1987 年春摄于北京

2002年摄于北京农影小区住所

主编例言 《梅娘文集》第 6 卷

梅娘（1916-2013），原名孙嘉瑞。吉林长春人。从 1936 年 5 月 20 日在长春发表散文《花弄影》，到 2013 年的随笔《企盼、渴望》在北京面世，她执笔为文近 80 载，是中国现代文学史上屈指可数的"长时段作家"。

梅娘的创作生涯大体上分为隔断清晰的五个时段。

第一个时段，1936 年至 1945 年，20 至 29 岁，大约十年。曾短期在长春、北京的报社、杂志任职，基本上专职写作，以小说家名世。出版有新文学作品集四种，还有大量的儿童读物单行本。署名玲玲、孙敏子、敏子、芳子、莲江（存疑）、梅娘等。与内地（山海关以南）相比，新文学在东北的发生滞后。1936 年梅娘在长春益智书店出版的《小姐集》，很可能是苦寒北地的第一部个人的新文学作品集，标志着五四开启的现代女性新文学写作，在正处于水深火热之中的东北落地、开花。

第二个时段，1950 年至 1957 年 8 月，34 至 41 岁，八年。先后入职北京的中学、农业部农业电影社。使用梅琳、孙翔、高翎、刘遐、瑞芝、柳霞儿、云凤、落霞、王崇、白芷等笔名，在上海、香港发表了数量可观的作品。为北京、上海、辽宁等地的美术出版社编写了大量中外文学名著连环画的文字脚本。出版有通俗故事单行本。

第三个时段，1958 年秋至 1960 年冬，42 至 45 岁，接近三年。在北京北苑农场期间，被选入由劳改人员组成的翻译小组，承担日文翻译，也参与其他语种译文的文字润色工作。匿名。

第四个时段，1979 年 6 月至 1986 年，63 至 70 岁，大约八年。恢复公职后，在香港以及上海、北京等地发表随笔和译文，出版有译著。署用柳青娘以及本名。

第五个时段，1987 年至 2013 年，71 至 96 岁，大约二十七年。开始启用笔名梅娘。以散文写作和翻译为主。出书十五种。

其中，第一、第二和第五这三个时段最为重要，也均与张爱玲有着不解之缘。

在第一个时段，梅娘以其丰厚的创作实绩，成为北方沦陷区代表女作家，当年新文学圈内曾有"北张南梅"（欧阳文彬语）之说。[①] 诗人、杂文家邵燕祥 (1933-2020) 回忆他在北京沦陷期

---

① 欧阳文彬：《孙嘉瑞的现实材料 (1955 年 9 月 5 日)》。

阅读《夜合花开》的感受时说，"我从而知道有一种花朝开夜合，夜合花开，寓意是天亮了。她的小说好读的，不难读。说是'南张北梅'，南张（爱玲）我当时没读过，但是梅娘我从小就知道。"① 而上海沦陷区作家徐淐（1916-2006）在1950年代初的表述是："在敌伪时期北京有个叫梅娘的女作家，同上海的张爱玲齐称"。② 1945年5月30日，有一则《文化消息》披露，南北正在竞相盗版对方的畅销书："南方女作家张爱玲的《流言》、苏青的《涛》，均在京翻印中。同时华中亦去人翻北方女作家梅娘之《蟹》。此可谓之南北文化'交''流'"。③ 这或可充作沦陷期的一个间接证据。还有另一个。南京在一个月前出版了《战时文学选集》，收小说十篇，作者除王予（徐淐）和北京的曹原影响略小外，均是南北文坛的一时之选。女性仅两篇：张爱玲的《倾城之恋》，梅娘，《侏儒》。④

　　在第二个时段，即共和国建政初期，梅娘在上海、香港发表了一大批小说、散文。这些作品长期以来鲜为人知，而时任

① 邵燕祥：《一万句顶一句：邵燕祥序跋集》，北京十月文艺出版社，2016。第316-317页。
② 见《抄于新民报·唐云旌交代的社会关系（1956年1月7日）》。
③ 引文中的"华中"，即今华东。"去人"，疑"有人"之笔误。
④ 《战时文学选集》，中央电讯社编印，1945年4月。该书收入了张爱铃、张金寿、爵青、梅娘、萧艾、曹原、王予、袁犀、山丁、毕基初十位作家的作品。书前有穆穆（穆中南）的《记在前面》。

上海新民报社负责人的欧阳文彬，见证了梅娘与张爱玲在"亦报场域"同台为文。前者发文超过 430 次，后者 400 次。两人旗鼓相当。

在第五个时段，梅娘怀人纪事文的数量颇为可观。对于沦陷期是否有过"南玲北梅"说的问题，有文章加以探讨或质疑，①最后争论溢出了通常意义上的史实考证，返回到我们应当如何评价沦陷区文学的原点。同时，也引出如何解读作家自述作品的接受美学问题。②对于梅娘重新发表旧作时所做的修改，有的研究做了认真的实证分析，也有的"上纲上线"一笔了之。③所有这些讨论或商榷，均有助于梅娘乃至沦陷区文学研究的深化。

梅娘在以上各个阶段都笔耕不辍，然而由于各种各样的原因，有相当数量的作品从未结集出版。有鉴于此，编纂梅娘的全集，便提上了议程。④

---

① 最早质疑"南玲北梅"说的，可能是我的《华北沦陷区文学研究中的史实辨证问题》（《中国现代文学研究丛刊》1998 年 1 期）。

② 参见张泉：《关于"自述"以及自述的阅读》，《芳草地》2013 年 1 期。

③ 参见张泉：《构建沦陷区文学记忆的方法——以女作家梅娘的当代境遇为中心》，《山东社会科学》2013 年 10 期。

④ 详情见张泉：《东北首部个人新文学作品集〈小姐集〉的发现——从寻访梅娘佚文的通信看文化场人情世态》，《燕山论丛 2022》，燕山大学出版社，2022。以及《梅娘文集》附录卷《梅娘的生平与创作——年表·叙论·资料》中的梅娘叙论《二十世纪"长时段作家"梅娘及其全集的编纂》。

004
005

这版《梅娘文集》分为 9 卷。第 1、2、3 卷为小说卷，书名分别为《梅娘文集·第 1 卷 / 小说卷·卷一（1936-1942）》《梅娘文集·第 2 卷 / 小说卷·卷二（1942-1945）》《梅娘文集·第 3 卷 / 小说卷·卷三（1952-1954）》。第 4、5 卷，散文卷，书名，《梅娘文集·第 4 卷 / 散文卷·卷一（1936-1957）》《梅娘文集·第 5 卷 / 散文卷·卷二（1978-2013）》。第 6、7 卷，译文卷，书名，《梅娘文集·第 6 卷 / 译文卷·卷一（1942；2000）》《梅娘文集·第 7 卷 / 译文卷·卷二（1936-2005）》。第 8 卷，书名，《梅娘文集·第 8 卷 / 诗歌·剧本·儿童文学·连环画及未刊稿卷（1936-2000）》。第 9 卷，书名《梅娘文集·第 9 卷 / 书信卷（1942-2012）》。另有附录卷，书名为《梅娘的生平与创作——年表·叙论·资料》。

本卷为 9 卷本《梅娘文集》的第 6 卷《译文卷·卷一》。

收入了 1942 年连载的中篇小说两部。《母之青春》以一个出走在外的母亲和一个抱养的女儿的曲折经历为主线，描写儿女不同的心性和情爱。作者丹羽文雄 (1904-2005)，日本"风俗小说"代表作家。战后，丹羽文雄曾担任日本文艺家协会会长。《母系家族》以一座收容失去生活来源的母亲的公益公寓为舞台，展开了各类女人在恋爱、婚姻、家庭纠葛中的众生相。作者石川达三 (1905-1985)，早稻田大学肄业。曾因其报告文学《活着的士兵》（1938）被日本军部判处有期徒刑四个月，缓期三年执行，是在扩大侵华战争的七七事变之后，遭受日本刑罚的第一位知名作家。

　　釜屋修的『中国の栄光と悲惨―評伝・趙樹理』（玉川大学出版部，1979），直译为《中国的光荣与悲惨——赵树理评传》。在翻译这本书的过程中，梅娘满怀着思念故人之情。征得原作者的同意，译者把书名改作《玉米地里的作家——赵树理评传》。釜屋修的单篇论文《伊藤永之介与赵树理——两个农民作家》附在了译著之后。

　　需要说明的是，还有一部译者署名为梅娘的长篇小说《白兰之歌》，在《大同报》上连载了147回（1939年11月28日-1941年1月23日）。这次因故未能收入。原作者久米正雄（1891-1952）为通俗小说作家、剧作家。

张　泉

于京东北平里

2022 年 9 月 25 日

2023 年 4 月 11 日改定

目录
Contents

主编例言 001

1942

母之青春 001
丹羽文雄介绍
母系家族 081
石川达三氏小介绍

2000

玉米地里的作家——赵树理评传 317

序 董大中 317
谨致中国读者 321
第一章 光荣的崛起与悲惨的辞世 322
第二章 山西省沁水县 330
第三章 流浪中的向往 340
第四章 进入斗争的漩涡 345
第五章 哄笑声声 352
第六章 还我做人的权利 362
第七章 在苦恼的低谷中 369
第八章 再次投身农民 379
第九章 变革中的农民 393
第十章 为农民读者 406
第十一章 赵树理文学的位置 416
后记 422
附录：伊藤永之介与赵树理 424

鸣谢 434

母之青春

[日] 丹羽文雄原著

梅娘译

初刊北京《民众报》连载
1942 年 8 月 1 日—9 月 7 日

丹羽文雄介绍

　　被称为日本风俗文学家的丹羽文雄氏，作品的气息一向浸润在男女的爱欲间而追求社会的伦理问题的洪流里，作品的每一篇的女主角非妻即母，而总又不是大家公认的那样贤良的妻和母。本篇五万字左右的短篇也是如此，以一个出走的母亲和一个抱养女儿为根干，写出来儿女不同的心，和儿女间不同的爱情。故事是相当曲折的。

　　目前，在日本蓬勃的新作家群里，丹羽依旧保持着从处女作《茶花的记忆》以来的声誉，当然有他吸引读众的特色，这特色在日本，有人认为是"和爱欲的搏斗性。"这也许由于丹羽氏一直在模仿着法国的一代大文豪巴尔扎克的缘故吧！但在本篇中，这特色却并不浓重，据说这是丹羽在转向以前的最末一篇关于男女问题的创作，大东亚战争开始以来，丹羽氏和其他的名作家一样，趋向了历史文学，抛开了一向以男女问题为主的爱欲故事，为国家而执笔，为国家而创作着。

舞台上，短剧终场的音乐开始了，在上场门照明台上的敏子，谨慎地转动着手中的照明灯柄，脸上红呀蓝呀的光线遮盖着二十二岁女子那丰满的脸颊，额上薄薄地渗出了汗珠。

地方是有乐角中的戏院，座位坐满了之外，站着的观客还很多，高高的天井里泛滥着音乐的响音，晃动着灯光的彩色。可是，一进到事务室中来，却像在另一个世界里一样的安静。纪代子正在计算卖出去的票款，穿着恰合身材的制服，白的手指在拨动着算盘珠。这时，场内照座的少女探进头来。

"有招人的，劳驾。"

"已经完了吗？"

"是的，就完了。"

"就一位吗？"

"是的。"

"知道啦。"

少女退去了，纪代子旋开了无线电的开关。终场的音乐已经到了最高的一段，听着，纪代子走到麦克风前坐下。

接着幕闭了，观客席上的灯亮起来，人们开始晃动着。照明台中的敏子擦着额上的汗，听见场中的播音器响了起来，说着：

"诸位，东洋信托公司的仓田义信先生，东洋信托公司的仓田义信先生，有人找，请到正面入口来。"

　　敏子突然一惊，立刻把脸转向观客席中去，但在像河底积石一样的观客的许多脸之间，极目力也没有找到仓田义信的所在。匆匆地披好了上衣，敏子走到席子上来，慌忙地跨下了楼梯正面的门口去。

　　慌忙地跨着楼梯中的摇动的身体里，胸高度地悸动着。突然，敏子止住了脚步。

　　场内照座的少女伴着仓田义信走向正面的出口，等待着。敏子缩回了自己的头，藏在柱影里，悄悄地遥望着那仓田家的兄妹，胸讨厌地悸动着。

　　"吓我一跳，我以为是谁呢。这不是招摇吗？"

　　"唔！可是，不也替您做了一个很好的宣传吗？"

　　"淘气，想见我，大大方方地到里边去多好……"

　　"唔！今儿我不嘛。哥哥立刻和我一块出去吧！"

　　"为什么？有事吗？"

　　"您猜猜。"

　　"讨厌的小东西，快告诉我。姨要来？"

　　"姨要来！"

　　"姨母吗？大阪来的？"

　　"嗳。"

　　"什么时候？"

"明天晚上。"

"嗳！"

"如何？高兴吧！那么哥哥和我一块去买点什么吧！"

"不过，不是明天吗？"这之间，开幕的铃响了起来。

"我还得看下一场去，待会儿在那儿见吧！"

"好大派头！"

"五点钟的时候，银座的丽园吃茶店吧。"

义信回到观客席中去，咲子看着哥哥的后影，鼓起腮帮子旋回来身子，预备回去。

"喂，妹妹！"敏子招呼着。

立刻转回身子来到的咲子的脸上，溜上来惊异的表情。

"敏姐姐吗？"

别离了二年的骨肉相逢，咲子抑压着分别了二年的心中的感情，睁大着眼睛。敏子冲开了重逢的欣喜，先说着：

"好久没见了，妹妹真长大了！哥哥呢？"

"您看见我们了吗？"

"听见扩大音器的招呼后，我藏在柱子后面，看你们来着。"

"您不出来呢！"

"怕哥哥说。"

"没那回事，都惦记着您呢！嗳，敏姐姐，您现在在哪儿呀？"

"还得暂守秘密，等以后悄悄地告诉给你。"

"一定？"

"特意找哥哥出来为什么呢？"

"噢，大阪的姨妈到离别了四个月的东京来，明天晚上来呢。"

"姨母吗？"敏子的脸上掠过了暗影，但……咲子完全是孩子气。

"敏姐姐也回家来吧。嗳，两年后的不意相逢，多么不容易！明天晚上，姐姐来，一定来。求您一定来，姨姨一定会高兴的。"

敏子的脸逐渐地显示出痛苦，连自己都意识到脸是怎样为痛苦所歪曲。为了避开这露骨的感情，敏子把话题换了方向：

"咲妹妹这就回家吗？"

"我想去买一点点心，然后……"

"那么我陪你去吧，在一点钟内。"

这样说着的敏子，向站在门口的事务员使了一下眼色。咲子完全没有注意到敏子的动作，咲子以为敏子也不过是观客之一而已。两人走出了戏院。

敏子拿着点心的纸包，咲子在前面走上了楼梯，选了一张能够看见庭院的座位坐下，在一个有着露台的吃茶店里。

"姐姐，你也够狠的了。离开二年，连一封信也不写给我。"

女店员走过来。

"要什么？"敏子望着咲子的脸。

"我吗？一杯蔻蔻。"

"我要冰淇淋苏打。"

女店员去了后——

"不是说好了没事不写信吗？我一切都好，看我是这样的健康。"

"可是……"

"父亲好吗？"

"唉！父亲是寂寞的，姐姐离开家的原因，好像他老人家很明白。"

"咪妹妹什么也没说吧！"

"那当然！"

"也没跟哥哥说？"

"嗯！"

"不知道父亲怎样想。"

"那——反正父亲是知道真相了。可是，什么都没说。"

"不告诉我真话，姐姐不高兴的。"

"不过，姐姐也并不恨着爸爸和哥哥吧！"

"那当然！但是……"

"既不恨，那为什么不和我们住在一起呢？"

"也许现在就明白了，不明白也好，咱们别谈这些事情吧。"

"生气啦？姐姐。"

"为什么生气呀！"

"我一向这样想，想姐姐突然地脱离开家，现在一定是劳苦不堪，正受着罪。"

……

“可是姐姐和以前一样地健康愉快，我恰恰想错了！”

“姐姐太不好了，是不是？”

“嗯，可以说是！那么罚你明天晚上一定到家里来，不来可不行啊！”

敏子暧昧地笑了，心深处的生动的感情超过她脸上所表现的脸色，这样，谈话中止着。

这之间，利用这一点空隙。

“笹原小姐！”

一个男人的声音招呼着，敏子转到声音来源的一面，那儿是戏院中的短剧出演指导户崎，在户崎以为和敏子一块的是戏院中的舞女，待发现是一位小姐的时候，止住了自己底不客气的招呼。

“没关系，是我的妹妹仓田咲子小姐，这位是户崎先生。”户崎特意停下来和咲子寒暄，谨慎地在离开敏子们三四个桌椅子中的座位坐下。

咲子把脸靠近了敏子：

“姐姐，姓什么，笹原？吓我一跳。”

“我，我现在是笹原敏子！”

咲子的脸立刻露出寂寞的表情，敏子笑着说：“走吧！”

咲子又一度说起了明晚的事，叮咛着。敏子远远地跟户崎打着招呼，户崎扬起手来招呼着敏子。

敏子请咲子略等一等，到户崎的桌前去。

"今晚对不起，想开照明的小联谊会，您没工夫吗？"

"绕一个弯就回去。"

"是吗？那么，开舞台协议。"

"好。"

"请您和其他的人也这样地说一下。"

咲子正慢慢地下着楼梯，敏子从后头追上来，付了账。到公共汽车的车站，咲子止住了脚步。敏子说：

"请容我想一天，能去就去，去之前给你打电话。"

没法子再深一步达到敏子的内心的咲子，想着就是带着见着了敏子的这一点消息回去，已经就是一件使家人惊异的功劳了。

"一定，一定来呀！"

上了公共汽车的咲子反复说着"一定，一定呀"的话。敏子摇着手应着她，但，一想起二年前的旧事，脸立刻暗淡起来，惘惘地走着回来。

仓田公馆书房中的座钟指着五点十分，钟旁摆着的月份牌，正翻到十六日星期五的一页上，从书橱上面拿下来的爸爸的文库里，咲子找出来一束旧信和旧照片，当心地一张一张地检查着。

一个比普通大点的信封，封皮上写着仓田圭造，封里写着笹原缄的信让咲子发现的时候，咲子的瞳孔为好奇心和冒险所支配，闪起来光亮。

门外，女仆的声音。

"小姐，小姐"这样地叫着。咲子急急忙忙地把其他的信和照片收在文库里答应着：

"在这儿哪！"她开了房门。

"少爷给您来的电话！"

"呀，糟了，完全给忘了。"

咲子飞跑进电话室中去。

"请原谅我，我遇见了一个好久不见的人，把跟哥哥的约会给忘了，对不起得很。"

"可恶的小东西，我在丽园里傻等着你哪，好久不见的人是谁呢？"

"哥哥不认识的人，我底朋友。"

"那么，东西也买完了吧！"

"嗳嗳！"咲子看着手里刚刚找到的笹原的信。"那么，我还买点什么回去呢？"

"嗳嗳。"

"我还要在银座遛一会。"

"嗳嗳。"

"爸爸呢？还没回来吗？"

"嗳嗳！"

"喂！怎么啦！怎么这么心不在焉呢？"

"嗳！没有呀，早点回家来吧！"

咲子走向自己底屋子。已经黄昏时候了，到突出在院子里的自己屋中的廊上时，咲子停住了脚步，凭着桌子，手里拿着那封信，眼睛望着外面的天，记忆折回到甜美的二年前去，暂时沉湎在回忆里。

桌子的那一面，二年前的敏子的照片，装在红色的框子里看着咲子。

于是记起二年前大扫除那一天的敏子的话。

敏子——"小咲，扫除还没完呀？看什么呢？是旧信吗？"接着也想起来自己当时的话。

咲子——"有意思极了。旧信，死去的妈妈的信也有好些！结婚前的信都有哟！不得了呢！"

敏子——"呀，这是什么？"

咲子梦游病者一样地打开了手中的信，暝色中信上的字已不能辨认，但记忆中信上的字明显地映出来，咲子的眼睛虽没有读信上的原文，却恰如读着一样地记起了信中的话。

信上写着这样的句子。

"兹将小女敏子之将来奉陈一语：近日拙夫亡后未亡人携仅有之小女偷生人世，然不幸多病，今已不堪负此教养重责，长此以往母子两难兼顾，势必有所伤亡，未亡人今难尚存余息，但竭尽全部能力亦不能让敏子出诸不幸命运，窃思仓田先生既有长公子承欢左右，小女拜认先生膝下，亦定能幸邀青睐，故不辞冒昧，上言拜恳，烦渎之处，尚祈原宥，唯小女趋奉贵府后，未亡人深知此乃敏子好运之始，决无不安，唯日夜祈祷敏子之幸福而已，敏子成年论嫁时，请以此照片相示，告以其生母之遗意，愿其永报君恩则幸甚矣……"

二年前，两人一起读着这封信，那时是多么惊异呀！

咲子："姐姐！"

敏子："小咲！"

沉在回忆中的咲子的脸上，这时不自觉地流下了泪。桌上从信封里掉下来的照片，颜色暗淡的，咲子的手下意识地举起照片来，照片上很小的敏子坐在妈妈的膝盖上，咲子把那张照片摆在敏子二年前的照片前面。

咲子的眼前映着过去的一幕幕的往事，终于清醒了似的望着敏子的照片。

"姐姐！"

回到现实里的咲子，意识到夕阳已经浓浓地包围了自己，按着座灯的开关，"啪"的一声，周围立刻光亮起来。

咲子打开了照片框里边的木板，拿出来藏在里面的敏子的信，清晰地读着：

"……所以，我和小咲并不是姐妹，是完完全全的外人。不知道内幕的时候不觉怎样，现在既然已经知道了，觉得实在无权享受父亲和哥哥的爱，我出走了，另外给父亲和哥哥有信，但并没说出真话……"

这时候有乐街中的大戏院正开始了晚间的戏码。敏子在上场门的照明台上等待着户崎的号令，号令发出来后，从敏子底手下流出红色的光线，静静地和着交响乐的伴奏，舞台上十几个人开始跳着巴来风的舞。

在咲子的屋中，咲子在继续读着敏子底信。

"……并不是嫌父亲、哥哥和小咲而离开家的，请不要误会我，实在是因为都太喜欢我了，我是无福承受才出走的。虽然离开家，我决不会堕落，一定努力去干，做一个上进的女人，以后一定写信来，就是幸而一切都平安的时候，也一定尽快地给小咲一个人写信……"

右手里拿着敏子的信，想起来白天遇见的敏子的脸。

自然敏子在戏院里做事的事情，咲子是不知道的，在咲子十七岁的想象力里，对仅仅为了知道自己不幸的以往而脱离了家的敏子的感情，到现在还不明白。对敏子的出走咲子是不能安心的。一直到发现旧信的事，咲子还引为己罪，在苦恼着。

敏子的出走，咲子仅仅以为是任性，也有时觉得是任性后的愤怒。一方面由于敏子履历的判明，虽然知道和敏子并非姐妹，可是由于十五年来姐妹一样的一块长起来的习惯，却始终否定这事实。

把信再收到相片框里，咲子不自禁地又想起敏子的脸。这时候敏子正紧张地守候着户崎的号令，调换着灯光的颜色。

舞台亮起来的时候，换了四分之二拍的轻快的音乐，大批的舞女群舞着，舞者逐渐地远去后，静静地剩了音乐的声音，终于舞台黑暗下来，敏子的所在也黑暗起来。

四

　　纪代子吹着口哨，布置着早饭用的面包、牛奶和水果。在两间连接着的一个西洋风公寓的屋子里，敏子慢慢地睁开了眼睛：

　　"现在什么时候？"

　　"正好是起来的时候了。"

　　"是吗。"

　　坐在床上的敏子：

　　"我没说什么睡话吧！"

　　"对不起，我耳朵没有单独在夜间醒来的本事。"

　　"坏，别听了不说就行。"

　　"准不是平常的梦吧！"

　　"那可不能说。"

　　"说出来吧！"

　　"甜美的梦哟！"

　　穿着睡衣，敏子开始漱着口。

　　"唔唔唔，你也有梦见过甜美的梦的事吗？"

　　敏子抽出来嘴里的牙刷。急忙地吐出来嘴里的水说。

　　"所说的甜美的梦是梦见了正恋爱着的人哪！你以为我没有恋爱的资格吗？"

"谁以为你没有了，快洗脸吧！"

"是！是。"

纪代子在两人的杯子里倒上了牛乳：

"你，你和户崎先生有要好的样子吧！"

敏子一边擦着脸。

"没有的事，户崎先生算什么呢。"

"可是大家都这样说呢。"

"说由他说，听着好了。"

"那么，谁呀？"

"谁？你怎么这样逼人呀！我没说过我有什么恋爱的事情呀！"

两人在饭桌的两旁对坐下了。

"不是说梦话吗，你不是说甜美吗？"

"那么我说出来吗？"

"说吧！"

"昨天第二幕戏后，有找客人的事情，记得吗？"

"第二幕戏后？也许有，什么人呢？喊出来的那个名字一点印象也没有了呢。"

"忘了吗，那也好，总之，一个青年就是了，我底哥哥哟！"

"哥哥？说谎。什么哥哥呀！你不是没有兄妹的一个天涯沦落者吗？"

"真的呢！那个人，曾经是我底哥哥，就是现在到那个人的家里去还是，还有可爱的妹妹呢。"

"一派谎言，这个人。"

"嗯，昨天遇见妹妹了，长得大多了，简直是想不到！大得一点也不像十六七岁的样子，从前乖着呢。"

"你不是因为羡慕我有家，听说回到家里去的时候，就流泪吗？你现在说的又是什么，简直是毫无信用的……"

纪代子微怒地离开了食桌，解下了小小的围裙。"我可要走了啊！"

敏子吃完了早餐，急急地收拾好了食具，穿好了裙子，对镜望着自己的脸的一瞬间，心中涌上来某种感情，慢慢地压下那感情去，摇着头：

"说真话好吗，纪代子。"

纪代子正在检查包中的东西。

"我其实是抱养的孩子呢。"敏子慢慢地说。纪代子一惊，回过身子来。

两人一块在剧场里做事，敏子和纪代子之间来往得很亲密，两人在公寓里有一年半同居的历史，这中间内，纪代子只以为敏子是孤儿，实在把事情看得很淡薄的孤儿的特异性格，在坚强的敏子是有的。一年半来的相处，纪代子自以为对敏子的事情是没有不知道的，现在听了这话，她的自信像雾一样地消失了，对敏子她觉到了隔膜，纪代子的心闷闷的。

在公共汽车中，纪代子什么也不说地沉默着，虽然时时有意地望着敏子的脸，但敏子一直低垂着头。

终于到了有乐街，两人一句话都没说。进了戏院的后门后的敏子：

"待会再说吧！"

"嗳嗳……"

两人分别到自己的工作室去。

纪代子在工作室里忙着工作，但仍记挂着敏子的身世问题，心知道为什么袭来了忧郁，难受得很，这忧郁要不是在清楚地知道了敏子的家世后是不容易消除的。

五

午后，一点五十分的时候，从大阪开向东京的车到站了。

月台的廊下，仓田圭造正等候着，看见丰子从二等车下来后，就扬起帽子来招呼着。

丰子的四十六岁的白的丰腴的脸走近圭造的时候，打量着圭造的四周。

"就我一个人。"

"孩子们呢？"

"唔，我告诉他们你是四点四十分的樱号车来。"

"我不是说好了这趟车来吗？"

"是呀！我故意那样告诉他们的。"

"为什么呢？"

"啊，先出去再说吧！"

小型的皮箱和手提包之外有一个包袱，圭造拿起来皮箱在丰子前面走着。

丰子不自禁地眺望着五十六岁的圭造的姿态：

——他也老了！

丰子则比实际的年岁显得年轻十岁的样子，这样感到圭造年龄的实数的一瞬间：

——这种做戏似的生活不知道要继续到多久。

自己本来和圭造是正常的夫妇，但十七年来却以大阪的姨母的姿态不自然地在孩子前出现。

圭造在东京，丰子在大阪，从十七年前两人分居着，夫妻的情感一时断绝了，之后虽然又恢复了，但在孩子们的面前却是秘密的。

因为结婚早，丰子十八岁的时候，生了长男义信，之后生了一个女孩，死了，再就没生小孩，自己也觉得不会再有小孩了似的。恰好那时候，在做着助理的圭造的公司里，圭造的棋友笹原大助遗下了病弱的妻子和幼小的女孩死去，圭造夫妇便把那个小女孩抱来，她就是敏子。

敏子连姓也改了。仓田夫妇像自己的女孩一样眷育着敏子。第二年，咲子出生了。

二十九岁的丰子对两个小女孩怎样也不能一样地爱惜，对咲子的偏爱，连圭造都觉得太过了。

夫妇因为这事时常冲突，丰子总是胜利者。丰子更拿要和圭造分开，自己在银座上开一个精巧的帽店啦，开一间花房啦来跟圭造谈条件。一说到敏子和咲子的事，盛气中丰子就拿自己要开帽店要开花房的事来结束两人的生活的话来说：

"我自己一定能应付裕如。"

如此负气地离开了仓田宅，回到了大阪的娘家去，开始经营了一所美容院，十六年来成绩斐然。

可是离开圭造的二年、三年过去后，气也消了，就想把咲子接来，但又不愿意向圭造服软，这样五年过去了。

终于丰子到东京来了，从公司里叫出圭造来见个面，但圭造拒绝丰子带去咲子。

"你若是这样想孩子，回仓田家一趟也好。"圭造这样说。在义信、敏子、咲子的面前，说是母亲到大阪之后病死在大阪了。丰子离开家的那一年，义信十一岁，敏子五岁，咲子将将周岁。在这一群小孩子间，自然双亲的秘密事不曾被窥破的。

丰子不同意圭造的意见，执拗地要将咲子带走，终于圭造决绝地说：

"把咲子给你绝对不行，不过，我可以允许你们母子重见，你可以说是死去的母亲的妹妹，以孩子姨母的资格可以到仓田家去，在孩子之前也这样说。"

这约定实行的时候，义信十八岁，敏子十二岁，咲子八岁。从那一年起，丰子以大阪姨母的身份在孩子面前出现，孩子们也以为就是大阪的姨母。

　　一年三次，丰子带着好多好多的东西到东京来，孩子们一年像过三回圣诞节似的，丰子是孩子们的女圣诞老人，在圭造和丰子虽然内心不无波澜，但谨慎地保持着姐夫、小姨的关系，这样，八年间，继续着这奇妙的团圆生活。

　　这之间，丰子对敏子依然不能善视，虽然丰子也自己压抑着这种情感，但自己管不住自己，好像敏子在仓田家就是拒绝丰子归来一样。

　　这时候，敏子突然离家出走，圭造和丰子都大吃一惊。丰子因为内心的谴责，连这样地出入仓田家的事也觉到痛苦。

　　这次丰子的来京，是今年的第一次。

　　在西银座街的关西饭店前，两人下了车，到二楼的一间六叠的屋里后，在女侍拿过来的菜单上，圭造自然地点了两三样菜。

　　在女侍要退出去的时候，"拿一瓶酒来，"丰子说。女侍退出去后，丰子又恢复了请求圭造解释奇怪的行动的表情。

　　"你也宽宽衣服吧。"

　　"我这样好，你刚才说的那件事？"

　　"啊，别这样急！"

　　女侍端进酒来。

　　圭造摘下来眼镜，一边用手巾擦着脸，说："为了敏子的事。"

　　"敏子在哪儿知道了吗？"

　　"不知道，敏子出走的事，像跟咲子那小东西有所关联呢，我很早就注意到了。昨晚上，那个小东西突然说了几句很妙的话。"

"什么？"

"若是敏姐姐突然回家来，爸爸什么也别问地原谅她吧！"

"……？"

"那个小咲子，有的地方挺狡猾呢。敏子的事这样地放任了二年多，也是小咲子的缘故。这样不通音信地过去，年长的人是怎样也不能再放任下去的，何况我也老啦！"

"对敏子的事，您以为咲子准知道吗？"

"准倒不敢说一定，一直就沉默着，我要问，她也一定什么都不能说，所以你问问看怎么样，就是因为要和你商量这件事，跟孩子说了谎，一人来接你的。"

"这样的事，还用得着特意……"圭造不理丰子的话继续说着：

"你想一想吧！你从我那儿跑出来已十七年了，这之间，照顾孩子的责任，是我一个人背负的，这不是挺够受的吗？总算孩子们是长大了，家里没有母亲的不便，无时不感觉到，孩子们也有这种感觉，我苦恼了。恰好那时候，你说什么就是把咲子一个人给你也好的话，我觉得你实在是无情。你决不仅是咲子一个人的母亲，你是义信的母亲，你也是敏子的母亲。敏子虽然是抱来的孩子，可是从三岁就养起，不也和自己的孩子一样吗？"

丰子低下头去，对于自己偏激的感情，默认着。

"我决不是不知道你底心境，可是我知道对孩子们说这是不对的，说你是大阪的姨母，允许你到家里去，结果怎样了，敏子不是跑出去了吗？"

"我明白。"

"我并不是指责你，敏子的出走，并不是你一个人的过失，我也不好……她，对自己的出身到底是不知道的，若是以为她是关于自己的身世听来什么闲话，她底亲戚们是不用说了，一个人都没留地死去了，就是她母亲留下的最后信和照片也和我底小文库在一起锁着，所以她出走的原因，一定是为了别的事。"

"对咲子的偏爱，使敏子的寂寞，现在自己也有了责任。我的出走，虽然因为敏子的问题而发生，又是十几年来，自己也觉得当时自己是有一种变态的心理，所以听见敏子离开了家的消息，对自己的冷酷的心，完全不知怎样才好。"

"你能说出这样真心的话，我很安慰，虽苦，却心里有个真理。"

圭造拿起来酒瓶，稍稍迟疑了一下，丰子接受了。"我还有一件事情要拜托你。"

"还是家里的事情吗？"

丰子带着机警的脸色，放下了酒盅。

"你这日挺忙吧！"

"正是换季的时候，比平常忙一点。"

"非常时里，电发的女人少了吧！"

"非常时里，有非常时的发型呀！"

"噢，你想一个法子吧，这个月内留在东京，我一定得出去旅行一次。"

"噢。"

"这会儿不决定也不要紧，你想一想看吧！"

"好！"

"从咲子那里探听探听敏子的事是一样，你在家这期间，我还托你一样事。"

"还是家里的事吗？"

"是，义信那个东西，好像明白了咱们真正的关系的样子似的。"

"啊！那可糟了。"

"不好办。"

"那么你是怎么觉出来的呢？"

"我倒不觉得，可已经是这样情形了，想说明都不可能了。"

"不是你……？"

"胡说，我嘴里怎么能……"

"也是。"

"总之对不起你，在孩子们的眼里，在你离家这期间内不要露出真相来。"

"好，可是，这也不是容易的事情啊！"

六

在戏院三层楼里的休息室中，纪代子坐在沙发上，注视着站在窗前眺望着银座的敏子的背影。敏子止住了记忆，收回眼光来，立刻转向纪代子，浮着快活的微笑，走过来，靠在沙发背上。

"喂，在这样情形下的女人的心，不能平静吗？从孩子的时候一块长起来，妹妹非常喜欢哥哥，哥哥也爱妹妹，妹妹在不知不觉中恋爱着哥哥。自然，这并不是有意的爱恋之情，是无心的，与其说是对哥哥有什么爱情，毋宁说是把哥哥当作一个理想中的异性来看待？"

"是吗？"

"我以为这是没有出息的事，下流。"

敏子的脸上刹那间掠过阴郁，自己喃喃着：

"下流吗？也许，就是下流，也不过是一刹那间的事。"说着又急急恢复了原来的声调。

"可是，我是不知道的，我一点也没觉到对哥哥的友爱就是所谓女人的恋爱。直到我知道自己是抱养的孩子，跟哥哥和妹妹一点血缘关系也没有的时候，怎样也不能平心静气地跟哥哥相处了。因为知道是养女，并不是同胞，对哥哥的爱情便丝毫不能减低了。哥哥并不知道我不是他的亲妹妹，如果我不离开家，哥哥一定还和从前一样地爱我，那实在是痛苦。我很清楚地知道我的心，我是在爱着哥哥……"

纪代子要说什么，敏子接下去：

"这也许是你所谓的下流，纵然没有血缘关系，妹妹恋着哥哥也不对，这我还明白。"

纪代子站起来，和敏子并肩靠着沙发背。

"所以，为了清算这种感情，你才离开了家的，是不是？你底意思哥哥知道吗？"

"唉……"敏子摇摇头。

"妹妹呢？"

"妹妹替我保守秘密，不会先说出来的。"

"那么，你是说妹妹是知道你离开家的原因了？"

"她也不过知道仅仅是为了不是真骨肉的缘故，妹妹跟我非常好，她对我底出走很难过。"

"我明白了，拿你底立场来说，实在算不了下流，我想你们可以结婚的。"

"胡说，我没那意思，你要那样说我可要生气啦！"

"可是，不是知道现在还爱着哥哥呢吗？"

敏子沉默着。

"是爱着呢吧？别犹疑，大大方方地表明了自己的意思不好吗？我想既然什么时候都拿你是孩子是妹妹那样地欢迎你回家，你若是以新娘子的身份回家也一定更受欢迎吧？要不，我代你去表明一下意思好不好？"

"不许闹，纪代子！这事……我今天不过是偶尔说说闲话而已。"

"说是闲话也行，实在不也是真事吗？若是我，遇见了那位哥哥的话，一定要把二年来的苦闷说出来。"

"我不行。我，我到什么时候也是妹妹。"

"不觉得你太懦弱了吗？"

"我并不要跟你争论什么哟！"

"你委托我吧！你底家在哪儿？父亲贵姓大名？说出来，我替你去。"

"不。"

"也好，反正早晚我能知道真相。"

"对，好好地等着吧！"敏子看着腕上的表："呀！电话忘打了，那么再说吧！"

敏子跑下了楼梯。

楼下的公共电话厅里有客人在打电话，敏子焦灼地等待着。好容易那个人走了，敏子转动着电话号码，在扔钱口丢下了硬币。

"喂——喂——"

在仓田家里，恰好，刚预备出门的义信走到电话的前面来。"是，这儿是仓田宅。"

敏子突然一惊，按下了听话机。

"喂，你是哪儿啊？喂！"

敏子底头轰然地。

"唔——咲子小姐在吗？"

"咲子吗？在，您等等。"

"不必了，请您跟她说一声，噢！今晚，有一点事无论如何也脱不开，不能拜访她去了……"

"噢，那么，您是哪位呢？"

"您跟她一说就知道。"敏子的心咚咚地跳，电话放下后还不能使心跳停止。这时候，咲子正换好了衣服，从二楼下来。

"刚才你的朋友给你打电话来了。"

"谁？"

"说是今晚不能来……"

咲子联想到敏子，心乱跳着。

"说这么说你就知道，也没说姓什么。"

两人并肩向圭造的屋子走，咲子笑嘻嘻地向着哥哥："哥哥，刚才电话中的声音你听出是谁来了吗？"

"是我认识的人吗？"

"跟哥哥最熟不过的一个人。"

"熟人太多了。"

"好薄情的人。"

拉开席门的义信，已经忘了电话的事，向着父亲：

"早一点去接姨母去吧！已经是樱号快车到站的时候了吧！"

圭造正拿着报纸，挡着自己刚刚和那所谓的姨母丰子分别了的脸。

"唔……"

咲子进了屋子：

"啊？您还没换衣裳，爸爸快点吧！姨不就是爱我们一家去接她吗？"

跟着跑到那边屋里的衣柜前面：

"您穿什么衣裳，洋服吗？"

"啊——好啦，我自己换吧！你们上那边等我去。"

"那您可快一点。"

咲子到廊下来叫着女仆：

"来人呀！"

"嗳——"

"爸爸换衣裳，你去看看去。"

"是。"

女仆从里面跑过来。

义信和咲子一齐到房门旁的洋式屋里去，从暖炉上拿下来厚重的相册，咲子揭到第一页。

第一张相片，是圭造青年时的照相，接着是结婚时代的相片。结婚纪念相中的丰子的一半切去了，只剩了圭造一个人，切痕依然可寻。

义信看着相册，不知不觉悄悄地说：

"姨母一年比一年瞧着年轻，奇怪的姨母呢。"

"喂，哥哥。不知道敏姐姐什么时候才能回来，我想今年也许一家五口人一块去照一张相……"

"敏子那个东西，完全不知下落，真是叫人挂心。"

"现在敏姐姐在哪儿呢？在东京吗？也许在满洲吗？"

"满洲？"

"我想她就是了，一个人，病了什么的多难受呀！想她哟！喂，哥哥，您也想她吧！"

"噢！"

"敏姐姐的事，您不生气吧！"

"决不生气，每天想着她究竟在哪呢？不能放下心去。"

"真的吗？"

咲子底脑子里想到了父亲小文库中的笹原的信，沉浸在自己的思索里。

"今晚上咲子有点心事似的。"

"没怎么样啊！"

咲子急急地装出来若无其事的样子。"真是，敏姐姐也不知到底是在哪儿。"这时大门上的铃响起来。

兄妹互望了一下，急急地跑到廊下去。圭造正慢慢地穿着衣服，听见铃响，长吁了一口气，忙忙地穿上裤子、背心，又穿好了上衣。

"呀！姨姨！"

咲子的声音送到圭造耳边来的时候，圭造微笑着。

"你们好，我又来了。"

"正预备接您去，正要走，您不预定是樱号车来吗？"

因为已经预备好了，丰子的话立刻脱口而出：

"有点急事，早一趟车来了，怕你们再去接，忙忙地赶了来。"接着笑了。

"是吗，好极了，您快请进来吧！爸爸，爸爸！姨母来了！"义信这样叫着，圭造安静地走到廊下来。

"噢，怎么啦！我们正要到车站上去呢！"丰子平心静气地说：

"正说着这话呢！今儿有点急事，非得一早到东京不可，所以早来了。"

"是吗？那你事先打一个电话来不也好吗。"

"哟，可不是吗？忙忙慌慌地把这层给忘了。"

"好啦！那就不用再出去了，累了吧！换换衣裳洗洗澡，叫他们把澡堂子烧好，你们也换衣服去吧！"

"可是——爸爸。"

"什么？"

"我肚子咕噜咕噜地响。"

"那么就先做饭，今晚上吃最好的菜。"

"可是爸爸……"

"还有什么？"

圭造不安地回问，脱着洋服的上衣。

"不守信用，您不是跟我们订好了吗？"

"噢……"

"您不是说带着咲子到银座去，叫咲子高高兴兴地过一个晚上吗？"

圭造和丰子匆匆地对望了一下，不知怎样做才好，实在两人刚刚才从那儿分手的。

"姨姨，您很累吗？"

"没有，不怎么样，我随大家的意思。"

"那么，一块走吧！特意都换好了衣裳了。"

不能抵抗咲子甜美的脸上的任性的感情，丰子说："一块出去吧！咲子既是这样希望。"

完全是妻子劝诱丈夫的口气，说完自己才惊觉到。

"嗳，小咲，去吧！爸爸不爱去就别管他，义信也走吧！"义信看着咲子，姨母和父亲的脸苦笑着。咲子说：

"爸爸，去得啦！走吧！"圭造不情愿地穿好了上衣。

七

第二天是星期日。开着窗子的起坐室里，充溢着五月的碧绿的空气，室内的家具上，映着嫩叶的碧色。梅枝上，在繁密的绿叶群里，缀着小小的果实。躺在席子上的义信，用眼睛在寻找着树上的梅子，好容易看到了一颗，一错身又不见了。绿叶密密地生长着，义信仔细地望着。

在房门口，圭造在穿着鞋，身后女仆拿着帽子，跪坐在席上。丰子站在旁边。

"我走了……那……"

说着圭造接过了女仆手中的帽子，像要说什么似的看了丰子一眼，走了出去。

"您早回来！"在起坐室里的义信，仰望着天井。丰子回来后，把圭造的衣裳放在席上。

"姨母。"义信招呼着。

"嗳！"

"姨母从什么时候到大阪去的呢？"

丰子一惊，加着疑惑说：

"一直从生下来就在大阪呀！"

"一回也没离开过大阪吗？"

"是，除了到这来之外。"

"姨母和死去的妈妈差几岁？"

"啊——"

"不差很多吧！"

"嗳，两岁，不，差三岁！"

"姨母是姓小村是不是，小村家和仓田家是什么亲戚关系呢？"

不动声色的义信的眼睛，凝望着丰子的脸，丰子不自觉地慌张起来。

"啊！那是姨……不，不是你母亲嫁给仓田家了吗？可笑的质问。"

"妈妈不知是怎样的一个人。"丰子情怯地问：

"义信，不记得妈妈的样子了吗？"

"记不大清楚了，有印象，不过很模糊，姨母是妈妈的妹妹，一定和妈妈很像吧！"

"是啊，人家都说像一个瓜切开两半一样，这还是小孩时候的话呢。"

"姨母那儿有妈妈的相片吧！"

"相片吗？也许有，有的话下次来的时候给你带来。"丰子打算借着这话岔过去。

"这家里也有妈妈的相片，可是不论哪一张都把妈妈给切掉了，说是因为妈妈是病死的。我想一定不是为了那一点原因。"

丰子心悬着，但努力地瞧着义信的脸。

"把相片切了，爸爸是做得太狠了，可是，爸爸的心也不是不明白吧！爸爸也不过是为了怕看见妈妈的相片难过而已。"

义信走到廊下来。看着义信的后影的丰子对他觉到了轻微的憎恶。

"喂！姨母。"

义信脸对着院子这样招呼着。

"什么？"

"我有时候也想敏子是不是到您那儿去啦！"丰子的颜色一变，狠狠地：

"想不到……真是奇怪的想法。"

"我也觉得自己想得没道理。"

这时，咲子像准备出去的样子走进来。"呀！姨姨，您还没预备出去哪。"

"刚跟哥哥说了两句话……立刻就换衣裳去。"说着，丰子到二楼的屋子里去。

"哥哥，一块去吧！"

"咲，我吗？我今儿不去了，从早上就头晕，你们两位去吧！"

"今儿我有好事哟！"

"什么好事？"

"好事就是好事，那么哥哥就看家，可是出去又不行呀！我说不定从那儿给您打来电话，您等着啊！"

"淘气！"

"我是有理由的！"

咲子和丰子被义信和女仆给送出去，义信注视着她们底背影。

到电车站的一段路中，咲子天真地走着，丰子不悦地想起来刚才义信的样子，脸上阴郁着。

（八）

进了有露台的那家吃茶店之后，咲子左左右右地瞧着，楼下没找着要找的人。又到二楼上来，丰子莫名其妙地随在咲子的身后，脸上带着微笑。二楼瞧过了一圈后，咲子发现了在一个角落里坐着的户崎，向户崎打着招呼，向那面走过去。

"姨姨，您稍等我一会。"刚要走，又转回身来："我要一杯红茶。"

丰子点点头，招呼着女侍。户崎稍稍离开了座位，点着头招呼她。

"想您一定在这儿，特意来找您的。"咲子说。

对刚见过一面的咲子就这样大方不拘的态度，户崎不知怎样应对才好。

"今儿您没跟敏姐姐一块来呀！"

"是那位笹原小姐吗？啊！你找笹原小姐有事吗？"

"是么，见着您也行。"

"见我做什么？"

"想跟您打听一件事。"

"啊！什么事哪？"

户崎立刻就想到了，咲子要探听的事情是什么，带着警戒的微笑等待着。

"冒昧得很，户崎先生的公司叫什么名字？"

"我并没做事呀！"

"说谎，我知道得很清楚哟！一看就知道您和敏姐姐是同事，喂！劳驾告诉我吧！"

"不对，我不和笹原小姐一块呀！"

"那么姐姐那个公司的名字您告诉我吧！"

"那，那得替人家保守秘密，对不起不能告诉。"

"我怎样拜托也不行？"

"是，您也不能例外。"

"真气我。"

"我吗?"

"是,您也是,姐姐也是。"

"这可冤枉。"

"好啦!一会我也打听得出来!——不就在这附近吗?"

户崎依旧不上咲子的圈套。

"不,离得很远哪!"

"那么为什么老上这儿来呢!"

"喜欢这儿。"

"您真行,一句话风都不漏,好啦打扰啦,再见,我是跟姨母一块来的。"

俩人笑着分了手。

咲子的微笑里突然添加了促狭的意味,向着另一个女侍小声地说;

"喂!"

"是!"

"那边的那位先生在哪儿做事,知道的话请您告诉我。"侍女迟疑着,遥望着户崎,户崎用手指指了指嘴唇。

"对不起您。不知道。"

侍女摇着头走了。咲子特意不瞧户崎,绷起脸来,回到丰子的身旁来。又招呼来一个女侍,问着。这个女侍一样地不肯说,摇头而去。

户崎看着这情形笑起来,咲子气愤地瞪了户崎一眼。

"咲子,你是怎么回事?"丰子问。

"您别管。"

"熟人？"

"不是熟人，也是熟人。"

"可笑！"

"姨姨！"

"嗳！"

"我前天在这遇见敏姐姐了！"

"敏子吗？"

"是的，那个人跟敏姐姐很熟，依我看，像是敏姐姐公司的上司，可是怎样问也不说出是哪个公司，敏姐姐一定是不让说。"

"噢！咲子，敏子挺好吗？"丰子也不免关心地问。

"是，一点都没变，跟从前一样。"

"没说回家的话吗？"

"我说是您来了，请她昨晚上一定回家一次，可是——"

实感到咎由己起，丰子的心痛楚着，一定要把这错误找回来才行，这样的年纪了，一切偏激的感情都消逝了。丰子的心，真诚地这样想着。

九

夜十点后，敏子穿着睡衣喝着红茶读着小说，门外响起来脚步声：

"开门，敏子，开门呀！"

纪代子的声音。纪代子捧着好些东西进来。

"送给我的？谢谢。"

"是送礼的，对不起，可不是送给你的！"

"是呀！我真没意思。"

纪代子放下东西，脱了帽子和上衣，出了一口长气坐下，额上流着汗。

"赏我一碗喝。"

拿起来扣着的另一只茶碗，向着敏子。"东西没我的份，茶也没你的份。"

"立刻就报复，东西有你的份。"

"既如此，为什么不早说？"

敏子给纪代子倒了茶。

"你猜哪一个是给你的吧！"

"既是给我，是这个吧！"

敏子拿起来一个最小的纸包。

"真好，那是戒指！"

"戒指，买戒指干什么呀！"

"给妹妹。"

"你要回家去吗？"

"嗳，我想请两天假，看一看久违的家去。"

"哪一天？"

"礼拜六走，下礼拜一早晨回来。"

"那我没办法。"

"为什么？"

"我想和你一块去。"

"好呀！一块去吧！"

"不行啊！礼拜六礼拜日我都不休息。"

"糟糕，等你休息的时候一块去吧！"

"别，你去吧！"

敏子站在桌上摆着的书架子旁边，装着找书，说："——我，没有家，没有能够回去的家哟！"

什么时候都是这样地表现了自己的感情，对敏子的畸零感，纪代子觉得自己应该负起打消它的责任。纪代子打开了朱古律糖包，开开盒盖。

"吃吗？"

敏子默默地拿了一块。

"别怪我又惹你想家。"

敏子勉强做出来笑脸。

这时候，送电报的正按着仓田家的门铃。"电报，电报呀！"

室内，义信从床上爬起来。圭造旅行去了，丰子和咲子也穿着睡衣下楼来。

义信接进来电报，电报是：

都到箱根水山楼来，父。

"父亲来的。"

"什么，父亲来的吗？"

"叫大家都去，今天礼拜四，我后天才能去呢。"

"是，请爸爸等到后天才正好。"丰子说。

"我是跟学校请假不请假呢？"

"不行，这得打电话问问爸爸。"义信进了电话室。

一会儿，箱根水山楼的电话便来了，咲子和丰子站在义信的身后听着。

"啊，是吗！啊！啊！还没到吗？噢，费心，先给预备一下吧！礼拜六下午到那儿去，拜托拜托，好，再见。"

"怎样？"

"爸爸是在路上打来的电报，还没到箱根去呐。"

"那么礼拜六去正好啦！"

"我真高兴……"

咲子一下把头扎在丰子的怀里。

礼拜六的午后，新宿上小田原去的急行车的候车廊中，纪代子提了一个中型的手提包进来。丰子也到同一的走廊上来，带着不大明白的样子，纪代子问询着：

"劳驾！上小田原去的急行车，是在这儿上吗？"

"嗳，是的。"丰子站住，告诉了她。

"因为第一次走这条路，有点心慌……从这条路线的终点到箱根去，有车吧？"

"有，冒昧得很，您上哪儿去呀？"

"到塔之泽。"

"我到汤本，恰好一路，回头我告诉您吧！"

"是么，那么麻烦您。"

两人虽然是互不相识，可是都给对方以好感。纪代子喜欢丰子的上流夫人的姿态；纪代子的大眼睛，快活而又美丽的脸也给了丰子一个美好的印象。在车上，两人比肩坐着。

"我本来是和孩子一块来的，可是因为买卖上的关系，非见一个人不可，晚了一点，叫孩子们先走了，我的事情比预料顺利，很快就办完了，我才赶了这趟车。我底运气真好，碰见您这样的好旅伴……"

对印象很好的纪代子，丰子忍不住地要说点什么，这样地说了后，又觉得自己过于多话，有些不好意思起来。

到小田原车站，义信和咲子在售票口迎接着姨母。兄妹先看见丰子。

"跟一位女人一块呢。"咲子说。

"噢，是和一位女人。"

"啊！是大阪来的客人吧！姨说是等着一个人有事来的。"

"不说是美容院的事吗？这个姑娘可真年轻。"

"真漂亮……喂，姨姨，我们在这儿哪！"

丰子瞧见他们，打着招呼，出了售票口。

"路上多承这位照应，谢谢。"

丰子寒暄着，向纪代子行着礼。

"啊！这位不是从大阪来的客人吗？"

"不是，是路上遇见的一位小姐。"

"对不起，谢谢您照应姨姨。"

义信无言地眺望着纪代子，像偶然地看中了一片风景似的从上到下地打量着，直到咲子偷偷地捅了义信一下后，义信才停止了凝望。

"那么我先走一步吧！再见。"

"您和我们一块走不好吗？"丰子说着，义信赶快接上来："您到哪儿？"

"汤本。"

"和我们一块走吧！有车。"

"可是……"

"走吧！"丰子也劝着。

汽车内，丰子、咲子和纪代子并坐着，义信坐在开车的旁边。车在小田原的尘土飞扬的街中走着，因为常来箱根，箱根的街景已不能引起他们的注意了。

车中，纪代子也和大家一样地沉默着。可是，在沉默比什么都感到不舒服的咲子，沉默了一会儿后，便想找个人说话，突然向着纪代子：

"您住哪个旅馆？"

"不是旅馆，我底家在那儿。"

"汤本也有住家的吗？那可真好。"纪代子笑起来。

"汤本离塔之泽很近吧！"

"噯，就在旁边。"

"来找我玩来吧！我们住在水山楼。"

"我就要回东京呢。"

"我们也是明晚回去。"

"是呀！"

"我，我叫咲子，仓田咲子，您多关照。"

为咲子天真的举动感动，纪代子也坦白地说：

"我，我叫吉川纪代子，您也多关照。"

"吉川小姐，您肯让我叫您纪代子小姐吗？"

"好极了。"

"我来给大家介绍吧！这位是吉川纪代子小姐，这是我姨姨，小村丰子，这是我哥哥，仓田义信。"

丰子也行着礼寒暄着。义信一直凝视着反映在车上镜中的纪代子的脸。恰巧，遇见了纪代子投视出来的视线，义信注视着她，纪代子慌忙地低下了头，对义信的投视感到了微微的甜意。

义信一直在凝视着反映在镜中的纪代子的脸。

纪代子偏着脸，感到义信的凝固的注视，终于把脸挪开了，冷淡地无言地看着义信。四目相对时，义信微笑地低下头去。

剧场的文艺部的屋里，只剩下户崎和敏子在做着未了的事。户崎想起来什么似的，用着亲密的口气：

"如此的事，可真怕人。"这样说。

敏子沉默着。

"可是我，我总算是安心了，我终于说出了我爱你的心意，从此我该高兴了。"

"我，我也没回答您呢！"

"别说出来使我难过的话吧，啊。"

"先发制人，我讨厌这样。"

"我也不过是表明了我底心，我是由衷而语，今后两人就平等啦。"

"那么，直到现在您以为不是平等的吗？"

"是，我从很早就在爱着您，不知为什么，老是说不出来，越是不说我爱您越切，不过，我总是藏在心里不好说就是了。"

"户崎先生是那样的人吗？"

"我自己也不明白，总之向您表明了心意后，我觉得很轻快，您不理我，我也不难过。"

"若是，我明明白白地拒绝您呢。"

"啊！今晚上可别说，以后也别说，您把答复长久地延期吧！"

"没勇气！"

"没法子呀！两人这样整天在一起。到两人中有一个人辞职的时候再说，到那时候你再回答我。"

"恋爱真是奇怪的东西。"

"什么？"

户崎停止了手中的工作。

"没什么……喂，户崎先生，最近我也许辞职呢。"

"辞职？真的？"

"嗳——说要辞职的话呢？"

"你别吓我。"

"真的也不一定。"

"什么意思？"

"我觉得对不住您，我从二年前就爱着一个人。"

"不得了。"

"请你原谅，不过我是单恋。"

"讽刺我吧？"

"真的，最近我想向他表明了我底心，像户崎先生向我表明了心一样。"

"好厉害的嘴。"

"一想到表明态度，不由得就胆怯，不过今夜，我是有了决心才说出来的。"

"这是，间接地拒绝我吧！"

"不过，您也是无所谓吧！您是不在乎的。"

"可恶的人，你快别说了。"

"是因为今夜可怕吗？"

户崎的眼里耀着悲哀的光亮。

"不，您别那样看我。"敏子快活地笑起来。

"你真是有心的人。"笑着的敏子的脸上，突然罩下来寂寞的云翳。

承受着温暖的太阳，在湖旁的小丘上，义信、咲子，还有在火车中认识的纪代子小姐眺望着比湖水还清澈的晴空。

"纪代子小姐，既然有那么好的家，为什么还上东京做事呢？你还预备在东京做多久呢？"义信说。

"能做多久做多久。"

"生活是那么愉快吗？"

"是，劳动的生活中才有上进。"

"回东京去之后，也愿意和我们来往吗？"

"啊——"

旁边的咲子，甜甜地微笑着。

三个人沉默了一会儿，沿着湖边，纪代子在前面走着，走向归途。

回到箱根的时候，义信说：

"我和咲子，今晚上回东京去，您不一块回去吗？"

"我预定明天早晨回去。"

"一块回去吧！并且……"

"啊——"

"六点钟，到汤本的府上去接您。"

"可是，哥哥，爸爸和姨姨怎么办呢？"咲子插着嘴。

"噢，没关系，咱们走咱们的，反正他们回去也没事。"

纪代子望着义信的以自己为本位的任性态度，暧昧地笑了。

这时，在旅馆内的一间屋子里，圭造在廊上的藤椅中坐着，丰子在室内沏着茶。

"……完全是探询的口气，义信是要刨根问底地问她母亲的事。"

"哈哈哈，那时他是看出你的脸来了吧！"

"这不是笑的事情，那个孩子是觉出来了，准得要出点什么事。"

"他觉出来了，不更好吗？这就全在乎你啦，在觉着不合适的时候，顶多你不回家就算啦！"

"岂有此理，说这样的话。"

"你惹出来的事呀！你对他要死去的母亲的相片的事项怎么办呢？"

046
047

丰子走到对面来，坐好。

"只好说没有，去搪塞他。"

"在现在的时代，姊妹俩没一块照过一张相的事情没有吧！你又丢了信用了。"

"我也没法做一张假的，第一，我连妹妹也没有。"

"反正我不管。"

"难办。"

"哈哈哈哈……"

"你怎么啦！笑起没完……这可不是笑的事情啊！敏子的事，总算知道她是平平安安地生活着了，那个孩子也是，都在东京，就一封信不肯写……"

"什么，敏子有准地了吗？你可好好地问准了咲子，这是你的责任。"

"我不知道，我也没法办。"

"好吧！先下功夫办咱们的事吧！嘻！"痛楚地摇着头，圭造捶着自己的肩膀。

"痛吗？躺下看看。"丰子思索着。

过了一会儿，才注意到躺着的圭造，丰子到他身边来，替他捶着肩膀。

"我回来啦！"席门外，响起了这样的声音。咲子和纪代子冲进室内来，丰子不高兴地停下了捶肩的动作。

"您来啦！"

"昨天谢谢您。"

"爸爸，这位是我跟您说的在火车中认识的。"

"是吗？啊！今儿您又领她出去玩了吧？您受累。"

"哪儿的话。我是麻烦她了。"纪代子规规矩矩地坐好。

"我回来啦！"义信晚到了一步。

"走吧！"咲子拿了两块毛巾来，分给纪代子一块，招呼纪代子去洗澡。

"那么，我就打搅了。"纪代子稍稍地客气了一下，挨近了咲子，两人亲密地走出去。

"已经很要好了呢！"

丰子向义信说，义信在换着衣裳：

"咲子那个小东西，就不知道什么叫认生？"这样说着，自己也愉快地笑起来。

在大小适中的洗澡池子里，咲子和纪代子相对着，两人把毛巾浮在水面上，不由地相视笑了起来。

"哈哈哈哈！"

"哈哈哈哈！"

回去的车内，乘客拥挤着。

在混杂的人群里，咲子稍微离远他们，义信和纪代子侧面相对，车里挤得一点都不能动。

纪代子想，自己一定不要看义信才好，心于是特意瞧着旁边。这做作，孩子似的幼稚得可笑，但是少女的自觉，支持着这矜持，脸上浮着甜甜的微笑，望着窗子。

义信看着纪代子胸部的玫瑰花形的胸针，心里想得到它才好呢，一面又自己压抑着这感情，但终于伸出右手去，越过了乘客的肩，把手伸向纪代子的胸前去。纪代子忽一转身，义信忙把那个玫瑰花形的胸针放了手。

纪代子仍旧浮着微笑，睨视着义信的脸抬起手来。

义信把胸针举得高高的——像表示得到了哟——似的用眼睛看着纪代子。

纪代子噘起了嘴做出来——不是我给你的，是你抢去的——脸色，伸出了自己的手，抽去了义信上衣口袋里掖着的小手帕。

恢复了原来的脸色，纪代子又望着窗外，强忍着笑，但脸上带着笑意。

义信也露出了安心的微笑，看着纪代子的旁脸。咲子知趣地一直望着窗外。

箱根的旅馆里，剩下圭造和丰子。

　　圭造在晚酌，丰子离别了十几年这种亲热的场面，现在一时不知怎样处置自己才好，坐在藤椅上看着报，又到台镜前梳梳头，终于坐到圭造的桌前来，拿起了酒杯。

　　"我，还是回去吧！"

　　"唉，你在这吧！"

　　圭造倒了一杯酒给丰子，丰子喝干了还给圭造杯子的时候说：

　　"真是奇怪的孩子们，自个说回去就回去了。"

　　"噢。"

　　"真叫人别扭。"

　　这样像生气又像给自己辩解似地说：

　　"奇怪的还是我们吧！"

　　丰子把自己的杯子在水盂中洗了洗，倒了一杯酒给圭造。

　　"像我们这样变态的父母子女的关系，世间还有吗？"

　　"绝无仅有，要说起这地步的原因，全是为了女人那不驯服的感情啊。到今天给你一个好教训吧！"

　　"这教训，我已经是受够了！"

　　"哼！"

　　圭造又干了一杯。

十四

夜深了，公寓里的人都静静地睡着了。纪代子轻轻地进了自己的屋子，卧室里关闭着，敏子像是睡得很香似的。

纪代子的一举一动，都带着幸福似的。换衣裳的时候，想起来从义信那儿拿来的手帕，从衣袋中拿出来。

看着，全身兴奋地颤动着，把手帕整整齐齐地折好，放在钱包里。

轻轻地躺在敏子身旁的时候，惊了敏子的清梦。

"回来啦！"惺忪地说着。

"醒着呢吗？我才回来。"

"不说是明天回来吗？"

"赶回来的，看家的这两天闷了吧！"

纪代子的胸中，充满了白天一天的愉快。和敏子说着话，脑里追忆着义信的姿态，无聊地向前望着的双眼带着笑意。

敏感的敏子嗅到了纪代子迥异往日的气息，睁大着眼睛转过脸来，看着纪代子的脸。

"怎么？这样高兴？怎么回事？"

"看出来了？"

"卖什么关子！"

"今晚上我也许说出意外的梦话来，你别听去啊！"

"我没听你说梦话的功夫。"

"哈哈哈哈！"心温暖的，充溢着不能压抑的情感。

"你变了。"

"新的人生开始了，等待着幸福的出发点，我找到了呢。"

"新的人生？"

敏子想起了自己的生活。暂时，两人都想着自己的心事，眺望着天井。

敏子静静地说：

"我已经下决心了，这两三天内，去找哥哥，说出心事，笑我也不要紧，生气也不要紧，我一定要试试看。"

纪代子淡淡地：

"努力吧！我帮着你。"两人说着就睡去了。

人生就是这样错综的，若是敏子告诉了纪代子自己哥哥妹妹的名字，在小田原站以丰子为媒介的相见的一刹那间，纪代子一定立刻会想到敏子的话，但，那时纪代子所听说的敏子的兄妹，只是一个抽象的观念，敏子从没说出来哥哥和妹妹的名字。

两个人谁也不知道两人和义信之间的事实。

十五

咲子在学校正上着音乐课，听差到音乐室来了。

唱完了一段的时候，先生招呼听差过来问过了是什么事情之后就叫："仓田！"

"嗳！"

"你有电话，快去快来。"

"嗳！"

谁来的呢？

咲子随着听差走出教室在走廊上，室内又开始了合唱。到电话机前：

"喂喂！嗳，是啊？敏姐姐吗？"

咲子高兴得要飞起来似的。在对方电话室里：

"……前几天，你和姨母一块遇见了户崎先生了是不是？我听说了，（笑）不行，喂，今儿没事想看看小咲，放学来找我吧！好，日比谷交叉点的 M 糖果店见吧！"

"嗳，一定呀！"

咲子放下了电话，想起了义信，又叫了东洋信托公司的电话：

"三点左右，能出来吗？出来吧！找我来。嘻嘻，可能不是那个事，来呀！"

"噢！好啦好啦！我一定去，是日比谷交叉点的 M 糖果店吧？"

——咲子这小东西，竟想些什么呢！

义信放下了电话，随手从胸前的口袋里拿出来那只玫瑰花胸针，眼前，浮起了纪代子的情态。

三点二十分前，义信向上司请了假，出来。

先到一步的咲子，下了电车，进了 M 店后，寻找着室内的人，一个女人举起来一只手。

"噢！"

咲子到敏子的座位坐好，四处地瞧着。

"怎么啦！小咲？"

"噢，说好了，不管怎么的您也别生气。"

"为什么？"

"你得先答应我不生气，我才说。"

"好，我答应你。"

"嘻嘻嘻嘻！"

一会儿，义信拉开了门进来，敏子先看见了他。"啊！"立刻坐不稳了。

咲子望着敏子，狡猾地笑起来。

立刻，敏子的头垂下去，义信也瞧见她们了，惊得愣在那儿，一会儿，平静地走了进来。

"好久不见了。"

看到对方的悲戚，义信这样怀恋地说。

"原谅我。"除此之外，敏子再也说不出别的话来。

"这样健康就比什么都好，我已经听咲子说过——"义信说着又转向咲子："敏姐姐知道我上这儿来吗？"

"嘻嘻嘻！"

"可恶的东西。"义信也笑了。"敏子也吓一跳吧！"

敏子窘得一时不能说话的感情也平复了，招呼着女侍。

"好，喝点什么吧！敏子，你要什么？"

"我已经喝很多了。"

"冰淇淋，喂，敏姐姐，好吧！"

"我要咖啡。"

女侍走了。

"敏子现在做什么呢？告诉我们好吗？"

"不值得说的事。"

敏子想起来剧院廊下的事。"不想说是不是？"

"哥哥不是讨厌做事的女人吗？"

"不是，现在心境变了。"

咲子一下子笑了出来。

"你自个全报告出来啦！"

"总之，我们仅仅兄妹三人，从此永远在一起吧！"

敏子内心，拘泥现到脸上来："啊！"无言地点了点头。

饮料拿来了。

"有好些事情要问你，有好些事情要和你说，我早就想见你哪。"

含着某种意义的义信的话，敏子觉得对自己实在是再好也不过，心乱跳着。

"——我没什么。"

义信是无从知道她心中的秘密的。看着哥哥的脸，眼睛湿润了。

"咲子！"

"嗳！"

"今晚，请敏子到家里去吧！"

咲子点着头。

"那好极了，我下厨房给你做好的吃，敏姐姐去吧！"

"我……"

"谁都不在，姨姨来是来了，和爸爸上箱根去了，我请你来的，别说什么没功夫的话吧！"

"我去。"想了想，敏子答应了。

"谢谢你，我还得到公司去一趟，五点半回家，你们先回去等我。"

"好。"

"那么等会见，咲子，你别叫姐姐跑了。"

"您放心绝对没错。"

义信再度地笑望着敏子，敏子也点着头，义信去了之后："我真高兴。"

"小咲，你怎么不先告诉我。"

"生气啦！"

"啊！——谢你呢。"

"真的？"

对这出乎意料的相会，敏子觉得恰合心意。

十 六

仓田家旁边的小路上，敏子和咲子并肩走着。夕阳的余晖长长地铺在路上，两人一起踏着日影来回走，好久没有过了。

"您今儿告假了？"

"没有，找了一个替工。"

"您做的什么事情呀！"

"这回可要告诉你了。"

咲子急得笑出声来。

那一天晚上，在仓田家的洋式屋子里，义信、敏子和咲子围坐着，难堪地沉默着。义信今夜第一次知道了敏子底身世，感慨无量。敏子为事实打击低垂着头。咲子憎恶地玩弄着证明敏子身世的敏子生母的照片和信，要哭的情绪显在各个脸上。

"原来如此——敏子。"

可是直到今天彼此都以为是兄妹，这感情，怎样也不能为这一点证据抹杀。仿佛不是兄妹这事实，像是说谎一样。

"实在意外，在做哥哥的我，想这事实是完全没有关系的，忘了吧！忘了就完了，叫顺水流过去吧！我们从小就是兄妹。这事情说开了，不叫敏子一个人背负这秘密也好，跟我说，今儿起回到家里来不好吗？"

完全是哥哥的口吻，使敏子的恋情无隙可乘，义信表示的和从前一样的哥哥的情爱。

"我也不是不明白敏子的心，敏子离开了家的心。自然这也算不得就是离开家了。我最近，有打破周围环境的冲动，这样说也许太过一点。"

敏子和咲子一惊。

"实在，我是要跟你们说这件事。"

义信的声调，恢复了以往的清朗，咲子长出了一口气，看着哥哥微笑的脸。

"这回该你们吃惊了。"

"什么事？哥哥。"

咲子紧张地瞪着哥哥——

"什么，就是咱们的姨母，咲子，你看咱们那位姨母怎样？"

"什么怎么样？我看是一位挺好的姨呀！"

"我和你们从头说起：咱们的母亲是二十九年前从大阪的小村家嫁到咱们家来的。我直到今日还以为咱们兄妹三人都是母亲生的呢，谁知敏子不是。不过，敏子，现在希望你仍当作我们的亲兄妹来听我底下的话。咱们的母亲是二十年前，不错，在咲子出生后的第二年，就回到大阪的娘家，就死在那儿了。据说现在这姨母是去世的母亲的妹妹，可是，据我调查，小村家虽然舅舅有好几位，姊妹就只有母亲一个人，母亲并没有什么妹妹。"

咲子和敏子两个人怔怔地听着义信接着说下去。

"明白没有，姨母是在母亲去世后第七年上开始到咱们家来的，每次来的时候，就像咱们的母亲、生母一样地疼爱咱们。我真高兴。我总想咱们要有像这样的一位慈爱的母亲在世可有多好呢。之后，在敏子出走后不久，我忽然疑惑到这位姨母就是咱们的亲生母亲，我想，一定是咱们的亲生母亲。"

"哥哥……"

咲子忍不住叫着哥哥，她实在心跳得听不下去了。

"咲子，你以为奇怪吗，你要知道足以证明母亲去世的证据，是一件也没有哇。若是母亲去世的话，每年也应该祭奠一下呀，连这祭祀，家里也没有过呀。虽然父亲淡然地说是祭祀的事一切都叫外公家随便去办，并且母亲的灵位供在哪儿呢？母亲的骨灰又埋在哪儿呢？母亲仅仅有咱们兄妹二人，父亲连这些事也没对咱们两人提过啊！"

"不过……"

"当然这也不能武断就说母亲没有死，不过，这次姨母上京来之后，我就每天盘问这事，可以说我已经明白了九分九厘了。假如这位姨母真是咱们的生母的话，咲子，你怎样办呢？"

"若真是咱们的母亲哪，啊——咱们好好地问一问吧！"

"问，那还行吗！既然瞒了孩子这些事，一定是有什么重要的缘故。我想一定是父亲和母亲在年轻的时候反过目，离过婚。等到上了年纪，彼此的心就改变了，然而父亲是重视体面的人，两位又都任性，自然不好意思恢复原来的关系。因为母亲惦记着要看咱们，所以假装了姨母来的。"

"爸爸妈妈重归旧好不就完了吗！"

"重归旧好是早就重归旧好了。只是，在咱们的面前，不好说明实情，所以跟你们商量，等我再看看情形，把这事追究得清清楚楚。只要有了绝对没错的证据，咱们三个人就提出抗议，把姨母改回来仍做我们的母亲不就完了吗！我现在已经托大阪市公署，要求寄给我们小村的户籍单子了。"

"对，我们非提出抗议不可。"

"喂，敏子，到那时候你可得回到家来。你回家的事先办起，我想法子去说服父亲。细想起来，这真是个笑话。真跟小孩子们捉迷藏一样，先藏起来，是不行的，不过这时候我们仓田家，实在是个重大问题。你一定得听我的话，回家来呀，恢复了原来的关系，我想一切都没有不好办的。"

敏子听着，眼含着泪，但敏子的悲伤，自己说不出口地痛苦。她想着自己这时候是不该哭的，然而眼泪已经夺眶而出了。

"敏子！"

义信站在敏子的面前，把手放在了她的肩上。

"我的话如果有不该说的地方，还是请您别怪我啊。"

敏子摇摇头，在她胸中，哀伤的手撕扯着她的心。

"你把姨母当母亲看吧，把我也当亲哥哥看吧！"

垂下了头，敏子的额贴在义信的身上。静静地，就那样，敏子把脸贴在义信的身上。义信的两手扶住了敏子的肩。咲子也在那一旁，伏在桌沿上，抽咽起来了。

十 七

文艺部的人都出去了。只剩下了户崎和敏子。在白天的剧场，敏子怔怔地沉思着。户崎吸着纸烟，坐在一旁望着她。

"你怎么啦？今天。"

敏子一下转过头来："昨晚失眠了。"

"什么好事？"

"唉！我正站在十字路口上彷徨呢，命运的主宰真是跟我开玩笑。"

"那么，你是要给我那个开诚相见的回答了。"

"嗯，我还不打算。"

"那么，你是在担心如果拒绝了我，将会怎样的事吗？"

"我一定得要开诚相见的，但是，那是一件事，这是一件事。"

户崎茫然地不知道她说的是什么。

"但是不管怎么样，这里的事，最近我一定要辞去的。"

"这样说来，我也只得要下个决心了。"

"嗳。"敏子笑了。

那天，在剧场的食堂里，纪代子和敏子对坐着：

"虽然明白了不是亲兄妹，你那位哥哥一时不能把你当作另外的一个女人看待，这也是人之常情啊。你心里一向想着他的事，他并不知道。可是他不是说要你像从前一样，把他当作亲哥哥看吗？这不就是很重要的情爱吗？你还有什么难过的呢？"

纪代子看着敏子……。

（……此处原稿不清，大约掉45个字——译者注）

"你哥哥，我想一定是能理解人的。若是我，我要开诚明见地向他表明，你偏没有那勇气。"

"在这我也是想说的，到那时候怎么能说得出口呢？"

"所以，我说我替你见一见他。"

"不，何必给你找麻烦呢。"

"我不管了，人家好心好意地跟你说。"

"比起别人来，还得说是自己的事要紧哟。你的新生，那之后，可怎么样？"

"嘻嘻，"纪代子无邪地笑着，"实在说，我想跟你请教呢。"

"我？我给人家帮忙倒是行。"

两个人不意地相对着笑了。

十八

在圭造和丰子从箱根回来后的一天。

圭造准备上班去的时候，丰子站在他身后为他穿上衣。咲子躲在旁边屋子的门后，忍着笑看着她们。这时，义信在自己的屋里刚刚系好了领带，听见咲子在隔着廊子的屋子里低声叫：

"哥哥！"

义信慌忙地把桌子上的信藏到口袋里，跑到门口去看，咲子也和爸爸圭造一起穿好了鞋，准备出去。

侍女和姨母丰子正在送他们。

义信也追着一起出去。兄妹随在爸爸身旁，不时偷偷地看着爸爸的脸，忍着笑。

走到邮筒附近，义信把口袋里的信拿出来，读着信皮：艺都爱宕町二丁目城南庄转交吉川纪代子，然后投进去。

这信寄到城南庄时，已是当天的傍晚了。

是夜，纪代子和敏子从剧场下班回家时，那信还在门上的邮箱里。

纪代子兴奋地站在那就打开了信。写着：

"前几天，慢待了你。愉快的记忆仍在我的心头。这个礼拜六，在哪里会你？有一点钟，短时间就好。你方便吗？请给我回信。义信。"

纪代子看着，敏子已经先走进屋里去。纪代子把信收到一个提包里去，嘴里哼着小曲，也进到屋里来，立刻就写了回信：

"谢谢您的信。礼拜六只在三点到五点有工夫。"写到这儿，纪代子说了话：

"喂！"

"什么事？"

"礼拜六是后天不是？怎么样？我给你也介绍一下，好吗？你有工夫吗？"

"看什么时候啦……"

"下午三点起一个钟头。"

"好吧，行。"

"怕都不能空闲吧。"

"四个人一起见面是不容易的。"

"怎么办才好呢？"

"我们在楼上，坐在从楼底下能看得见的地方，你们就坐在楼下靠前我能看见的地方。然后，咱们再彼此介绍。"

"当然是要彼此介绍的。"

"这可真不容易。"

"临时再随机应变。"说完，纪代子接着写完了信。

第二天——

咲子接着了纪代子的信，是在傍晚。她站在二楼的廊下，等待着归来的人。等她看见了义信走来，忙着就跑下楼去。

"哥哥回来啦！"咲子跑出大门去迎接义信。

"是，刚回来。"

"哥哥，求你点儿事。"

"什么？"

义信走进屋来，脱着鞋子。

"明天礼拜六，你得带我上哪儿去。"

"好吧，可是，不到明天可不知有没有定。"

"不行，你一定得答应我。"

"你等到明天早上吧！"

"不，哥哥现在就得决定。"

"真麻烦！"

"好！"

咲子一下拿出了信皮，背面写着纪代子的信："怎么样？"

"这小东西！"

义信接过来信开开，看信上写着："下午三时，在日东茶房的楼下见。"义信微笑了。

侍女走过来：

"您的电话，连这次已经打来三遍了。"

"给我来的？谁？"

说着也不等侍女回话，义信就跑进电话室去。

"是，我是义信。啊，是敏子吗？噢？明天？在日东茶房二楼？几点钟？什么三点？啊，糟糕！啊，好吧，好吧，我一定去。二楼是不是？嗯，明天见吧！"

义信发着愁从电话室里走出来。

"谁来的？"

"敏子！"

"什么急事？"

"真糟，反正……明天过下午两点到公司来找我吧！有什么事到时候再说吧！"

虽然这偶然的巧合叫义信发了愁，但仍掩不住内心的喜悦。不过，仿佛纪代子和敏子商量过了似的，都定在日东茶房见，这叫他实在有些为难。

十 九

"好像商量好了一样，她和敏子，都约我在日东茶屋，真奇怪。就说是偶然，也叫人觉得不大舒服。"

坐在车里，义信向咲子这样说。咲子也觉得有些难办。看着表，已经是两点五十分了。

"所以，这样好不好？我先去找她，我和她说话的时候，你到二楼去会敏子姐姐，你替我去问问敏子。我想她也许不过只谈些什么时候回家，怎样回家的话吧！"

"好，我明白。"

在那设有露台的日东茶屋里，二楼的敏子和楼下的纪代子用眼睛打着招呼。纪代子完全是一副高兴得不能安神的表情，虽然是一个人不说话，自己也忍不住地微笑。

这时候，纪代子把脸转向茶房的门口，忽然，表情紧张起来，用手指按着嘴唇，向二楼的敏子知会，像是说：

"来了。"

敏子也毫不客气地探出头来看。纪代子也站起来，低下了头。对方摘了帽子，走近前来。

——啊呀！

当敏子看清了纪代子亲热的打招呼的人是义信和咲子的时候，她好像一下坠落到地狱里一样，头上的血流"轰"的一声都向脚下落去，全身像空了似的，跟跄地倒在椅子上。

但，她还像是不相信这事实似的，仍然向楼下去看，正看见咲子抬起头来看她。咲子伸起一只手来和她打招呼，像是要往楼上走来。敏子突然转身向里面的楼梯跑去，跑下楼来，夺门而出，像做梦一样地沿着步道跑下去。

等咲子走上楼来，早已看不见了敏子的影子，吃惊地用两眼在座位里寻找她。

她看见在方才敏子坐着的桌子上，放着一杯冷红茶和一张账单。咲子就向那桌子走去。楼下的义信，正抬起头来用眼示意咲子：

"敏子，在那儿吗？"

咲子摇了摇头。纪代子在一旁看着他兄妹两人的神气，好不明白，自己抬起头来向二楼看去，她也很奇怪敏子怎么忽然不见了。

问义信："您找谁呢？"

"不是，没有什么。"义信含糊地答应着她。

这时，咲子指了指自己的位子，又指了指楼下，表示自己要下楼去。

义信摇了摇头。纪代子忙说：

"有朋友吗？一块来，没关系。"

"不是，是我的一个妹妹要来，约的是三点钟。我叫咲子上楼替我去等她。"

"妹妹？"

纪代子的脸忽然变了颜色。

"咲子之外，我还有一个妹妹，叫敏子，一个人从家里出来，像你一样地自己在外面做事，今天正是好机会，一会我向你介绍一下。"

纪代子一切都明白了，实在再也听不下去，也顾不了义信，说声：

"啊，实在对不起，我先走一步。"就向门口柜台走去问："和我一块来的笹原小姐，您看见她上哪去了没有？"

"我们没大注意。"

"噢，糟了！"

这时候，看见咲子已经从楼上走下来：

"啊，咲子妹妹，我难过得很。"

"什么事呢？"

两人一块又回到义信站着的地方来，纪代子说：

"忽然发生了要紧的事，我得回去，特意约两位来，实在是对不起，请别怪罪我。"

"噢——"义信露出来十分扫兴的样子。

"等我再给您写信吧，我这样随便，实在对不住。"

"没有什么——"

就在义信兄妹惶惑的视线里，纪代子推开门跑出去了。

像失了魂一样，敏子向御河边上的大手町那面走去。从日东茶屋跑出来之后，要哭也哭不出来的敏子，到现在应该恨谁呢？

在这短短的时间内，敏子就受了两回几乎不能再活下去的打击，兄妹之间的爱情和友情，原来只是应该如此啊。灼热的太阳，从额上晒下来，晒过薄薄的短衫，像是晒在自己全身的肌肤上一样。

这时，纪代子正跑向剧场，两手分开拥挤的人群，跑向入口看座的女孩子那，忙问：

"灯光系的笹原小姐，你看见没有？"

"没看见。"

又拉着另一个看座的女孩子：

"你也不知道？"

"好像没上这儿来。"

纪代子慌忙跑上二楼，推开灯光系的屋门，一个男灯光助手正在转动着水银灯的灯把。

"笹原小姐哪儿去了？"

"没在这啊！"

纪代子再跑上三楼，从三楼到二楼，从二楼到楼下每个地方都找遍了，却没有敏子。最后推开了文艺部的门，户崎看见她，问她：

"什么事，你这么慌慌张张的？"

"没什么，笹原小姐来的时候，请您务必告诉她，我有话对她说。"

纪代子跑向自己的事务房里来，忙向自己和敏子的住地城南庄挂了电话，也说是没见敏子回来。

"如果看见她回来，请您告诉她往剧场给我挂个电话来。"放下电话，纪代子呆了。

敏子姐姐，你上哪去了呢？纪代子两眼已经含满了泪水。然而，这时候，敏子正走过小川町走上了圣桥。桥下过着电车。她额上渗出了汗珠，背上也都湿了。腋下的汗也向下流着，但，敏子对这像没知觉一样。仅仅睁着大眼睛向前走着。

又已经走过了大分，敏子站在上野公园的高坡上，怔怔地向下面的大街看着。高架电车轰轰地响着走过去。公共汽车来去地疾驰着，天是那样地燥热。

渐渐太阳也落下去了。

敏子走到了银座杂沓的人群中，好像有什么事似的，挤进那缓缓散步的人，向前走着。

不久走进热闹的夜市，到了一条冷落的小巷，她好像想起来什么，放轻了脚步，又慢慢地向前踱去。

剧场里，人已经都睡去了。不知她从哪儿进来的，她——敏子站在舞台上。黑暗的剧场里，飘荡着异样的空气。从舞台向观众席上看去，好像是一个空物的大肚子一样。好像昼间人们遗留在这里的感情，现在集到一起，结成一缕怨魂在那里飘来飘去。在不知从哪里漏进来的淡淡的灯光里，舞台上的敏子的影子，就像不是这世上的人。

已经过了子夜十二点钟。

城南庄纪代子的屋里，还亮着灯光。

听见了汽车的声音，纪代子忙把半身探出窗口，向大门看去。楼下公事房电话响起来，纪代子也闭着气，偏过耳朵来听，但都不是给纪代子挂来的电话。

焦急地，急得她只在屋里来回地走。纪代子没看见敏子之前是不能安心的。她有时想哭，有时又发气。

敏子的脚步声响在城南庄的台阶上的时候，已经过了一点钟了。站在房门前，她停了一下，敏子小心推了一下门。

"啊！你回来了。"

纪代子接着她。

"你还醒着哪？"

敏子装作没事人的样子对纪代子说，躲着纪代子的眼睛不敢看她。纪代子一时摸不着头脑。默默地看着敏子，敏子脱了外衣，一下钻到床上被里去。纪代子走到她枕前：

"你生气了吗？"

"没……"敏子摇着头。

"你别生我气。"

"没有的事。"

"我好不放心。"

"……"

"你上哪去了？"

把头转向了墙的敏子的眼睛已经湿了。

"你不吃点什么吗？"

"好啦！"

"敏姐姐！"

纪代子转到敏子脸侧着的一面去，失去了主宰一样地，伸开两手，把脸挨近敏子，诚恳地：

"敏姐姐，你回来就好了。"

"我是因为没地方可去了。"

"我，把那些都忘去，姐姐，你原谅我。"

"你太爱感伤啦，我，已经好了。什么都过去了。高兴，该都是你的了。"

敏子的声音，沉着有力地，说着脸上浮起了微笑，并且伸出了温柔的两手，夹着了纪代子的脸。

第二天，义信和咲子坐在剧场二楼茶厅的沙发上，纪代子和敏子站在两人的前面。四人都充满着复杂的感情，其中，尤其是纪代子，心绪更是紊乱得厉害。

"哥哥和纪代子好，实在是一点也不知道，昨天真吓了我一跳。"敏子笑着说。

"我也是一点也不知道你们在剧场做事呀！"

"对啦！对啦！头一次看见姐姐的时候，姐姐就是从这里的廊下跑出来的。"咲子也记起来往事。

"那个时候向观众报告哥哥的名字的人是谁？哥哥知道吗？就是纪代子呀！真是有缘。"

纪代子戳了敏子的腰一下。

"可是，恐怕在那一天她就把哥哥的名字忘了！"

"别说笑话了！"义信睨视着纪代子，搭讪着敏子的话。

"可是……"纪代子一时说不出什么来。

"你若是记住我，不就不那么吃惊了吗？"

纪代子把脸伏在敏子的背上，小声地：

"饶了我吧，敏姐姐。"

"喂，哥哥，现在我可以去看爸爸去了，早一点去见好不好。"敏子说。

"是么，那好极了，我看今儿就好。"

"那么我就回家吧！反正在这两天事情也做不好。"

"就该辞职才是！"

"呀！要是哥哥呢，怎么办？……"咲子说着缩了一下头。

"要是我，我得先去向爸爸算账。"

"嘻嘻嘻，好极啦！……"

"纪代子，我们又要回去唱大戏了，我回去一趟就来。"敏子说。

昨日的悲哀完全忘了，敏子像换了一个人似的明朗，在压抑着哀愁的坚强的敏子面前，纪代子完全像一个小妹妹一样。

"那么，敏子晚上还回城南庄来吗？"

"就是晚，也一定回来。"

四人走到剧场门外。

"那么——"义信正视着纪代子。"再见吧！"

"再见。"

三个人向纪代子告别。边走着，敏子向哥哥问：

"哥哥爱纪代子到什么程度呢？"

义信为这问话惊得一震，回头看，纪代子还在目送着自己。

"结婚也无不可。"

敏子和咲子对望了一下，"噗"地笑出来。

"您这么说，我可放心了。"

"可是不知道纪代子的心愿如何！"

"我可明白她。"

"噢！"

将信将疑的，义信的脸上浮上来笑。

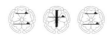

仓田家的客厅里，正中放着一张黑檀的桌子，桌子的左右，兄妹三人对着圭造和丰子跪在席上。（日本习惯，席地而坐，跪着则是表示恭敬——译者注）

义信因为兴奋而红了脸，说：

"敏子从今天起，完全忘掉过去，依旧是我们的姐妹，爸爸的女儿，而回到家里来，爸爸也要像以往爱她那样地爱她吧！"

圭造点了点头，丰子窥视着孩子们脸上的神色。"还有一件事我今天……"

义信这次看着圭造和丰子的脸：

"我们兄妹三人有一句由衷的话，一定得要请父亲听听。"

咲子和丰子对视了一下，丰子不自主地低下头去，仿佛预感到某一种事情将临似的，义信追视着丰子。突然叫了一声："妈！"

咲子和丰子看着哥哥底脸，暂时沉默着，圭造和丰子也不说话，像是觉出了要来的事情终于要来到了似的，低下了头。

"我从很早以前就知道姨母是我们的妈妈，直到今天没得到请问的机会。妈妈在我们面前说谎，一定有相当的理由。但是，爸爸，今天，您忘记过去的一切，饶恕妈妈吧！"

圭造一时回答不上来话，右手摸着前额、鼻子、嘴，好久不出一声，半天才说出：

"这话真没意思。这问题在我，并不是饶恕谁不饶恕谁的事，你们的母亲她……"

"不对，我，我并不想装个姨母来做什么，我，完全是一个做母亲的想看我的孩子才来的，这番做作，不都是你的主意吗？"丰子立刻反驳了圭造。

"你还是少说吧！不能和孩子们同居一起的母亲，对孩子们的心，是一个多么大的打击。我的主意并没有错。"

"可是，到了现在，不还得受孩子们的诘问吗？"

"你没有这么说的权利，造成这原因的是谁呢？还不是由于你这种任性造成的吗？"

两人这样拌起嘴来，孩子们都忍着笑，低着头。

丰子受了圭造的抢白说她任性，不由得有些气馁了。义信抓着这个机会，正容说道：

"妈！您没有重回家来的意思吗？"

"她，她最初对这个家，就不如意。"圭造插嘴说。但被义信给挡回去了：

"爸爸，请您先别说话。妈，我们现在请求您，您还做我们的母亲，回家来吧！"

丰子的眼角里已充满了泪，用指尖把它擦去，一面说：

"只要你们愿意，妈我是高兴的。"说着向圭造那面看了一眼。

圭造摆着两只手向旁边扭着脸，一声不响。

"那么，妈妈答应我们了不是。好，爸爸，您没有异议吗？"

"你，你真有这么做的意思吗？"

圭造这样问着丰子，但丰子自己早有了主意，在孩子们面前，对圭造点了点头。

圭造向着义信："随你们好啦！"

圭造这时已经恢复了做父亲的尊严，说时用着凛凛的声音。

义信吐了一口气，放下端着的肩来，敏子和咲子的脸上也挂上了笑容。

"啊，这可真好。"咲子忍不住出了声。义信也伸直了在席子上跪了好半天的腿，腿都麻了，他揉着，一面说：

"从今天就是我们的妈妈了。好吗？大家，你们再错叫了姨母可不行啊，可真不容易，我的腿都麻了。"

"我也麻了，敏姐姐呢？"

敏子皱着眉，不安地坐在那里。

义信第二次正容低下头去说："爸爸，妈妈，请您二位原谅我们刚才说话太放肆了。现在我们要到那屋去了。爸爸妈妈也休息休息吧。"

圭造本来也想笑了，但看了看丰子，在孩子们的面前，又强忍着。

走出屋来，义信靠着廊子上的柱子，方才过去一阵兴奋之感，重又回来。虽说这番收场是个喜剧，但他也像经过了悲剧一样的，两眼反湿润了。他想到，父母重归旧好握起手来的情境，这真是不常有的兴奋，使他一时不能安静下来。敏子呢，离开义信好远，靠着玻璃窗子，怔怔地看着咲子。

"爸爸和妈妈应该多高兴呢，还拘着面子呢……"敏子不意地随口说出来。

看看院子里的樱花，已经是开残了。

在和义信一块回家去以后，敏子重回到仓田家里来。

特意请了假，敏子和纪代子从丸之内的大桥街向东京车站走着。

"妈妈回大阪去把美容院让给徒弟，就永远在东京住了。爸爸也和妈妈一块到大阪去，到十几年没去的姥姥家道歉去。两人能这样公开地一块旅行真是使人高兴的事。所以我们三个都说：爸爸和妈妈像是蜜月旅行一样。"

"啊！"

"第二该轮到你底蜜月了。"

"别跟我闹。"

"真想不到纪代子姐姐会做了我底嫂子。"

敏子和纪代子到车站的时候，在头二等的候车室中，圭造、丰子、义信和咲子已经先来了。

"这样忙的时候还劳您到站上来！"

丰子向纪代子寒暄着，圭造也摘下来帽子行着礼。二、三等混合急行车富士号，扩音机开始报告检票。

到月台的一段路中，纪代子故意躲着义信，咲子靠在丰子的身旁，圭造在和敏子说着什么，找对了二等车号后大家上了车。

"那么，再见吧！"

丰子对纪代子客气地道谢。

"我也想去呀！"

咲子从窗中探出头来像也要走的样子似的。

月台的那一边，有欢送出征兵士的声音。

圭造和丰子对坐在一个车厢里，看着车窗。

三点钟了，开车的铃响着。

义信、敏子、咲子和纪代子向圭造和丰子道了别，下了车，车慢慢地开了。

四人出了售票口。

敏子背着义信和纪代子，悄悄地在咲子耳边小声地说什么，咲子挺有兴味地答应着。

"咱们喝茶去吧！"义信提议。

"请……"

敏子的脸色明朗。

到售票口左手的小汽车停车场的时候，咲子突然飞奔到等在那儿的汽车中去。

"先走一步。"敏子说着，也飞跑着坐到汽车中去。

"啊！等一等呀！"

纪代子从后面追上来，汽车已经开了。敏子和咲子在车里摆着手。

"真可恶！"

纪代子后悔地跺着脚，义信走到她的身旁来。

二十四

纪代子的脸升上来羞红，要知道她们这样做，早抗议就好了，纪代子兴奋地这样想着。

车里的两个人，一直到看不见义信和纪代子之后，才把脸从后窗上转过来，向着前面坐好后，两人情不自禁地缩肩一笑。敏子的眼里，悄悄地溜进来寂寞。

"上我们戏院里看看去吧！"敏子说，耳边绕着剧终的音乐。

"好。"咲子同意地答着。

在剧场的旁边下了车，敏子拉着咲子的手，进后门坐电梯到照明室中去。

照明室里，助手正在摇晃着水银灯的柄，敏子脱了上衣说："我来吧！"接过来照明的工作。

咲子新奇地从照明窗下看舞台，舞台上正演到最后全体上场合舞的一节，敏子向着舞台摇着灯柄。

咲子发现了站在舞台左翼上的在吃茶店里曾一度相逢的户崎，一手指着他，一手敲着敏子的背，敏子突然把灯光向户崎的脸上一晃。

户崎慌忙用手去挡脸，向敏子她们那儿看着，看清了是敏子她俩后，笑着握了拳头向空捶了两下。

音乐已经奏到最后一节，在握着拳头的户崎面前，缎幕静静地落下来。

照明室中，敏子和咲子放声地笑出来。

初刊北京《民众报》1942 年 8 月 1 日—— 9 月 7 日

母系家族

[日] 石川达三原著
梅娘译

初刊北京《妇女杂志》第 3 卷第 11 期 1942 年 11 月
第 4 卷第 9 期 1943 年 9 月

石川达三氏小介绍

　　被称为日本风俗作家的石川达三氏，从昭和十年以《苍氓》一篇领得了第一届芥川文艺赏之后，一直称雄于日本文坛，先后发表了《结婚的生态》、《人生画帖》、《转落的诗篇》等等有名的长篇创作，拥有广大的读者群。石川氏的小说，是以表现男性与女性的自我，及男性女性企图征服对方，并且追求调合这两种形态为骨干的主角，大抵是被社会压抑了的女性。石川氏用他底生花妙笔替这群不幸的女人呼求着理解，幽述着阴郁，反抗着社会待遇的不平。也嘲笑了女人底愚昧。

　　本篇，也是以一个收容被弃的女性的公寓为舞台，展开了生动的故事，这个故事在大阪每日新闻连载之后，又以电影的姿态在银幕上与观众相见，由美貌年轻且又精技精湛的宫城千贺子主演，在两年前的日本，是曾轰动过一时的。

在十叠（日本室内用之草席——长约中国七尺，宽约三尺左右——译者注）的大客厅里，整齐而合适地陈设着藏青色的洋式家具，靠窗放着一张大办公桌。院内的绿色透过大的窗子停留在桌上，使人想到这屋子主人的明快的性格。鲛岛正代被领到这屋里来暂坐。

　　"他三点钟回家来……"刚才出去开门的大概是高村律师的母亲说。现在书架上的座钟是三点差四分。鲛岛正代站在那儿，不知不觉地仿佛过了二三十分钟，心里盘算着那些要对这位初次见面的律师说出来的恋爱的破裂，结婚问题种种，小孩子的处置，甚至私生活方面等等的话。

　　室内的一边，靠墙做好的大书格子上，直顶到天棚，满满地罗列着书籍和抄本。中间的一格里，陈列着的民法最近判例、亲族相续法判例全集、最新法学全集、民事诉讼法精装、母子保护法研究、宪法新解等等的书，书上的金字闪耀着。上格和下格里，重叠着写着墨笔字的《调停成立》《民诉》等等诉讼或者判决的文件。自己要提出来的事也将被做成这样的文件，暴露着羞耻，多少年多少年地堆在这书格子上吧！鲛岛正代这样想着，不由得烦恼起来，又觉得孤寂。

　　门咯的一声，她立刻下意识地站起来，整理一下裙褶，可是外面的人并没有立刻进来。待了有在灰碟里弄灭了抽着的烟卷那么大的一会工夫，门轻轻地开了。意外地一位高身量、骨骼隆起的白色的脸，整整齐齐地穿着藏青色洋服，对女人很有礼貌的年轻的律师，迈着大步走进来。

　　"您等了很久了吧！"他提着橙色的装得鼓鼓的皮包这样寒暄着，眼睛去看书架上的座钟。鲛岛正代也不由地随着他的目光去看，钟正好三点。由于这屋子所给的印象，由他本人的态度，他像是有着一个非常规律的性格。

　　高村晞三律师站在办公桌前，从皮包中拿出文件来并且燃着了一支烟。正代看着他底后影，觉到了安心而又为他所拘的情绪。

　　他从桌子的抽屉里拿出一封开了口的信来，转过来身子。

　　"是鲛岛正代小姐吧！山根英太郎先生已经跟我说了……"

　　"是的。"

　　他又看了看信，和正代对面坐下。他底修长的女人似的手惹去正代底视线。

　　"事情的大致情形介绍信中已经说过了，不过，您和您要告的那位竹内夏雄先生之间相识的初衷，以及事件——说事件不好——和他交往的经过，我还愿意详细知道一点，因为我一定得要从中找点证据……"

　　听了要"详细一点"地说明事情的话，正代踌躇着。反正跟律师这行人说什么也无益于诉讼的本身，他们也不过是据于职务冷淡地问问就是了。跟这样的人说出来自己拼上了性命的恋爱的以往是痛苦的事，就是说出来当时自己严肃的心理，也不会得到他的理解的。

　　"我，我不愿详加解释。"

　　她挑起眉来清晰地这样说着。现在更连到律师这儿来请他帮助解决这件事的行为都后悔起来。

　　高村晞三在烟卷的烟雾里微笑着，仿佛他本身有什么使他羞涩的那样轻笑着。

　　"您太多虑了。"他静静地说，"自然这是您本身的秘密，可是因为在上诉的场合中感情是复杂的缘故，非常微妙的一点事情就能使诉讼变为有利或无利。这样吧！躲开您不愿公开之点，拣您以为不关紧要的事说一点，看一看能不能提出起诉。"

　　"那我倒明白。"

　　对高村律师的话，正代像一个被安抚了的傻丫头似的不愿再示弱，刚才的安心的情感消失了，甚至连律师的白皙的脸都觉得有点讨厌起来。

　　"那么，要我说什么都行，您想问什么呢？"

　　高村突然看了正代一眼笑着：

　　"惹您不高兴了是不是——那我就问吧！对方的竹内夏雄先生每月有多少的收入呢？"

　　"月薪一百三十五元，加上赏金平均有一百七十元的样子。"

　　"财产多少？"

　　"没有什么不动产，贮金倒许有一点。"

　　"有太太和两个小孩是不是？"

　　"是。"

　　"那么，您想为您的小孩要求多少养育费呢？"

　　"每月三十元继续下去就行。"

"我知道了，那么最重要的一点，竹内先生有太太的事您不知道吧？"

"我知道。"

"啊！你居然知道？"

"是的。"

"那么，您后来想想将会有一个怎样的结果吗？"

"您以为我那样糊涂吗？"

"对不起！那您究竟是什么意思呢？"

"好像您这儿就是法庭一样。"

对高村的质问，鲛岛正代用鼻子哼了一下，讽刺地笑起来。笑着靠在椅背上，挺直了胸，叠起穿着长筒袜子的腿，闲暇地望着院子。很不在乎自己的放任的态度的样子，从钱包中拿出烟卷，燃着了后，向正在等待着回答的高村律师肆无忌惮地说出来：

"我，我本意要和那个男人结婚，无论怎样也是预备和他结婚的。"

高村觉得这事情没有起诉的可能性了，知道竹内有妻子而去和他接近，而且无论如何也要和他结婚，这是女人去诱惑男人，这样的关系里是没有要求养育费的理由的。

这倒是一位聪明的女人，因为过于聪明而轻蔑别人，高村对她起了鄙薄的感觉。

"我不怎样明白这样情况下的女人底心，是因为已经恋爱了而不愿顾及别人的事，带着一种自暴自弃的心理这样做的呢？还是有其他的缘故呢？"

"有别的关系。"正代答着，也在灰盘里揉灭了纸烟头，咬着红红的唇。

"就是我多混蛋，我也知道在恋爱的时候要找一个独身的人，可是到底还是找了竹内。我知道这不是好事。其中话长，我倒不是想借此请先生理解我，我说说也就是了。

"在和竹内没有这种关系之前，我在二十几个男人中徘徊着，当然他们都是独身的男性，我预计在二十四岁的时候结婚。从那时候起整整二年，和男人们交往而且细心地研究所谓'男人'的这种东西。最初为了要知道喝酒后的男人的世界，我去学喝酒，酒排间、饭馆子，男人们的下处我都去过。在我来往的那二十人中间，有十六个人来向我求婚，其中还有一个青年拿了毒药来给我看，说不和他结婚他就自杀来威胁我。

"我自然不会愚蠢得想和那群人结婚，不过，其中有五个人使我这样想着：'跟他结婚怎样呢'，打听后，知道那五个人都是成了家的人。其中的第五位就是竹内。的确是像先生说过的那样，我是自暴自弃。我怎样也没能从独身的男性中找到理想的伴侣，那些轻薄的，不定性的净耍嘴片子的年轻的人们，我够了。我失望之余，转念到就是有了家庭的人，我把我今后的生命交付给他又有什么关系呢！自然这种想法是没道理的。自知没道理，可是独身的男性，已经是在我心里落选了。"

"真甩了不少独身的男人了呢。"

高村又微笑着，明白了这位女士的过往思想后，觉到了她的幼稚。

"甩也是不得已呀！"

正代说完了，倦了似的立刻沉湎在思索里。

"啊！我也是独身者之一呢。"

高村自己唠叨着。抬头，看见正代的刺一样的眼睛正盯着自己的脸。

像鲛岛正代这样的女性，在高村已经不珍奇了。在来请高村代替请求赡养费、解决离婚问题的这些民事官司里，女主角是不在少数的。这种事件中的女性大部是为了固执于自己的偏见而落到不幸的激流之中。许多社会问题也因为不能坐视她们这种愚蠢行动而产生了。

"大概我都明白了，不大好办呢。"

高村已经完全失去了对这件事情提出起诉的兴味，倒觉得若能把这位偏激的女士再引到正道上去，在事实上更好一点。

"依据事件的性质，要求养育费是不合法的。不过两方面能够和解的话，那一点事是不成问题的。在我觉得您就是得了这笔养育费于您也没益。……您不这样想吗？您接受了这笔钱，就等于您承认了这是您的错误，承认这个污点一样。说污点太冒昧。回想起来，这实在是一件使人不愉快的事，您不觉得他就是您失败的证明吗？完全忘掉了他，将来会更好的。您本想使对方负责，但是先陷自己于窘境，您若是把这件事的责任自己背负起来的话，那过去在您也不过是一个偶然的错误而已。我是想这样做比较最好，忘记过去，建筑未来的新生，这才是聪明的办法。第一，我给您举一个例来说；假如您以后又想结婚的时候，您替您底孩子要着养育费，这养育费就是您的束缚，那时候想打官司也没用。到现在为止的那些托我起诉而胜利的女士们，都没有什么幸福。一时因感情激动而打官司的人，过一两年后差不多都后悔了！"

"我，我自己怎样都没关系。"正代大声地说，"我并不是想要什么养育费，我只想叫社会责罚那个没有良心的男人，所以我不顾羞耻地来找您。"

"您想叫他恶行暴露吗？您这样做先自己给自己找来麻烦了。"

"我没什么麻烦，到什么地步我都不在乎。"

她的问题是要失败的。高村安闲地摆弄起了烟卷，等待着正代兴奋的感情平复。

有人在轻敲着门，高村过去拉开了它。"呀，对不起。"

一个清越的声音向屋内的两人说。

"没有关系，您有事吗？"

穿着齐手腕的天蓝色洋装的二十四五岁左右的女人走进来。

"会计整理完了，还有这个打字的也打好了……"

高村接过来她拿来的账本和抄本，这时候鲛岛正代从头到脚，一点空隙也不露地打量着这位进来的女士。

高村翻账本的一刹那间，那一位小姐也转向了正代，两人的视线叠在一起。普通情形中，两个不相识的人视线接触了后，一定有一个人避开去。可是这两位小姐一动也不动地，敌人似的憎恶地互相看着对方的脸。最初的一瞥后，两人都本能地反感到对方是漂亮，正代一眼就看出对方是年轻的独身的女性。在体格方面，正代是优于后来的人的，后来者没有正代体态那种苗条的风度。

"我一会去。"高村轻轻地说。

那位小姐退了出去。

"那一位是谁？"

"秘书……还有……"高村立刻转开了话锋。

正代觉得两人之间仿佛有特别的感情，这使得她一直不安着。

"还有……你一定要起诉的话也没有办法。不过我劝您还是打消这意思好，打官司是不会胜的。您是因为经济困难而不得不出此下策吗？"

"因为我要去做事。"

"那好极了。您底小孩还很小吧！"

"下月整一周岁。"

"有照看他底人吗？"

"所以呀！没人我也不能做事去呀。"

"是，照看小孩的人倒容易找。我在经营着一所薰风公寓，您去看看如何？薰风公寓实际上就是妈妈和孩子们的家，是专租给带着小孩的女性的公寓。"

"谢谢您，我就讨厌所谓的社会事业。宁死我也不愿意受那样照应。好像监狱里囚徒似的，受它的压抑，承它的恩惠，守它的规矩，像收留一个贫民似的那样，上那样的地方去还不如死去。"

正代说着去看高村，高村的白皙的脸上带着安静的微笑，在烟卷的烟雾里对着自己。

"您再听我说两句您就明白了。我并不是做什么社会事业，只是为了带着孩子的单身女性太多，在她们上班去的时候有看护小孩子的设备而已。住房有房钱，六叠的一月十块。挺明朗的公寓呢。上班时候替管小孩子每月收五元的照料费，以外任何规矩也没有。只不过为避免刺激别人的感情起见，男客至晚在九点半钟时要退出。您到这个窗户这来瞧一瞧，您看小孩子们挺高兴的样子在……"

高村站起来，正代站在他底身后。窗的对面有一座两层殖形的白墙绿顶的楼房。在有秋千、滑梯、沙坑，喷水池的院子里，十个孩子在喧笑。的确是明快的地方。在那一瞬间，看见了在柿子的碧叶下的白长椅上坐着的正注视着这儿的女人，正代战栗了一下。

正是刚来过的那个姑娘。

高村律师探出上半身去：

"您看这不是挺好嘛？家一样的，这样说还不对，实在就是家，以小孩生活为中心的一个家。"

"饭一块吃吗？"

"不，随便，我是不干涉私生活的。我并不是什么监督人呀！"

"刚才见的您的那位秘书，在公寓里做什么？"

"做的事多了，管杂物、打字、照看小孩，她就仿佛薰风公寓的指导人一样。"

"那这公寓里的人得要受她的支配了？"

"没有。"

高村笑起来：

"您讨厌她吗？"

"我不大喜欢她。"鲛岛正代率直地这样答出来，又回到原来的椅上去坐。立刻接着问：

"那么，先生是不愿意替我上诉了吧！"

"不是，我不是那样的意思，我只是希望您能明白就是打官司也没什么好结果而已。"

"那我就不麻烦您了。"正代发起脾气来。

她自己也知道，发脾气是无济于事的，不但无济于事，在现在的情况中简直真是多余。不考虑以后的生活问题是不行了。找人照料孩子，探寻职业，不然困窘就要来临的。她也明白高村律师的厚意，但是，在不幸的情况中无缘由地接受人家的好意，不自禁地觉到是难堪，她底性格已经被以往的偏见给歪曲了。

在她底心里，突然疑惑一件可喜的事：这位律师先生劝自己别打官司而到他经营的公寓中去住，他也许是由于对自己有了好感而提出的吧！

有过十六个青年一起来求婚的骄傲的过去，现在是没有一个人理这个不幸的带着孩子的身体了，正代觉得气愤，寂寞而又心绪紊乱。

"我现在在朋友家住，一位姓奥田的实业家家里。虽然主人说住到什么时候都没有关系，不过在别人的家里总是不方便……也许要到先生的公寓中麻烦您呢。"

她说谎，什么实业家的家完全没影，她不情愿说出任何求助的话来而使高村增加对她底轻视和怜恤。

"也许明天有工夫来看您的房子也不一定。"

"啊！那太好了，我想那才是最好的办法。"

高村像跟自己说话一样地说着，他这样巧妙地表现了自己的意思，正代的心上留下了温暖。

他一直送她到大门口。

虽然天已经黑了，可是还没有吃晚饭，还得要到病院去，探一次病，病人的小孩得要照应去睡觉，今天的事情也没整理，预备到美容院去也不可能了……最上葵伸手扭开了电灯，账本反射着白色的光亮，窗外立刻显得黑暗起来，接着按了按身后柱子上的电铃，伸直了腰，恢复着脊柱的疲劳。

快五十岁的公寓中的老婆婆，拖着草拖鞋啪——啪地走到事务室里来。像刚洗完了碗，胸前的白围裙，濡湿的。

"您很忙吧！"

"忙也没办法呀！替我做点事吧！婆婆。"

"我能做的就行。"

"当然，您一定能做，八号的依田春子今天住院去了，您带她底小孩去睡好不好，带他到儿童室里去吧！"

"现在睡不睡不知道。"

"能睡，那孩子不大听话，您好好哄一哄他。"

"您的饭怎么办呢？"

"啊！劳您驾，待会您给我拿这儿来吧！要一点烩饭就行了。"

"好吧，你真是，这么年轻轻的时候整天地忙。"

"没关系，我爱这样忙碌的生活。"

矮胖的老婆婆摇摆着肥硕的腰肢走出去。葵拿了草稿坐到打字机前去，她什么都做，凡是薰风公寓中的一切她都管。早晨忙着事务方面的事，午后陪伴那些从学校里回来的孩子，傍晚把孩子一个个地交还他们的母亲。再到事务室里去做未了的事。打字，打算盘，调和婴儿的乳，检查薰风公寓内的卫生，给孩子们调换午餐的茶，还是高村晞三律师的秘书，是一位多才多艺的女性。

已经习惯于繁忙了，一会就把纷乱的事情整理好是葵引为愉快的事。常常唱着歌，像一位歌唱家那样地流溢着好听的声音唱着，甚至于有时候还吹口哨地做着工作，有这样一位时代的、理智的事务家一样的葵存在，整个的公寓，都因而明朗愉快。葵听见混杂在打字机声里的叩门声，一面注视着眼前的数目，嘴说着"请"，身旁响起了走路的声音，打完了一行数目，葵回头，二十二号房的牧场多慧子站在那儿。

"打扰您。"

多慧子带着可爱的微笑，一定是有什么事情要麻烦葵才来的。多慧子虽然不算年轻了，可是还穿着流行的洋装，丰满的腰间，像要击折了腰似的紧紧地扎着一条银地金纹的粗俗腰带。

"您有什么事吗？"

最上葵转过椅子来对着多慧子。

"啊！有一点急事，家里来信了，一定要我在父亲七周年的忌日回去一次。麻烦您，您替我照应两三天孩子可以吗？我本来预备带他回去，可是他又得上学……"

牧场多慧子是三十二岁，但穿着洋服去上班的背影，看去也不过二十六七的样子。她底小孩丰太郎，已经十一岁了。丰太郎的父亲现在在什么地方不知道，说是在尽兴地放荡生活之后死去了。多慧子七年以来等待着丈夫的归来，一方面养育着孩子。

"好，孩子交给我吧！"

"谢谢您，就拜托您了。"

"喂，牧场小姐，实在是回去说亲吧！"

葵一针见血地问着，修饰得很美丽的脸笑着。

"啊呀！您怎么知道的呢？"

葵只笑着，但并不是愉快的笑，不仅仅是牧场多慧子，这个公寓里住着的任何一个母亲，对再婚的事都是极端秘密着的，不幸的初婚的经验使得她们的感情都晦暗了。虽然薰风公寓的明快的空气，清新的屋子和宽阔的庭院，给她们的日常生活自由的发展的机会，但母亲们底不幸在明快的暗影里潜伏着。孤独和忌妒，保守自己的秘密而探寻别人的隐私……若是她们都不能从苦难中被拯救出来，高村晞三也就不经营着这样的事业了吧。

"这儿的人无论如何也是再找一个合适的人嫁了才好的。"

这是高村晞三时常跟葵说的一句话。所说的良缘，究竟是什么样的婚姻才算良缘呢，世间有什么好姻缘给公寓里的这些母亲预备着呢。葵自己这样想。

"是明天起身是不是，放心吧！三天四天都没关系，我替您照看孩子。"

"麻烦您，谢谢您。"

牧场多慧子靫红着脸走出事务室去，葵转回到打字机前。十年的不幸、七年的孤独，再婚对牧场多慧子，不用说是希望着的事喽！不是母亲再婚，多余的丰太郎怎么样安排才好呢？母亲的好姻缘未必就是儿子的好运气，葵想着心里郁闷起来。

意料外的，廊下有孩子剧烈的哭泣声。跟着公寓中的婆婆抱着一个小姑娘拉开了事务室的门。孩子是今野常子的五岁的小女孩，抽风似的乱抓着婆婆的胳膊。

"怎么啦？"葵站起来接过孩子。

"她妈妈还没回来呢！"

"没回来吗？奇怪。"

今野常子在汽船公司里做事，一向是五点半回家来，婆婆说这孩子在儿童室的长椅上，小狗似的蜷曲着睡着了。别的屋子的妈妈们忙了一天了，都正吃着温暖的晚饭，谁都把她给忘了，被遗留在黑暗的游戏室里。大概哭着睡着了，孩子的为孤独侵蚀的脸上显着可怜的神色，葵简直不忍去看那孩子的脸。

"好啦！婆婆，我管她吧！您把依田小姐的孩子也给我送到儿童室来。"

葵就那样地扔下了工作，抱着孩子到儿童室去。

那一夜，今野常子过了十点还没有回来。

朦胧的灯光里，儿童室中八只小衣整齐地排列着。今天有两个小孩在这里睡，一个是今野缨枝，五岁，一个是依田义雄，七岁。

孩子的被日光晒得健康色的脸上，躺着床格子的一条条的影子，小小的嘴流着涎水。窗外的暗夜中，不断地轻响着柿子花坠地的微声，室内充溢着新叶的香气。

软风摇着座灯的流苏。读着小说的葵看了看手上的表，已经十点半了，今晚上又不能安静地睡觉去了。虽然有自己的屋子，一月有半月在儿童室里睡。白天来做工的保姆傍晚都回去了，葵不得不整夜地看着母亲不在的孩子们，那群睡得不踏实、乱暴的、得训话的孩子们。

今野常子还没有回来，她是汽船公司的打字员，西文打字是很拿手的。生活的充裕使她不怎么安分。刚刚二十九岁，有艳丽的健康的肌肤。她深夜才回来的事，从上月起已经三次了。

为恋爱忘掉了孩子是一定的。也许信赖葵会亲切地照管孩子即放心地出去玩的吧！樱枝被带到儿童室来的时候还是抽抽搭搭地哭着，东西也不想吃，直到哭累了睡去。现在在像母亲一样的白皙柔软的颊上还遗留着泪痕，仿佛睡着了也知道母亲不在似的抽泣着。

葵弯腰去替孩子拉好毯子，这时门轻轻地响着，慢慢地被推开来，这不是迟归的母亲们慌张地开门法。葵立刻感到了这是高村晞三。一瞬间，她底神经紧张起来，一种年轻的女性在深夜的室内接待男人的本能的紧张。

经理——这样称呼高村，高村是很年轻，只有三十四岁，他底头脑却是相当老练的。

他常在深夜的时候，悄悄地到公寓的廊下来，他并不是来察看什么，只是想理解那些带着孩子的女性们的生活，能够深入地理解她们的生活，才能为她们筹想造福之策。夜来，公寓中的人都抛弃了白天为生活而斗争的紧张，在这仅有的空间里，露出本来面目。他悄悄地走来是为了找寻新的材料。

儿童室是材料最多的地方，孩子们离开了母亲独自睡觉，正是象征了自己身上的复杂又不幸的生活。

　　高村蹑足走进了儿童室内，他知道最上葵正在那儿。他也知道夜给这样年轻的女性带来不可思议的魅力。白天庄严敏捷地处理事的葵，到晚上恢复了女性原有的温婉的态度，这是使他在魅惑之外有相当的刺激性的。

　　在座灯的朦胧的光圈外，她正静静地为一个孩子整理着毯子。

　　"啊！今晚上两个小孩在这睡呀！那个是谁的孩子？"

　　"八号房的依田春子的小孩。"

　　"是住院去的那一位吧，您看她去了吗？"

　　"还没有，今天太忙了，明天去。"

　　葵轻轻地把蜷伏着的男孩放正了睡。依田春子一早上闹起中耳炎住院去了，孩子孤独地留在这儿受着葵的亲切的照料，那是一个一点也不肯和葵亲近的乖僻的孩子，这样的性格是像他底母亲的。

　　依田春子差不多和这公寓里住的二十六家一家都不来往，自己过着孤独的生活。她每月从孩子底父亲那儿拿七八十元的生活费。那位父亲是一位医生，而且有很多的钱，曾在他的医院中做过看护的畸零的依田春子，现在就是指着孩子的养育费过着寄生的日子。她觉得孩子的医学博士的血统是孩子的光荣，也是自己的夸耀处，也许因为这情形，她才和大家不相来往的。

　　高村站在孩子们底床前，看着孩子们的睡脸。薰风公寓，六月的薰风，因为薰风是希望的象征，所以他才用它作公寓的名字。可是眼前睡着的两个孩子的脸，在眉宇间窝藏着生活的阴影，是表现了母亲和孩子在怎样困难地和生活斗争，为生活所伤，为生活折磨得疲乏得没有生气的脸。

高村靠近孩子燃起了纸烟。

"明天上医院去的时候，请带着这个孩子吧！他母亲一定愿意看见他。"

"好。"

"现在房子空着几间？"

"二间。"

"明天说不定有人来看房子，来的时候，请领她看看，姓鲛岛。"

"是……今天来的那位客人吗？"

"啊！你见过了，就是那个人。"葵轻笑着坐到刚看着的书前去。

"那个人一定讨厌我，好像是和依田春子一样不大好接近的人。"

"你怎么知道？"

"我觉得出来。"

葵歪着头笑了，"啪"地合上了书。

"也许性质很坏的样子，做事反乎人情，因而给自己招来了不幸。"

高村简单地说鲛岛正代的经过，葵把两只手叠在书上，静静地听着。高村说完了话的时候，葵叹了一口气说："我也是任性，什么事想着想着不觉地就任性地做了。对那位小姐话说得太不客气了。我就是这样，心里有什么就说什么的坦白的人……"

说着葵后悔起来，为什么要跟高村说出来自己的感情呢？好像求他理解一样！她羞涩地闭了嘴。

高村突然说：

"最上小姐什么时候都是怀里藏着短刀的，是吗？"

"呀！没有的事。"她惊愕地抬起了脸。

"谁说的这话，我底箱子里倒是有一把。"

"要杀谁吗？"高村说着大声地笑起来。

"您真厉害，我，我也不过是为激励自己才拿来的，因为是一柄看家的刀……"

"噢！其中有故事吧！"

"也没什么，外婆出嫁的时候陪嫁来的，把它给了母亲，母亲死以后本来应该给姐姐，可是姐姐怕它，不爱要，才给了我。是我家里的女人们一代代传下来的，我也要把它传给我底女儿呢。"

祖父在很年轻的时候死在中日战争里，父亲到山里打猎去失了踪迹。葵的家里是母亲和媳妇、女儿这样继续下来的，陪着那柄短刀，母亲底不幸的运命，也一代代地传给了女儿。

第二天早晨，葵拉着依田春子底孩子的手到医院去探病。春子从头到下巴都缠着药布，药布中露出来的脸，没修饰也没血色，为病歪曲得很丑。

"怎样，还疼吗？"

"谢谢您，好受一点了。"

"您安心地养病吧！我当心地看着义雄少爷。"

依田春子就那样躺着凝视着孩子的脸，意料外地是那样冷淡而又无情地凝视。孩子也严厉地回望着母亲，身子连动也没动。葵觉到了空气僵硬的程度。

"实在费您心。"春子挖苦似的说，"我，我死了才好呢。"

葵听着这样糊涂的话，心不悦地沉默着，早就知道她什么时候都是这样别扭的。

"要不生这个孩子多好，好像他专为给我不幸才生下的。"接着又皱着脸这样说：

"我好了我再谢您吧！您多分神。"

带孩子来多余了，这样的母子就好像为互相证明不幸才活着的。

"那我们回去了，您保重……"

探病三分钟就完了。那间病室里一共有四位病人，通风的设备不好，屋子蒸热得难过。

葵渴望呼吸新鲜的空气，急急地携了孩子走出来。

但是葵的心上却阴郁地横着刚探望过的不幸的女人的脸。像依田春子这样的女性的生活怎样解释才好呢？纯洁的美丽的二十多岁的年轻的小姐，带着所有的幸福的梦想踏进社会里来，像掉在陷阱里一样地在不正常的爱欲的泥塘里失了身。憎恶中生了孩子，就那样地被所有的幸福摒弃了。没有家没有丈夫没有爱情，将来连希望也没有的只靠着每月的七八十块钱，这不是跟锁在地狱里一样仅仅给饭吃吗。

回去的路上，孩子睡着了。在初夏的太阳下走累了后，一到公共汽车中就靠在葵的膝上睡去，也许这位薄情的母亲的孩子在葵身边比跟母亲还痛快一点呢。

下了公共汽车站还有一点路就到公寓，葵抱着睡了的很重的孩子走着。在葵前面不远有一位西装的女人，好像是在昨天高村律师事务所里看见的那位鲛岛小姐。她是来看房子的吧！她没有带孩子。

在公寓的门前，葵追上了鲛岛正代。

她回身看见葵的时候，也不招呼地突然就问："你是这里的人吧？"

"是，您是来看房子的吧，请进。"

正代穿着宽肩的灰色的西装，胸前的口袋里插着红色的有纱边的手帕。砖色的袜子也很动人。她底服装和她给人的印象完全不同。

进了大门以后她说：

"那个是你的孩子吗？"

葵笑起来："您看我像吗？"

"噢……管这里的孩子们可费神了。"

鲛岛正代用就像跟底下人说话时候的那种蔑视的语调，可是这在葵早就经过不知多少了。不幸的女人爱向别的女人端架子，简直成了一种怪癖。自己虽然陷于不幸，却总爱向别人虚荣地夸张着。

抱依田春子的小孩到儿童室去，交给了保姆新田先生以后，葵领着正代看着房间。

"楼下和楼上各有一间，您愿意住哪一个？" "我讨厌楼下，我是非二楼不住的。"

多摩河岸樱花盛开的时节……正是两个月以前，西郊电车股份公司开了一个慰劳社员的游园会。自然开游园会也不能就停止开驶电车，所以只好把电车站上的服务人员和电车内跟车的人分成上午下午两班，在一点到两点间换班，公司里也留下几个人值班，其余的人便都到河岸玩了一天。虽然年高的董事们都没有来，可是年轻的职员们三三两两地聚在挂着红色的车棚的棚车里卷着紫菜的饭卷，聚在天幕里抽签，是笑语纷然兴高采烈的。

最上恒美是这个公司里的常务秘书，一直到去年秋天。她本来也是一位普通的职员，在总务部长雨宫章尔的属下做事。在秋天的股东总会里，雨宫又兼任了常务理事的职务后，由于雨宫的提议，把恒美用在他底常务室里去做秘书。

雨宫才三十九岁就做了常务理事，因为已经死了四年的雨宫的妻子的伯父是这个公司的总经理的缘故，雨宫一向是受着他的栽培的。

游园会的午后，一瓶啤酒换回来他学生时代的年轻的感情，他想起久违了的做小学划船选手时候的事，他跳上了河边的一只小划船，脱去了上衣。

"喂！来两个人。"雨宫向站在临时卖店那儿的一群人招呼着，因为他底董事的身份，大家都敬而远之地不肯过来。

那一瞬间他发现了离群独坐在土堤上的恒美，雨宫举起右手来招呼她。恒美只笑着回答他底招呼而不肯走过来，恒美什么时候都是孤独的一个。

因为恒美不肯来，雨宫恶作剧地捡起河边的小石子向她投去。

石子滑过了空间离她很远的地方落下，雨宫又投出一枚去，恒美低头躲过去，第三枚跳落在她脚旁的草叶里。

恒美站起来，憋红着脸，小跑到雨宫的船上去。

两人都沉默着，雨宫巧妙地挥起桨来，把船划到中流去。

这样的同船实在是一个好相聚，雨宫只摇着桨，有二十分钟功夫两人都没有说话，恒美低着头迷茫地望着船侧的水花。但在不知不觉间两人的隔阂一点点地消除了，互相感到了那不可思议的感情的交流。

雨宫照旧划着船，突然这样说：

"我有一个小孩……"恒美觉得"轰"地一下。

"跟你说这样的话也许太冒昧……假如你不讨厌的话，辞了公司的事到我家来吧，我从很早就这样想。"

没有一点恋爱的经过，雨宫突然这样表示了求婚的意思，他倒一向就是自己想怎么办就怎么办的。

雨宫章尔从乏味的生活中长起来，念讲义取得了中学毕业的资格，做着家庭教师去上高等学校，父亲很早就死去了，母亲仰仗着双手来养育他和他底弟弟。

高等学校二年级的时候，做了望族雨宫家的养老女婿，大学毕业同时和雨宫家的小姐结了婚。

那之后，雨宫的丈母娘死去的第四年，妻也病故了，自然章尔承袭雨宫家的财产，和今年春天才上小学的一位少爷过着舒适的生活。

最上恒美认识他的时候，他正做着公司里的总务部长，已经三年了。

雨宫死去的妻是一位被娇养起来的独生女，就是和她结婚后，也一如文字所描写的有闲的贵夫人一样，常常出去旅行游乐，所以雨宫章尔可以说差不多是没享受过什么家庭幸福的。最上恒美的恬静的、旧式的谦逊的性格恰恰和他底妻相反，这一点惹动了章尔底心。

公司里游园会的那一天，在小船中，他第一次说出来他心里的话。

“不过，这样突然地……”恒美只自己唠叨地这样说。

章尔虽然是这样突然地表示了自己底意见，但也并不是完全忽视恒美的。他说：

“是，是太突然了，现在我也不能逼你就答复我，你想想吧！”

止了桨，任舟顺流而去，游园会远远地遗留在上流。恒美怕公司里的同事看见他们同游的样子，很不安，章尔则满不在乎的样子。

“啊！想起来了，叫你回复我，不请你看看我家的情形也不合适，今晚上去我家也可以。”

普通的结婚，只要两个人爱着就够了。但是，有了小孩子的家，和前妻一块建筑好了的家，后妻加入到那个已定的生活环境中去不使她看一看，她是不能下决心的。恒美没有立刻回答他。

“你想一想……再……”

但归去的时候，章尔底汽车在等待着，请恒美坐到车中后，章尔想恒美一定是已经把这件事思索过了。

章尔的性格是大胆，不受拘束而很明快的，并且有一个什么事情都爱简单地决定的脾气。按照自己的意思，这个婚约很高兴地进行着，他连自己的家庭生活，也觉得没有慎重考虑而后行之必要。

最上恒美和鲛岛正代底性格恰恰相反，几乎可以说她完全没有积极的意见，什么时候都是保守的。

葵见姐姐的时候，这样郑重地说：“姐姐，早一点出嫁吧！姐姐这样温柔的人一个人住太没意思，快一点结婚做一个普通的主妇，安安稳稳地过这一生吧！”

恒美没有鲛岛正代那种研究男性、探索理想男性的冒险心，连恋爱的能力都没有也不一定，拼上了性命去恋爱的事自己就先怕了，是一直躲避着恋爱的一个懦怯的女人。

双亲死后，拼命支持自己和葵两人的生活，那时期的拼命努力保守着生活的保守性，变成了她现在的性格。现在已很是一点责任也不负的一个人生活着，也涌不起来对生活的热情，姊妹两人的不幸，恒美一个人背负着。

所以恒美觉得雨宫章尔的求婚，是她最后也是最大的机会，年龄相差十一岁也不以为过。先房的儿子，也觉得照自己这样的年龄来说也可以将就。尤其三年来在雨宫的手下做事，觉得他是一位诚实的，明快的，充满了自信，按照他底董事的地位，他正是年轻的一位。

恒美决定答应雨宫，又觉得自己的决心和力量不够，所以打电话找了葵来。

葵那天晚上九点过一点到姐姐底公寓中去，公寓因为挨近壕沟的缘故，无风的空气中充满了沟泥的臭味。

"姐姐在哪儿？"

恒美的屋子在二楼的一角，西面和南面的窗子里露着灯光，在下边路上叫一声，姐姐站起来的影子映在窗上，那样纤长柔弱一如姐姐底性格，看去给人以寂寞感。

姐姐从窗间探出上半身来。"好晚，快上来吧！"

葵啪啪跑上去，一边脱着鞋一边问：

"什么话，有好事吧！"

"倒不是能说是什么好事……"

"噢！又是打电话的声变了呢，我想一定是有人给姐姐说亲了。"

葵摘掉了帽子坐在小桌前，恒美笑着到自来水台旁边去。

"红茶好，清茶好，我可是有好红茶。"

"我要红茶，喂，姐姐，是说亲吧！"

姐姐底含羞的笑声混合在水声里。

"对方是怎样的人？"

"什么样的人还不能告诉你。"

"多大岁数？"

"大概三十九。"

"做什么事？"

"公司里的人。"

"知道，我问在公司哪一个部分！"

"常务理事。"

"噢，董事阶级，不得了。"葵自己不自禁地哆嗦了一下。

"初婚吗？"

"太太死了。"

"什么时候死的？"

"三四年了吧！"

"没小孩吗？"

"一个。"

"几岁？"

"小学一年，挺可爱的呢，男孩子。"

"姐姐到他家去过了吗？"

"唔……"

"去几次了？"

"别这么问我。"

"十遍？"

"唔……"

"可急死我了，都说出来不就完了吗？"

"够了，别问了。"

"奇怪的人，你不是叫我来跟我商量的吗？什么时候求的婚？"

"两个月以前。"

"那么进行到相当程度了吧！已经决定了吗？"

"就算……"

"什么时候行礼？"

"还不定，夏天不好。"

"啊！那么，最早也得九月了……那个人还好？"

恒美默默地端了红茶来，脸微愠的。

"有婆婆等等的人吗？"

"什么也没有，就两个人。"

"那样没拘束真好，不过品行好不好可不知道……那人一定是相中姐姐哪一点了……我真想见他一次，姐姐带我去吗？"

恒美呷着热的红茶，是为了要和妹妹商量才叫她来的，见了葵底面又觉得不能和她说话太多。她恢复了她一向寡言的脾气。葵这样紧问，反倒使她烦了。

已经用不着和葵商量什么了，恒美早就下决心了，在她不下决心也不行的情形中事情早在进行着了。自然这进行不是由于她，章尔照着自己底意思推行这件事，恒美就像被拉拽着拉到这事情里来一样，恒美陶醉在这样任性的男性底支配里。

雨宫章尔向最上恒美求婚以来，已经两个月了。最初，章尔预备在六月中就举行结婚式，所以延展到过夏再说的话，也是由于恒美底犹疑不决的性格。

到恒美完全下决心了的时候，已经晚了，但恒美和她底妹妹还都没有想到。

她们喝着红茶甜蜜地说着话的那一夜，雨宫章尔底家里左右她们底命运的客人来了。

客人是西郊电车股份公司的总经理雨宫善次郎和他的老妻，章尔死去的妻底伯父母。因章尔承继的雨宫家的财产善次郎的大部，所以身为养婿的章尔是不能反抗这位伯父底命令的，尤其善次郎又是公司里的总经理，把章尔由总务提到常务理事的地位，就是按章尔个人来说和善次郎也不能说是毫无关系的。伯父头发已经全白了，没须的温厚的脸慈善地笑着，拉章尔底孩子到膝前来，靠着日本式屋子房间的柱子，一边挥着团扇一边扼要地说了出来：

"实际，今晚我们来是为了看你老是这样独身地生活着太不合适，孩子也怪可怜的，想把我的女儿给你，因为这儿是我弟弟家，我想用不着找媒人什么的，自己来了，你意思如何？"

"我还……"

一直等着能够插上嘴说话的伯母这时候附加了说明：

"您也知道里枝早就在娘家忙了，可是，那时候绝没有想把她嫁给您的事。里枝嫁后仅仅半年，对方就死了，这当然怨不得里枝，五年以来这样飘摇地混着日子，做父母的实在是看不下去了，恰好您也遭了丧妻之痛，所以伯父有意成全你们。我也觉得把你们撮合在一起是我们安心的事，虽说是现在跟您提出来也并不是要您立刻就决定，您想一想看看如何？"

伯母虽已经过了六十了还很漂亮，出身名妓的她，容颜是艳称过一时的。脸虽美，但表情有饱经沧桑的女人的骄横，年龄又在她已经有的沧桑之外加入了机警，明明知道她并无恶意，但她给人的印象是狡猾的。

章尔呷着玻璃杯中的葡萄酒，一只耳朵听着伯母的话，另一只耳中残余着生动的恒美的幽诉的低音。

伯父的小姐里枝姑娘，虽有过一次不幸的初婚，还是二十七岁的年轻的、美貌的性情温良的女人。章尔接到雨宫家来做养婿的时候，里枝还是小学校学生。后来妻出去旅行的时候，达到结婚妙龄的美丽的里枝，常惹动章尔的热感。现在和里枝竟谈起婚事来了，章尔觉得命运是这么不可思议，初婚不幸失败了的里枝的孤寂的影子，搅着章尔的心。

"如何，考虑一下吧。"

"实在，我最近预备和一个女人结婚。"

"呀！是吗？那人是谁呢？"

"没有说明的必要的一个女人。"

"身份如何呢？"

"也没什么好出身，二十八岁的姑娘。"

伯母的脸色奇妙的，想起来自己底名妓的以往，她疑心到章尔也热恋了艺妓，伯父也明白了伯母底疑惑，问着章尔：

"那么是做事的女人吧！"

"是女职员，指着月薪生活的安分的姑娘。"

暂时沉默起来，章尔虽然说出来恒美的事，也不是为的拒绝里枝，只是把演进到现在的事情说出来而已。伯父若是强迫他和里枝结婚，他也不觉得有什么不好。他就是这样的一个男人……没有尊重恋爱的精神，也没有把爱情看得神圣的那一种伤感，什么时候都是有容易通行的路走的。从贫困的少年时期到苦学的家庭教师时代，这样的信念成了章尔底保身术。和命运反抗，为爱欲斗争，这都是有违于他底生活的一种冒险，遇见障碍的时候，什么负担都可以弃却，就是千盟万誓的爱情也可以抛弃了的。

利用他这样的性格的缺点来刺激他，伯母老练地说了出来："说这话您也许不高兴。我的侄女虽然是死了，这个家和我底家还是有着血统的关系，您若是娶了里枝，我们还是和从前一样的近亲，这也可以说是为了雨宫家……"

这个提议就算是决定了，拒绝里枝就等于拒绝雨宫善次郎，等于强抢雨宫家的资产一样。

章尔底心里立刻怀念地浮上来和恒美交往的经过，但这怀念第一次带来了分开的滋味。在章尔心里遗留着最清楚的恒美的记忆，是两人最初的相聚的一夜中恒美无言的姿态。那一天，是河岸的游园会后十日的一个温和的春日。

星期六的午后跟恒美说是带小孩到郊外散步去，临行什么也没说，坐了电车离开东京到多摩河的源地狱的旅馆里去。在换了衣服吃饭的时候，恒美的脸上露出来不安的神色。

黄昏来临的时候，章尔换上了旅馆中的和服，悠悠然地坐在桌前喝着晚餐的啤酒。

"你也换换衣裳不好吗？去洗个澡来吧！"

"那样，回去就太晚了。"

"什么，你还打算回去吗？我住在这儿了，明天不是星期日吗？我早就预备这样的。"

这也是章尔的独断处，他就那样不顾对方地把自己的预定也加在人家身上。

"我没想在这儿住，我回去吧！"

"是么，那回去也好，"章尔也不强留恒美，"不过！"他接着说："特意来了就住下吧，明天起早逛逛高尾山再回去，若是没有什么特别的事就这样吧！"

章尔这样说了，恒美又不忍得走了。她恐怖地想到一定要回去的话就等于抛弃她底婚姻一样。懦怯又消极的恒美，对这一度口头上说过了的婚约，拼了全力来俯就他，她软弱地想，拒绝这次婚姻，今生就不会再有良缘了。

在这陌生的旅舍里，和章尔父子同住，想到这就是自己命运的分歧点的时候，恒美是不能果决地归去了。

章尔的记忆残留着恒美的楚楚的姿态就是旅舍中的那一夜。那一夜恒美忍受着他底任性的行为，忍受着自己难堪的羞耻，努力地顺从着章尔底感情。恒美额上的细筋，纯情的黑色的眼睛，在章尔底心里留下了永恒的记忆。

虽然只是口头上那样说，到现在这样的程度，想取消婚约也是麻烦的事，章尔立刻算计起钱的事情来，给她五百元行了吧……以外，玩弄了女性底爱情的罪恶，他是想不顾及的。

"你想两天吧！"伯父说，"想法儿跟那个女人解约。"

于是伯父和名义上的侄儿相视微笑着，一种互相同意了的默契的微笑。

这可麻烦了，但章尔所谓的麻烦也不过像处理一件事情地处理恒美，使她无条件地让步就是了。在章尔，所谓爱情，就像完全用皮肤的感觉去爱一个女人而不是从心里爱一个女人一样。他底精密的处事术必要的时候可以使他丢弃爱情，在他，人生就是一件事情也不一定。

"好啦，碰着机会的时候好好地跟她说说。"他这样想。等待着好机会的时间中，事情恶化了。

一个梅雨期似的落着细雨的午后。

在雨宫常务理事室的一角上的桌子中，恒美静静地站起来，勇敢地说："喂，您今天把这点东西带回去吧！"

"唔，什么？"

恒美红着脸，把纸包贴着胸。

"我，我做的，我给小少爷做的浴衣，因为看见了一块挺可爱的材料，所以……"

这时，也没有通知地门开了一个小缝，一个声音说："在吗？啊！在。"

甩着和服的大袖子进来的是总经理的小姐里枝，绣金的美丽的腰带刺着恒美的眼睛，长脸，丰颊，看去这样年轻的一位漂亮的人。

"我到爸爸这儿来的，喂，下班和爸爸一快上我家去吧！请您吃晚饭。"

"谢谢，是爸爸命令我去的呢？还是妈妈命令我去的呢？"

"是我的命令，是我给您下厨房做菜，六点钟好吗？"

"我去，里枝小姐底菜是难得吃到……"

恒美抱着给小少爷的浴衣，默默地听着两个人愉快的笑声。

"我，已经开始准备东西了，明天想请您一块出去看看去，忙吗？"

章尔还没有正式回答伯父，但总经理一家不管回答与否已经决定了，并且开始准备起来。

章尔决定向恒美说明事情的一切，恒美就是不谅解也没有法子，已经不容他等有了好机会再说了。

告诉恒美，第二天实行了，他把恒美叫到他底大桌子前面来，完全通知事务似的说：

"……这件事情，不能随我们底心了，算我和你没缘吧……"

章尔并不是恶意地陷害恒美，他只是一个对爱情的贞操没有良心的人，他把装着五百元的封套放在恒美面前，像交给她一件公司里的事务一样。

四

傍晚，葵把高村律师事务所里的事情做完了正要回公寓去的时候，高村的母亲跑到门口来招呼着葵。

"最上小姐，回去吗？"

"是。"

"再稍待一会请您来，今晚上请您吃便饭，正做着呢。"

"那么，谢谢您，我回去一趟就来。"

"好，等您，有十分钟就全得了。"高村的母亲已经年近六十了，老更使她的性情柔和了。

这柔和加增了她情感的光辉，看去是这样的使人依恋的一位志静陶然的老太太。

葵像被自己的妈妈招呼过了的那样兴奋，小跑着回到了公寓里，大声地唱着歌坐到书桌前去。

保姆新田先生拉了一个小女孩的手进来，她已经完全准备回去的样子了，手里抱着包袱，肥身板动作迟慢的快四十岁的新田先生，给人的印象是笨拙的，和他笨拙的动作相反，他有一张不合适的嘴，那是一张太过于饶舌的嘴。

"呀！这是怎么回事呀！今野小姐还没回来，唉，她就不惦记孩子吗？真是。我这就要走了，把孩子交给您吧！这可真是不对，最上小姐，今野小姐是昨儿早晨出去的吧！可真不得了。"

今野常子昨夜又没有回来。以前，头一天夜里不回来的时候，第二天早起老是慌慌张张地跑回来，又忙着跑去上班，但今天早晨她没有回来。

葵把寂寞的今野樱枝拉到膝前来，拿起公寓中的名簿，给今野常子做事的轮船公司打电话。

意外的回答——

"今野常子吗？今野小姐今儿请假，从早晨起来就请假了。昨天吗？您等一等……据说昨天也请假来的。"

葵并没有觉得过分的惊异，这是意料中的事，只是，今野常子为什么要告假的事得先弄明白的。

"新田先生，请您在这儿稍等一会儿。"

葵跑过了廊子到女仆室去。

"婆婆，把屋子的钥匙给我用用。"

从墙上拿下来挂着的钥匙，立刻去开十一号的门。白的棉布的窗帘放着，迎面喷过来夕阳蒸热的暑气，室内的一柳条包上，放着一封封着口的写着事务室最上小姐启的信。

"因为有一件不得已的事，只好把孩子留下，请您费心照应她，将来我再报答您的盛意。高村先生面前请您代我致意。草草不恭，诸祈原宥。"

事情一点也没写，也没特别拜托葵，但葵也没希望再多知道些今野常子出走的真相。她为了追求自由而出走，就这一点理由已经足够了。

席子的拉门里只有一只水粉的空瓶。条包中装着小孩的衣裳，洋娃娃和画报，上边有一个纸包，包中有两枚纸币，一张今野常子和孩子一块照的相片，相片上，常子盛装着、带着可爱的脸。

看着那张相片的时候，葵原宥了常子的行为。怎好责备她呢，她也一定是哭着走出去的。葵锁好了门回到事务所中来，廊下已经聚满了人，公寓中的五六个女人围在新田身边听着他大讲特讲。

"那个人早晚得出这样的事，这阵子，净出这些不当的行为，衣裳也净穿漂亮的，也不在家待了，出去逛去，把孩子这样扔了还不如当初不养呢！"

葵不悦地把孩子从新田手里接过来。

"得啦！新田先生，到时候了，您回去吧！"说完，葵进了事务室后把门关好。

外边谁在小声地骂着：

"真胡来哟！若是能把孩子一扔就放心地走，谁也不受这个苦了呢。"

抱着孩子，葵在室中停立着，这突然陷到不幸中的五岁的小女孩仿佛脸都苍白了似的。她还不明白吧！她的母亲已经走了，这是孩子难以理解的一种不幸。她的幼小人生观中将受怎样的一个打击呢？将来，一定会使这孩子的性格陷于郁暗的。

"樱枝饿吗？"

孩子默默摇了摇头。她明白了，孩子的锐敏的本能已经告诉了她是和母亲离开了。

葵抱着樱枝到女仆室去。

"婆婆，您给樱枝预备点吃的，给她煮鸡子吃吧，也许她不吃也不一定，过一点钟我再来。"

葵带着沉重的心，低着头出了公寓去到高村家去吃晚饭。高村晞三和妈妈对坐在食桌前，看着晚报等着葵。

"您今儿怎么突然找最上小姐来吃饭呢？"

"也没什么特别的意思，看她每天一心一意地做事想安慰安慰她是了。"

"事情真是做得好，一人顶两个用。"

"最上小姐是跟公寓里的孩子们一块吃饭吧！太辛苦了，每天叫她上咱们这儿吃晚饭来吧！"

"我倒是也那么想过。不过，饶没那样做，公寓里的人还都疑惑她嫉妒她呢，别刺激大家的感情吧，您常常找她来不也是一样吗？"

"公寓里的人还不至于那样吧！倒是能安慰最上小姐最好，那样的人真是难得。"

晞三突然从报纸上面看了妈妈一眼，妈妈正看着窗外，嘴里说："怎么这样慢呢？说好了时候还不来。"

妈妈今天为什么这样地说起葵来呢，晞三底心微动着。这时外边有高跟鞋的响声，听出来是葵正小跑着向着这儿来的声音，妈妈站起来接她。

穿着简便和服的晞三盘腿对着葵底座位，他刚刚坐好，葵进来说：

"先生，糟了。"

"噢！怎么啦！"

"今野常子走了，她留下了一封信，把孩子也留下了。"

葵把留下的信递给高村，高村瞧了瞧默然地拿起筷子来。

"给她老家写封信问问看如何！我知道她家底地址。"

"没用吧！"

"我想也没用，要是有能够寄托孩子的亲戚，她也不会这样弃了孩子就走了。这会儿就是找出来她本人，母亲和孩子更不幸了。我看，她也是不得不出此下策的。"

听着葵底明晰的解释，高村觉得葵是这样懂事，她能这样一点也不污染感情上对今野地好憎，如此冷静地验断了今野的行为，真是可敬。

"今野小姐把孩子底衣裳，娃娃画报留下，还有一张和孩子合照的相片。相片上清清楚楚地写好了名字，她是预备将来用这张相片作母子间的证据吧！今野是任性，不过在批评她的任性行为前，我觉得不想法改善带着孩子底母亲们底境遇是不行的。这不是今野一个人底事，像最近到公司里来的鲛岛正代，她，我总觉得她危险。"

高村为葵底异常的热心所动，突然瞧了葵一眼，葵底灼热底双颊使葵看去这样鲜艳美丽。

薄暗笼罩了食桌，高村底妈妈站起来开了灯，随即静静地向葵说：

"最上小姐还不知道吧！我也是带着两个孩子生活下来的，二十九年前我先生去世，真是苦极了。虽然先生有补助，全家勉强着可以生活，可是那种无依无靠的日子真是难熬，甚至于想带了两个孩子去投河的时候都有。"

"我所以做律师承办离婚事件，所以开薰风公寓，都是因为是像母亲刚才说那样活下来的缘故，我立志要为和我同一运命的人服务。"

"我也和您一样，父亲死去后，妈妈养活着我和姐姐，那种辛苦我是深知的，我愿意终身做我现在的职业。"

高村先生把饭吃完。这样和葵对着吃饭还是第一次，他觉得胸里涌着不可思议的热。他立刻像演说似的开始了他底话：

"今野常子底事正如你方才所说的一样，不是她个人底问题，而是整个带着孩子的母亲的问题。鲛岛正代要走去，西久保也是要走的，她们有出走的理由，那个理由就是，不放弃孩子就不能把握着自己底生活。在我母亲底那个时候，人都觉得离开孩子的妈妈是没有幸福的。但在现在在个人主义的时候里，不离开孩子是不能幸福的。幸福的性质不同了，为了捕捉再婚生活中的幸福，是不得不离开孩子的。

"我最近觉得薰风公寓也不过是可有可无的一个中途休息所而已，比母子公寓还切要的是育儿院，用最简便的方法收养儿童，能够收养儿童，才能给女人从容地去探寻幸福的机会。第一是要给予带着孩子的母亲以自由，最不好是让公寓中的任何一个人在不自由与不幸中度过今生，能够给她们自由就是给她们希望，一旦能把母亲从孩子身上解放出来，在她们找到了自己底幸福的生活后，还要回到孩子那儿来的，将来底母子问题的比例一定是倾向这边的。我觉得真正的社会事业不去冒这个险是不行的。"

说到这儿的高村，注意到低着头安静地倾听着自己底话的葵底姿态，不由地凝视着她。在那儿坐着的年轻的葵底身体只是一个躯壳，葵底心像是跑走了，那么，她是没理会到自己的心意了，高村觉得狼狈起来。

"我因此想去做议员。"高村多少有一点腼腆地打住了自己底话。葵抬起惊愕的脸来。高村在笑着。

葵惊愕于自己心内什么时候都是平静的。他底今晚热烈的自白所引起来的陶醉，尤其他所说的要做什么议员的话，像揭开了一种重大的秘密似的。葵底心里更迷惑起来。

"做了议员，你预备做什么呢？"

妈妈已经把食桌整理好，端了好看的装着枇杷的玻璃碟子进来。

"我是没有所谓的野心的，我要做的小事已经很多了，不过要想彻底解决这些小事，事情就变大了，明白吗？"

"明白。"

葵露着完全理解了高村底心意的微笑。高村拿起一只枇杷来，一边剥着一边继续说：

"像我这样年轻的律师，就是参加选举也不会很快地就当选，不过我要去试试看。这也就是说单单经营薰风公寓是得不到预想的效果的。在现在这样动荡的时代里，经济的变化激烈，因之道德观念改变了，结婚生活已经不能像从前那样安定了，日本从古以来的家族制度正在日趋崩溃，这是一种不能抵抗的激流。在这样的时代里男人虽然不幸，女人尤其不幸，不能在家庭内安坐的女人逐渐增多。女人，一样地不去劳作也是不能生活。这种场合中的有孩子的女人怎样做才对呢……这样凌峰越岭的生活，不抛弃，赘着手脚的东西是行不通的。今野常子的情形也如此吧！我觉得现在已经不是携着孩子的女人漂流的时代了。在很远的从前，在一夫一妻制还没确立的时候，孩子们是不认识自己的父亲的，母亲传到母亲，只知道母系的血缘，现在像母系家族时代的那种种境况的人太多了。你底家是如此，我底家也是，公寓里的人大部都是这样的。比喻虽嫌稍过，但这倾向的确是一天比一天厉害的，我想做议员的念头就是起于此。把母子保护法强化是其一，怎样去彻底地组织伟大完全的育儿院，把带着孩子底母亲从孩子的双臂中解放出来是我底最高目的，我努力要把它做成国家的一个新的制度。你听如何？也许你想我也是像鲛岛正代一样失之于过激了吧！"

葵要大声地赞成高村律师底话，却被喉间涌上来的一个东西阻止了她底言语。今天才知道了高村底热情，葵像被猛打了一样惊愕而迷惑，她不觉地小声地唠叨着：

"真是好事！"

对高村涌起来的新尊敬窒塞着她底胸，胀饱着她底身体。

葵回去之后，高村俯在叠席上读着晚报，眼睛看着字，心里想着葵，像是把葵底心放在手掌上，度量着它底重量，看着它底形状那样翻来覆去地想。在高村眼中的葵底性格，像一只半熟的新鲜苹果一样地带着淡红色，带着冷香，若是去削她底皮的话，那随着刀刃露出来精致的组织，是年轻、美丽而又坚强，但她是脆的，使高村不知觉地起了怜悯。他只想碰都不碰一下地看着她，只看着她已经使他满足了。

母亲悄悄地坐在桌旁，看见了妈妈等待的样子，晞三说："妈妈，寺冈先生给提的亲谢绝了吧！"

"也好，我也不大喜欢那个姑娘，你底老师提的那份如何呢？"

"那个也谢绝吧！"

现在有好几处在给晞三提亲，今年来不知为什么提亲的左一份右一份地特别多，他都拒绝了。他像是扒开婚姻的草堆跑过去一样，有时候当一件笑话似的把事情推过去。但在年老的母亲，在大儿过继给人，做养婿的两个儿子中仅仅依靠着晞三的老太太，是愿意早早地抱孙子的。

"那么你……"妈妈扔下了一切顾虑说，"你是预备和最上小姐结婚吧！"

"不，我还没想到那。"

"你还想这样独身吗？"

"我想也用不着着急。"

于是妈妈欷欷地说："最上小姐是在爱着你吗！我看着有点像似的。"

"也不吧！我一点也没有想那些事……"

"最上小姐是过于刚强一点。也许因为是女丈夫吗！她嘴里虽然没说过。我看她的确有意，那个人陪你正合适也说不定，现在所谓的时代的姑娘我是不大喜欢的，不过最上小姐那样就很好，爽快中寓有感情。"

"她相当地厉害呢！不听她的不行。"晞三微笑着说。在说葵不好，可是嘴说葵不好心里却很高兴。如果他要想葵是不听自己不行的那种女人，她底坏脾气，却相反地使他信赖而高兴。妈妈懂事地轻声起身，站起来去开开无线电。

"你就是天魔，人要给你提亲算是不行了，你自个去找你喜欢的人吧！"

晞三大声地笑起来，这么说就算自己是天魔，如有那么一个自己喜爱的姑娘，可是她要先向自己表示爱情的话，自己也会立刻翻脸拒绝的。不容易动情又难以讨好的自己底性格，被妈妈这样一说也觉得好笑起来。

葵先上着楼梯，到楼上的廊子后，看见窗外柿子树的繁密叶子。

"这个公寓相当不错呢。"

"是，设备也力求其好，竟是命运不佳的人在住。"

"我也是一个命运不好的女人。"

"是么？"

葵拿钥匙开开门，室内六叠和二叠相连着两个屋，二叠有煤气炉和洗碗的台子。

正代一下拉开了窗，背靠在窗上。

"今天，律师先生在家吗？"

"上午大概都在家。出庭的日子也很多。"

"那个人是怎样的一个人……对人还亲切？"

葵只笑着，高村评判这位小姐任性，葵也立刻觉到了她这一点。她底感情就像植物的刺一样，只要有东西靠近，就锋锐地刺一下。在这锋锐里，葵觉得她愚，她是教养低呢？还是原来的感情突破教养的外皮而如此呢。

鲛岛正代迷茫地看着葵底身体，突然转过身子来背向着葵："你太聪明了，你那样聪明的人我是讨厌的，因为我糊涂。"

葵不由得有一点生气，第一次见面就说你那样的人我讨厌，真是混蛋得世间少见。

"您大概差不多的人都讨厌吧！您喜欢哪一样的人呢？"

"和你喜欢的一样。"

"也许。"葵不在意地说。

立刻正代带着很把握的口气说：

"你和那位律师先生什么时候结婚？"

呼啦一下地从胸底升上来一口热气，葵不自觉地红了脸，可是，依旧笑着："什么时候结婚吗？您去问律师先生吧！先生也一定不知道呢。"

"瞒着是不是？"

"不过，这和你有什么关系呢？"

正代背着脸对着窗外，桧树的绿叶的那面就是高村的事务所。高村的窗子半开着，风摇着白色的窗帘，可是看不见人，高村房子的后面有一所小小的幼稚院，和公寓只一墙之隔。听见了孩子们随着古老风琴唱着的歌声。

正代急急地转过身子来。

"我租这间屋子了，明天搬来，一切劳驾。"

"请——可是，这屋子不知能不能遂您的心。"

"不用费话了，你也管照看小孩是不是？"

"我倒是也行……"

葵已经没有和她说实话的心了，早晚总得和她闹一场别扭吧，葵想着，忧郁起来。

两人一块下楼梯的时候，葵想着为什么正代这样地对自己呢？和她直到今天也没什么利害关系，更无从受她的憎恶了。

送正代出大门后，葵望着穿着西装的，在太阳照着的路上走过去的正代的后影，伫立着。也想起了高村昨夜在儿童室中说过的鲛岛正代的履历。

……为了明白男性的生活而去逛酒馆的这位小姐，为了找寻理想的青年而陷于不伦的关系中的这位小姐，说独身的青年没资格和她结婚那样豪语的这位小姐。……这样任性的性格将来不知道要做出什么样的事来。正代到薰风公寓里来，不至于破坏公寓里的和平吧！

公寓里的老婆婆站在事务室前招呼着葵，有电话来了。

葵把从后面来搂着自己腰的小男孩交给婆婆，回到事务室中去，站着拿起了耳机。

"喂！薰风公寓。"

"啊！葵吗？"

"您是谁？"

"我哟！"

"姐姐吗？有事？"

姐姐的声音奇妙地战栗着。"——你现在很忙吗？"

"忙，我是没工夫的，有什么事？"

"我有一点事情要和你商量。"

"什么事呢？"

"那……"

姐姐忍着笑的声音葵听见了，有什么好事似的。

"真麻烦，快说。"

"电话里不能说。"

"现在您在哪儿，公司里吗？"

"我用的是公共电话。"

"有什么不好明说的话，跑到外面打了公共电话来的？"

"到底是怎么回事呀！"

"我实在是想见你。"

葵沉默了一下，想起来已经有半月没和姐姐见面了。立刻又愿意现在就跑到姐姐面前去。

"白天不行，晚上去吧！"

"几点钟？"

"不能定，九点左右吧！"

"好，一定来呀！"

葵放下了电话，把两只手伸在桌上思索着。

最上恒美已经二十八岁了。父亲在她五岁的时候到山上去打猎失了踪迹，母亲在她二十二岁的时候死去。从小时候起恒美就出去做事，担负着姊妹两人的生活。

和葵是仅有的亲姊妹，葵如今是生气勃勃地生活着，恒美却因为从小过于勤苦，性格保守又懦弱，连对恋爱的冒险心也没有。葵是盼望姐姐早一天结婚的，恒美每天那样没精打采的生活是挺凄凉的。

葵反复地想着姐姐还在飘零着的事。窗外，秋千的绳子嘤嘤地响着，新田保姆正在看着淘气的孩子们。

葵不知道为什么想起来刚才鲛岛正代说过的话："你和那位律师先生什么时候结婚呢？"

葵明白了鲛岛正代所以那样什么也不为地使自己窘，她是嫉妒吧！

可是，也没有嫉妒的理由呀！葵和高村之间一次也没有过爱情的表现，在没有表现之前已经有了爱情又能怎样呢！葵这样想着。

葵从高村家回来的时候，鲛岛正代抱着孩子在门前站着，孩子底白衣服上浮着初升的新月之光。

"最上小姐！"

知道是葵的时候正代这样招呼着，向着葵举起来手中的孩子说：

"这个孩子，你给看一会儿。"

这突如其来的要求葵略微踌躇了一下，但听从了她。

"你就回来吗？"

"不知道。"

"孩子不饿吧！"

"不饿。"

"若是您耽搁的时候长给留两块尿布吧！"

"没关系，您哄他睡觉就行。"

葵接过孩子来，正代连头也不回地跑开去。月光中她底足声乱响着，正在目送着她底葵吃了一惊的是，正代跑进高村事务所里去了。

葵抱了孩子往儿童室中去，室中有今野常子留下的女儿樱枝，有牧场多慧子托照应的儿子义雄。今野常子说不定正在什么地方和新的良人一块度着愉快的夜，牧场多慧子不也是去谈亲事去了吗？还有，刚把孩子放在这儿的正代，一样的是去追逐新恋爱对象，高村……葵觉得心像发泛一样地战栗着。女人，除了结婚之外便没有别的求生的法子吗？这是多么慌急又是多么悲惨的姿态呀！葵想起来刚才高村说过的话：

"不把带着孩子的女人从孩子身上解放出来是不行的。"

于是，葵下意识地觉到了结婚的可怕，我要自立求生存，我绝不信不结婚女人没有幸福。我要做事，我要把我毕生的精力奉献给一样有益于社会的事业，精神地活下去，依赖男人只能使女人不幸，不依靠男人，努力上进。严肃地生活下去。看着三个孤独的孩子底睡脸，葵底思潮在十字路口徘徊着，从此，对生活将生出怎样重大的觉悟呢。

嫉妒——绝不是那样下贱的行为，但想象总不能离开正代为什么要去访高村的事，若是站到窗前去的话，正可以看见高村家底客厅，能看见两人相对的人影也说不定。葵咬着唇，俯在正代留下的孩子上面，静静地爱抚着孩子还带着黄色的胎发的小头。

高村把浴衣披到肩上就到客厅里去见等待着的正代。

"啊！晚上好，薰风公寓如何？已经安顿了吧？"

"谢谢您，我想拜托您办点事。"

"我？"

"您给我找个事做行吗？因为我听从先生底话，不向竹内要什么养育费了，所以不挣钱是不行了。"

高村安闲地燃起了一支烟，脸上带着一向的揶揄的微笑说：

"今野常子的事听说了吗？"

"听说了，我觉得她有本事。"

"噢，什么本事呢？"

"能毅然地弃了孩子走就是本事，我羡慕她那样的彻底行为。"

高村出声地笑出来，这位任性的小姐羡慕比自己还任性的女人怪有趣的，不过，细想起来，薰风公寓中的女人们不都多少有些任性吗？在绝望中，在追求幸福的时候，失去了心底平衡而走极端，也许是为了避免生活中的不幸所致吧！

"要是羡慕她的话呢，你也把孩子扔下走吧！"

"不！"正代使劲地摇着头，"不能说她那样的女人不好。不过我要是扔下孩子的话，我是给竹内夏雄送去了。"

"噢！"

"还是先解决我底职业吧！您用我在事务所里作事务员不好吗？我每月有三十五元就行。"

晞三对正代任性的话一惊后苦笑着。

"你能做这个苦差事吗？"

"我做过呢！您知道横滨有位朝仓宽一律师吗？我在他那儿做过一年半事，我想我比最上小姐还能负苦，最上小姐仅仅公寓里的事就够忙了，不给她清闲的工夫真是可怜，最上小姐一日拿多少钱呢？"

高村没有回答她，倒是愿意葵再清闲一点。可是把正代放在自己身边的话自己不痛快，叫她管公寓里的事呢，她又不能使人放心。

"等我想想看吧！"他含糊地回答她。

正代靠着椅背挺直了胸，像要打哈欠似的把两手交叉在脑后说：

"您能用我在这儿我可真感激您，午间我可以回家去看看小孩，早晨用不着忙着去上班，您用我不好吗？我净说这些个冒昧的话，像我这样的女人，先生讨厌吗？"

"我要说讨厌你怎么办呢。"

"我就断念了，不过我是喜欢先生这样的，喜欢极了。先生说过是独身，您从前也没结过婚吗？"

"我没有过！"

"也许，我不相信。"

"为什么呢？"

"那么是真的了，这样我就放心了。"晞三不明白她放的什么心。

鲛岛正代突然地站起来。"我要走了。"

"啊！"

"我还要麻烦您，这是我的衷心话，您待会看了后，不能赏我一个回信吗？"

她把一个封了口的信放在桌上。

"什么事呢？"

"什么都没有，您看了自然明白的。"正代飒爽地开了门走出去。

高村一个人默默地拿起信来看着，鲛岛正代这样的女人对自己的人生完全是胡行乱走，高村只觉到她像是连自己家也要蹂躏了似的对她灰心起来。

"忍着羞愧的坦白的诉语。"

第一行是这样，说是诉语，看去直如宣言一样的文章：

"……我在长久的苦难中终于找到了最后的埠头似的，发现了您就是我数年来搜求的唯一的男性。这偶然的发现证明了我底幸福还没尽，过去我所熟知的几十个男性在您面前是这样渺小，站在您底前面我底胸战栗着。

"昨夜我哭了一整夜，如果我还是清洁的处女的话，我要堂堂正正地向您求婚。

"您饶恕我底罪吧！我是一个孩子的母亲，但我底心是纯洁的，请相信我。

"啊！您是冷心肠的人，您在爱着最上小姐。

"失去了您，我也就毁了，我很明白。回答我吧！那回答将决定我底命运，我以死的觉悟在等待着您底回信。"

这样放荡的女性的感情，在高村看来并不惊奇，自然这不仅仅是鲛岛正代，任何的一个女人都有这样不拘的热情。不过，自己被看作对象，说是等自己底回答来决定生死。高村觉到了鲛岛在威胁人。信上的字大而零乱，像是任着热情的汹涌而写的。

她是以自己为理想的男性而来向自己求爱的。不过她所理想的男性，实在是不能捕捉的男神的幻象，她是在现实的社会中追逐幻想的男神，自己不久也将被她见弃是无疑的。

那么，回信呢？是不回信呢？他伸了个大懒腰，把两脚"咚"的一下，摆在桌子上。

五

柿子底花落了之后，结了许多梅子一样的小青柿子，躲避着烈日底光。最上葵坐在繁茂的绿叶下的长椅子上，照看着五六个孩子在游戏。读着一本喜爱的书，蝉正应时地叫着，里手的幼稚园大概正在午睡，静悄悄的。

穿着出门的衣裳，用手遮着太阳，牧场多慧子从通到院中来的台阶那儿走下来，她底孩子正在喷水池旁边玩着水枪。

"最上小姐，麻烦您了，还听话吗？"

"啊！已经回来啦！今儿不是礼拜六吗？变更计划了是不是？"

"是，头痛，所以早回来了。"

"是么，您颜色也不好看，天是太热了。"

多慧子点点头和葵并肩坐下。葵还想问问，这一向就想问多慧子的那件事，让陷在思索中的多慧子说出来心里的话是可以使她安慰一点的。

"牧场小姐，前几天回乡，不是说相亲去了吗？"

"是。"

"没成吗?"

多慧子低下头去轻轻地点了点头。

"对方怎样说法呢?"

"还是因为有小孩子不行,我再也不提这些事了,这回已经是第三回了,我已经够了。"长长地叹了一口气,失望地说。

"再婚,只能使自己更陷于不幸,虽然不知道奔波到什么时候算了,倒是为孩子和自己去挣扎还快乐一点。"

多慧子底帽子下露出来美丽的电烫的头发,这是说亲的残迹,她付了最大的努力,最大的希望的亲事,因为有孩子而成了空想。

"别失望,也不仅您是这样呢!"葵想到姐姐,姐姐还预备结婚,有了孩子的男人很自然地和初婚的恒美再婚。

女人有了小孩子就不行,男人有孩子女人也得接受,世间也承认这是正当的事,多么不公平啊!

这早就是一种既成的事实了,这是男性在现在的社会中一种既得的权益,他们由于封建时代中赓续的努力获得了它,女人则在长久的顺从生活中失去了这重大的权利。

那么,现在还没到把这重大的女性的利益还给她们的时代吗?还不能接受女性底新的抗议吗?

葵突然想起来有几天没得着姐姐底消息了,不知她底事情怎么样了,给姐姐打一个电话去问问看吧!她小跑到事务室去。对面的电话唧唧地响着,等了一会才有人来接,她说出来我是最上恒美妹妹的话后，接线生回答着："喂！最上小姐请假了。"

听见请假的话，葵不由得一惊。"喂！那么昨天上班没有呢？"

"您等一等……喂，最上小姐已经休息了一个礼拜了，听说是要辞职，不过不知道是不是真的。"

啊！对了！葵想，姐姐正准备着结婚，一定是依照着对方的意思辞了职在准备着一切，从从容容地准备两个月，等秋凉的九月好举行仪式。

对方有孩子是不太好办，可是姐姐不是以为是最好的姻缘吗？葵高兴地吹起口哨来。

晚饭吃过后，把孩子们托付给公寓中的婆婆，葵去访姐姐，不意地往访，姐姐不知道正预备着什么结婚的事情呢。

要有暴风雨的样子，在电车中看见了远远的天空中的闪电，给姐姐买点什么礼物好呢？葵从公寓中出来后就一直想着这件事。

下了电车，给姐姐买洋点心的时候，雨开始啪嗒啪嗒地落着。夜空中，黑色的云块涡卷着逐渐扩展开来。

葵急急地走着，终于在离姐姐公寓还有一小段路的时候暴雨来了。已经看见姐姐的公寓了，葵抱着点心盒跑着，穿着白色的草编的鞋的脚趾觉到了雨的凉度，没有戴帽子的前额，雨滴大而重地淋着。

她底两肩都淋湿了，跑进公寓里。姐姐的屋里开着灯，可是门锁着。

"姐姐！开门，快点快点。"叫着门，葵擦着两脚，里边有开锁的声音。

"遇见暴雨了，给我毛巾用用，呀！已经睡了，真早。"

姐姐已经铺好了被，穿好了睡衣了。从窗前默默地拿下来毛巾给了妹妹，葵立刻感到了空气的阴郁，仰望着恒美底脸。

"怎么了，这么没精神。"

"是么？"

"公司里辞了么？今儿打电话听接线生这样说，真吗？"

"差不多。"

"那么，是因为婚事吧！姐姐就做新娘子了，九月能举行仪式了吧！开始准备了吗？"

葵脱了淋湿了的上衣到叠席上来。姐姐什么也没说地坐在被上。

姐姐底屋子收拾得很整齐，一点也不乱，但这整齐的屋子，在葵的眼中带着悲哀的意味。

"怎样啦！这么无精打采的。"

恒美望着雨打着的玻璃窗，凄幽地说："公司里辞职，不是因为要结婚啊！"

"有变故了吗？告诉我呀！"

姐姐底眼里涌上来泪，要摇落泪珠似的摇着头。

"行了，别问我吧！"

"什么事呀？"

"好了，我底事我自己会处理。"

葵虽然不知道事情的经过，但结果是明白了，总之是无望了。姐姐看去不但是精神上受了打击，身心都受了伤，生活失去了标的。

但在葵，在这样的事情里，葵是刚强的，在感情上同情姐姐是白费，说两句安慰的话也是无济于事，第一得要先想一个处置这事情的办法，她努力使自己底感情像理账时一样冷静。

"姐姐，"葵平静地说，"您跟我从头到尾说清楚了，那位雨宫先生怎么了？"

"预备结婚！"

"噢！和谁呢？"

恒美开始了软弱地述诉。和雨宫章尔的解约，完全突然的，他不论什么事情都是一个只凭己意的男人……（说因为这件事我不能和你结婚……）他一点也没商量只是通知了而已。

"这不太……"

"这也是没法子，我是爱你，现在还爱，但人生不仅仅就是爱情这一件事，请你谅解我，说一句俗话，这就是无缘。

"他这样说了后，像解决一件事情似的拿出一笔钱来。"

最上恒美的感情，悲哀是超过愤怒的，是没有抵抗力的弱者，这是老式的日本女人底共同性格。她虽生活在昭和时代，她底感情却含着比德川时代还旧的气息。

对于雨宫章尔的不讲理的措置，她一句话也没有地伫立着，她也并不是不知道抗议，抗议又能怎么样呢？她觉得最好的方法就是自己无声地退却。她整理好了桌子的抽屉，决意不再在章尔的面前出现，并且她连自己已经有了身孕要做母亲的事，也没告诉对方。

"那么姐姐接受了他底钱了吗？"

"没有，还给他了。"

"那才对，他给了多少钱？"

"不知道，我没看。"

"从那天起已经一个礼拜了是不是？对方什么举动也没有吧！"

葵听着姐姐底话一直在啮着嘴唇，对欺骗了唯一的亲姐姐的雨宫的恼怒，激烈地烧着她底心，姐姐虽然忘却了愤恨，妹妹却有吵一场的决心的。

她急急地站起来打了窗，暴雨停了，黑云的隙缝间看见了星。

"姐姐，我要去一趟了。"

"上哪儿去？"

"去找那雨宫。"

"别那样，你找他也没用，我什么也不希望。"

"姐姐也许能受得了，我不行。"

葵把淋湿了的上衣搭到腕上，不管姐姐的阻拦跑了出去。跑出了路中的黑暗处，呜咽不能自禁地涌上来。在姐姐眼前虽然是一滴泪也没落地显着刚强，但一个人的时候却受不了可怜的姐姐的遭遇。最使葵难过的就是姐姐也像薰风公寓里的人们一样，带着孩子，没有丈夫，过着不幸的日子。

她虽然在公寓里做事并且愿意为公寓中的人造福，但自己是决不能叫自己落在那种生活中的，如今这不幸是落在唯一的姐姐底身上了。

姐姐也要变成那样住在母子公寓里为生活去劳动，白天把孩子托付给保姆，每日盼望着幸福再婚的女人吗？姐姐也要变成那样妒忌别人的婚姻，憎恨别人的和平的那种郁暗的性格吗？一定要预防这件事。薰风公寓中的生活是女人底地狱，一定要把姐姐从女人底地狱中救出来，但怎样去进行才好呢？

葵想起了鲛岛正代底事，她用尽了积极底方法去追求幸福的婚姻，结果落在薰风公寓里。姐姐相反的在消极的婚姻的追求里也失败了，为什么两人都落到这样的境遇中来了呢？

鲛岛正代再消极一点能获得幸福也说不定，姐姐再积极些也许能得到快乐，姐姐也算是和鲛岛正代不一样的一个过激的女人吗！

葵立在濡湿的黑暗的十字路口等待着电车，心里反复底想着女人底幸福是多么难得的东西呀！

雨宫章尔底府邸包围在黑暗丛树里，斜的洋式的屋檐下，缀着明亮的灯。大门紧闭着，但一按旁门的把手门立刻就开了，碎石甬路在雨中闪着光，通过了弓形的丛树间的小路，葵在洋式的门前站住。

女仆出来了。

"雨宫先生若是在家的话，我要见见他。"

"啊！今晚说是有个什么会，得要九点钟才回来，您贵姓？"

葵底表是九点差二十分。

"那么我可以等他一会吗？因为有一点急事，我姓最上。"

"贵姓最上，那么是恒美小姐的……"

"妹妹。"

"啊！您请进来吧！"

女仆因为知道恒美所以把葵带到客厅里来，拿了果食，又开开了电扇。十二叠左右的豪华的客厅，陈设着厚厚的靠背的沙发和靠椅，瓶中插着白色和红色的洋牡丹，青石的壁炉旁，小小的壁柜中摆着威士忌和葡萄酒，生活是优裕得一如想象。姐姐是得做这个家的主妇的……在葵，要反抗的并不是因为姐姐没能获得这豪奢的生活，她只是要责备那个破坏了姐姐底一生的不知耻的横暴的男人，不能容许那个男人把他底无礼看成既成的事实而认为当然。她不愿意看这屋中的奢华的陈设，闭起来双眼，担心着不知来的那个男人是什么样，不管他什么样，葵也不会屈服给他的。思绪交缠中使心安静下去的时候，听见了门口有跑来的车子的声音，接着又有踏着碎石进屋来的走路声。葵的心立时跳起来。

雨宫章尔从宴会处回来了，雨夜的清爽加上啤酒的微醉，使章尔觉得很痛快，他在车中脱掉了上衣。

进门后，女仆说最上恒美底妹妹在等着要见。

"噢！——她底妹妹？她有妹妹吗？且不管她，换了衣裳再说。"

他先到自己底屋里，脱掉了衣裳，用手巾擦着前胸与脸。恒美底妹妹为什么事来的呢？是有所为而来的还是无所为而来的呢？恒美虽然一度拒绝了钱，还是为了钱的事吧！一定是为钱，章尔这样想着轻笑出来，左不过是恒美底妹妹，反正是没什么大事的。

他一边系着浴衣底带子，拖了拖鞋到客厅去。

"等了很久了吧！对不起。您就是最上小姐底妹妹吗？"使雨宫惊愕的是那位来访的小姐既不寒暄也不站起来，只是无声地凝望着自己底脸。

雨宫看了看这位意料外那样倔强的来访者一眼后，用鼻子"哼"地笑了出来。他知道，一位二十四五的女人对他是无能为害的。

"姐姐还好吧！忙着就把公司里的事给辞了，其实她是用不着辞职的。"

雨宫问着，但葵没有回答他。葵感到了从这位四十岁左右的安详的绅士的丰满的外形所放射出来的压迫是这样的强烈。她知道，稍一疏忽，她就会失败在他手中的。还有一件使葵狼狈的事，雨宫看去是这样和蔼，目光像在高村晞三一样深的眼眶里是这样镇定，她简直无从寻找那足以使她发脾气和憎恶之点，对这样的男人来质问某件事，是需要相当的勇气的。

明白她并不是一个怎样善于说话的人后，雨宫想着"好吧！看她如何再——"这样地从茶几上拿起来烟斗，仿佛忘记了葵底存在似的，愉快地吸起烟来。

瞧着他这样满不在乎的神气，葵才觉得生气，心里才沸腾上来和他一争的勇气。

"听说你说过爱姐姐的话，是真的吗？"

"我是说过。"

"那完全是谎话是不是？"

"我没那么说。"

"若是真爱姐姐，你能那样简单地就把姐姐抛弃吗？"

"我是不得已。"

"所谓的不得已也不过是你一个人的事，因为一个人的不得已就可以废弃婚约吗？"

"不得已的时候也只好不得已了。"

"那么你是说无论对方受了怎样的打击你都没责任喽？"

"我们虽然有爱但并没有结婚，现在这样的世上这不算什么稀奇的事吧！"

使雨宫惊愕的是，那来访的人用那样一种目光凝视着自己。

"所以你就没有责任了是不是！"

"恋爱的责任是两人都有份的，单叫男人负责，这是女人的利己主义。"

"悔婚的不是你吗？"

"是。"

"受打击的却是姐姐，你是一点不便也没有的。"

"也是。"

"那么你就这样算完了吗？"

"所以我才送给恒美小姐五百块钱算是补偿我的不是。拒绝那个钱是她底自由，拒绝我底赔偿而怪我不管，有这样的道理吗？"

"五百元在你还不足一个月的月薪，姐姐所受的打击不是钱所能补偿得了的，姐姐丢失了生活的指南针，这不是陷她于毁灭吗？"

"你是位雄辩家。"雨宫说笑话似的说。

葵立刻住了嘴，这样斗起嘴来不是无济于事吗。雨宫是比想象还厉害的男人，这样说下去连叫他谢罪的话都挤不出来的。

雨宫把烟斗放在茶几上，带着安心的微笑：

"总之你是要求一个适当的赔偿的方法喽，你也许能明白用钱来解决这问题在两方面都最好，用金钱解决这样的男女关系的人也最多。你还年轻，你觉得说钱是一种侮辱，那样想是不对的，你不能忘了金钱能决定人底不幸或幸运，所以，你究竟要多少钱呢？"

"我要金钱以外的赔偿。"葵静静地说。雨宫出声地笑了出来。

"那你用什么方法呢？"

"我要叫你受和姐姐所受的一样大的打击。你受那样的打击是当然的。"

"那么你是预备复仇了。"

"对没有良心的男人只有复仇。在你，使你窘急的不是钱，而是一旦失掉了名誉和地位，我要去起诉，告你不履行婚约而使你名誉破产，在你这样做错了事连后悔都不知道的男人这是当然的惩罚。"

"噢！你要起诉呀！也不错，可是你得注意，你这样做恒美能得到什么呢？安静地过下去还可以另觅良缘，上诉的话以后可就没法办了。"

"你是威胁我。"

"决不是，我说的是实话，你说是为姐姐，反倒害了姐姐。大概今天到这来也是你底主意，姐姐并不知道。姐姐是比你懂事的。"

"你还说姐姐可以另觅良缘吗？姐姐就要做母亲了，从此一生也不能再有良缘了，你连这个也不管吗？"

"哈哈哈！"雨宫笑着靠在椅背上，"你拿着医生的证明书呢吗？你拿着诊断书呢吗？"

"你以为我是说谎吗？"

"那倒不是……好，我们先不说这个，在孩子出生之前的生活费我担负。生产的费用，医药费我也管，生出来后要的确是我底孩子的话我要，那时候我再送给恒美一千元清算一切，我想这样办最好，你以为如何呢？"

葵觉得心崩碎了一样的难受，怕雨宫看出来她这样的感情，紧紧地闭上了双眼。她觉得对方看出来她努力突击男性的既得权益的无谋。若是社会不先给予这种正义感，一个女人底力量是算不了什么的，葵觉得心一点点地郁结上来。

"……从那以后，我就去找雨宫去了，详情见面后再告诉你。我想是不能饶恕那样的男人的。姐姐好像是就这样算了，我绝对不赞成，一定要跟他斗争到底。姐姐把一切都交给我吧！公寓里的经理是律师，最近我想跟他谈一谈。姐姐能安下心去静养最好，不过没勇气不行。已经过去的事也没法了，也不怨姐姐，姐姐尽可能地忘却了吧！姐姐能高兴起来最好，最近我还去看姐姐，姐姐一切保重，现在是傍晚，刚捉住这么点工夫……"

和孩子们不安地一块吃过了晚饭，在饭后仅有的三十分钟里，葵给姐姐写了封信，写完，立刻往附近的信筒里送去，到暝色中的街上来。

沿着公寓的花墙往右拐的时候，葵突然注意到一位女人隐在桧树的密叶里。那女人穿着深蓝也许黑色的衣裳，薄暗中看不清年龄，仿佛正在偷窥着公寓的院子。走近了的时候，她像在躲避着葵，但借着空中残留的暮霭模糊的光亮，葵看清了她，葵下意识地叫出来。

"呀！今野小姐！"

正是今野常子，葵立刻想到了，她是来看她扔下了的孩子的。

今野低声地向葵寒暄着，开口说着话，泪就要随声而落似的。

"你为什么在这偷偷地站着呢，高村先生一点也不怪您，快去见见他好去看小姐。"

"啊！孩子还在这儿吗？"

"在，就没往别处去送。"

"这我才放心了！"今野立刻露出来高兴的脸色，用袖子擦着脸上的汗。

"那么走吧！"葵旋回来脚，"不然，我把小姐带来吧！您不想见旁人吧！"

"嗳……"今野含糊地应着，看出她还有话要说的样子，葵等待着。

今野在说话前又一度擦着脸上的汗。分别的这个期间里，今野看去突然衰老了似的，是因为心里不能忘怀于丢弃了的孩子呢，还是为了新家庭生活的耽溺呢。今野穿着不常穿的和服，衣服不整齐，发也乱，像匆匆地穿了衣服就跑出来的样子，给人以狼狈的感觉。

"我……我想把我底事情跟您略谈一谈，我们走一走好不好？……"

今野半希望地抬起来脸，脸上的表情，意外地带着那样幸福的微笑，葵不觉地一怔。

　　傍晚的住宅街，正是没行人的时候，偶尔在门前有穿着浴衣的女人啪啪地挥着团扇，路是这样安静而幽暗。

　　并肩走着，今野巧妙地从远处展开了她要对葵说的话。

　　"我，实在是不好意思，可是为了一个人底希望又不能不来。起初自己怎样也不能下决心，也没有就那样一个人活下去的勇气，终于因为他特别地关垂，又因为他挺可靠，我也就……现在他和他妈妈一块在麻布区住，最近老太太要回老家，所以他要求我一块去住，我现在一个人住在一间小房子里。

　　"孩子的事情我虽然跟他提过了，可是自己想一定得不到他底谅解，那样麻烦的事情他一定不愿意。没想到说完后他反倒申斥了我一顿，说：'为什么不把孩子带来，我是最喜欢孩子的，一定把孩子接来呀！'"

　　"啊！那不正是您所希望的吗？"

　　"所以我忍耻来看孩子，若是叫我领走，我好把孩子领去，来了后，怎样也不好意思进门，在外边绕了半天圈了。"

　　果然应了高村先生底话了，葵想。"带着孩子底母亲，一旦从孩子身上解放出来，找到自己底幸福后是还要回到孩子身边来的。"

　　前些日子和高村一块吃晚饭的时候，高村先生很肯定地这样说。今野正一如先生底话那样地回到孩子身边来。扔下孩子出走时被难堪地非难的今野，现在为孩子为自己都觅到了幸福。这样最好，葵高兴地想。可是，并不是任何一个女人都能扔下孩子出走的，使这样的事情趋于平常，只有去建立最要紧的育儿院，无条件地接受任何一个妈妈底孩子，那么，在妈妈，在孩子，都不至于像今野那样犯了罪似的逃出去了吧！

"那么，快去见高村先生，然后领孩子走吧！我陪您一块到先生底家里去。"

"麻烦您！"今野爽直地道了谢。

归去的路上，葵底心里充满了高村底一切。她并没有想到爱高村，只是觉得高村热烈底说出来关于薰风公寓的改良，创立育儿院，以及预备做议员去为国家造出更完备的制度的话，离自己是这样近。自己底思想和高村底思想融而为一的喜悦，仿佛像感情相通一样的那种喜悦，不自觉地充满了心。

从昨天起高村的母亲就躺了一天，说是因为热，觉得太累了。

席子的拉门换下去了。老太太躺在放着帘子的北房中的席上，静静地摇着团扇。夕阳落下去了，廊下有蝙蝠振翅的声音。

点燃了一支蚊香，高村晞三拿到妈妈底屋里来，

"怎么，您一点东西也没吃吗？"晞三看见了枕边的粥，这样问着妈妈。

"你给我拿点茶来吧！"

"好！"晞三立刻自己到厨房去把茶给妈妈端来，拉了拉浴衣的下摆把脚伸到廊下去坐下来。

"给您念念晚报听吧！"

"不用念晚报了……"

"那您叫我做点什么呢？"

"你底老师给你提的那份亲，我还没拒绝人家呢。"

"您早点拒绝吧！"

"你什么时候都是这么简单的一句话，老是拒绝，要不就定了最上小姐吧！"

"若是定亲，倒还是最上小姐好。"

"噢……"妈妈嗫嚅着，"若是那样的话，就回绝老师吧！我一有点不舒服家里就没法办了，你将就一点，早点结婚吧！"

"不过，妈妈再等一等再提最上小姐底事吧！我还有一点顾虑。"

"什么顾虑呢？"

"怎么说才好呢！最上小姐，往远了说，是我雇用的人，和我有雇主的关系。在这样关系中，我是不愿意提出关于婚姻的事的。这种关系中我的立场是优越的，我不愿意那样做，我愿意我们站在平等底立场的时候再来谈这件事。您明白我底意思吗？我现在给最上小姐月薪，她在我这儿获得收入。我讨厌这种利害的关系，也可以说这是一种束缚，固然是不神经过敏地往这上想也许好，不过我总觉得不能算是光明正大。"

"顾虑的就是这一点？"

"虽然不仅仅是这一点。"

"若是就为这一点的话那太没关系了。"

"怎么没关系呢？"

"先辞了最上小姐，然后再说亲不就可以了吗。"

"那不行。假如最上小姐被辞后，没有结婚的意思怎么办呢？那不是等于夺了她底职业一样吗？"

"也倒是，不过我想她能明白。"

"妈！您把这件事交给我吧！"

女仆从廊下走进来，在帘外说着："最上小姐说，请少爷有一点事。"

高村拿着团扇，到事务室兼客厅里去的时候，葵正靠着自己底桌子，在翻看着什么文件。

"有事吗？"

葵转过身来嫣然地笑了。

"先生！告诉您一个好消息，今野小姐来了。"

"噢！怎么回事。"

"像是确定再婚了，来接孩子来了。"

"啊！那样最好，现在她在哪儿呢？"

"在公寓前等着呢，预备跟您道谢，我陪她一块来了。"

"走去看她去！"

高村先生走出屋子去。薄暗中今野常子站在公寓的门前，看见高村大步地走过来的时候，规规矩矩地行了一个礼。

"先生！我这样放肆您都没有介意我……"

葵从后边前望的时候，高村举起左手来"啪"地拍了今野的肩一下。

"您真是荒唐，给孩子想想也不能那样做呀！你就是要走跟我商量商量也好哇，叫我也明白，再可别那么胡来了。"

听着高村底话，葵下意识地涌上来泪。今野失踪的时候，高村任何的话也没说。可是在他心里，他是怎样的难过，怎样的曾经为这不幸的母子着想过呢！他申斥似的声音里，含着他底热烈的感情。

　　高村和今野到公寓中的事务室去了后，葵一个人到儿童室来。今野底小孩已经睡了，葵抱起她来为她换着衣裳："醒醒吧！妈妈来了哟！睁开小眼睛吧！"

　　葵又去叫公寓中的听差把今野留下的行李捆好，行李中当然有那张今野母子的合影，现在那张照片已经无足轻重了。

　　葵和高村在门口送着今野，听差的替今野把行李捎到附近的电车站去。

　　可爱的夜星这样美丽，夜风凉爽得很，树沙沙地摇摆着，夜暗中葵底衣飘动着，从脚下吹过来的风使人这样愉悦。望着那迎着新的幸福走去的母女底后影，在每一个街灯下出现，又消失在黑暗里，一步步地逐渐离去。

　　这样和葵并肩目送着今野，晞三觉得自己的心激动着，这正是一个适合于吐露美丽的、情味深长的爱情之语的好时候，这是一个宝贵的机会。

　　有这种感觉的不仅是高村，葵也觉到了这个机会的不可思议，也可以说，什么话都不要，只要能默默地握紧了对方底手，已经能够所有的感情相通了。葵的心里这样想，啊！激动的一刹那哟！

　　高村不是激情的男人，他觉得这样并立着，让心和心去交流，语言是没用的。感情能够互相纠结了两颗心，就是无言也是一样，他在等待着心内的爱成熟。

　　葵呢，葵仿佛有所欲言，她在期待着他底温柔的低语，她觉得自己动荡得几乎要晕倒在他底怀里，但他什么都没有说，那激动的一瞬过去了，那可贵的无言的一瞬间，像风一样地吹过去了。葵突然梦醒了似的回到现实中来，长长地吁了一口气，心又失望又安然地交织在这样两重的感觉里。哎！总之危险的时候是过去了。安心吧，她觉到了一分钟前心与心的奇妙的交流的恐怖。她回到她冷静的感情中来，几乎不敢相信刚才那种狂了似的感情的激动。爱情不冷静一点是不行的。

她稍稍离开了高村一步。

"先生今晚上有工夫吗？"

"嗳！有事吗？"

"我想跟您谈一点事情。"

"啊！什么事呢？"

"打官司，这回轮到我的班了。"葵出声地笑了起来。

"你有什么要事打官司呢？"

"不是我，是我底姐姐。"

"啊！在那儿做事的那位吧！"

"是，因为结婚问题出了变故。"

"噢！我听听看，回家去说吗？家里太热，走走不好吗？"

"好。"

离开公寓不远在电车站附近的小街上，有一座舒适的小食堂，楼上有露台，若是葵以为简单最好，但高村预备在那儿喝一杯酒。

两人默默地走着，薄暗中跟随着高村底步子，葵觉得有说不出的愉快，可是从他底后影看去，他仿佛在想一件什么事情一样，葵觉到了不安。像一个完全的陌生人，又不像。走进光明的街的时候，葵故意落后了五六步。

小食堂临着树，但二街的露台却对着里手神社的杉林，可爱的风吹进来，客人们穿着浴衣，共有两客，其中之一带着家族和孩子。

"我想喝杯啤酒，要紧的话明天说好吗？"

葵想了想后回答着：

"没什么关系吧！您听我说说不好吗？我心里老是不安。"

高村燃起了一支烟，带着准备听话的姿势，其实他是没什么心思听葵底叙述的，他知道，他所知道的葵并不饶舌，所以他也不好太冷淡，他不时地呷着啤酒。

"要跟您谈的是姐姐底结婚问题。在一度订了婚之后，对方因为本身问题悔约，这样的情形中，可以请求结婚吗？"

"不行。"

"由于对方希望订的婚，又由于对方本身问题悔约，这样可以上诉请求履行婚约吗？"

"不能，按日本民法的原则来说，财产是可以强制的，身边的事则不能勉强，所以无论在什么情形中，官方也不能判决强迫结婚，所以就是对方怎么不对也不能得到履行婚约的判决。这好像是不太合理，也许是因为用法律强迫结婚也不能圆满的缘故吧！"

"那么，我再请教您一个问题，那个人跟姐姐悔约，又跟另一个人订婚，法律能证明他们底婚约无效吗？"

"和上边说过的一样，法律既不能强制结婚也不强制离婚。倒也有强制离婚的时候，那得在一种特殊的不伦关系的情形下才可能请求强制离婚，没正式举行过结婚式的婚约也没有这种权利。"

"这么说，男人任意地悔了婚约，女人也没办法是不是？奇怪的法律！受害的大部分都是女人吧！姐姐的事，姐姐是整个的被毁灭了。"

"同居过吗？"

"虽然没同居，可是也跟同居一样了。"

"在这种情形中只有请求安慰金之一途了。在法律上口头的婚约是无效的，所谓婚约这个名词得在举行结婚式后开始才算成立。令姊既没有举行过仪式又没同居，法律是不承认这种婚约的。所说的不履行婚约，若是指说过的这种没公开的同居关系而又离开了的事情的话，姐姐是没有理由提出不履行婚约的诉讼的。"

"那么，姐姐就……"

发现了社会对女性无情的一面的葵，惊愕地看着高村底脸。

"在姐姐这样情形里，就只有忍气吞声地被毁坏吗？"

高村又燃起了一支烟，慢慢地回答着：

"虽说是被摧残，在姐姐底婚约中，既不是由于暴力底强迫而是基于两方面的同意，把责任推到一个人身上也是不对的。姐姐也可以说是负有责任呢。"

"既如此，姐姐怎么办呢？"

葵几乎绝望似的叨咕着，姐姐落到无从帮助起的情形里，既没有法律来保护又要遭人们的轻视，而且高村说雨宫完全可以不负责任。

"详情我虽然不大知道，自然在这种情形中是不利于姐姐的了，但是，不利于不能就说是被毁害，诉诸法律也不是完全不可能的，上诉也可以的。改换一下上诉的形式也可以赢得法院的公判。不过胜诉是无望的，像我所承办的那些案子那样，结果，总是原告输的。"

"请求慰安金也不可能吗？"

"可以的，所谓慰安金的请求在不履行婚约的情形中和蹂躏贞操的情形中都可以斟酌提出，不过也不大容易，这得要看对方的身份和财产后再说了。"

"我倒不是想要什么钱，姐姐也和我的意思一样。在钱之外，没有一个能使对方'赔礼'什么的方法吗？"

高村浮着微笑，稍稍地觉到了一点棘手似的说：

"在破坏名誉的情形中在报纸上登广告谢罪的是有，可是照你说过的话看起来，'罪'既不成立也就无从谢起的。假如女方若是有了小孩的话事情还多少有些不同。"

葵又不禁一惊，只有这一点葵没有讲给高村，虽然知道这是讨论问题的重心，但葵不愿告诉他，若是换一个陌生的律师的话，葵倒是可以无所不谈，他不愿意高村知道了唯一的亲人的姐姐遭遇了这样的事。

"我觉得上诉是没用，还是私下里谈一谈，也不用什么安慰金的名目，也许多少有一点实惠，我见一见那个人才好。以外也再无良策。你若是同意，我一定尽力办去。"

"谢谢您。"

"对方是怎样底身份呢？"

"某一个公司里的高级干部，再婚而且有孩子。我前几天见了他一次，当面诘问过他。"

"噢！结果呢？"

"白费，生气没用，差不多有四十岁了，一个很机警的人，我一个人的力量是什么也做不了的。"

"噢，姓什么呢？"

"西郊有轨电车公司的雨宫章尔。"

"雨宫章尔？"

"您认识吗？"

"不……"

高村含混地应着站了起来。

一前一后地走到了外面，高村静默地前行着，从他底后影看去很忧郁，葵有一点儿担心。葵想高村是因为知道了自己唯一的姐姐底没头没尾而又不名誉的事后对自己失去了兴味，在男人，女人的近亲有了不名誉的事，也足可以使他对那个女人的爱情逡巡。好像讨论了姐姐底问题也就拒绝了高村底爱情一样。刚才两人一块送着流着泪道着谢领孩子回去的今野常子的时候，高村的的确确是显示了他浓烈的爱情，但现在完了。他那样耸动着两肩一语不发地迈着大步，真是冷漠得很。

葵突然起了离开他的念头，对他，自己曾像期待良人一样地等待过他，现在完了。姐姐底事就好像一个小绊脚石一样。他像没有再回到原来的路轨上的样子了，寂寞哟。随他吧！仰望着天空，描绘着自己底孤独的姿态，这不是感伤而是冷静的倔强，叫高村静默下去吧，自己决不示弱给他，葵反复地这样想。

姐姐底事算完了，法律没道理地维护着男人。葵第一次领悟到了女人在这样的社会上是有着一种怎样的生活方式。薰风公寓中住着的各种各类的女人，直到现在对她们抱着"这是别人的事"的见解的葵，现在面对着姐姐底事，那些女人们不得不落到薰风公寓中来的情形，清晰地顺序地在眼前显现出来。基于两人的同意来恋爱，又由于同意而分离，社会不但没有为女人在肉体方面不利的情形中给她一种保护，反倒制定了不利于女人底法律。最使葵伤心的是，一向和她思想一致，创设了薰风公寓的高村晞三，对雨宫章尔没有一句非难的话。

夜静，路上连行人都没有了，高村连等也不等地好像就一个人似的走着。白的浴衣在黑暗中忽闪着往前走，冷酷得一如外人。

葵故意走得慢一些，已经用不着追他了，我还是走我自己的路吧！和姐姐一块背负起来不幸，和最大的不幸去抗争。想着，泪流下来，听着去远了的高村的木屐的声音，葵从容地走着。

到公寓门前的时候，以为已经回家去了的高村，在电线杆下等着葵。

"最上小姐，令姊的事交给我吧！我努力照着你所想的去办办看……"

就这样，高村走回家去，葵不明白男人底心是怎么回事。

第二天，高村又一度问起了恒美的事："由于昨晚上的话我也觉得太委屈令姊了，立场又这样不利，我想无论如何想法子办一办吧！交给我不好吗？"

高村底态度很忧郁，语气比平常还温存得多，这又惹动了葵，若是自己曾使高村不愉快，自然是伤心，但葵已经预备为姐姐牺牲自己的任何事情。

高村拿出纸片来记录了事情的大概，葵不得不比昨日详细地又重述一遍，事情的概要说完，葵附加着：

"我并不是单单因为姐姐底婚姻失败而烦恼，我愿意无论怎样也把雨宫的无诚意的态度公开，他不得已的时候就随便地抛弃了爱情，当然对方受不了这个打击，他还说你若是不怕姐姐以后没法再找人家，你就去告状也好。"

"他真这样说了吗？"

"说了，横暴得不容人说话的样子，在我们怎样也做不出来，都说实业家多半不道德，这回我可相信了。若是因为有钱就那样，我真要咒诅钱了。"

高村不表现同情也没有一点感动地低垂着双眼静听着葵底话，脸上失去了一向的温柔的微笑而且毫无精神。

"先生，您哪儿不舒服吗？"

"不！"他答着，突然抬起了眼睛说。

"我想见一见令姊，听一听她底意见……"

葵迷惑着，由于对姐姐的事件的热心，足以证明他对自己的爱情，那么他为什么看去这样的沉默呢？

"见姐姐一次好极了，我却愿意您先见雨宫申斥他一顿，对付他像我们这样，简直不中用。"

高村没有回答葵底话，只是说：

"把这件事交给我吧！我想法子使令姊再生。"

说完，不顾葵地离开了座位。

葵在这时候，依然没有说及姐姐已经在孕育着一个小生命的事情的最重点。就是没说及，葵已经清楚觉得了自己和高村之间，隔了一堵墙而无从接近。

七

进了八月，虽然不久就要立秋了，可是东京的残暑依然很酷烈。

傍晚，夕阳红红地照射在大楼的高窗上的时候，雨宫章尔穿着轻快的白麻质料的夏服，戴着巴拿马草帽，拿着手杖，从西郊电车公司的大门出来。在他旁边，一样地穿着白麻夏服，戴着巴拿马草帽，但挟着一只大皮包的是高村晞三。

公司里的车从门旁的车库中开到大门来，雨宫先坐上去，高村也默默地坐上去。

"找个地方吃着饭谈吧！"雨宫说。

"好。"雨宫告诉车夫开到永代桥去之后，转向高村："你那个薰风公寓怎么样啦，还顺手吗？"

"公寓倒是蒸蒸日上，不过最近我怀疑到……"

"什么？"

"我怀疑到那个公寓的存在在社会上的意义，我觉得它不过是一个中途的休息点，不彻底地治疗了表面的创伤，实际上，是没有触及创伤的根源的，所标榜的母子保护也不过是一种姑息保护而已。"

"倒是，不过由于政府的母子保护法的不彻底，想要把母子保护做得彻底的话，一开头就难办。"

"我预备彻底地去干一下。"

车穿过热闹的市街奔驰在广阔的环状路上。"怎么个彻底法呢？"

"我想做议员去。"晞三安静地笑了笑。车窗斜射进来的夕阳染红了他颊上的一角，看去，他仿佛赤红着脸。

"议员吗？"

"是，所以还想请哥哥替我出选举费。"

"噢！你要跟我谈的就是这个吗？"

"不是，那是另一件事，议员的事过几天才想跟您说呢。"

"不过大选里当选可并非容易哟！谁都得落选个两三次，何况你比较起来又年轻。"

"我都明白，可是要革新国家制度的话，这是唯一的途径，除此是别无进路的。"

"啊！不过别以为雨宫家的财产就是我底了，还有本家底大爷哪！是公司里的总经理，老头子相当的固执，倒不至于拿不出钱来，反正着急不好办。"

脱离了高村家到雨宫家去做养婿的章尔，对弟弟却是一个最亲切的哥哥。晞三听着哥哥体贴的话，想起了葵，觉得自己的感情彷徨在自己矛盾的立场中。

在河流的上空描了一个轻俏的弧线的永代桥旁，车转了一个锐角，不久就停在一个精致的大门前，那是雨宫先指定的饭馆。

随着女侍的出迎，被引进到一间能够俯瞰河面的屋里。屋中，带着轮船的烟的气息的风吹进来，摇着床间的花鸟的画轴，水面映着晚霞的红色，白日的暑热逐渐地退下去。

女侍理整着雨宫脱下的上衣，一边问着："这位，是令弟吗？"

"噢！你怎么知道？"

"真像，您一进门的时候我就看出了。"

"冰一点啤酒来。"雨宫说着在电扇前伸直了胳膊。

在廊下站着的晞三解下来领带，他想着要是要钱的话，哥哥能出到怎样的一个数目呢！不过葵和葵的姐姐都说过不要钱，在晞三自己的爱情的立场上来说，也是不用金钱跟葵姊妹来解决这件事情好，但晞三再想不出比钱更好的安慰办法来。

河上许多货船上下地行驶，夕阳染红了污秽的水波，但也自有一种美丽。

"要谈的是什么呀！"哥哥先问着。

"最上恒美底事。"

晞三卷着衬衫的袖子冷默地答着。

"噢……她怎么啦！她去委托你去了吗？"

"她有一个妹妹，叫葵，前几天听说跟哥哥见过了……"

"是，见过，相当的强硬，跟姐姐完全不一样，精神十足，说了好厉害的话来的。"

"听说是那样。"晞三咕嘟地喝了一大口酒，苦笑着望着哥哥底脸。"那位妹妹是我的秘书。"

"啊！从最近吗？"

"不，很久以前了。"

"噢！不大听用吧！"

"不，像那样勤于职务的小姐还没见过！她把哥哥的事说的很什么，她并不知道您是我的哥哥，她骂哥哥是强暴的，没诚意的，典型的无义的男人。"

"噢！那么是妹妹托你给起诉了。"

"虽然说是要起诉，可是这样的事原告是无从胜诉的。"

"糟糕！我没像她说的那么缺德呀！雨宫本家的小姐里枝硬派给我了，也没理由可以拒绝，姑娘又挺好，我只好跟恒美断绝了关系，我对不起她是对不起她，我想无论如何也要叫恒美过得下去，都是那个妹妹把事情给搅坏了，那个小姐真是叫人头疼。"

女侍拿了茶来，话暂时中止了。

这一瞬间，晞三突然感到奇妙的不安，在葵眼前，自己答应了替葵解决这件事情，这样和哥哥吃着饭谈判，宛如给葵做了奸细一样，自己不是犯了同谋的恶德了吗？葵若是看见了眼前的情形一定会生气吧！

"那位妹妹要把我怎么样呢？"

"就是想把你怎样，仿佛也还没有一个确定的目的。实际这样的问题也是无法可想。结果还得像一般处理这种问题的方法一样地接受您底钱吧！虽然她说是不要钱，可是钱以外是别无良策的。让您道歉也没道理……说真的，我在中间也为难，想无论如何叫对方过得去，又不愿意哥哥丢面子。"

"我跟那位妹妹见面的时候已经跟她说得很清楚了，我答应找一个名目给她一千元左右的生活费，孩子我要也行……"

"孩子吗？"

"大概孩子是我的是没错的。平安地生产下来的话我接过来，生产费我也担负的话也说了。"

"啊！有了小孩的事我还不知道。"高村出乎意外的惊异地望着哥哥底脸。关于孩子葵什么都没说，为什么不说呢？高村想不出理由来，孩子的有无是可以改变事件的性质的，为什么要瞒着有了孩子的事呢！仅仅是因为姐姐底羞耻就跟自己的羞耻一样而难以启齿吗？

"噢！怪不得妹妹那样的愤恨，先我还觉得奇怪，现在我明白了，既然这样说可得重新说起。"

"重新说起也是这么回事。"哥哥依旧不在乎地笑着。

"就是重新说起，想解决这件事和处理小孩，离开钱也是不行的。"

"这样吧！你给我调停一下看，叫她们别为这件事跟我没完，若是不接受我底条件随她告状好了，可是若是起诉，她可也就一文钱也摸不着了，是不是？"

"也是！"晞三这样地回答着哥哥，同时觉到自己底感情激动着，哥哥什么时候变得这样一点也不知道反省呢？晞三觉得心凉下去，哥哥更接着说："她没说过自己养育孩子的话吗？"

"也许说过吧！"

"若是说过的话，我每月给她养育费吧！啊！不好办的时候可以住薰风公寓呀！哈哈哈，那倒正巧。"

听哥哥说到这儿，晞三不由得气上心来。"请您别说这样的话，这样说太过了。"晞三啪地放下了杯子，严厉地这样说。

"怎么？生气了？"

雨宫挺直了胸，两手挂着席子，微笑地向着弟弟。建筑薰风公寓的时候给他拿钱，要去考议员还得给他拿钱，雨宫自信晞三在他这样对弟弟底关照上弟弟也不会和他翻脸的。

可是，晞三想这完全是两回事。

"以上我跟哥哥说的话，都是站在法律的立场上说出来的，因为我是律师，所以我才指明了哥哥在法律上并无责任的话。"

"那不正好吗？"

"不，固然在法律上哥哥是没有责任，也用不着管对方取什么态度。可是现在我站在个人的立场上，我以为在社会道德方面来讲的话，这是应该受最重的裁判的。最上恒美现在迷失了生之路，丢了活下去的方针，陷于绝望中的这件事的责任，哥哥怎样想呢？所以我请您别把话说得太过。"

晞三说了后哥哥依旧微笑着，故意用着平静的语气说："你，你跟最上恒美有什么关系吗？你跟她恋过爱吗？"

"您别说没用的话，您给我一个正面的回答不好吗？现在我才了解最上葵之所以生气的理由，几天不见，哥哥竟这样地布尔乔亚味了。"

"啊！你别这样的兴奋了，刚才我是把话说得太过了。我绝不是要在你面前辩护我底放荡行为。说一句正经的话，只要能在不损害我的范围之内，我愿意接受任何安慰最上恒美的方法，最初我所以给她钱也是表现我这样的意思的。我还要给你说：那位厉害的妹妹出来长篇大论地指责了我一顿，这会你又特意地也长篇大论地指责着我，形势逼着叫我僵，既叫我僵，当然事情也就无从按着人情来讲喽，所以我说你们要告状要怎么都好。事情不是这样吗？可是为了恒美我不希望你们这样做，好好地谈一谈最好。虽然我在经济上要损失一些，我以为这样恒美才能得到实惠，不是吗？所以你把你特意预备好了的雄辩的话收起来，咱们说点实在的，叫我拿钱，我出钱，钱以外，对方再有什么明确的要求的话，你再讲给我，如何？这么办不好吗？"

晞三静默着，哥哥虽说是厉害，倒也还有人情。雨宫啪啪地击着手掌招呼来女侍，精神十足地说：

"喂！啤酒没有了哟！一块儿给拿五六瓶来，来把我这个弟弟灌醉了，他不醉的话就讨厌。"

吃过饭，和哥哥分开后的归途上，高村为了难以安慰恒美的寂寞而烦恼着。他不自觉地怀恋地回忆起来很久的过去，两个很早的失掉了父亲的兄弟，一块到山上去捕蝉，到小河里一起捉鲋鱼，两人的心深深地互相理解着。如今，生活环境不同，对社会的态度也完全两样了，跟一个陌生人一样。别这样想吧！可是证明是兄弟的证据一个也没有，证明没关系的证据多得很。

孩子的时候时常吵架，怎么吵也是兄弟，一点也用不着顾虑。现在吵不得了，要吵就得顾虑到断绝兄弟关系，就这一点顾虑疏远了兄弟的情感。

晞三不能确定是维护哥哥还是帮助恒美好，维护哥哥的话对葵不好，帮助恒美就许得罪了哥哥。这样想着，觉得要是把现在的葵完全当一个外人的话，自己不但受不了，感情反倒热上来。要是置葵于不顾的话，葵会走的，葵走，晞三底爱情和结婚的目标就要丢失了。

那也好，葵走了，暂时独身吧！照自己的理想去做事业吧——晞三决不是激情的恋爱者，沉溺于恋爱中的那一类男人。葵去了后的情况也不过是像远远地眺望着秋天院里的波斯菊枯萎下去一样吧！品尝着那寂寞，心却澄清的。晞三正是有着这样性格的男人。这自然不是什么怪脾气，只是一种智识人的冷静，一种由于谨慎和反省造出来的冷静而已。

这冷静有时也不能完全统治自己底感情，自己究竟爱葵爱到怎样的程度呢？晞三自己也说不出来。不过，在和哥哥斗了几句嘴后的今夜，感到了有丢失葵的危险，心意外地炽热着，无论如何也不愿意丢掉葵。

今夜不去看葵吧！见了她势必得说出来看见了哥哥的话，躲她两三天再说吧！晞三下了电车后，特意远远地绕了个弯，等薰风公寓安睡后再回去。

挟着皮包，晞三在黑暗的住宅街上闲散地走着，下弦月升上来，夜风已经有点凉意了。

公寓里的灯大部分都息了，横头的儿童室还露着朦胧的光亮，葵今夜又和孩子们一块睡了，也许还在读着书。晞三蹑着足从窗下走过去。

为了伴着孩子睡午觉，鲛岛正代穿着简单的衣裳也躺在席上读着晨报。正午将过，正是公寓里最安静的时候。

和孩子单独在一起的时候，正代安心地作着母亲，孩子的热的小手抚弄着前胸，头枕在腕上的时候，正代忘却了还没有职业的不安定和生活的顾虑，在恬静的母爱中安静地呼吸着，感觉到和平和幸福。

瓦斯的炉火捻得小小的，上面坐着锅，煮着豆儿的声音咕嘟咕嘟地响着。窗外，洗的白衣裳在风里摆动着，孩子玩的毛线球扔了一屋子。

在这样的小屋子里，她躺着翻开了报纸，院子里的喷水池水落下来的声音清晰地击着耳朵。

——求家庭教师，待遇优厚，通勤，主人资产家，小学校学生，星期日面洽，携履历书来。赤坂区伊町二丁目二——求家庭教师，须住宿，月薪四十元，要保证人，女学生初中一年，希望有经验者，市外吉祥市三丁目野村，——求家庭教师，希望大学生。

第一个征求最适合于正代，正代看了看报纸的上边，今日恰是星期日，正代预备去看看，做资产家的家庭教师自然生活可以安定了，通勤，又可以照料孩子，希望都希望不来的好条件，傍晚，去撞一下看吧！正代用手指把那个小广告撕下来。看好了是赤坂区伊町二丁目二，雨宫的名字后，把广告塞在钱包里，和孩子一块睡去。

正代醒来的时候，天有一点阴，但凉快了很多。

现在去吧！她开始打扮着自己，在灰色的西装上又戴了帽子，再戴上编纱的手套。可惜鞋是寇寇色的冬天的鞋，现在的情况是买不起白鞋的了。

正代抱起还在睡觉的孩子出了自己底屋子，从二楼廊下的窗中看见葵正在事务室打着字。

正代走到事务室中去。

"最上小姐，请您照应一下这个孩子。"

"您什么时候回来呢？"

"三个钟点左右，晚的话请给她点牛奶喝。"

葵默默地接过来了孩子，把她抱到儿童室去交给了新田保姆。葵不知道正代出去有什么事，可是也不想问她，正代底充了敌意的态度仿佛特意在葵忙的时候给葵一种骚扰似的。

正代摆脱开孩子出来之后，长长地吁了口气，所以吁气的原因之一是她仿佛又从母亲回到了小姐时代。她挺着胸，充满了自信地迈开了脚步。但自己底漂亮的姿态反倒使自己焦躁，自己是应该舍弃了寻求家庭教师而去寻求结婚之路的。这样陷在母子公寓里的自己，正代觉得可轻蔑而又憎恶。

赤坂那儿的雨宫宅立刻就找到了，夕阳红红地映在二楼的窗上，花园内，百日红灿烂地开着。

到这样的人家来找职业，令人对自己有不体面的感觉，正代在雨宫的门前伫立着。

这时候自里面将要出来的人引去了正代底注意力。等了会儿，出来的是一位二十四五岁的穿着和服的小姐。从她朴素的装饰和边走着边擦着额上的汗的态度来看，能知道她并不是雨宫家里的人，那小姐走在正代身边的时候，啪地下撑开了遮阳伞。

"喂！我跟您打听打听……"正代向着那位小姐。"您是为了这家请家庭教师的事来的吗？"

"是。"对方坦白地答。

"如何！有了人了吗？是还没有？"

"好像还没有。"

"您呢？"

"说是两三天内给回信。"

"噢！我也是为这事情来的，我们是竞争者呢。"鲛岛正代微笑着，对方像是为正代没教养的话所唐突，略略地点头便走开去。

跟这样的女性竞争，正代觉得自己很有把握，她啪啪地走进大门去。

由侍女领到客厅去了后，雨宫章尔坐在躺椅上，吹着电扇在读着晚报。

"打扰您，看见了报纸上的广告来……"

这样文雅地寒暄着，雨宫连眼都没抬的只说了一句

"请坐！"

正代像小姑娘似的驯顺地坐在一张小椅子上。

"您带着履历书呢吗？"

"带着呢。"

打开了钱包，把装在信封里的履历书轻轻地放在桌上后，正代开始打量着雨宫。

"我那个小孩子是男孩。"雨宫开始事务上的话："小学生，因为没有母亲，家庭教育也没有，我想给他请一个好的教师，现在他正放假，想叫人带他到山上去也没有合适的人。我本身事情太多，您怎样，能够带她到山上去住些日子吗？"

"啊！实在是我也有一个小孩，太长的时候怕是不能够……"

"噢！那就没法子了。"

一看形势不好，正代赶快往回拉这局面。

"不过，要是一星期或者十天的话，我可以把孩子托付给别人。"

"最好还是不要太勉强。"雨宫像是已经决定了拒绝正代，但是为了普通的礼貌，他从信封中抽出履历书来。

"啊！您在薰风公寓中住是不是？"

"您知道薰风公寓吗？"正代歪着头。

"不清楚，不过薰风公寓是我出钱盖的。"

"呀！那么您认识高村先生吗？他是一位律师。"

"高村是我底弟弟。"

"您说的是令弟吗？"

"是我底胞弟。我是宫雨家底养婿。"

正代底眼睛亮起来，脸上带着怎样也不能丢失了这个就职的机会的决心。她用着盼望的表情：

"我，因为不知道，话说得冒昧了。高村先生真帮了我不少的忙，真是一位可亲的人，我很尊敬他。还有，刚才说的那个，要是十天或者一星期的话，我可以把孩子托付给公寓，来陪伴少爷。"

"把孩子托付给公寓，他们照应的还好吗？"

"暧，有保姆，还有一位事务方面的最上小姐。"

"最上什么？"

"做事务的！最上葵小姐。"

"啊！她呀！"

"您认识她吗？"

"能干吧！"

"嗳！不过我是不大喜欢她的。"

"我也不喜欢她，只能讲大道理的人就讨厌，女人还是温柔点好。"

"是呢！那位最上小姐不知哪点地方叫人觉得她太冷漠，把孩子交给她真放不下心去，不过高村先生可喜欢她呢。"

"啊！喜欢那个小姐吗？"

"好像。"

"噢。"

雨宫记起了一件事。

无怪高村清楚地表明了拥护恒美而和哥哥对抗的态度，这里因为高村是爱着最上葵的缘故呀！

正代在不知不觉间忘却了刚到这室里来的时候做成的温谨的态度，又恢复了一向的任性的脾气。连刚才在大门口碰见会有一位职业上的竞争者的事也给忘得干干净净，仿佛已经决定了在这儿就职一样。

"噢！我想见见您底少爷，您可以请他出来吗？"

"啊……"雨宫迟疑着。

"您就决定吧！带小少爷到山上去，监督小少爷用功我是可以胜任的。"

雨宫下意识间被正代征服，在雨宫回想恒美底事件的一瞬间，正代攫得了交涉胜利的先着。雨宫稍稍地踌躇着，按着壁上的铃。铃在远处响，一会儿，廊下有了女侍急走近来的足音。

向女侍说明了后，一会儿，在衬衫袖下露着细的腕，带着羞见陌生人的脸的男孩，轻轻地走进来。那孩子生的很美丽，只是看去很弱，带着神经质的表情。

"小少爷，来，我看看你，你在哪儿玩来的呀！看出这些汗，热吧！"

机灵的正代是会哄人的，可是孩子并没到她底身边去。孩子的敏感的神经在正代底机灵的态度里觉出了她多刺的性格。这位一年级的小学生，跟最上恒美恰恰合适，恒美的谨慎又体贴的态度，立刻使他觉出了恒美和机警的正代的区别。

"小少爷的令堂呢？"

"死了，已经有几年了。"

"呀！小少爷多闷哪！从此我陪你玩吧！学校里有意思吗？小少爷爱唱歌吗？我唱歌可唱得好着呢！我教给你啊！咱们一块坐火车上山去，山上又凉快，还可以捕蝉，那多好啊！"

雨宫在第三者的立场上听着正代讲，他觉得正代很聪明。正代说着话的那种飒爽的风度，和她对付孩子很有把握的样子，使雨宫觉得她很好。事实，在做事上，正代是有着比任何人都来得快的机警，她是有事务手腕的一个女人，她那种能拼却无谓的感伤，巧妙地处理眼前的事情的性格，最上恒美连到她脚边那儿的程度都没有。比较恒美那种在任何事情上都不敢拿主意的性格，自然雨宫会觉得正代好。雨宫决定用正代做家庭教师，雨宫完全没有考虑正代畸形的私生活。

正代用对孩子的笑脸向着雨宫。

"我，负责任来做，作这位小少爷的家庭教师，我相信我能做得好，我会像小少爷的妈妈一样来照顾他。您答应吗？就是没有薪水我也一定要请您叫我做做看，您就决定不好吗？"

"啊！"

"因为，薰风公寓的高村先生帮了我那么多的忙，为了酬谢高村先生我也一定要做的，我要尽我所有的能力去做。"

"不过，也不能这样急……"

"不，我明儿来也没关系，您不答应吗？从明天起叫我试试看，您看我做事的成绩再给我定薪水也好。"

"那么，好吧！"

雨宫苦笑着答应了正代，他觉得正代既如此热心自然是靠得住的。

从雨宫家出来的归途上，正代底心因新的希望蹦跳着。

就职自然高兴，这回孩子可以买新的秋装，自己也可以买白皮凉鞋，在公寓里也可以挺起腰板来了。

最使正代雀跃的是雨宫章尔，虽然不知道他的年龄，看去也不过四十岁的样子，在接近的时候，使正代觉得有一种被他底雍容的态度包围了的信赖，能够挤到他底身边去做事，正代就是碰见了怎样的压迫也不会放过这机会。那样一位有着不可屈的魅力的男人，而且生活优裕，妻子逝去了几年的男人。

正代在雨宫底家里找到了自己底归宿，发现了自己精神的寄托所。雨宫是那样年轻，那样健康，而且独身。她描绘自己底幻想，幸福的幻想。的确是幸福的，虽然不大喜欢那个神经质的孩子，可是不安下心爱护他是不行的, 不能够爱护前妻的孩子是没有当选为后妻的资格的。

但, 她并没有放弃对高村底希望, 高村一直还没有答应她前几天送去的信, 他预备置之不理吗? 也许明天高村就有令人喜悦的回信来了, 也不一定……那时候怎么办好呢? 正代陶醉在自己自由的乐观的空想中, 仿佛正有许多男人在向她求婚的那样一种幸福的迷惑里。

在回到公寓之前, 她先跑到高村家去。高村底母亲迎出来, 天已经黑了, 老女仆开大门的灯。

"晚安, 先生在家吗?"

"到公寓去了。"

"是吗? 我今儿看见了先生底哥哥了哟!"

完全忍不住不说, 跟谁说都好, 也得把肚里的话说出来, 就自己知道了高村底哥哥, 而且跟他一块说过话的这种高兴, 怎样也不能忍住不说出来。

"我拜访他去了哟! 哥哥真好, 跟先生长得很像呢。我做了他那儿的家庭教师了。太太去世了, 小少爷那样寂寞, 雨宫先生是该结婚的。像那样十全的人一定有好些提亲的吧! 还没定吗?"

"啊! 我也不大清楚, 这一向就……"照妈妈的话看起来像是还没有定亲。

正代听老太太说了后, 便告辞了出来。出来后小跑着走向公寓去, 高兴得直想唱。一想起来遇见了高村和高村哥哥这样的好人就高兴。以前来往过的那些男人, 连竹内夏雄都算在内, 哪个也卑贱得不值一提。这回才真是发现了, 就是拼命也要追求的男人。

八

"里手幼稚园的保姆，是我的一位熟人，刚才我在外边碰见她的时候，她说，幼稚园要关了，因为经营的人回乡了。她也只能做到月底了。"

葵做完了今天的工作，一边整理着桌子一边说，高村凭窗衔着他底烟管。

"因为不好经营吗？"

"也许。我想，先生把那所幼稚园改造成育儿园不好吗？"

"我想做。"

"我愿意劝先生做这件事。我也觉得这个母子公寓像先生前几天说过的能附设有育儿园才算完备。我虽然不赞成带着孩子的母亲们弃了孩子出走，但到底不能不抛弃孩子的时候也太多，那时候我们就可以问明了情形无条件地收容了她底孩子了。"

"你说得对，不过预算成问题，公寓自然得要能收支相抵不亏空才行，现在的儿童室不用什么房费，饭费也没多少，可是若做起真正的社会事业来，我是没有钱的哟。"

"真可惜，这么好的机会，没钱，什么好事也是做不了……"

门突然惊人地响起来，叩门的人这样横暴，正都注意着看究竟是谁来了的时候，门哗的一下开了，在门口，站着戴着帽子的鲛岛正代。

"先生，晚上好，今天我会见了一位贵人，您知道是谁吗？"

"不知道。"

在正代凌人的响亮的口调里，高村带着一向困惑的微笑对着她。

"家庭教师的事。"

"啊！找着事啦！决定了吗？"

"嗳！从明天开始上班，姓雨宫的一位很不得了的先生。"

"雨宫？"

比高村还惊诧的是葵，正代一点也没理会到葵地继续说。

"说是那位先生是令兄，我一怔，世界说是阔实际是狭小的，雨宫先生是大公司里的董事呢。最近我要陪他的少爷到山上去，葵小姐，那时候得把孩子托付给您，十天的功夫。"

使葵最难堪的是，不是由于高村底嘴里听说，而是由于正代的凌人的叙述里知道了雨宫的事。高村默默地，为什么那样沉默呢？葵不能立刻就相信这件事情，她迷惑地望着高村。

"是叫作雨宫章尔的那位吗？"高村底眼睛望着窗外。

"是。"

"最上小姐的事我也听说了，了不得的小姐。"正代底多刺的笑声刺着葵底胸。

正代欣然地走出事务室去之后，高村和葵伫立在原来的地方无言地相对着。

高村没有把雨宫章尔是自己底哥哥的事告诉给葵，告诉葵的话葵一定不能把姐姐底事托付给高村办的。葵去找其他的律师的时候，不但要出律师费，其他的律师肯不肯接受这样无从办起的案件都说不定。那样勉强地找了律师，恒美和雨宫都难，而且一定是毫无所得。这样，在葵一无所知的期间内，高村预备急急地为恒美想一个最合适的处理办法。

这正是高村对葵的爱，也许葵不能理解，葵不理解也不要紧，这是高村的爱情底真相。

但鲛岛正代破坏了它，葵也许再也不跟自己谈这件事了，那也没法子，自己尽到自己的心就是了，高村再一次燃起了已经熄灭了的烟管。

"打听打听幼稚园的事吧！听听他们的条件，我们再想法子。"

"好。"

高村只说了这样的两句话，他静静地走出事务室去。

葵凭窗对着黑暗的院子，听着熟了的柿子坠落在地上的响声，夜是安静的。

暗中，鲛岛正代抱着托付在儿童室中的孩子，横穿过院子。正代做了雨宫章尔的家庭教师，自己不知道在高村面前骂了多少次雨宫，高村先生听着那样说自己哥哥底坏话时怎样想呢？先生最近的忧郁，仅仅说着事务上的话，先生也一定很窘，这样想着的葵，觉得双颊热上来。

双臂凭着窗，仿佛觉得自己正站在波涛上，激动的潮水啪啪地打着脚尖，自己已经无从再在这公寓中住下去了。实际，从告诉高村姐姐和雨宫绝缘的那时候起，就已经该离开薰风公寓也说不定。

葵绝不是沉溺在感伤里的姑娘，就是在理智方面翻来覆去地想，葵也觉得没有再安心地在公寓停留下去的理由。高村兄弟和最上姊妹之间已经形成了不和的争斗的关系。葵没有把姐姐底事就像这样搁置了的心，为姐姐不能不争出一个满意的结果来，因此，除了离开高村外是——没路可走的。

在决定离开公寓的一瞬间，意外地觉到了从未觉到的对高村的爱，离开他，自己是寂寞的，葵的胸痛着。

终于，葵静静地站起来，掠掠发，拉了拉裙子后走出屋子来，葵到幼稚园去了，园子的主人是住在园里的。

三十分钟后，葵从幼稚园回来，坐在打字机前，整整齐齐地估出了一份报告，她预备不再见高村了。

　　"出卖。

　　闭园时期——八月末。

　　土地——租地，面积三百二十二坪，租价一毛三。

　　建筑物——木造。

　　卖价——一万八千元左右。"

打完了这些，另外拿张纸用钢笔写着：

　　"幼稚园的事。请看报告。

　　　因为不知道，关于姐姐底事，对您太不客气了。怎样想也不好再在这儿受您照应，这样任性求您原宥，姐姐的事我是要斗争到底的，请别误会我。要跟您说的太多，先说这一点吧。"

报告和信装在一只信封里，封好后，整理好了公事桌，葵回到自己底屋里去。

姐姐和妈妈的相片，法国人斯堪奇的"阿尔卑斯的午后"的精美的照片，还有四十册书，把这些个从墙上和柜子里拿下来后，分别装在箱子和手提包里。一无所有，寂寞的贫瘠的小屋，可怀念的小屋。

半点钟后，葵已经把预备带走的东西整理好了，但她还到处搜寻着，未忍即去的留念着，突然她想起她尚未整理的爱情，葵开开门，去找公寓中的婆婆。

婆婆没在仆人室里，想也许在儿童室里，往儿童室去的时候，在廊下遇着了。

"婆婆，这些事托您。"葵毫不露声色地把信交给婆婆。

"请您明天早上把它交给高村先生，里面是一份事务报告。"

婆婆露出来奇怪的脸色，第一，这样的事从来没有，再说明天早晨葵自己可以交给高村先生的。

立刻觉察到婆婆底奇怪的表情，葵说明着："我有一点事，现在就得出去。"

"啊？这么晚？"

"是，因为是急事。"

"那您今晚不回来了吗？"

"预备回来，不过怕不可能。现在儿童室里就两个孩子吧！"

"是，两个。"

"您多照应他们。"

唯恐婆婆再细问，葵立刻返回到自己屋里来，跟着躲避着婆婆的注意，提了东西，穿过了院子走出来。

迈到门外的第一步，突然觉得了孤独的寂寞侵蚀了全身，回头，高村家的二楼上依然开着灯。

"再见吧！高村先生。"

葵迅速地踏上了黑暗的大路。

薰风公寓打杂的婆婆疑惑到了葵底态度，就是今晚上太晚不能回来，明早回来后也可以自己把这份公事交给先生的。婆婆虽然这样怀疑着，也没想怎样去应付，她到儿童室里去照看那两个孩子。

二号房的佐佐木悦子回来了，来抱自己底孩子，悦子是女子商业夜校的珠算教员，已经过三十岁的一位女人，一向是十点钟回来的。她穿着厚的毛织品，看去是那样热的质料的裙子和白色的衬衫，粉剥落了脸上的濡汗，头发也乱蓬蓬的。

"谢谢婆婆，睡了吧！不知道饿不饿。"

"七点钟的时候吃了不少粥和鲷鱼酱。"

"啊！多谢。"悦子把不知是巴拿马草编的还是什么东西做的手提袋挂到腕上，从床上抱起来一周岁多的女孩后，向着婆婆：

"最上小姐怎么啦？"

"怎么啦！我也不知道，今晚有事出去了。"

"她带着行李什么的，像搬家一样。"

"啊！你看见她了吗？"

"正好电车站那儿换车，她上了我下来的那辆电车。"

"拿着行李？"……婆婆歪着头想了想后，立刻跑到葵屋中去看。葵底门锁着，婆婆放不下心去，拿起来葵留给高村的信封去找高村，蹒跚着肥满的腰肢的姿态，婆婆进了高村家的大门。

晞三正躺在蚊帐里读小说，穿着睡衣跑到门口来。

"请您看看这封信，这是最上小姐交给我的，我觉得其中有点怪事似的。"

晞三忙着打开了信，幼稚园的回话打在一张纸上。

"没什么事吧！"高村边说着边看着第二张信纸，他明白了，草草地看了一遍后，抱起来双臂。

"最上小姐什么时候出去的？"

"还不到一点钟。"

"说什么没有？"

"就说今晚上怕回不来。"

"好了！婆婆回去吧！别惦记着这回事，也别跟别人说。明白吗？最上小姐立刻就回来的。"

"好。"

高村压下去惊急，打发婆婆走了之后，坐在门口的地板上思索起来。

葵底出走也许可以算是当然。这封简单的信昭示了她底决心，在这简单的信件里，高村完全理解了葵底痛苦的感情。高村就那样穿着睡衣到二楼的书房中去开了灯后，在沙发上静静地燃着了一支烟。但他的心底骚动着，从没有过的那样激烈地骚动着，在骚动的心上，他保持着他安静的外形。

又一遍，高村看着葵留下的信。"一、出卖，二、闭园日期——八月末。"看到这儿，这位冷静的先生底眼里突然涌出来泪，他叼着烟卷仰起了头，在闭了的眼睑下泪依然涌了出来，比失去了爱情还可怀恋的是葵的温暖的心包围着他底身体，从事务室中说着话的时候起，到葵走止，也不过才两点钟，在那样匆急的时间里，葵为高村做了最后的一件事，替他问好了幼稚园的一切。留下报告书而出走，正如葵无言的姿态一样地显示了她底爱情。那样坚强的性格，这样自由主义的小姐是不能明确地说出自己底爱情来的。但高村充分地理解了这心情果决的程度。

但，葵是去了——高村窘于处置明天以后的公寓中的事情，最要紧的是照应孩子们，再请一位保姆吧！事务的事只好自己捉工夫来做了，他又想什么也不管了，那么，关闭薰风公寓吗？

这考案是糊涂的，但在感情上，高村已经失去了竞争的心了。

高村不能不觉悟，从有所谓葵的那样一位女人在他底身边的日子起，他才感觉到做薰风公寓的意义，他才考虑到创设育儿园。不但这个，就是他日常生活的一切，也仿佛只有葵在眼前的时候才有意义。

不，不对，薰风公寓是自己实现理想的产物，育儿园为完成薰风公寓的，自己是为完成自己的生活才努力于这一切的。

说什么理由也没用，总之最上葵是走了，今晚上不回来的话，从此就不会回来吧！要紧的是得知道她今晚上究竟在哪儿。今晚上若是不找她回来，葵将永久地去了。去了就去了吧！

"去了就去了吗？"高村底心呼喊着。

他立刻跑下楼梯，到妈妈底枕边去。

"妈！您睡了吗？我要出走一会，也许回来得晚一点，最上小姐出了点麻烦的事。"

说着，他忙着穿好了西服。

夜凉了，沟中的水也像感到夜凉似的，清晰地映着对面跑过来的电车的灯光。恒美坐在靠沟的窗前，无聊地过着等待着孩子降生的不安的日子。

不幸的事件的悲哀，日久也淡了，有时候，心里也迷茫地浮上来做母亲的喜悦和希望，恒美开始有了这样的感情，本来恒美就是没什么奢望的一个女人。就是在人事都不幸的情况中，也能找出自己安然的境地的一个无所竞争的女人。

今夜，意外地葵提了东西跑了来："姐姐，暂时得打扰您了，突然就来了，姐姐原谅我。"

"怎么啦？"

"公寓的事辞了。"

"有什么变故吗？"

"说起来话可长了。"

葵把帽子放在衣柜上，笑了。葵觉悟到自己是该在姐姐面前笑，而且要安静地生活下去的。

喝了杯自来水，葵在姐姐底小饭桌前，像男人一样地支着双肱："从哪儿说起好呢？我见着那位雨宫了，惹不起他，我输给他了，咱们这样的人不配做他吵架的对手，所以我托了公寓中的律师，我着实地骂了雨宫一顿。简单地说吧！公寓中的那位高村律师是雨宫章尔的弟弟。"

"弟弟吗？"

"胞弟，我也吓了一跳，所以只好辞事了。"

"是他叫你辞的吗？"

"他没说，他不是那样糊涂的人，他跟哥哥完全两样。人好极了。我在那儿住不下去了，我要是在那儿，姐姐底事就不好说了。跟高村先生，我是无从争斗起。"

姐姐望着正缝着的小被的美丽的细纱面上的花样。

"啊！已经为孩子预备东西了呀！从此姐姐又该忙了呢。"

葵愉快地笑着脱去了上衣，但注意到姐姐变了的眼光的时候，愉快的笑不觉收敛起来。

"你跟先生辞了来的吗？"恒美说着这样奇妙的话。

"没有，我留了一封信跑出来的。"

"那么，现在回去吧，回去最好。"

"为什么？"

"我的事情怎样都好，你离开了现在的职业是无益的。"

"我不回去，因为要走才出来的。"

"那——你不是爱着高村先生吗？"

葵一惊，一次也没有跟姐姐说过高村底事，姐姐早就知道了。

"爱，很爱，可是随他去吧！"葵像少女一样坦白地答着。

"明天事情就不好了，反正你是得回去的，今晚上回去最好。"

恒美端正地坐好，训诫似地说。她在自己的事情里，迷惑着不知怎样处理才好，软弱地退却着。但在妹妹底事中，她意外下了这样明确的判断。

"好啦！我已经不打算回去了，不好也没关系。"

"你说的不对，也许你可以觉得没关系，我不能对不起你。"

"怎么对不起我？"

"不是为了我的事情吗？我是有责任的。"

"姐姐放心，我不叫你负任何责任。"

"我不能不负责。对我底事我已经什么都不想了。说实话，我也不想去跟雨宫争什么，就这样算了。"

"别那么妥协。你交给我好啦！"

"真的，我不愿意为我底事打扰你和高村，不管雨宫怎么不好，弟弟是弟弟，这不能一概而论。我已经不幸了，我不愿再把你也卷入不幸中。所以，你现在回去吧！"

"不。"

"那不行，你叫我为难。"

"你没有为难的道理。"

"是难，的确你使我窘。"

对着姐姐底脸，葵挺起来胸说着：

"我并不是仅仅为了姐姐才要跟雨宫去算账，我以为这样的事情是不能轻易就放手的。我也不是想到那些所谓扩张女权写写吓人的口号，我觉得我们至少要为最小限度的日常幸福去奋斗。不单是姐姐，薰风公寓中的女人们多数都到了和姐姐同样的命运。我若是结婚的话，说不定也碰见这样的事情，这实在逼人不能安心去恋爱。就拿雨宫来说吧！雨宫先不也是很有诚意的吗？对这样男人底诚意我们该相信到怎的样程度呢？问题就在这儿，现在我已经绝望一半了，女人若是老得忖度着男人的诚实而生活，这不幸是免不了的，怎样做才好呢？实际我也不知道。不过，在姐姐底事情的斗争里，我想我可以渐渐地明白一点什么的。"

铺着地板的廊下，有悠然走进来的皮鞋的声音，那声音从恒美的屋前踏过去。

"呀！是高村先生，这脚步声。"葵的表情僵硬的。

一度远了的足音又返回来，并且停住了，进口的门有被拉开的声音。

"怎么办？"恒美细语着。

"开开！"葵向着姐姐。

恒美开门的同时，觉到了眼前的人是这样高，白色的衣服给人以清洁感，仅仅是比哥哥年轻，表情看去也和哥哥相似，恒美在感谢他来迎接妹妹的同时，体会到了两人之间的爱，觉得到了应该放弃妹妹这个内应的。

"我是高村，葵小姐到这儿来了吗？"

"来了，请，我正在劝她回去。"

高村默默地脱了鞋，小屋里装了三个人后，显得窄了。

葵背向着门，高村进来也没有回过脸来，高村默默地坐在葵身边，用着一种使人想他不是那样着急地找来的安详，但很严然的态度说：

"我明白你走的原因，我觉得你并没做错，可是并不是非这样不可的，你这样地离开了公寓，仿佛是我使你如此似的，你不是这样的人。"

"您的话是什么意思？"

"那是说你做了不像你那样的人做出来的古板的事，这里面多少有些感情用事，你虽然和我底哥哥之间有所争执，但为此就与我绝缘，也不能说是尽了人情。你以为你这样做多少可以使演变到现在的事件比较好，也许你以为你离开了公寓正是给我以解放——不过，结果，你的出走，互相不但没有一点利益，对令姐更是无谓，你说是要为姐姐斗争到底，那么你想，你离开公寓是放弃了姐姐底事不管吗？不是使姐姐底事比现在还难办吗？"

葵底呼吸，怒涛一样地窒息着自己，用着颤动的声音回问着：

"您抱什么态度呢？"

"这就是误解的地方，你以为弟弟什么时候都是袒护哥哥的，我也不否认袒护哥哥的话，不过你该知道，我是不会做正义的敌人的。"

"在现在的情形里，您倾向哪方面呢！我问您。"

高村暂时沉默着，葵底话使恒美觉得不安，她恐惧于小屋中的紧张空气，自己叨叨着：

"啊！也忘了沏茶——"

这句话引出高村底话锋，他微笑地继续说；

"我不能说一定怎样，我底中间人的立场使我为难。不过照我底希望的话我是取第三者的立场的，在你那样高洁的思想里，轻蔑第三者这样的人也不一定，但调停成功多半由于第三者底斡旋。因为你知道我，我想你相信我，你还是像以往一样地把事情交给我不好吗？"

高村尽情理的解说，好意葵是明白的，葵也相信他底诚实和信用，但不知为什么老想和他对抗，为了要看看自己表示反抗后的高村底态度，葵这样说：

"我要是说不能把事情交给您的话呢……？"

这句话的意义葵很明白，高村就许生气，葵底胸痛楚着，意外地高村却用着冷静地调子回答着：

"要是不交给我底话，那我就答应你离开公寓，不过……"话暂时中断，接着，高村用了全身的力量那样严峻地说："……你是从心里说出来不能交给我办了，你说是你不信任我底办法了，你现在表示的意思是这样，不过，我明白你离开公寓是为我，为无所谓的顾虑而洁身引退，我知道你不是不信任我，你是不愿意给我添麻烦，虽然为解决这件事我多少是得费点心机，我不是说过我情愿吗？你明白我，你别对我讲什么空道理了，我叫你同我回去。"

高村立刻站起来，拉着葵底双腕往起拉葵，然后向着恒美："打扰您，我带她回去您放心吧！"

葵默默地拿起来衣柜上的帽子，穿上了上衣，高村先生穿上了鞋，提起来她的皮包。葵底胸里满满的，都是些什么自己也不知道，自己考虑过的，自己相信过的事，碎玻璃一样地扎着心，心整个失去了主宰。高村提着皮包，照例地迈着大步在黑暗的路上前行，葵为跟上他小跑着，仿佛自己并没踏在大地上，而是被流动的潮水漂着走一样，心里回荡着的是高村火一样的严峻的话，那话锋利的刀一样地刺进了自己底心，想着，头不自觉地轰地一下，眼前发黑得看不见脚，她比高村慢了有十步远的样子。

暗路的拐角，高村在等着葵，等葵追上来后，高村右手提着皮包，左手拉紧了葵底右腕走着，夜深，路上没有行人。

在葵底头上，高村温柔低语着：

"我乱七八糟地说了好些话，我从来没这样兴奋过，你生气了吗？"

虽然看不见高村底脸，但由于他的语调，葵知道他在微笑，葵摇了摇头。

"我高兴！"葵这样说。

高村突然地甩开了葵底手，幽泣起来：

"可恶的东西。"

那可恶的东西是带着不能抑遏的爱意说出来的。

九

第二天早上，刚一醒，高村立刻就明白了。

昨夜，从恒美底公寓回来后，在公寓的门前把皮包递给了葵，自己说：

"已经晚了！去睡吧！"

虽然接过去皮包，但既没往门里走，也没回答高村底话的葵底奇妙地咬着牙的态度，仿佛为某种事情所拘而又有所欲言。葵为什么那样，迂阔的高村昨夜虽然没能理解，但今早却明白了。在葵，那是一个不能再得的机会，葵是想和自己在心接触着，一句一句的话都能传达着彼此的体温的静夜里，细语到天明的。

可是自己却说："去睡吧！安心地等待着吧！一切都信任我吧！"这样的说了后，淡淡地走了回来。

葵想要的自然不是这几句话，葵希望的是再比较幻想，再如梦，再甜美的爱情的絮语，虽然葵那样的小姐是极端的理智，日常生活过得飘飘然，但在谈爱情的一瞬间，也是一样罗曼蒂克的。

妈妈走上楼来："怎么，已经醒了吗！再不起来还来得及吗？八点半了呢。"

"八点半了吗？不得了，今儿上午有两份出庭的案件。"

"啊！什么时候呀！"

"九点和十一点，九点那份不到十点倒是也开不了庭……"

他立刻光着脊梁坐了起来，妈妈一边叠着蚊帐一边问："昨晚上挺晚了可是不是？最上小姐怎么了？"

"噢！待会我再跟您细说，挺麻烦，因为怕您着急，我一直没跟您说雨宫哥哥跟最上小姐的姐姐之间出了点不好办的事，都是哥哥不好，闹到不履行婚约的程度了。"

妈妈拿着蚊帐的挂钩，无言地凝视着次子底脸。

"我现在正以中人的立场出面说和，棘手的是听说就要生孩子了……好！待会我再跟您说，我吃饭吧！法庭要晚了，您别惦记着这件事，管闲事我是专家。"晞三半玩笑地拽着妈妈枯瘦的手跑下楼去。

从洗脸房的窗子外望的院子里，波斯菊已经开了，立秋后，虽然白天还很热，但早晨却清爽得很。昨夜的事，仿佛洪水一样冲走了心中的尘埃，高村不由自主地高兴着。

薰风公寓中打杂的婆婆，虽然不知道事情的真相，但觉得拿了行李留下信而走了的葵一定是有什么重大的事，正这样想着的早晨，在廊下，遇见了刚刚起来的葵。葵穿着石竹色的衣裳和斜条纹的裙子挥动着裸露着的双臂，男人一样地吹着口哨走着。

"婆婆早！"

"呀！您什么时候回来的？"

"昨夜里太晚啦！今儿又这样热，受不了，怎么还不早点凉快呢。"

这样说着，飒爽地走进儿童室去。但她底心并不是像婆婆眼里看的那样愉快。

昨晚，她几乎完全没睡，归来的路上，那样幸福的感激，在她说是爱情的最高峰都好，那之后，躺到床上，一考虑到眼前的一切，她后悔了。

不是允许她浸在甘美的爱情里的时候哟！

自然不能为了昨夜的事，就沉溺爱情里，那只是偶然出现意料以外的事，所以昨夜就是昨夜，想继续昨夜去追求明日的幸福是不可能的。

葵这样冷酷地想着，姐姐底事没有结果的话，再也不能进一步地去接近高村，为代替了母亲抚育自己成人的姐姐底不幸，自己是该抛弃了幸福的。

这样更增加了心里的痛苦，可是葵要与苦痛抗争，耗尽了血液也要抗衡，为拂开心里的苦痛，葵吹着口哨，在表面上显示着轻松而唱着歌，撒撒手，精精神神地过日子，也许多少可以逃避心里的痛苦吧！

保姆新田先生，鼻尖带着汗走进来。

"新田先生您早，今儿请您把孩子们床上的床单拿出去交给洗衣房，三点的时候，请把西红柿冰好了给孩子们，不爱吃柿子的给西瓜。"

"嗒！嗒！嗒！"像打字一样的说了后，刚预备走出儿童室的一瞬间，鲛岛正代撞了进来。

"鲛岛小姐早，您要出去吗？"

昨天的事突地涌上心来，但压下它去，葵温柔地寒暄着。正代整整齐齐地穿着洋服，手里抱着孩子和钱包，她从葵底身旁擦过，故意向着新田：

"从今天起上班，孩子拜托您，大概得晚上才能回来。"完全没有请葵照应的话。听她说着，葵走出了儿童室。

在摇晃的电车里，正代耽在自己底思索中，朝日从繁密的竹的街树中斜射下来，电车中也蒸腾着暑热。正代眼睛看着自己的膝盖，完全没有理会到身边杂沓着上来下去的人群，默然地沉溺在自己的思索里。今天起上班……应付那个小少爷是没问题的，雨宫章尔对自己作何感想呢？绝不能凑不到一起？对这一点，正代有自信，因为两人都有一个小孩，这一点两个人是相同的，还有，虽说对方有钱，但女人没钱的事是再平常不过的，自己有很好的武士家世，又以优等资格卒业于女子高中，职历也不是拿不出手去，以这样的资格来做雨宫夫人是没有缺点的，煮茶，养花从此可以学，就是不会也没关系。

她在幻想着明日的幸福，不，她并不把这想象看成幻想，她觉得这是理想，而且一定会实现的一个理想。

不过，仅仅有一个问题把竹内夏雄底孩子带到雨宫家去行吗，这是唯一的而且在自己是最不好的条件。

竹内现在如何，自己完全不知道，那个毫没爱恋之情而一下弃了自己，鹰一样冷酷而任性的男人，结果虽然陷自己于不幸，现在那个失败反倒成了幸福的回想。竹内是使正代觉得自己是失败了的唯一的男性吧！那样野蛮没理性，一下就把女人打躺下的强暴的男人，是没有爱情可言的。那时候，在自己被弃之后，而且无从反抗之间，曾经想杀了他……所以现在对他底思念已经半含着敌意，把孩子给竹内送还去吗？那当然是男人应负的责任。孩子送还竹内后，正代未来的幸福才能发芽的。

下了电车步行的时候，正代随着肉体的活动决定了自己的主意，找竹内一次吧！

雨宫还没上班去，边吃早饭边批阅着来信。

"早安！"

"早！"

雨宫只这样简单地回答了后便走去换衣裳。

正代到孩子的屋里去，在给她预备好了的书桌前坐下。孩子在院里无声地玩着沙土，不时地窥视一下窗内的自己底家庭教师，仿佛反抗正代似的把背向着她。

"喂！小少爷，早晨先用点功吧！"雨宫穿了白麻的洋服到孩子底屋里来。

"从明天起请您在这儿住两三天可以吗？我预备旅行去。"

"好。随便几天都没关系。"

"那么，您预备吧！我明天午后动身，噢！这是本月份的薪水。"

雨宫把装着几张纸币的信封放在她身前的桌子上。

第二天的午后，雨宫旅行去。但那并不是公事上的旅行。午饭将过，门前有车停住，定是有客人来了。因为女仆正在厨房里忙，正代正想去招待一下的时候，还没等走到大门口，在廊下的角上不意地撞见了那位刚进来的女客。女客不等人通报就不客气地走进来的坦然的态度，使正代一怔。

"您贵姓？"

"我吗？您不用问了。"

比正代小好几岁，穿着华贵的明石绸的衣裳的一位女人，在她身旁走过的时候，可以嗅出仿佛春风一样令人怡悦的气息。她拖着拖鞋，啪，啪地顺着廊子走进内室去，正代茫然地目送着她。

正代回到孩子底屋子去的时候，正看着画报的孩子，扔下了画报跑进内室去，并且嚷着：

"姨姨，您给我带什么来呀！"

正代回到自己桌旁坐下，院子里栗树上的蝉吵得人心烦。本来已经以为自己完全算是这个家庭里的人了，现在觉得自己实际上是外人。那个被叫作姨姨的女人是谁呢？正代没有一点可以据之以驱逐她的根据。

雨宫说是两点半的车，已经没时间了哟！正想着，雨宫挟了皮包走进来。

"不在家里期间多费您心。"

意外的是那位女客人也提着一个小提包，原来两个人一块旅行去。

在门外，和女仆、孩子一块送着雨宫走，雨宫满不在意地和那位女客并肩走着，车的后窗里一直能望见他白色的巴拿马草帽。

"文姐，那位小姐是谁。"回答正如所料：

"最近就是要行结婚礼了。"

正代虽然觉得奇怪，但这样明白的回答使她觉得不好过。

"啊！原来是恋人呀，常来吧！"

"嗳，常来，老爷也不得了，以前的风流事这还没弄出头来呢。"

女仆用带子缚扎着宽大的和服袖子一边说，挺聪明美丽的一位女仆，她底语调使人觉得里面有嫉妒的成分，她歪着脸，惋惜地笑着。

从门口回来走在石铺的甬路上的时候，正代又讯问。

"是有。去年有一位艺妓现在大概是完全没关系了。不过今年春天的那位可真是对不起人家，是公司里的秘书，叫最上恒美，都有孩子了，还把人家扔了。"

"你说是最上恒美吗……"因为主人不在，女仆文姐很清闲，这是一个饶舌的女人。她把雨宫家庭内部情形都零零碎碎地讲给正代了。什么主人以前爱艺妓的事喽，什么因为有了小姨子就弃了最上恒美的事喽。

"别看现在雨宫里枝和主人一块去旅行去了，好像挺满意似的，因为里枝还不知道那位女秘书的事，若是知道了，也得出事，虽说是老爷厉害。"

文姐的话带着夸张的口吻，她用着一种混合着嫉妒与愤怒的女人底表情。

从外面看，和进到里面看过之后，对这个家庭印象完全两样了。正代昨天早晨在电车里空想过的明日的幸福，也成了空虚的梦，找竹内夏雄叫他带走孩子的打算，简直是太过了。

在卧室里陪着孩子睡午觉的时候，清闲的正代把手臂撑在桌子上，一边眺望着院子，一边想自己是得另订新计划了。

她，突然起了一个奇怪的想头，以最上葵对高村底关系来说，直到现在还是自己底敌人，若是把雨宫也算在自己的计划里的时候，真正的敌人是雨宫里枝。在葵和雨宫有所争执的现在，里枝也是葵底敌人。这样的话，里枝是正代和葵底共同敌人了，里枝若是不从雨宫身边退却，正代明日的希望就完了。

正代跟文姐说：

"我帮你做什么吧！反正闲着……"

"那好，劳您驾。"

正代是一点也没心帮文姐做事的，她底目的并不是帮文姐忙。她不但像女秘书一样地为雨宫整理书房，收受信和报纸，她还妻一样地为雨宫缝缀浴衣，收拾袜子，整理手帕，冲洗烟斗，烫裤子。她一点也没管那位小少爷。

三天后，雨宫自己回来了，他把里枝送回家去才回到自己底家来的。

回来的雨宫，禁不住地另有一种奇妙感，那接到大门口来的正代底安闲的微笑和精巧的化妆，以及进屋后折过了他脱下的洋服，并且为他拿出浴衣的正代底举动使他惊愕着。

"澡房烧好了，你不洗洗澡吗？"

"是么，那么洗洗吧！"

洗过澡，雨宫发现衣柜里乱堆的小衣都换了干净的了。正代裸露着白色的小腿，穿着清淡的衣裳，正在用喷水壶浇着花，非常安闲的态度，仅仅三天，这个家就仿佛为她所占有了似的。

里枝接到没有署名信的那天，是她从山上回来的次日。

"突然写信给您，冒昧得很，因为有要紧的事所以不能不跟您说。

"我知道您最近就要和雨宫章尔先生结婚了，我愿意忠告您先把这件事停一下，虽然去年章尔先生和一位女人间的纠葛已经弄清了，可是现在章尔先生和某一位职业女人间的事还没结束，我觉得您还是有细细调查一番的必要的。

"那位职业女人就要生产章尔先生底孩子了。我因为跟这事情有相当的关系，所以我保证事情的确真实。详情您一打听就会明白的。"

里枝看完了信跑到妈妈身边去"啪"地一下坐下了。

"妈！"

妈妈接过去，默默地读了后，又默默地收在信封里。

"谁寄来的呢？"

"妈知道吗？这事是真的？"

"不大明白也许谁捣乱吧！用不着理他！"

"我不，我想打听一下，若是真的我真不高兴。"

"好啦！交给妈妈吧！不能叫你受苦的。"

"不过我真烦，即使这些都是假话，有这样讨厌的人在暗地里监视着我，我就不高兴！"

"你别在意好了，妈妈给你办。"

这位妈妈因为年轻时候身为名妓，看这样的事情很平常。她把信拿给早就从宴会上退席来家的丈夫看。雨宫社长因为年纪大了，就是出席宴会也养成了早回家的习惯，并且雨宫社长有一个这样的癖好，一天总得咕嘟咕嘟地喝几杯新从洋井里压出来的水。

"您看这样的信！"妻把信拿出来。

雨宫社长左手拿着杯子把信看了一遍。

"真的吗？"

"真的又有什么要紧。"

"别管它好吗？"

"当然，用不着把暗事给弄明了，别理它自然就消灭了。要是弄明白了再想不管可就不行了。"

"可是这不比平常呀！若是那职业女人上诉怎么办呢？"

"什么……那样的话里枝早点嫁过来就完了，嫁过去后就是她要告状也晚了。"

社长又咕嘟咕嘟喝着水，把信甩到妻的膝上去。在这位老社长底脑子里没有什么对不对，也没有什么正与邪，只有用坚强的生活体验去开展生活。

但照着妈妈往年的名妓生活的经验来说，还早一点暗中解决了的好，妈妈预备明天去找雨宫章尔。

十

星期日，晞三从早起就留在家里，正盘算着今天的事的时候，妈妈换好了出外的衣裳。

"您买东西去吗？"

晞三坐在廊下的藤椅里说。

"噢！难得，哥哥有事吗？"

"没有，因为好久没看见他了。"

"前几天最上小姐的事，您别跟哥哥说吧！哥哥正不高兴，您什么都不说最好，妈妈给保守着这秘密吧！"

"噢？"

"您午饭呢？"

"在哥哥那吃，要不早一点去，还怕他出去呢。"

妈妈这样说着出门而去，晞三想阻止而不能。妈妈去见哥哥纯粹是为了葵底事的。

雨宫家里只有他和女仆两人，孩子和鲛岛正代到山上洗温泉去了，预定要在山上住十天。雨宫对着已经吹拂着初秋的风的院子，懒洋洋地坐着，看着娱乐杂志。

章尔已经那样的岁数了，又过继给别人做了养婿，所以来访的他的母亲自己也谨慎着，连章尔自己拿的褥垫也不坐，轻轻地坐在廊下干净的地板上。

"有些时候没来了，院子里的花木长得这样繁茂了。"妈妈自己嗫嗫的。

"妈妈底白发也多起来了哟！"

"那可不是。"

"前些日子看见晞三的时候，要当议员叫我给出选举费，他真的要做吗？"

"像是要作似的，你头几天跟晞三为什么事拌嘴来的？"

"唔，没到拌嘴的程度，不过他也有了律师底臭味而已。"

"最上小姐底事我也惦记着，我愿意你无论如何使她满足才好。"

听见妈妈这样说，章尔立刻苦笑了。这样的事，仿佛七八岁时候作了恶作剧时被妈妈申斥了一样，是无从分辩的。

"嗳！我也是那么想，本来这事不至于到现在这种情形，谁叫雨宫本家有了话了呢？做人家的养婿也是不容易的哟！"

"那么孩子你打算怎么办呢？"

"我想接下来，对最上小姐怎么也是没法子的。"

"晞三也挺不放心，早点解决了好。"

章尔急忙地把话锋从自己身上挪开去：

"最上小姐底妹妹是叫葵吧，我看晞三对那位小姐相当有意。妈妈知道吗？我也见过她一次，那样的女人哪点儿好呢？"

"挺好的一位小姐，我也很喜欢她。"妈妈微笑地回答着。

"妈妈也会喜欢那小姐？奇怪，那么晞三预备跟她结婚喽？"

"好像是，因为最近有两三份提亲的晞三都拒绝了。"

"噢！真是情人眼里出西施，晞三就爱这些邪道。那位小姐聪明倒是聪明，那样嚣张的女人搁在家里不行，不有的是很温柔的姑娘吗？"

"你不知道，葵小姐也是挺温存体贴的，她照看公寓里的那些孩子，若不是性情温和的人是做不了那么好的。跟晞三结婚我是满意的，还有，这几天里因为你的事，她一度离开这公寓呢！"

"唔！什么理由呢？"

"她是为了顾全晞三，她想，你和她姐姐之间既已有了这样的事，晞三是没法再跟从前一样地待她。"

"那么她现在不在公寓里了？"

"晞三又把她找回来了"

"噢！不得了。"

"不过，这事也有害于你的婚事也不一定，我以为还是早决定了好。晞三说过她们没有起诉的意思吧！"

"起诉对我们是无害的，我愿意她早日表明态度。我，我是对不起恒美，可是，出于不得已，这跟成心去做坏事是不一样的。妈妈也能理解我这样的心绪吧！"

"我明白，还是早解决吧！你底婚事又在进行中了吧！"

"是。"

"这次没什么问题吧！"

"是。好吧！先别提这些了，妈妈吃饭吧！"

女仆在餐室里摆着食桌，章尔自己拾了垫子陪了妈妈吃饭去，他向着女仆：

"有冰镇汽水吧！拿一瓶来。"

吃饭的时候母子俩很亲睦。章尔因为每天都有宴会，食欲不好，他懒懒地吃着，自己感慨着。

从和恒美有关系后，接着雨宫家的伯父母和里枝，又是什么最上葵，再加上妈妈和晞三，这许多上场的人物围着自己，自己作了轴，风车一样的咕噜咕噜地转，颇美的风景。虽然坐在轴心中的章尔，已经露出来不支的微笑，但在有了地位和金钱之后，这些事自然要跟踪而来，毋宁说是一种荣耀。

将吃过饭，妈妈又一度地说了饭前所说过的话才回去。妈妈刚走，门前又有车来了，这次是雨宫家的伯母，仿佛像到了自己底家一样不客气地噔噔地走了进来。

"有客来过了吧！"

伯母一边先进了客厅一边问。

"嗳，星期日客人总不断。"

章尔没有说出来妈妈来了的话，这是养婿的下意识，坐在椅上后，伯母点燃了卷烟。

"这一向承您照看里枝，多谢。山上已经很凉了吧！"

"嗳！夜里已经凉的很了，伯母没到哪儿去玩玩吗？"

"夏天我是不在乎的，因为身体瘦，也觉不出热来。"

这样平平静静地说着话，伯母已经准备好了向章尔诘问，她把这封匿名信从腰带里掏出来。普通的人都将这类的东西放在钱包里，放在腰里的习惯，是从很远以前就遗留下来的艺妓习惯的一种吧！

"有这样的一封信。"

章尔看着信的时候，伯母叭叭地抽着烟卷，拧着眉毛注视着章尔底表情。章尔一点也没有变更平常的态度。

"里枝小姐说什么了吧？"章尔笑语着。

"可不是，她说在女人这简直是不得了的事。"伯母用着诘问的语调：

"谁寄来的这封信呢？知道吗？"

"我知道。"

"谁呢？"

"本人的妹妹。"

"那位本人现在怎样？"

"啊！你上次和伯父为了里枝底事到舍下来的时候，我说过了吧！说有一位预备和我结婚的女职员，就是那位，要说那位小姐倒是绝不会出什么问题的。不过她底那个妹妹可讨厌着呢！这信一定是那个妹妹写的，我立刻就可以打听明白。"

"你倒是不在乎。"伯母说，那意思是说章尔也得给里枝考虑才对。

可是在章尔，却觉得若是他们不强把里枝嫁给他，他和最上恒美也不会出这样的问题，讲定道理自己也不是没的可说。章尔不语地这样想，伯母若是紧没完地跟他找别扭，他想解消和里枝的关系。

"伯父他……"伯母威严万丈地说，"你知道他是痛快人，他说天一凉就叫你们举行结婚式。"

章尔出声地笑了起来。一方面是表示自暴自弃的态度，一方面也嘲笑了自己底养婿的身份。听见章尔笑，伯母底脸色更难堪地说：

"你若是不快点把这样不体面的事情偷偷地办利落了，还得闹出比这个难堪的事。"

章尔无言地笑着不住地点着头。

雨宫家的伯母冷言冷语地说了好些个大道理回去之后，章尔立刻坐到书桌前去打开了信纸。

当她是个不懂事的二十四五岁的姑娘的最上葵，竟然用了这样卑鄙的写匿名信的手段，章尔愤怒着。

室内蒸着暑热，没有风，他不耐烦地脱掉了浴衣的一只袖子。他拿起笔来写信给高村。今天听妈妈底口话，晞三是预备和葵结婚的，他绝对不承认这头亲事。

正写间，女仆进来，带进来五六封信，其中有鲛岛正代用旅馆中的信封写来的信。

"匆匆奉闻：

到久别的山上来，托福我也享受了愉快的避暑机会。每天午前做两点钟功课，午后午睡，到林里散步，并且做采集昆虫等等有兴味的事，晚上看画报以及玩骨牌。八点半睡。

要报告给您的不是这些。

小少爷是神经质的，旅馆里的生活很快地就使他厌倦了。每到晚上，立刻寂寞的表情，不断地表示要回家去。最使人窘的是这儿没有一个小朋友，大人对孩子怎样亲切在孩子也不能把大人当作朋友，就是吵架也是孩子和孩子相伴最好。……"

正代信里的意思不过是要雨宫想，把孩子送到山上不但毫无意义，而且使孩子底精神不好，显露了她一两天中就要带孩子回来的心思。

"……为了家庭教师的责任，我把这样的结果报告给您，愿意您允许我们回去。"

从这封信的表面看起来，鲛岛正代的家庭教师很尽职，其实，那位小少爷什么也没说，没娘的孩子多少有一点孤僻。他一点也不负气底跟正代执拗着，正代对他也是没诚意的。她所以要早回来的原因有两个：

第一，她惦记着自己托付给最上葵的孩子。

第二，她急于要知道写给雨宫里枝的匿名信的结果。

正代写信的时候并没想到葵，她只是写了寄了而已，她没想使章尔觉得这是葵做的事，她不知不觉中操纵了他们。在正代，是没有嫁祸于葵的毒辣的心腹的，她只是怕里枝和章尔结婚而破坏了自己的希望而已。

从山上寄来信的第三天，她没等雨宫允许，便带了孩子踏上了回东京之途。山已经有了秋意了，早晨，谷里弥漫着雾。

院子里喷水池旁边，孩子们在吵架，哭的是八号房依田春子底孩子，惹他哭的是滨野底孩子。保姆新田先生安慰着那哭的孩子。那个像母亲一样别扭的孩子，因为被安慰反倒大声地哭起来，像应和着那哭声一样，夏末的伏天儿（蟪蛄的俗称，蝉类——译者注）也凑趣地叫着。

最上葵在事务室里拿着钢笔看着他们这残夏余热中的一幕，她正在整理着月末的会计，记算欠铺子里的账，算房费，从过午一直在拨弄着算盘。

突然，哭着的依田义雄抓起一把脚下的沙子，扔到对手脸上，那个比他大一岁的滨野正介，两只手一下就把义雄给压在底下了。新田先生赶快过去给抱起来，那孩子像被火烧了似的大哭起来。

这样的事，又得惹那个心胸狭小的依田春子说闲话了吧。葵正想着，依田春子从廊下的门进来正走向事务室来了。春子底脸失去了平静的表情扭歪着。

"啊！依田小姐，孩子们打架，真叫人没法办，为了抢一个小玩意——"

葵先笑着，想去平静那位母亲底愤怒。

"噢！"春子淡淡地应了一声后，一只手撑在桌子上，看着葵底脸，长长地吁了口气。

"怎么啦！您。"

春子底中耳炎好了出院之后，一句感谢的话也没跟葵说，还像以前一样地和谁都不来往地过着孤独的日子，时常白天把孩子托给新田先生自己去看电影，什么时候都用斜眼儿看别人，老没有愉快的样子的一位女人，现在她看去挺没主意似的。

"怎么啦！您。"

葵再次地问了后，春子从怀里拿出一封信来。

　　"您看看吧！"封皮上打着挂号的红印，正是一点钟前由事务所交给春子的一封信，葵想起来一向给孩子送养育费的那位医学博士来了。

　　内容描绘着一个悲剧。

　　"……实在是对不起，没来得及告诉您，您外子因为乳嘴突起症施行手术的结果，在八月十一日午前三点二十分长眠了。事情迅速得和梦一样。

　　"丧事完结后，家庭里虽然经过了一番整理，因为财产并没有像您所说过的那样多，并且信封内附上三个月的月费，请笑纳。两家的缘分也止于此了，今后祈您健康幸福。"

　　病死的报告，也是绝缘的通知，依田义雄丢了父亲，春子也失去了生活来源。听说博士底遗产在二十万以上，春子所得到的不过二百五十元而已。信末，写着如果春子愿意，把孩子接回父家去也可。

　　在依田春子，这自然是一件最重大的事，对博士的爱情关系，早就没什么了，所以听见了他底死讯也并不想哭。唯有怨恨，怨恨是丢了生活费。博士底死使她失去了依靠。

　　她也掉了两滴泪，不是难过而是恼恨，擦去了又恢复了一向的冷酷的表情。

　　"我要托您一件事。"

　　"什么事呢？"

　　"您替我托托高村先生不好吗？孩子底爸爸有那么多的财产，为了孩子一直念到大学的教育费等等，我想跟他们要一万元钱，我想这是可能的，不要也是自己糊涂，也提出义雄的名字来堂堂正正地就把钱弄到手。是吧！高村先生要正式给我办，连法院都不用去就能行。第一，因为对方的门第，一定能简单地就解决了。"

窗外，义雄依旧在号哭，妈妈正为他筹划着钱，孩子是没这些问题的，他的眼睛光亮地，唇边濡流着泪水。

嗳！这位小姐。在博士底医院中做看护妇时受了孕，仿佛就是夺得了胜利的旗印似的。春子她正是这样想。她的肉体，是使博士陷落的一个网，她就用那网，缠绕着博士，不但在博士生前使他精神疲惫，而且在博士死后，还要抢夺他的财产。

撞到蜘蛛网上去的虫，自然是虫自己没眼睛，但可憎恶的是那张网的蜘蛛。和依田春子的这样纠结的关系是博士底过失，如果女人方面真把生活看得严肃，而男人破坏了她底生活和希望，那是男人的罪过，但怎样也不能不使人想女人很早就张起了自己底网的事。照着依田春子的话来看，葵觉得博士虽有过失而无罪。但春子也许会说是因为生命底希望被破坏了之后才到这步田地的吧。如果换一句话来说，假使博士，但不是医学博士而且没有钱，春子会和他发生这样的关系吗？恐怕不会吧！所以她还是期待着博士底报应。她底行为是近于娼妇底行为的。想到这儿的葵，清清楚楚地体会到了依田春子和鲛岛正代之间的不同。两人现在的情形大致一样，两人失败的原因却完全相反。正代是追求生活的理想过激而失足，说起来她底失败是一样可同情的失败，但依田春子呢？就是不说她不对，她也是因为不能反省，没理想，精神怠惰而失败的，不能从一开始就珍贵自己的生活的人，能做成喜剧，也能做成悲剧的。

"我这样想，依田小姐，既然博士逝世，您从今以后自己努力一下不也挺好吗？"

"可是，他有钱呀，他的孩子当然得承继，您替我托托先生再说吧！"

"先生听说感冒了，正睡着呢。"

"噢，那么明天也好。"

葵直爽地又问：

"这信写着接孩子回去也行，您若是把孩子送去呢？"

"这不是笑话吗？我要是肯放孩子，我就不说这些话了哟！"

但在她闹中耳炎躺在医院里的时候，她说过："若是没这个孩子多好，他仿佛专为给我不幸才生下来的。"不但这个，拿她平常对孩子底态度来看，她对孩子的爱也很薄。不过为了在孩子身上寄生，她才不放孩子的。

"先生好了的时候，我替你说吧！"

要是专为这样愚拗的女人的话，母子公寓就没什么必要了，母子公寓，不但要为物质生活方便帮助那些不幸的女人，并且要改正母亲们的生活态度，要使母亲们乐于生活下去而且使生活正直而美。从绝望和不知努力的怠惰里拯救她们出来而向不幸奋斗。现在葵知道这是一件怎样困难的工作了。

依田春子拖了拖鞋回去之后，她的孩子依旧在院子里哭着，吵嘴的原因是为了抢夺一个花折式的风车。

葵把正整理中的会计扔下，找出花纸来到院中。

"小义雄来，别吵了，我给你做一个好看的。"

柿树下的白木长椅因为夕阳的照射热得很，葵叫孩子坐好了后，自己也坐下，折着红色的风车。她怀念地忆起来小学时候上手工课的事。不幸的孩子带着泪的眼睛看着她底手，这个不知道父亲底死而盼望着一个风车的孩子，这个在母亲的冷淡的爱里生长，不知道自己是母亲底生活的资源的孩子。依田春子说给他要直到大学的教育费，说不定小学毕业她就把他送到什么地方学徒去呢。

葵激动又疲乏地长叹了一声！这人间的丑恶，仿佛恶臭一样地使人难耐。

她又想到了姐姐，姐姐将来怎样呢？恒美也像春子那样，依靠着雨宫的月费而生活吗？姐姐的消极的性格使葵直觉得危险。姐姐那样缺乏积极的意志的女人落到母子公寓里也是危险，葵心里不安着。

花墙外有洋车走过去的声音，是昨天来给高村看病的医生，今天像是给夫人看病。葵把红色的风车给孩子做好了之后，站起来预备去看看高村先生，从早晨到现在她还没到高村那儿去过，事堆得简直没功夫。

这时，从房子后头，依田春子搭了一胳膊洗了的衣服走过来，说：

"真的，您跟先生提提我刚说过的话。早点办好……"

先生要是能为春子交涉，葵想春子是可以拿到一万元这个相当的数目的。在保护弱女的世间道德上来看，春子的要求是当然的事，不过春子底骄狂的态度使葵觉得不快。

"依田小姐没有做事情的意思吗？"依田默默地睨视着葵底脸，脸上带着怪葵多管闲事的颜色，但葵不理她继续说：

"这公寓里的人都自己做事养活孩子，您也绝不是不能做事的，为了教育孩子，劳动一下看吧！做了事您精神一定比现在痛快。"

"您说我做什么好呢？"

"做什么，好呀！您以前不是做看护妇来的吗？您再去做做看不好吗？"

春子歪着嘴笑了起来："谢谢你底忠告吧！您以为看护妇底薪水能够养活孩子吗？上学了怎么办呢？"

葵一怔。看护妇赚多少钱，花多少钱，一向自己并不知道。一句话也回答不出来，自己耻于自己所见太少了。

葵扫兴地回到事务室里去。为春子那样的人们，不筹设完备的育儿院是不行的，若是能把孩子给领过来，她也可以出去谋生的。育儿院不但要像普通的育儿院那样养育着陷入贫瘠的孩子，更要再待遇得好一点，设备得完全，不收贫民，而专为有孩子而不便的母亲们服务，把育儿院做成像孩子们的寄宿舍一样的性质。就是跟母亲要点养育费都好。没有这样的设备，不幸的女人不知道要堕到怎样深的不幸里去。

葵只期待着高村早一天买下里手的那所幼儿园。白色的小钢床，吃牛乳和面包的早饭，有着木马和喷水池的院子，可爱的青色小制服，有淋浴设备的小浴室。早晨随着唱歌的钟声起来，晚上听着童话睡觉……这也许是像童话一样空想着的一个梦。若是这个理想真的实现，寄存的孩子，和孩子们底母亲，能契合到怎样的一个程度呢，这是葵不能断念的一个梦。

十一

从公寓出来，走进高村家底大门的时候，碰见刚刚出来的大夫，一位瘦得像竹子似的露着骨头的半老的人，他那慌慌张张的态度给人以不敢信赖的感觉。

葵立刻寒暄着：

"谢谢您，病好了一点吧！"

"啊！是太太吗？"那位医生立刻拿下来帽子，"热很高，不过不要紧，躺两天看看。"他这样说着。

葵努力地忍着笑，再问：

"不至于有什么变化吗？"

"不，没什么，明天再来看看吧！"医生行着礼告辞，细腿大步地跨上了洋车，很熟稔地立刻坐正了。

看着车走了之后，葵到高村的屋里去，高村敞着睡衣的胸襟，平伸着两只臂，"呼！呼！"地喘息着。

"您好一些吗？"轻轻地坐在高村脚边，这样问着。

高村立刻将脸转向葵，蒙着毛巾的枕头咯咯地响着，原来枕着的是水囊。

"热的难受，好像被煮着一样。"

"不觉得冷吗？"

"有时候热完了冷。刚才大夫说什么了？"

"说不要紧……"

"那位大夫不可靠，我觉得像肺炎，呼吸奇怪，明天打打针看吧！夏天闹感冒就不对。"

高村底声调挺精神，用力地这样说着，但葵却觉到了他正拼命地跟病斗争的痛苦。

"饭还吃得好吗？"

"吃得很好，午间吃了三碗，我病着的时候也能吃。"

长着胸毛的宽阔的胸上流着汗，仿佛看见了肺动一样地用力地呼吸着，下巴突生着小胡子，头发也散乱的可怜。静静地凝视着高村底旁脸，葵看见那脸上仿佛涌上来微笑。

"不时地病一回也好，什么责任也不负，还净受人家照顾，自己懒懒地这样一躺也挺愉快。"

话说得这样亲密，葵立刻微笑起来，但却为这亲密的声音所苦，再接着谈五分钟，就该触及两人之间的爱情了，葵怕，她觉得自己底呼吸也不自由起来。

不知什么时候，葵出了一身汗，她一边用手擦着唇上的汗一边移开了话题。

"先生，里手的育儿院，您没意买吗？我真盼望能做一下看。"

"我也正打算着育儿院的事，经费是问题。若是做就想好好地做一下，所以还没有具体计划。"

"先小做不行吗？"

"是可以，不过买房子，修盖，内部的设备都得相当的钱，经费也是一个大数……我，对令姐底事，倒是愿意先把它解决了好，这么耽误着您也许生气了吧！我一好我就去找雨宫跟他好好地交涉去。"

"还叫您惦记姐姐底事，真对不起您。"

"怎么结束呢？咱们先谈谈看。"

"别说这件事了，您歇一会吧！"

"没关系！"晞三来回地擦着脸上的汗。

"所谓结果，也就是用什么方法来安慰令姐啦！若按着法律来说，也只有我早就说过的那个，给钱和决定谁要孩子。虽然你和你令姐都高洁得不要钱，那只是说了好听的话而已，实际是不行的。只为了憎恶说怎样都好，那是感情用事。为了姐姐，还是接受对方底钱，预备生产时候用最好，孩子愿意给雨宫也行，不愿意的话再跟他要养育费，除此是别无方法的。"

"我明白您底意思。"

"明白吗？我想你也许该明白的，那么抛开感情，单就着事情来考虑一下吧！像我所说的解决的方法可以进行吗？"

"好！"

"这样我就放心了，我还要问一句，孩子预备怎样处置呢？"

"姐姐说要自己养。"

"噢！还有，为姐姐，预备要多少安慰金呢？也许你还没想到……"

高村转过身子来，拿过来枕旁的纸烟和灰皿。葵正想是不是他可以抽烟的时候，高村已经点燃了烟而且吸了一口，但立刻骤烈地呛咳起来。

晞三的妈妈到院里去，用水浇着小的雁来红和波斯菊。这之间，葵静静地思索着，到底打破了踌躇说：

"我想跟雨宫多多地要一笔钱。"

"噢！多少呢？"

葵苦笑了后，爽快地说："两万元左右。"

高村暂时无言，他还没忖度出葵所以要两万元钱的心意。他本来预想葵是要说出这样的回答来的"您斟酌情形看吧！"没想到葵这样显露着贪婪，高村觉得很扫兴。

"照着什么标准要的两万元钱呢？"高村乱暴地揉灭了烟卷，不悦地。没想到她也这样地不值一爱，她不一样是一个平凡的、贪婪的只讲空道理的摩登小姐吗？这样想着，从心底升上讨厌来。

这时候，葵小声地说：

"有两万元钱的话可以买那所幼稚园了吧！"

高村一时没理解到她话中的意义，这实在是一个过于意外的回答。至少男人是想不到这层的。就是做着律师的高村也未思索及此。她到底是不要钱的哟！她只想用自己底力量来帮助姐姐而不受那个薄情的男人丝毫照应。把从那位男人那儿拿来的钱，全数交给自己心爱的人，去做想做的事业。如此，由于姐姐底不幸而造成新的育儿院，姐姐底不幸不也很有意义了吗？

原来她是这样想，太好了。育儿院若是基此而成，葵不就不是雇员了吗？她是出资者，和高村晞三人共同经营这事业，两个人的立场是平等的。在事业的继续进行中两人间的缘分就是切也切不断了，她是想这样极其自然地去进行两人底爱情的。

　　葵是没计算到围绕这个提议所产生的利益的，她也没那样恶辣地想到用金钱来维系和高村之间的爱情，她只是为了她衷心的爱，她只愿意更进一步地接近高村，更进一步地深入他的内心，女人底无所贪图的心自然地想出来的。这样忖度着葵底高村，理解了葵底真意后，觉得葵底可珍贵的爱激动着自己。

　　实在是好方案。高村并不是不愿意和葵能自然而然地接近，但这个提案确实行不通的。把葵姐姐底不幸，和雨宫哥哥底罪恶，一块拿过来发展自己底事业，在高村底感情中是一个不能拂拭的污点。这样热望着的事业，是不能使它被污的。对葵这样有意义的提议，心领她的好意吧！

　　晞三用冰囊冰着自己底颊，想终止关于这件事底谈话，他闭着眼睛说：

　　"明天有一份出庭的，我知道是支持不了，请替我写一份公判延期请求书，用快信立刻寄出去。"

　　仿佛尚有所欲言，葵走出了高村底卧室，到二楼的书房里去。

　　初秋底美丽的晚霞把屋子映得红红的，空中，燃烧着的火似的涡卷着云，凭窗，无缘由地叹了口气。太明白地表示了自己底情感后葵反倒不安起来，不知他能不能理解自己，自己觉到事进行得太过了的那样一种不安，可是这绝不是后悔。不知道高村先生对自己底提议怎么想。他一点都没积极地表示援手的意思，不是不满意自己底提议，而是不高兴了吧。从姐姐底公寓被他拉回来的那一晚上，他底坚强的样子，使人依恋又希望。可是从那之后，他沉默着。在高村不表示意见之间，葵丢失了指南针样的迷惑着。所以刚才那样不顾一切地跟他说了育儿院的事。但高村没有反应。他既不说赞成也不说反对的话，葵悲哀自己不能理解他。

葵对着晚霞张开了胸，两手搔着头发，吐出了胸中的抑郁，走到高村底书桌前来。打开了文件用纸，拿起来钢笔，正要写公判延期请求书，突然注意到信筐子里有一封写着乱暴的大字，署名雨宫章尔，已经拆了口的信。

她下意识地拿起来那封信，每天都检查高村底来信的葵，从没特别注意过什么，但因为这是封私信，她想也许有关于姐姐的什么事情，她把信抽出来读着：

"不是姐姐，而却是葵底事……，今天妈妈来了，妈妈底白发又多了，希望你为我们两人尽心孝养妈妈，使妈妈健康。

"还是提过去最上恒美的事，我希望急速解决，雨宫本家也跟我说闲话，我很窘，九月末或者十月初就要举行结婚仪式了，我也无从反对起。所以请尽力在九月末前把这件事结束。我是没意见的，一切都听从对方底要求，我尽可能地容纳她们底意见而简单地解决。在对方也是早一天解决了好吧！

"还有，由于今早上妈妈说话的样子看起来，你好像是预备和恒美底妹妹结婚，真的吗？你和我生活不同，环境也不同，当然你该有你底意见，我不该多嘴，不过，把葵娶到高村家来做媳妇的事，我不赞成，我说不赞成是有理由的……大体上说起葵那位小姐来，第一面给人的印象就使人觉得她很不好斗，假聪明，能讲歪理，总之一点都不明朗且阴险，她中伤了我底事，我觉得她仿佛有点歇斯底里。虽然妈妈说她心好对孩子们不错，但那不足以使人信任她。

"你喜欢她哪一点跟她结婚？我虽不知道，但她那样的女人，不是一无可取吗？若是娶她那样的媳妇，我能给你介绍十个比她好的。只要不是她谁都好，也许你已经跟她有了密约，不过能够爽快地废弃密约才是贤明，我觉得你若是不能丢掉跟她共处的心，妈妈现在又喜欢她，等把她娶过来之后，一定会后悔的……"

对葵底非难接踵而来，葵虽然竭力使自己镇静，额上到底渗出来冷汗，自己也一点点地没自信起来，信后尚有这样的附注。

"……附注，你很早以前跟我说过的选举费的话，在跟雨宫家的小姐结婚之前，我还多少有一点支配金钱的自由，若是需要的话，愿意你最近来跟我谈谈……以上。"

读到这，葵觉得极端的失望，雨宫和高村虽是兄弟，高村是喜欢自己的，但高村和雨宫之间有这样的金钱上的关系，又有同胞的血缘，自己只是迷惑地围着他们，露着可怜相而已。

雨宫既这样极力地反对自己和高村底婚事，恐怕高村也没有反抗哥哥的勇气吧！封面上的寄信日是四日前，高村因为看见了这封信才那样忧郁的。

葵现在又感到了自己在高村家里和薰风公寓中所占有的地位完全崩溃，能容下葵的地方连一寸也没有，依旧是无牵无挂！高村底亲切，高村底爱情，使她直觉得是一种没有自信的消极的行动而已，这儿并不是她的归宿。

葵拿起笔来写了公判延期请求书，装到信封里。"这回又到了辞职的时候了。"这样想着，不由地巡视着屋内。晚霞退了，屋内已经黑暗，檐下，黑蝙蝠在噗噗地低飞着，不知道为什么这是一个极端可厌的傍晚。

　　把公判延期请求信送了快信之后，葵直接回到公寓中去，也没吃晚饭，就回到自己底屋里去，凭桌坐了几乎一点钟的样子，什么都没做。仿佛是月亮出来了，玻璃窗上耀着白的光，起风了，院子里的树摇晃着。抽出桌上的抽屉，从最里头，葵拿出那支装在口袋中的短剑来，剥开了带上的古旧的纽襻，漆着黑漆的剑鞘漆已经剥落了很多。

　　拿着这凄惨的东西，鞘一点点地滑下去，那细长的锋锐的剑，在长船（日本有名的铸刀匠——译者注）手里锻冶时的精气仿佛仍旧活在刃底光闪里。葵正在求着这样的精气，葵要把柔弱得已经不能支持自己的感情浴在这精气中，而使自己重新强壮起来。感到了锻冶剑时必要的那种冷彻的魂魄，强烈的心和崇高的情热的冶剑手的生活方式，葵觉得身上像浇了凉水一样。她想她一定不带出可怜的失恋相来。现在是最苦，最难挨过的时候，在这样难挨的日子里，更要努力地活下去。

　　哭泣是无谓的，眼泪当不了什么。悲哀失去了的爱情也用不着，用过去的回忆愉着自己，去创造明日的新生活吧！祖母、母亲不是在没有丈夫爱情的照料中孤独地伴着孩子生活下来的吗？抱着短剑的精气，好好地过这一生，自己底人生也要如此才行。葵并不还想像上次那样偷偷地走。她预备在高村病好之后，得到他底同意辞职。高村不同意也不一定，但葵觉得已被人轻看而还想徐图婚姻是不看好，没有学鲛岛正代底做法的心思。

　　第二天，葵知道大夫上午来看过病，公寓中的婆婆这样跟葵说："先生大概不大好，今天上午大夫来了哟！"

　　葵拿着会计的报告书出了公寓，刮着要刮倒人似的大风，天空暗淡得很。二百十日（立春后的第二百十日那天往往有暴风雨，日本风俗称该日为农事忌日——译者注）的前兆，像就要下雨似的。葵手摩着头发，裙子被风涨得满满地走进了高村底家。

因为高村底妈妈在厨房里，葵先悄悄地到厨房里去。"有变化吗？"

"肺炎……"母亲静静地说着后，用带子系好衣服底两只大袖，露出了瘦且苍白的两臂，把切菜板放在洗碗台子上，两手突伸到水桶里去。从水桶里捉起一条一尺多长的红眼"啪啪"地翕动着的黑鲤。

"呀！鲤鱼，您做什么？"

"治肺炎，鲤底鲜血最好，晞三六七年前也闹过一次，就是用鲤鱼治好的。"老太太蹙着眉说。

她把鲤鱼押在切板上，甩了甩右手里的切鱼刀，从鲤鳃中扎进去。

鲤仿佛战栗一样动着身子从切口咕嘟一下地冒出血来。

"呀！怪可怜的……"葵不自觉喃喃着。

"是可怜，为救人，没法子。"

高村底妈妈慌忙地用碗接了血，说："鲤鱼的血很少呢。"

老太太不但极安定，仿佛什么事心里都有谱，儿子大病也不显露，像武士一样地镇静。她用白布盖好了鲤鱼，洗干净了有腥味的手，一只手拿起盛着鲤血的杯，一只手解下来系着袖子的带。葵觉到了所谓母亲的那一种严肃的姿态击着自己的胸，她跟在老太太底身后到高村底病室去。

跟病人离开还不到一天，病人看去瘦了很多，事实，当然一天是瘦不了多少，可是因为筋肉松懈得失去了一向的紧张性，躺在褥上的晞三的身体看去是比昨天扁了不少，颊上额上都排着米粒似的大汗珠，显得脖子挺细。胸间裹着芥末的湿布，夹被下露出来的脚上，一只苍蝇讨厌地飞着。

高村抬起脸来，就着妈妈端过去的杯子咕嘟一下地喝下了杯中的血块，像吃硬东西似地那样难受地咽了下去。

"不好吃吧！"

"不好吃！天底下还有这样难吃的东西吗？"

皱着眉，滋味不好地动着舌头，觉到因为对生命危险有了自觉地不安而默默地吞下了那样难吃的东西的高村底心绪，葵底身子战栗着。

妈妈从儿子底头下拿出来冰囊，已经完全化成水了。

"化得真快。"

"担心着热比昨天又高了。"妈妈底感情，在这句话下笼罩着。

妈妈拿着冰囊站起来向着葵说：

"您给试一试温度可以吗？试完了填那个表，这事您是比我做得好的。"

体温计在褥子底下，拿起来看着上面的水银柱，银色的部分在上次试过三十九度一分的地方闪着光。

敞开男人的胸，把体温计放到他底腋下去，葵踌躇了一会后，随即伸出来自己底手，高村接过去体温计自己放在腋下，然后慢慢地伸直了手臂，静而无力地说："脉！"

葵用食指和其他的二指，像摸一件危险的东西似地按着高村底手腕，没数高村底脉，耳边却听见了自己底咚咚地跳起来的脉底声音，一意安静下去跳动的心，精神集中在指尖上，听见了妈妈在厨房里砸冰的响声。她把脸俯在手表上，凝视着秒针，高村底脉过百了。

那夜，鲛岛正代回到小别了的公寓中来。

从山上的温泉回来后，雨宫章尔底家还跟以前一样地没什么变化。章尔上班去了，女仆文姐正在拂拭着廊下。文姐说昨晚上本家来电话了，大概是跟里枝小姐约好了晚上一块吃晚饭去。

正代明白那封信没产生什么效力。不知为什么不想在雨宫家再做下去。单为了生活而做事在她是没意义的，特别是事情跟将来的生活毫无瓜葛，只是突然的一种彷徨而已。

直等到九点雨宫还没回来，鲛岛正代回到公寓去。现在只想早一会看见孩子安全的姿态，甚至想到了连再婚的事都抛弃了，单单守着孩子无事地生活下去。

进来公寓的大门后，立刻到仆人室去。

"噢！您回来啦！"

婆婆抬起来正在电灯下缝着抹布的脸。

"回来了，孩子在干什么呢？"

"我刚看回来，睡得正香。"

"噢！谢谢您，最上小姐在儿童室里吗？"

"没有，她在先生家，先生病了。"

"噢！什么病呢？"

"听说是肺炎，今天大夫来了两次。"

"噢！不得了。"说着不由得生了气，为了去侍候先生底病，就不管人家托付给她的孩子，若是这样不负责任的话，自己也不能放心地去做事了。正代预备见了葵底时候给她几句话听，她立刻到儿童室里去。

孩子在床中安适地睡着，为了怕受夜寒给孩子盖着肚兜，尿布也系得挺舒适，额上和脖子中扑着白色的药，像把睡衣给洗去了似的穿着另一套干净的小衣裳，对孩子的照应，的确不是单说了好听的。

抱起来睡着的孩子，回到自己底屋里去，为了抄近道走，正代穿过了中院。院内，看去白长椅仿佛浮在黑暗中一样，注了喷水的池水闪着光亮。

隔着院子底繁密的丛树短墙的那一面，高村家底灯光闪动着。正代记起了高村先生病了的事，她仿佛眼见一样清晰地想象出来坐在高村身边看护着病人的葵底模样。病的男人和看护的女人，两人底位置不可思议地魅惑着正代，正代羡慕着葵能把平常不得不抑遏的爱情，献给向往的男人的有利的立场。

看护得累了的葵回到公寓的时候，已经是凌晨一点了。

预备到儿童室里去睡的葵，发现鲛岛正代底孩子没在儿童室内后，立刻小跑向正代底屋子去，不查明白了孩子在哪，是不能安心休息的。

敲了两三遍正代底门也没声，想也许是婆婆抱去了，正预备回去的时候：

"谁？"屋里这样锐声地问着。

"啊！鲛岛小姐，您已经回来了啦！我是最上，因为看见孩子没在儿童室里所以来看看。"

正代穿着染花的睡衣，只散漫底系着一条黄色的带子，从里边开开了门。

葵微笑地寒暄着。

正代故意地在廊下熨着衣服。

"您回来啦！山上不错吧！"

正代不回答她底问话却说着："到儿童室去一看谁都不在，看孩子那样扔着太可怜了，所以给抱回来了。"

"对不起，因为高村先生病得很重。"

"在你当然是看护先生底病去好喽！"

两手乱抓了抓头上散乱的卷发，正代拖着拖鞋走向暗廊中的厕所去。

葵自己暗笑了一下，她知道正代是嫉妒，是有使正代嫉妒的地方，在高村身边看护他底时候，虽然呼吸窘得难受，但现在想起，只那样看护他自己已经满足了，葵底心是愉悦的。

第二天早上，葵正在饭厅里预备吃早饭，正代抱着孩子进来。

"最上小姐，拜托您。"葵拿着筷子向着正代。

"新田先生还没有来吗？"

"我知道他来没来？"

听正代话音，不接过孩子来是不行。接过来孩子，立刻闻见了香水的香气，正代修饰得很精致，但精致的化妆却使人觉得俗。正代跟一向来送孩子时不同，穿着家常的洋服和拖鞋。刚把孩子交给葵，立刻像扔弃碎纸什么的那样冷淡地沙沙地走出去。

正代的孩子胖又健康，眉间带着顽皮的表情，已经快学走了，不管是小虫啦，纸末什么的都往嘴里填，一会也不得不注意的一个孩子，葵抱着她，胡乱地吃完了早饭。

新田先生来上班后，把正代底孩子交给他，葵想去看高村一眼，葵知道这两天正是要紧的时候。

她在工作之先，跑到高村病室里去。一进屋，看见了只以为她是上班去了的鲛岛正代带着冷淡的脸色坐在高村底枕边。

"噢！鲛岛小姐，"葵不自觉地说了出来，"您没上班去吗？"正代只两颊笑了笑。

"今天是我的星期日。"

"是呀！我只以为您上班去了呢。"

"我的班上不上都一样。"

一开头就别扭，葵压下去胸间升上来的愤怒。不去上班是没有给看孩子义务的，这样任意底把孩子丢给事多的葵，明明是要搅乱了葵来看护高村。

但现在不割弃这心里的依恋是不行的，从昨晚上起，葵已经准备一点都不留怀恋地全身告退。以后不管鲛岛正代怎样看护先生底病，先生怎样接受她的好意，自己都不知道了，这样想了后，觉得正代跟自己捣乱的心，嫉妒得愚蠢。

这之间，正代想阻止葵，刺一样地说：

"最上小姐很忙吧！今儿我一天都在这替替您正好。"

葵立刻笑了，完全退居败位，自己自嘲似的。

"噢！那么麻烦您吧！"接着轻轻地走出屋来。

高村闭着眼，像睡了似的。为高热烧焦了的唇无力地翕张着。葵往前蹭了蹭，拿起来枕边的体温计来，在高村最感痛苦的地方，蓝线和红线画着大锐角，葵底心战栗着，她恐惧于这两条线所象征的高村生命的危险。

夜半一点的体温，是葵填上的。表上今早八点的格内也填好了，向上引着粗的红线和蓝线。

这是谁画的呢！立刻直觉到不是高村妈妈画的，那是正代，葵静静地低垂了眼睛，正代一定是妻一样热心地敞开了高村底睡衣放进去体温计，摸着高村底手腕数着脉搏。葵觉得后悔，不知为什么，她觉得正代是冒犯了高村底神圣。

"怎么？回去吗？"高村底妈妈在厨房里问着。

"嗳，我还有点事，鲛岛小姐说是在这儿。"

妈妈默默地放到葵手里三只梨，包着薄纸的包好的梨。只有妈妈是明白自己底心的。这样想着泪涌上来。但葵决心不再去看高村底病。去看他，自己受不了精神上的折磨。

比起来，以雨宫章尔底少爷为嚆矢，去做愚劣的家庭教师，在看护着高村底病的正代真不知要愉悦到多少倍。所以从山上回来之后，正代一次也没到雨宫底家里去，一直守在高村底病房中。

做家庭教师是为了解决和孩子底生活问题，看护高村当然生活问题是没有着落的了，可是做家庭教师去得到以前预想的幸福无从希望。若是能好好地把高村的病侍候好的话，就许能抓住一辈子的幸福。这是投机，至少因为最上葵的存在，前途是困难的。

可是，出乎正代意料之外，葵一直也没到病房里来，就是高村逐渐恢复，一天比一天见好的现在，葵也没来一次。

正代时时底觉得有些不安，这正是一个深入高村家的绝好机会。

她准备百分之百的利用这个机会，当然只做看护还不够，她计划先拿过来一切事务上的事。每天都有几封公事上的信寄来，正代不得高村同意就一封一封都拆开而且读给高村听。必要的时候还立刻给写回信，葵底秘书位置，不知不觉地换给了正代。

这样过了十天，雨宫章尔家的家庭教师的契约无形中解除了。

早晨，晚上，正代坐在高村枕边为他读着报。

——十八俯县全部地方长官更动发表……

——商工会议所副议长决定。

——第二次台风迫近关西。

——鸭川底僵尸，判定为谋杀。

正代这样地说了标题之后，晞三说：

"请念念这一段。"

于是正代用着清朗的声音读着新闻记事。她读得很流畅，很正确，政治和经济的记事也用很巧的方法读出来，表示了她不但聪明而且有教养。

傍晚，帮助高村底妈妈，给高村擦着为汗濡湿的皮肤，这与其说是看护妇该做的，毋宁说是妻才该做。把孩子托付给葵，仅仅深夜回来到第二天早上的这个短短的时间里，做着母亲。

某一天早报有这样一条新闻。

"静冈县第三区——后任选举——因静冈县三区已选定之议员宫本英太郎逝世，决定举行后任选举，选举日虽尚未决定，预定将于十一月上旬或下旬举行云。"

正代念完了这一段的时候，高村说："这一段，请再念一遍。"

正代又念了一遍后，高村闭了会眼睛之后说："对不起，请叫最上小姐来。"

"请替我照看他，我午间回来。"

带着依田义雄到公寓的事务室来，依田春子冷淡地这样说。"啊！你出去吗？请吧！"

葵放下笔来回答着。看电影去还早，穿着最好的衣裳的依田春子看去仿佛有所觉悟地带着倔强的表情。

"您上哪儿？"

葵本不该问，春子听了葵的问话后立刻不悦地说：

"本来预备拜访高村先生，可是不知道他的病得什么时候才能好利落，我自己去谈判下看一看。我上依雄底爸爸家去。对方顾脸面，我的生活也是要紧的呀！我一人的力量虽然太小，不过社会总是同情弱女子的，碰碰看吧！若是不行我再找高村先生帮我底忙，孩子拜托您了。"

穿着华丽的衣裳，沙沙地走出事务室去，春子底后影看去是勇气凛凛，但却给人一种自暴自弃，歇斯底里的讨厌感觉。

"义雄！"

葵故意用男朋友底口吻，想笑而没笑出来，葵想把那孩子从母亲身上感到的神经上的不安解救出来。

"义雄，光着脚呢吧！上沙场瞧瞧去，看谁在那儿。"

"姑姑也来吧！"孩子立刻要求着。

"姑姑现在忙，一会儿就去，你先去。"

正是鲛岛正代被打发来叫葵的时候，但正代不愿意直接把高村底话说给葵，她故意到仆人室去，托婆婆告诉葵，自己又回到高村家里去。

"最上小姐，高村先生请您。"婆婆提着水桶和抹布在事务室的门口说。

立刻记起来已经很久没去看望先生了，倒是知道先生底病状，自己努力地抑止着想去看望他的心。盼望他早日恢复健康，又希望他好的慢一点，因为他一好，葵就预备离开公寓的。

葵因为自己决定离开公寓，事务完全整理好了，预备能够随时交给别人，在等待着离开的那一天的期间里，葵过着苦恼的日子。

一听说高村找，葵立刻站到小镜子面前，梳梳头，又擦了擦脸，她愿意在有些日子没见自己的高村底眼里，依旧很美，这样自己也是痛快的。

把依田义雄打发到沙场去之后，葵出了大门。门旁白菊花开着，秋晨的暖阳照着大路。

正代回到高村底病室去之后，她想做点什么给一会就来的葵看。可是现在既不是试体温也不是吃饭的时候。她急急地把今早上刚洗完了的白衬衫呀和病人底睡衣等等地拿了来，特意坐在病房的廊下去熨，她是要清清楚楚地显示给葵，她已经是怎样地深入这个家。

高村从早就明白她所以这样做的用意，正代就是见缝就钻决不犹疑的这样一个女人。但她不是一个淫荡的人，若是开玩笑地把手搁到她底肩膀上，她准能给甩下来，她很计算利害。她有在没得到对方完全保证之前决不失算的聪明。晞三觉得她对自己的种种好意是一种负担。她这样一天一天地继续着看护自己，高村觉得一定要给正代相当的报酬才好。这跟最上葵来看护自己时的感觉完全不同。对葵，高村觉得随病任性就好，两人相对已经给了自己安慰。平白地接受葵底好意也没关系，对正代，则觉得她底施惠已经是太多了。到现在，高村不知道说了多少回，说家里有妈妈和女仆请正代不要为自己耽误着工作，但第二天早上，正代又带着笑容来了。

葵蹑着脚从廊下走进来，在离开高村很远的地方坐下。

"先生，好多了！"高村底脸已经盖满了胡子，眼睛也有光了。而且眼光在病中养得很澄清，仿佛洗去了生命的疲乏似的使人感到清洁。

"是，总算好了，喂，有一件有趣的事。"

瘦的脸颊笑着，凝望着葵的眼色是这样亲切，但因为正代在廊下不断地动着熨斗，喷着衣裳，葵一直在离高村很远的地方坐着而没向前来。高村拿起来枕旁的报纸，笑着递给葵，借这机会，葵到高村底褥旁来。

高村底故乡是箱根那面的岛镇。看过了高村指给的报后，葵立刻明白了高村底意思。

"从现在起，您该忙起来了吧！"

"啊！是要忙，不过还不能立刻着手。"

"您快恢复健康就……"

"我好是好了。怎么样可不敢说，第一次，十分之九是要失败的，做一下看吧！这会要你帮忙的事也多了，我先约好你。"

葵想说——为您的话，但葵已经是决定离开高村了。

"从现在起得常上选举区去，公寓方面临时找一个人吧！你专替我办选举上的事。"

"这样的事我做不了哟！"

"怎么，很简单呀！也不过是印选举片啦！做个草案啦！发送信件啦！管管会计等等的事，再就是应援演说了。"

"啊！我演说怎么行……"

葵赧红着脸笑了，如果自己力量达得到，为高村站在演讲台上，对着那上千的听众，提起声音来，燃着爱慕的心，赞颂着高村底人格，这该是一件怎样高兴的事呀！葵愿意去试一下，这不是自己能做得了的事吗？暗中祈祷他成功，奉献给他自己的努力，若是高村中了选的时候，即使离开他不也一样吗？……葵底决心又动摇了。

默默地熨着衣裳的鲛岛正代"叭"地抽下来熨斗的插销。

"先生要去做议员吗？真不得了，我给您应援去，盼您一定中选吧，我演说我做什么都行。"

高村没回答她，只静静地微笑着，葵借这个机会离了高村病房。

只剩两个人的时候，高村俯卧在褥子上，拿过来烟卷，正代立刻过来，替他划着了火柴，熟练地给他点燃了烟后，就那样地坐在高村旁边，喋喋着：

"不过像先生这样年轻就作议员的人还少吧！真好。我轻蔑那样仅知道渔利的政治家们。因此像先生这样的人不出世真不行。我现在就练习演说，喂！好吧！先生。"

把脸靠近高村底脸，握着了高村拿着烟的那一只手，正代这样说。

晞三简直不能忍耐她底执拗了。

晞三想抽回来手，但正代不放。

"放开，这不是不能抽烟了吗？"

"不。"

"为什么不，放开。"

"不，不放。"

"为什么呢？"

"为喜欢。先生也不回复我前些日子写给您的信，对最上小姐那么亲，跟我那样冷淡，我不高兴就要胡来了，您别生气，总之一切都是她的，我是没希望的了，先生要跟最上小姐结婚是不是，那是真事吧！我已经在婚姻上失败一次了，我知道我没有跟您结婚的资格，不过……"

说到这儿，正代突然伏在高村底肩上哭起来。

透过了睡衣，高村底肩感到了正代底泪的热，他困惑着，静静地俯卧着玩弄着烟卷。

不管正代直到现在还看护着自己底病是抱着什么目的，她是有诚意而且亲切，为自己，又无形中丢掉了家庭教师的职业，想及此，高村不能过于冷淡地拒绝她，但，正代这样行为却使他不悦，愿意哭叫她哭吧！高村在等着她哭后的安静，冷酷可以，但没办法。透过睡衣的正代底泪，在高村瘦削的肩中温暖底溢流着。

"别哭了，来人啦！"

正代孩子似的扭动着身子反抗着。

"我，我要和您结婚。"

"那不可能！"高村清清楚楚地回答着。

"我问您，为什么不可能呢？我不好的地方我改，您嫌我哪一点不好您说，我一切都听您的话……"

"不是那个。"

"那么，是什么呢？"

"总之，你再别说这样的话，我感激你底亲切，但这是两件事。"

"结果是因为没有爱，是不是？"

结果正是，但这样说出来实在太残酷。暂时静默着的正代，把头来回地在高村肩上擦着。

"唉！我真怕死，杀了孩子死去吧！没有幸福的生活，只有跟您一起我才有希望，可怜的我哟！真是可怜，喂！先生，你不觉得我可怜吗？"

说着又接着哭起来。

"可怜的不止你一个。"

晞三扔了烟卷。轻轻地挪开了正代坐起来。长久没有起来了，就是坐着头都晕。晞三体味到发过高热后的衰弱。他整了整衣襟，注视着正代哭泣着的姿态。

"若说是可怜，不仅仅是你，薰风公寓中的人们都够可怜的，都不幸，连最上小姐也一样。不过，其中最不能安分的是你。你比起他们来，你受的教育最多，也聪明，比她们都好。可是为什么你这样不能安心地生活下去，我觉得不可思议。你别这样地急于结婚，安安静静地等待良缘不好吗？"

晞三这样说着，正代坐正了身体，擦去脸上的泪，抬起眼睛来，她那样端起肩膀的姿势，仿佛并不是刚刚哭过一样。

"这是先生不理解我的地方，像我这样的女人，再婚之外还有什么幸福吗？我知道是该尽一生之力去养育孩子，但，这样我是不能满足的。"

"为什么不能满足呢？"

"不满足不是应该的吗？女人若是连孩子也不养，男人自然更方便了，也就是为自己方便才这样说的吧！做爸爸什么都不管，妈妈却得献出毕生的精力，有这样只顾自己的事情吗？我是有这样的心思也愿意再婚之后再讲。其实说再婚不对，我以为这次若不好好地正式结婚，在我这样的女人就没有生存的意义了。我想的我以为一点都不错，纵然我是拗性，我是不近情理，我是自暴自弃，甚至就是毁灭了我自己，我也绝不做那样傻事，我认为那是女人的失败，我要好好地结婚，我要建筑起我底美满生活，我觉得除此之外没有我底生路，我是这样想。"

"你说得真对，"高村说，"我的确认为你说的是正理。不过你为什么这样着急呢？事情一急就好不了，结婚也是一样。你和竹内夏雄之间的失败，不也是因为过急吗？"

正代稍稍地踌躇了一下，立刻又抬起脸来回答着：

"您既这样说也许我是过于忙了。就是对竹内，在我的面子上说也许早一天好好的结婚好。不但这个，还有我的生活问题，无论怎样说，在女人，结婚之中含有生活问题的事是不能讳言的事实。……你不是不愿意我向竹内要安慰金吗？若是有那笔钱也许我能比现在安静地期待着未来的婚事。现在，在解决结婚问题的同时，我是不得不考虑保证明日生活的方法的。您想我怎么能不急呢？"

"噢！你这才说出来你所以着急的理由。"

"是。"

"可是，你也得给对方想一想呀！你仅仅是为了你自己打算着，什么为对竹内夏雄的面子啦，什么为了生活问题而结婚啦！你没想想这些话使对方的男人怎样窘吧！男人也有男人的脾气，男人也是要尽可能地在好的条件下结婚。这样说起来，你不纯的条件太多了。所以你虽然急得不得了，男人也不是要退避的吗？"

"我明白了，结果是这样，我这样的女人是只好给人去做二房的。先生还年轻，又是初婚，我就是多么盼望，在利害关系上我是无望的，这是当然的事。我错了。我虽然样样比最上小姐尽心，也不比最上小姐笨，最上小姐是漂亮，虽然先生不说，我自己也自信不比她丑——可是，我错了，啊啊，我又失败了，先生也是个平凡的男人哟。"

嘲笑一样地流泻出来笑声后，正代突然板起脸来，白的颈悚悚地战栗着。

在正代笑的时候，高村默默地坐着，说讨厌实在是讨厌。窘是窘，可是愿意无论如何忠实地指示出来她底过失。但正代多少有点歇斯底里，显示着自己已经不能接受任何忠告的态度，话是不好说了。

"若让我直率地说的话，你这样头脑的人，结婚是不易的，你的性情太躁了，一点也不能通融，你不能容男人犹疑。男人是这样，爱是要慢慢来的，一半含着游戏性质，不是不允许这样的，你太急了，在你，长时期的相处是难耐的。"

"我不懂。"

"不懂吗？我从最初就这样想，你底思想，行为，都太极端，你以为这样对才这样做的吗？世界上有好些事就是对也不能不虚心去做，你是不知道这个道理的。嫌独身的男人笨而和有妻的男人结婚，为了知道男人的生活去和男人一块喝酒，在女人这样的行为是不当的，所以就是知道你底优点多么清楚的人也不愿意和你结婚，男人就是这样的东西，愿意女人多少柔弱一点。所以女人不谦逊是不行的。你这样男人似的任性胡来地来求实现自己的理想，结果世间所有的男人都要躲着你，因为你操之过急了，是这样吧。"

"那么我怎样做才好呢？"

"你懂了我的话了吗？"

"我懂，我该怎样做呢？"

"你再安详一点就好了。"

"怎样才安详呢？"

"你在人前觉得害羞过吗？大多数的女人都是不知不觉地就羞

赧。你是一点也不知羞的，所以不能安详。不知羞是因为有自信，你底自信可以说是一种得意的自负。不是头脑好，比别人努力就是好人，得要不自负才行。你太骄狂了，因为你底骄，男人才躲避着你，你若是能明白这一点，你一定比现在好。"

正代两手捂着脸，从眼皮下一滴又一滴落下来的泪顺着鼻子的两侧流着。也许话说得太过了，高村想着闭了嘴。

正代底唇战栗着，两手支在叠席上说：

"先生，我不好，我明白您底话，您别再说了，不过我要求您，我求您把我安插在公寓里，我愿意在先生底身边。"

听着正代这样认真的话，高村对她有抱过她来安慰安慰她才好的那样可怜她底感情。

十三

几天没见，姐姐底面貌可完全变了。虽然知道那是妊娠中的一种当然现象，但，在见姐姐的一瞬间，葵还是一惊：

"呀，脸变了呢。"

恒美一面迎妹妹进来一面无声地笑着。"眉毛都秃了，变得不像我了是不？"

没擦粉又没修饰，颊上应该涂点胭脂才好似的，脸上的颜色也不好看。并且两颊的肉都瘦没有了，只剩下骨骼的轮廓，脸也显长了。想起姐姐以前是比这时候好看得多的时候，葵突然什么也不想说起来。

"我瘦了吧！"

"瘦太多了，没多吃点有养分的东西吗？"

"没有。"

"没有嘛？为什么呢？"

"吃不下。"

"一点都吃不下吗？"

"吃不下是其次，没精神，不爱去做，今天午间就是叫一碗荞面条吃的。"

"你真没法子，你不精精神神的怎么能生好孩子呢，就得靠着现在的保养呢。"

"没关系哟！"

"怎么没关系，喂！现在出去吃点什么吧！才七点半，我请你吃大菜去。姐姐不是爱吃炸食吗！"

"我行了。"

"为什么？"

"这样的脸怎么好上外边去呢？"

不单是脸，身子也变了，不爱到外面去是当然的了。

葵笑着指着小衣柜上摆着的，穿着友禅绸衣裳，坐在小坐垫上的日本人形。

"姐姐买了这样的东西了呀！"

"唔！可爱吧！"

"姐姐买一个男的人形多好。"

"不，还是女的好。"恒美说。

葵突然觉得胸口堵塞起来，从自己现在这样不幸的情形回溯到辛辣的过去，还似乎满足于自己之为女人的姐姐底拘谨的心境，葵觉到了一种无可奈何的可怜。

为了拭下去心上的苦痛，葵从轻快的秋大衣的口袋里拿出来巧克力糖，投到姐姐底膝上去。

"吃吧，刚才，只是想吃一点什么，在车站那儿买的，一边走一边吃，真痛快。"

"可恶，从小就有走路吃东西的脾气，还没改呀。"

"姐姐可真是妈妈气了，好像说小孩子似的说我——喂，今晚上真有点事，以前说的那个话今儿定规。"

"那个话是……"

"跟雨宫先生问的那件事不已经成了一定的局面了吗？因为高村先生病了好久，现在他才好。"

"噢！那么想怎么解决呢？"

"这次预定根本解决，高村先生这样说：如要上诉也不是不行，不过不如叫哥哥多负点责任，我也赞成他底办法。"

"那么，拜托你吧！好好地给我办办，我并不想多要钱。"

"这件事，后天姐姐不和我一块去一次吗？"

"上哪儿？"

"说好了高村先生、雨宫先生和咱们两个见了面谈，这样最简便。"

"不，我不去。"

"为什么？"

"面对面地怎么好意思谈那件事呢？"

妹妹立刻感到了姐姐在这件事情上显示出了自己极端顽固的性格，可是妹妹总觉得姐姐该正直地在雨宫眼前表现自己底意思。

"姐姐不爱去，我明白，不过就这一次了，姐姐忍耐一点吧，这么重要的事情。"

"不，你说什么我也不去。"

"你真没法子。"

"在我这不是应该的吗？已经从那地方退出来了，我不愿意再讨一回羞脸。"

"不能叫你羞呀！"

"这就是使我羞，说什么我也不去，我委托你决定一切。"

"那也没法子，我自个去吧！"

葵把背靠在柱子上，穿着长统袜子的两脚平伸着放在席上。

"那么说说你的意思吧！据说无论怎样解决法也脱不开金钱，姐姐想要多少钱呢？"

恒美剥开了巧克力的包纸，轻轻地掖进唇间，就那样低着头回答着。

"够到生产的费用就行。"

"孩子底养育费呢？"

"我预备做事去。"

恒美是什么都不希望的。

葵突然想到了依田春子的事，已经拿了人家六七年的养育费了，一听说对方死了还去在遗产中要一万块钱，那个女人底思想和现在姐姐所表示的意思，为什么差得这样远，真是不可思议。

"那么姐姐要两千块钱吧！多了的时候算我的。"

恒美不明白葵底意思。

"你说什么？"

葵缩脖笑了起来。

"你别问，将来你就明白了，那时候我也帮你出孩子底养育费。"

日比谷法院旁边的律师会馆的休息室里，什么时候都是乱糟糟的，人们出来又进去，屋子里也有穿着法服在那儿下围棋的，也有郑重其事地拜恳着律师打官司的人，也有从书架子找出来厚的参考书在那儿翻看的老律师，也有盘腿坐在椅子上谈笑的，其间还夹杂着来回来去送茶的听差，烟卷的烟涡旋着。

遗产承继问题的法庭辩论完结之后，高村律师回到律师休息室来，一边受着委托人一位女事务员似的小姐和她五十岁左右妓女似的母亲诚恳的道谢，一边脱下法服拿过帽子来。休息室中的钟是十一点四十分，约好了的葵立刻就要来了。

和委托人母女就着被委托的事商量完了之后，母女俩告辞回去。很久没到法庭里来的高村真乏了，跟听差的要了一杯水喝着，长长地吐了口气，不耐为烟卷的烟污浊了的室内的空气，过去打开了窗。窗外是一片颇宽的草圃，草中的花坛里，雁来红张着它美丽的叶子。

他想跟雨宫哥哥要五千块钱就好，他想这意思葵也一定同意。假如今后恒美再遭到重大的不幸，那时候再考虑。无论怎样也不希望哥哥和恒美在法庭上相对。见过了很多为这样的事情到法庭来的人的他，觉得人间的感情的美和纯都没了，仿佛一群憎恶和贪婪的鬼一样。也可以说这儿显露出来人间最不好的性质。若是葵呀！恒美和哥哥也这样，他觉得不能忍受。

这时，他看见了在草圃中的小径上走着的葵，那并不是从外边来人进院的通路，一定是不知路径在裁判地区里迷了路，才走到这草地中的小径里来的。

高村在窗口摆着手指示给葵通大门的甬路后，立刻挟了皮包拿起帽子来，跑出大门去。已经十一点五十五分了，和哥哥的约会只剩五分钟了，也许要晚呢！

"来太晚了，请原谅，找不着正门，在外边转了有十分钟，法院可真大哟。"

在门口迎着晞三的葵，立刻这样道着歉。

"第一次来的人差不多都迷路的。"

高村一边向着电车站走一边回头笑着说，笑着的脸，看去还很瘦，葵急急地赶上前去傍着他。

从横断宫城护城河的二军桥前的转盘向右转，眼前就是东京车站，这时候高村把脸靠近了葵嗫嚅着：

"我想要五千块钱，你想如何？"葵只啮着唇没有回答他。

到了饭店门口，雨宫已经来了，一个中年的侍者引导他们进去。

在铺着绯色地毯的廊下向里边走着的时候，葵想到终于最后一次又和雨宫对面来解决姐姐底事的时候，脸热上来，仿佛有一种恐惧的不安。高村就在自己面前走着，但在今天，葵觉得他不足信赖。

乘电梯到三楼；廊下右手仿佛餐厅一样的一间大厅，门口摆着的精致的大盆的棕榈竹在窗中吹进来的风中摇曳着，雨宫等着他们的屋子是连着餐厅的一小间雅座。

"客人来了。"侍者这样通报着。

"我们来得太晚了。"高村催促着葵两人进了屋子。

"来得太晚了！"高村向着雨宫。

"唔！"雨宫坐在桌前这样地应了一声。

葵抛开了一切顾虑，这是一间八叠席的屋子，屋正中的饭桌上，摆着秋天盛开的洋牡丹。雨宫已经坐在饭桌前，只穿着衬衣在翻看着事务里的簿记。并且在喝着啤酒，不等客人来就先喝起酒来的雨宫的不客气的作法使人不悦，但为什么不敢顶撞他呢。

"啊！跟这样的人什么也别说吧！"葵这样想着，跟他来解决姐姐底事不如还是托高村先生来单独地和他谈好，葵后悔起来。

雨宫合上了簿记，说：

"请坐，我对不起先喝了一杯酒。"

爽然地笑着的脸是这样和善，意外地又使人觉得他是个好人，也使人憎恶地有他那样充满了自信的样子，是收拾了一个再收拾一个的感情。

葵轻轻地坐在椅子上，年轻的高个的侍者端进一个包盘来。"上次我太放肆了。"雨宫先这样说。

"不，是我太冒昧了。"葵说。

"那之后姐姐好吗？老想去看她一次，总是瞎忙。上一个礼拜，本来预定去访她。您也看见报上的那条新闻了吧！开车的给惹了祸了，奇怪的祸事，前一天晚上因为小孩子死了，大家守通夜，当时三位客人就死了，到医院里又死了一个人，合计四个，我到死者的家里去告罪，就是星期日那一天。真够受，哈哈哈哈。"

仿佛故意笑似的，又像得意的笑，瞧这样，今天的谈话，又得被雨宫占上风吧！

"再给我一杯啤酒。"雨宫命令着侍者又回头向着高村。

"你也喝一杯吧！"

"不，今儿我不喝。"高村答。

葵总觉得在雨宫眼里不能把自己和高村并列的事可悲，她不能自禁地想起来雨宫给高村信中所写的话。

"……我不知道你喜欢她哪一点，预备和她结婚。她实在是一无可取，若是娶她，我能给你介绍十个比她好的姑娘，你只要不跟她结婚就好……"

不过，雨宫他有说这话的权力吗？眼前，对最上恒美那样的女人还露出了没诚意的他那样的男人，有干涉葵底婚姻的权力吗？葵觉到了强烈的敌意的感觉，并且一想到在雨宫眼里自己被轻蔑得一无可取，在雨宫眼前葵觉得自己丢失了自信。

"怎样说起来才好呢。"葵一边用叉子叉着小吃中的鱼，一边考虑着。高村也正想着这件事，他想是吃着饭中间说好呢还是吃完了再说。这时候雨宫咕嘟地喝了一口啤酒，自个先引头说起来：

"最上小姐，我想你也许知道我实在是不得不和雨宫本家的小姐结婚的，下月初就要举行仪式了，所以愿意尽可能地把令姐的事早一天圆满解决。今天，咱们别像上次那样的打嘴架，我愿意明白底听一听您底意见，在可能范围里，我愿意照您底意见去做。"

好骄狂的口气，虽然毁坏了一切，怎样我也有处理的方法，这是有钱人自信的态度。葵觉得自己是被他压倒了，同时明白了姐姐在这样人底眼里是如何的渺小，怎样地丢失了自由，怎样地轻易地被弃，雨宫这样的性格，同时能操纵十个女人都说不定。抛开善恶观念，不知为什么有一种特别的好感搓揉着葵底心，一面对他感到强烈的敌意，但又感到为他底力量所压服。

高村撕着面包说：

"喂，最上小姐，率直地说说您底希望不好吗？"得到了高村底后援，葵抬起头来：

"高村先生跟我说过很多的话，知道无论怎样也只有金钱解决之一途，我想也只好如此。"

"噢！我也和弟弟谈过，想几条别的使您满意的方法，也没谈出结果来。那么现在第一条就算是用钱解决了，就这么干吧！该说第二条钱数了，您希望要多少呢？"

这样说着话的中间，他也用叉子叉着鱼肉大口地吃着。

"我要两万元。"葵抛开了顾虑这样说。

雨宫的脸上露出来淡淡的一笑。

就那样笑着隔着桌子对着葵，然后放下了刀叉，转向高村说：

"怎么，你觉得这个数目合适吗？"明明是说不合适的口气，高村也放下来叉子。

"所谓的数目的合适与否是很难判定的。我愿意听一听，哥哥觉得多少才算合适，和哥哥预备拿出多少钱来，这件事？"

雨宫恢复了谈笑之前的表情，这回十足地露出事务家的样子，脸上凛然得无隙可乘。

"在我说钱的数目之前，我愿意再检讨一下事件的性质。这本来是一件基于双方感情，并不是由于恶意的行为而造成的事件。所以由于事件的性质，我高兴拿出相当数目的钱来作安抚金，我想一定能够很自然地定一个数目出来。若在法律上来说，除了孩子的养育费之外我是任何责任也没有的，你以前也这样说过。所以冷酷地说起来，是没有赔偿不履行婚约的赔偿的必要的，只就着孩子来考虑一下就行。最上小姐的要求也没有加详细的说明，不知按照什么计算的，也许是把不履行婚约的事当作钱数的标准了吧！"

"不，哥哥若这样按照法律来说就不好办了。"

"为什么？"

"我觉得这样的情形还是基于感情来定钱数的好。最上小姐并不是对钱不满，大部分还是感情上不满意。"

"那么你是说两万元合适喽？"

"也不是那意思。"

"这不是很明白吗？本来说钱这东西就没有感情了，所以用钱解决的限度当然得以法律为基准的。"

现在显然是两面，高村对葵的爱依然没断，他浮着受窘的微笑。

"若是那么说当然是那样了，既那样还不如到法院去。所以不在法院里解决，就是愿意抛开法律的标准而以感情为标准来决定。哥哥再考虑考虑最上小姐底情形才好。"

雨宫用手拿着鸡骨，用牙撕啮着肥的腿肉，把鸡骨一下扔在盘子里，用饭巾擦着手说：

"我不希望什么感情解决，为什么呢？要是按照感情来解决的话多少也得损失金钱，我不过是资产家的养婿，用人家的资产来感情地解决我底事我受不了。按照感情来考虑也好，解决方法必定得依照法律，因为我在爱情上是没有责任的。"

"不，也不是没有。"高村急急地高声说。

"什么？"雨宫立刻转向弟弟，"我在法律上没责任，那是你以前说过的呀！"

"啊！我说过吗，那是一般的解释。在法律上所谓的结婚后有了肉体关系是，同居也是。可是在我，这是我个人的解释，大概法院里还没有这种判例。喂，哥哥现在是近四十岁的有阅历有地位有学识的完备的独立人，最上恒美也过了二十五岁过了法定可以自由结婚的年龄。在这样的两个人之间的婚约，就是没举行过什么仪式，也没同栖，我以为也应该当作正式的婚约。这个在法院里也真正地有一争的价值，有一争的兴味，说兴味也许不合适，在法律的新释解上说却有研究的价值，把这件事拿到法院里去，说不定可以赢得认可。把当婚约不履行罪的一个有趣的判例是可以成立的，固然这还得看审判官的裁决如何。但我以为这在今后的法律解释上是当然的。不这样的话就是说谎，依照现行法的条文来解释，哥哥是没罪，用进步的解释来说，就有责任了。"

"那么你是说以法律来论两万块是合适的吗？"

"不，我说的不是钱，我只说是在法律上也有根据。"

"唔……若是那么说也好。"

雨宫点了好几下头，啤酒在他的额上染上了桃色，脸一红，看去他仿佛生了气一样。

"那么再问问最上小姐，两万块钱的数目是照着什么标准计算出来的呢。"

高村觉得事情是棘手了，他知道葵是在两万元里打出来买幼稚园的钱，葵怎样加以说明呢？还是编谎呢？虽然是在不得不说谎的情形中，高村也不愿意葵说谎，眼见着自己心爱的女人不得不说谎的事是不愉快的。若是把谎说得过于逼真，一定使原来的目的索然无味了吧！爱情也要被染脏了吧！高村不愿意那样。

葵垂着眼睛说：

"姐姐说只要够生产费就好，我是非要两万元钱不可的。"

"那是什么意思呢？"

"我想给姐姐两千元钱就很好，姐姐去做事，我也帮姐姐担负孩子的养育费，剩下的一万八千块，作为给薰风公寓里手的幼稚园的费用，因为不开设育儿园，高村先生的事业就不能算是完成……这钱固然不是为买幼稚园而用，但为了不仅仅收容姐姐底孩子……"

对面这样正直地说出来自己的希望，葵的精神，高村觉得再也没有比这个还可尊的爱情，为了不忘葵的好意，他在心里反复地想着葵的话。

"噢！原来如此，我明白您的意思了。"雨宫冷冷地说，然后用亮的眼睛瞥着弟弟。

"她这个打算，你也参与了吧！这是你利用最上恒美的事叫我出买幼稚园的款子喽？其实不用这样绕弯，必要的话直接跟我说不好吗？"

"不对，所以要这么多钱，以及买幼稚园的话都是最上小姐一个人的主意，我没参加一点意见，毋宁说我是反对的。"

"这样还好，我再问最上小姐一句，你是利用姐姐地不幸向我要了姐姐没想要的钱来满足自己底野心喽。所说的育儿园，当然好吗，你是以育儿园作后盾，希望确定和高村之间的关系吧！换句话说，叫我替你拿出来完成恋爱的费用是不是？没错吧！"

"哥哥那么说太过了。"

高村这样拦着哥哥，哥哥接着向着弟弟说：

"以前，我说过我不满意她底强硬就是这一点，为最上恒美我拿出来两万块钱也没有什么，若为这个人我连出一分钱的义务都没有，我认为我跟这个人没有谈话的必要，不是卑鄙吗！手段真辣，我宁可直接跟最上恒美谈判。"

"雨宫先生！"葵叫着，她底眼里转着泪，正面地看着雨宫也看不清楚了。

"您说得太过了，也许我想的是卑鄙，您不愿意的话我是不要钱的，姐姐那份也敬谢好意。如果您有为这件事情还发威风的权利，那就算了吧！不过我还要辩解几句，假若你还觉得对姐姐该负点责任，就请您把这份好意送给高村先生，我的希望只是这一点。因为先生曾经说过，请您给出选举费，所以我想再请您拿出买幼稚园的钱来一定不那样容易，所以刚才我才要求那么多的钱。完全不把我们算在其内，给高村先生就好。姐姐底事再也不会给您找不痛快了，我受了姐姐很多年的照应，现在我也该报答报答姐姐底恩惠来看顾姐姐了。您不是说我要买幼稚园是为了确定和高村先生底关系吗，如果您愿意，我今天就可以辞去薰风公寓的职务，话到此为止。与其从您那儿要来钱过奢华的日子，倒不如自食其力地过穷日子好，那样姐姐也是满意的。再见，对不起我先走一步。"

葵把饭巾放在桌上走出了屋子，胸中还往上涌着愤怒的余波，虽然交涉是断绝了，但不知为什么觉得很畅快。

葵出去之后雨宫大声笑了出来。

"呀！生气了！这样的女人生气也生的是时候。"

高村在饭后的小水盘里洗着手指，静静地望着哥哥。

"哥哥打算怎样办呢？"

他叨咕一样地低声说：

"啊！听其自便吧，那样不懂世故的人叫她碰个钉子正好，将来生活一窘自然就找来了，小小地给她个惩罚正好。"

"这样说哥哥根本就打算听其自便了！"

"这不是事情挤的吗？"

"那不行，哥哥若是抱着这种态度，我可要站在恒美那面提出上诉了，虽然我不希望那样做。"

"上诉就上诉好了。"

"行。选举的事我认了，哥哥这次的婚姻也别想平平安安地办，牺牲这两样我也要替恒美上诉，我不能同意哥哥底态度，不但是以律师的立场来说，就是弟弟的立场也不愉快。"

"上诉吧！打官司我败了的话顶多出五千块钱也就完事了，还可以省一万五千块，这样事情倒是那么清清楚楚地办完好，省得将来再出麻烦。"

"您若是肯拿出五千块钱来就用不着打什么官司了，我愿意您现在就拿出来。这样我跟最上恒美交涉去，将来绝对不能再有什么麻烦，我保证都行。"

"这样也好，不过我有一个附带的条件，你不许和最上葵结婚。"

"不许结婚吗？我们连订婚的事还没谈到，什么约定也没有呢，也许将来有可能性而已……"

"我说是不许，那家伙要做太太你可碰着母夜叉了。"雨宫从放在旁边桌子上的他底皮包里拿出支票本子来。

"哥哥跟最上葵仿佛皮肤一样地相和不到一起，思想完全不同。哥哥的思想太旧了，不但旧，而且越来越布尔乔亚式的骄傲了，最近我跟哥哥也合不来了，若不是兄弟，一定想那个可恶的东西。"

"胡说！"

雨宫没当回事似的笑了，因为哥哥底身份态度上显得很安心，笑着把一张支票放在晞三底皮包上。

"这是五千块。交给她吧！要一张证据吧！写上今后一切都没关系的话。孩子也入恒美籍吧！越简单越好。还有，刚才说的那个幼稚园的购买费也给你吧！你可别跟那个女人说。"他又开了一万八千块的支票。选举费这月里给你，这算到头了，我再也不能往出拿钱了，你尽爱这些个不能生产的事不行哟！还不如把薰风公寓一关，当普通公寓租出去呢！"

他拿起刀来削着梨皮。

十 四

从饭店出来后，葵到姐姐底公寓去了。恒美正在窗前背晒着太阳在织毛线活。

"怎么啦！怎么这时候来了？"

"来找你来了。"葵疲倦地一下倚在饭桌上。

"做什么？"

葵两手叠着盖在脸上闭上了眼睛。

"白费事了，姐姐原谅我，我简直是什么事也做不成，我太浮躁了。"

闭着的眼睛垂下。

"怎么解决都没关系，到底是怎样交涉的你说说看。"

"就没交涉，吵了一顿我就出来了。那个雨宫先生可真厉害，像那样的人自然能够简单地操纵了姐姐，连高村先生都仿佛说不上话去，不是别人还是他的哥哥……就那样我一个钱也没替姐姐要来就跑出来了。我也不知道后来他们又说什么了，原谅我吧……两个人一块生活吧！我，从现在照顾着姐姐，姐姐放心吧！一定能平安地生活下去。高村先生那儿这次我一定辞了，虽然不愿意辞……"

"辞了做什么呢？"

"不知道，找事做总会有的。"

"那么，你和高村先生的事不成了？"

"不成了，虽然还没到那程度，可是我想是不成的，我在雨宫眼前这么一吵。本来高村先生叫我要五千块钱来的，我要了两万。那这样的糊涂，还是太不懂世情……啊！不过我倒是挺痛快，把一切都抛弃了重新做起吧！喂，姐姐重新做起吧，把今天以前的一切都忘掉，从今天起另开张，好不好？我那样想。"

恒美对自己底事倒是一点也没介意。只是觉得绝望了的妹妹可怜，她不忍看一旦失去了爱情，失去了事业，失去了生活费的葵底败兴的样子。

葵伏在桌子上，用着鼻子不通气的声音说："姐姐叫我睡一点钟觉吧！累得不得了。"

恒美对在社会的激流里备尝艰难而回来的与自己性格迥然不同的要强的妹妹的年轻的肉体和年轻的心，不能自禁地想安慰她。她挪动着沉重的身子替葵铺好了被，葵立刻连头带腿都蒙在被窝里，然后在被里说：

"从今晚起我要在这睡了，虽然内心仄歉可是能睡得好。"

安静了一会儿，仿佛睡不了的样子，终于葵突然掀开被坐起来。

"我现在就去，去见先生跟他辞职。"

说着敏捷地修饰着身上的一切，已经挺精神了，葵底性情什么时候都是这样。

和哥哥分手后高村立刻到薰风公寓里来，葵还没回来，大概是到姐姐那儿去了吧！

他回到自己底书房里去，把疲乏了的病后的身子躺在躺椅上。

"您回来啦！"

鲛岛正代从事务室旁站起来说：

"刚才釜田律师事务所给您来电话了。"

"有事吗？"

"二十六号公判延期的事知道了。"

"谢谢！"

"给您斟点茶来吧！"

"好吧！"

正代驯顺地走出屋子去，从前几天病床前申斥她之后，她像凋谢了一样地驯顺起来，不管说什么都不反嘴，这可是又使晞三觉得难为起来，鲛岛正代的老实，是立刻就要报酬的。

她从楼下拿了茶上来，轻轻地放在高村面前的桌子上，等着他发话，有缝就钻的态度还和以前一样，只是积极地抓机会变了积极地等机会，手段不同了而已。这样消极的态度，令人觉得替她不好意思，仿佛媪妇式的悲哀，目的也不外乎煽情而已。

她眺望着窗外，这样说：

"啊！这样晴朗的天……秋……不知为什么使人觉得孤独。"

接着又说："先生什么时候都那样好，可是做起事情来的时候的倔强真使我难过。"

又突然地说起来这样的事情：

"先生结了婚一定是一位好爸爸，我真想有先生那样的一位好爸爸。"

鲛岛正代竭尽所有的力量来找可爱的话来说，她现在知道这样的话对男人是有着意料外的魅力的。她一向没注意及此，以至失败。但她努力地找出来的可爱的话，仿佛少女一样天真的话，从她嘴里说出来，跟她那样长成了的体格相比，却给人以讨厌的印象。

高村窨的也就是这一点，他很明白正代努力的心意，但无论怎样也不能接受她底温情，并且反倒愿意再给她更冷酷的鞭策。

"鲛岛小姐！"公事似的叫。

"嗳！"

弹性的明快的声音，高村连她那面部都不瞧地把手放在额上。

"到公寓里去，最上小姐在的话请她就来。"

"嗳！"这次是低而哑底声音了。

葵回到公寓里来了。

高村秘书的事大部分都让给鲛岛正代，现在只剩公寓中的事情了。先生因为不愿意叫正代给自己做事，以前交给葵办的事现在都自己做了了，这个葵都知道，但葵从早就拿定主意不管事务所里的事了。

从姐姐底公寓里回来之后，葵想今儿又该跟这公寓里的一切分别了，在廊下走了一遍到处看了看。儿童室里只有鲛岛正代底孩子在睡午觉，五六个孩子在院子里和新田先生做着游戏。

她回到自己底屋子里，凭着小桌正犹疑着是写个辞呈好呢还是用嘴说。这时候正代连门也不敲地走进来。

"最上小姐！先生找您有事。"

"什么事？"

"我不知道，见了先生就知道了。"完全跟在高村眼前两样的叨叨咕咕地说。

"我就去，谢谢您。"

葵是不想跟正代顶嘴的，这次正代反问着：

"午间给孩子什么吃的？"

"午间吗！鲷鱼酱和粥，还有四分之一的梨。"

"梨不好！太不好消化。"

"因为今天肚子挺好。"

"什么好，天亮的时候还闹肚子来着，你不知道梨吃了不合适吗？那个孩子正是要紧的离乳期。"

她一点也没想到在这样要紧的离乳期里做母亲的责任，只是往高村底屋里紧跑。

说了几句话后，想她一定是看孩子去了，其实不是！正代在铺着地板的廊下走的山响，又回到高村底事务所里去了。

葵在她之后也出了公寓，不知为什么只觉得肩上沉沉地负着悲哀和疲倦。去见先生也难过。把先生招生气了和雨宫也没能和解。这到什么时候也是心上的一种重负。在离开公寓之前，决意要一张高村先生底照片，作这平安的完结了的美丽恋爱故事的纪念。……也许因为秋风凉凉地沁入了衣襟，涌上来这样的伤感的吧！

高村在二楼的书房里凭着书桌坐着，正代没在。

"先生，刚才对不起您。"

葵站在高村身后这样道着歉。

"我有几句话要跟你说，你坐下。"

高村并没有回头，手里在翻着判决记录，仿佛忘了刚才的事似的在做着工作。

"先生我还是要辞职。"葵两手紧紧地握着这样说。

"你尽想些多余的事情，我愿意你再聪明些。"

"早就打算这样。"

"我说你想得太多余。"

意外的竟很严厉地说。晞三是有点生气了，上次和这次觉得情形对自己不利立刻就要辞去的葵也还是显示了女人气和单纯的感情态度，高村愿意借着这个机会彻底地打破她这种观念。

"你以为现在的情形你是不得辞职的心我明白，可是你所据的理由是什么呢？是和雨宫敌对的话对不起我，是不听我底仲裁条件失败了没脸见我，……一般说起来也许我该先辞你，不过你把我也看成那样的人了吧，我跟他们多少有些不同。你为了这样不值得的一点事情就辞职，就算你有义气了吗！这不是小事吗？就是你离开这里，事情能比现在好吗？对你有什么利益，对我又有什么利益呢？后果，我底事情得停顿，你也不得不再去寻职业，公寓里的事情也要闹得一团糟了，哪一点有好处呢？

"——所以你这样地全小节，结果大家都受窘，如果你真是能够有所得也好，你所要保全的不就是上边说的那几样吗——就几句话你也该明白了吧！你别顾那些愚理了，我们不是还有更重大的事业吗？"

葵静静地站着，低着头听着，高村底话厉害得鞭子一样啪啪地击打着颊和胸，承受着这鞭打，下意识地觉得欣愉。

不过，葵要说的不是这个，先生讲的道理都知道，哪一个也不是她所以要离开高村的焦点。如果两人的将来有在一起的希望的话，谁愿意离开心爱的人走呢。因为将来没希望才不得不采取离开之一途的。

高村底哥哥那样激烈地非难葵，将来还能有希望吗？虽说这位哥哥是到雨宫家做养婿去了，但在弟弟身上投下了数万金钱的雨宫章尔，自然对弟弟的婚事是有重大的发言权的。

所以与其留在这儿，留恋于绝无希望的爱情，这不是聪明的生活方式，倒不如去找寻其他的新生和新的希望。

晞三他并没觉察到这样的女儿心，话说完之后，把封筒里的两张支票拿出来。

"哥哥话是说得太无情了是不是？你走之后又商量了一次的结果，我替令姐接受了五千元钱，从此两方无事，你同意吗？"

他把支票放在葵面前的桌子上。她不为所动地，只傻了一样地望着那张纸片。

　　"我希望的不是你为我全小节。我愿意你和我底事业共鸣，和我的事业协力，你要不想着这些，我就困难！我愿意你鼓励着我，当我做着我底能力所能做得了的公益事业，像买幼稚园的事就是一样。若是我自己的话我是无心创设什么育儿园的，有你帮助，有你底热情我才开始想做，你现在绝望地要求走，你底绝望不是不可挽回的了，托你福，哥哥把买幼稚园的钱给我了。"

　　高村又拿出一张支票来放在桌子上。突然，意外地葵两手掩了脸哭起来，仿佛被申斥了的小孩子一样委委屈屈地哭着。

　　高村一怔，但立刻明白了所哭泣的原因，他以为葵是在绝望之后又有了希望那样喜极而泣，他站起来走过去从后面轻轻地抱着葵底肩。

　　"别哭了，已经好了哟，从此你不帮我忙不行了，第一，你先替我去交涉买幼稚园的事，价钱你跟他们谈好了就定吧！麻烦你。"

　　葵摆动被抱着的肩，从他底腕里脱出来走到窗前去，她止不住她底哭泣。她不是高兴而是难过，高村误解她了。女人底心是更进一步的，即使所有希望的事情都能做到，但两人的爱情的将来是渺茫的，这在女人才是难耐的绝望。如果连雨宫章尔也赞成，高村也有这样的心意，这个职业才是幸福的归宿，事业才是有希望的事业。现在虽然是仅仅雨宫一人反对，已经等于全反对，葵是悲哀着这件事。

　　"不久就得着手选举的事情了，要请你做的事情正多，你该忙了呢！"

　　高村愉快地这样说。

　　"先生，我要求您，我帮忙您到选举终了为止，那时候请您允许我辞职。"

"你尽说些糊涂话。"

"不，我很明白，姐姐底钱先暂存在您这儿，因为我觉得还是两个人一块做事自食其力精神愉快……"

葵这样说了后，仿佛逃走一样急急地走出了屋子。

鲛岛正代带着明朗的脸色随着葵出去的脚步立刻进来，她像是在门外听着来的，但她做着什么也不知道的样子。

高村坐在躺椅上，把两张支票又装在封筒里。

"她……"他想着，有些烦，他所以烦是未能整个抓住最上葵底心。

真要强！他叹息，她和那些苟且的女人们完全两样，从未说过一句爱情上的话。她的态度仿佛没有恋爱的兴趣一样，她没有想过结婚的事情吗？可是她实在是显示了她底美，她底女性的感情，她底心里绝不是没有热情的，但高村没捉着她底深奥的感情。

若是普通的姑娘，一点小事就可以看透她的心，事情就可以简单地进行了，但在凛凛然的最上葵，就是想窥探她的心连窥探的隙缝都找不着。高村是有自信，自信自己底爱情一定能为她忠实地接受，但现在自信动摇了。"究竟她怎样地想我呢？"在这屋里哭泣的她底感情也不明白。不接受钱，选举终了时辞职……她完全没有觉到高村心里的爱情吗？

转过来想在哪一件事情上自己曾经向她明白地表示过爱呢，只是辽远的一点暗示而已，她不明白吗！对女人，还是非得再用那些讨厌的什么我从心里爱你喽，你跟我的妻一样喽的轻薄的表现吗。

在他接受的民事诉讼的案件中，他非常清楚那些爱恋的语句是被怎样地愚劣地使用着，怎样地装饰了虚伪，他几乎想恋爱只是愚人们的一种把戏。所以至少对他真心倾倒的葵，他是不愿意用那些愚笨的言语的。他知道把爱恋的话用在不洁的情形中太多，所以对葵，他不知怎样表现自己的心意才好。

也许她完全没以自己为意，他突然这样想而且立刻就想这也许是真的。在恒美的事情上大概他没能使女人满意，竟想着保全哥哥底面子，她想这是爱情不纯，不忠实了吧！为此她离开了高村。

这思想像一条鞭子似的猛击着自己，高村丢失了自信地把头靠在椅背上。

"难捕的女人，最上小姐也许又吹了。"

说他悲哀，毋宁说他觉得迷茫。

这时高村才看到早已站在一旁的鲛岛正代。欠下身子说："对不起。"

正代无言以对。

十 五

刚进十月，雨宫章尔底结婚式举行了。虽说是不铺张，一切从简，新郎和新妇都是再婚，又是本家里办事，但因为招待了财团的知名之士，式典依旧很美丽。招待宴中，只是亲戚和公司关系的人出席，就有六十人之多。

婚礼后，预定到以红叶盛名的盐原去做短期的新婚旅行。宴会后，里枝到别的屋子去换衣裳的工夫，穿着西服的章尔到晞三底身旁来。

"准备选举的事了吗？"

"昨天开始着手……"

"我有工夫也给你做一回应援演说去。"

"是么，希望您一定去。"

"政论定了吗？"

"很早就有了哟！"

"还是你说过的母子保护法吗？那不行，若是在东京还好，到小城市和乡下去，谁也不会理会那样的事。还是另想一个别的论题好，那儿是矿区，像什么改良矿工待遇啦！完成共济社什么啦！这一类就地论事的题材好。"

章尔叼着吕宋烟笑着，但在晞三是并不想像职业议员那样地来用这种巧招的。

"还有，静冈县第二区那个地方从早就盛行收买，不注意可不行，没好法子进行的话就完了。"

"可是，也没有预防的方法呀。"

"唔……"章尔沉吟着，随即挪开了话题，

"最上恒美好吗？不知道吗？"

在结婚日里，心里还残存着她底事。

"最近不知道怎样，仿佛不大健康，妹妹说过像要闹麻痹病似的。"

"麻痹病不要紧，找个大夫看看就好了。"

于是高村说了那份钱还没给最上恒美，想找个机会给她。章尔说：

"那不行啊！结果那位妹妹反倒苦了姐姐了，也许直接给她比较好吧！"

说着皱着双眉。

"不过妹妹底意思我倒觉得很对，也许没什么特别不满意哥哥的地方。她不想跟哥哥要求什么，想两人一块负担起来姐姐底不幸，这种意见我觉得很好。"

"噢！我也承认那是好，这相当顽固的样子可不像女孩子。"

"与其说是顽固，毋宁说是一种洁癖，非常的女孩子的洁癖。"

"往好了说倒是。"哥哥笑了起来。

新妇换好了衣裳出来，一块走向电梯去。华丽的宴会后，在吊着的明亮美丽的灯上，看见了澄清的凉秋。晞三扶持着母亲和雨宫本家的母亲最后上了电梯回家来，今晚哥哥底表情看去温柔得很，晞三高兴着。

从哥哥底结婚席上回来，家里有客人在等着。客人是在沼津开水产物批发店的高村从前的朋友，这次候选事务中的事务长的秋元先生。

"好久不见来了，对不起叫您等了半天。"高村说。

秋元耸了耸柔道二段的宽大的肩膀，张开了小胡子底下的红润的唇喋喋起来：

"你呀，你怎么还这样磨磨蹭蹭的呢，人家高濑忠造把宣传板都立出来了，明天还有一个候选者，就是上回落选的那个热海旅馆东家的清水浩太郎，所以热海的投票大部分是他的，不过他并不可怕。怕的是花钱买票，可惧的还是高濑忠造，候选的也就是这三个人了。因为既成政党的没信用，大体上投票公民间的空气还没定，正是你这样没党籍的人出世的好机会。高濑忠造最大的地盘是热海和伊惠，所以跟清水一定有一番剧烈的竞争。你底主力集中在沼津附近以至骏东、富士两郡就好，从四五天前我已经调查了大选公民的名字和人数，得赶快印刷发表政论的通讯才行，原稿已经得了吧？"

"还没有，明天做，草稿已经有了……"

"真糟，还有就是后援的律师了，请两位先辈的律师就好，若是有作议员的人更好，有没有这样合适的人呢？"

"还没有，不过那位议员是民政党员，我想不合适。"

"噢，若是民政党的话是高濑忠造的同党了。"

选举区是沼津、热海两市，加茂、田方、骏东、富士四郡与富士河以东的静冈县全部，地域很广。选举事务所预备先借用秋元家，到开选期近的时候，再挪到沼津旅馆中去。

秋元底意见以为选举地域很广，寄运动主力于讲演会太不合理，并且投票者对这次补缺选举不太热心，听讲去的人一定不多，农民又正在忙着种麦，忙着收获橘子，弃权者大概很多，讲演会更是白费了。倒是用文字为主来宣传最好，所以有力的推广者的名字和文章是最紧要的东西。秋元一面说着这样的意见一面又说："把你要发表的政论草稿给我看看。"

高村从书桌的抽屉里拿出草稿来交给他，他略略地看了一下后唔地一声交叉地叠上了两手，仿佛有头那么大的团团的双手。

"这个不行。"

"为什么？"

　　"唔——"他又想了一想之后，说："这个太高尚了呀！喂！你想想看投票的大部分是农民，还有矿山关系的农民、渔民和商人。你这个母子保护法，谁都得想算不了什么。你这个落选了，就看投票人考虑一下吧！"晞三想起来哥哥刚才说过的话，苦笑着，为了慰劳秋元，请妈妈给预备了酒。

　　第二天过午，葵到高村底事务所里来，敲了敲门进屋后，一位体格很好的男人和高村对坐着，两人间正在争论着什么。

　　"我很明白你底意思，不过我，我想我就是不像职业议员那样去做，以诚意来说明我底政论，人们也会明白我的。"

　　"你也是说不好理解了，那样的诚意不是白费精神吗？跟大家讲演有跟大众说话的方法一样。"

　　"一点点地说就行。"

　　"不对，没兴趣的话也是白费。"

　　"找有兴趣的话说就是了。"

　　"一定是这个了。"

　　"一定！"

　　"你也是个顽固的东西。"秋元笑起来。高村也笑着转向了葵。

　　"有事吗？"

　　"我到幼稚园去来的，我想就决定了……"

　　"噢！进行到什么程度了呢？"

　　"说是我们这边也是做公共事业，房主让步到一万六千五百元了。"

"那好极了。这样多少还可以余一点钱，今天就写文书吧！先给他们定钱。"

"不用这样急吧！"

"因为明天我预备到沼津去两天，想请你也一块去。"

"啊！已经准备选举的事情了。"

"忙得很，准备通讯的缘故，几万份的通讯，你可以去一个礼拜左右吗？"

"可以，不过公寓方面呢？"

"公寓吗？这样吧！我这儿的事情暂时是要停止的，公寓方面托给鲛岛小姐吧！她对孩子仿佛还不错，临时再找一位保姆。"

葵仿佛觉到被掌打了一颊一样，鲛岛正代已经抢去了她底秘书的职务，现在又来侵占公寓中的事情了。这样想着怎样也不能使自己平静。虽说是自己准备着辞职，但一想到自己底屋子叫正代住着，自己底椅子叫正代坐着的时候，立刻愤怒起来。想到先生底这样做法完全无视自己的感情的时候，悲哀着。也许先生就是要辞掉葵而使鲛岛正代来做这事情的吧！那么，照这样推想下去，高村和葵两人之间的爱情的位置不是也要被正代侵占去了吗。

不至于吧！这样想着，葵觉到了自己底地位完全被剥夺了后的孤独。她抬起来悲哀的眼睛答着：

"我想，不要临时保姆，请一位长期的才好。"

"为什么，也不过一个月的样子，我想临时的就行。"

我不想做了……葵这样在心里说，用寂寞的微笑代替了这句话的声音，她从高村那儿觉到了巧妙地甩开她的表情，她走出了高村底屋子。

过了大船，从车窗里看松，远远地看见了松林和海。最上葵和高村对坐在二等车的车厢中。从东京出发以来，高村一直在订正原稿，虽然昨天和秋元辩论过，结果他还是决定用他原有的母子保护法，只是选了大众身边的事实把文章写得使人觉得动人而已。

"是的，最上小姐，母子保护法不是资本家们所需要的，还是说是为了大众设想的一条法律这样的说法好。"

一直因为无聊而在翻看着杂志的葵，愉快地答着：

"自然，我还这样想，先生所想的一向是抽象的，对知识阶级来说固然是好，可是拿出去讲演却不易得到共鸣。对大众，我以为不举出事实来是不行的。"

"是。"

"宗教也是利用事实来感动大众的。"

"那么，用一个怎样的例子呢？"

"薰风公寓不很好吗？您不是知道得很详细吗？我觉得先生之经营薰风公寓就是一个很好的前例。不单空讲理，实行才是人间最大的动力。"

"我也想及此，公寓中的事实，哪个比较好呢？"

"啊！……先生还不知道呢，那个，依田春子最近离开了公寓的事。"

"啊！我不知道，为什么离开的呢。"

"这个也许可以当作一个例子吧！她说是预备月底搬出去。我跟您说过了吧！依田小姐孩子的父亲，那位医学博士不是死了吗？依田小姐跟博士家里要一万块钱，听说是给了八千块，依田小姐想拿那个钱去做买卖，我也是听别人背后这样说，因为在公寓里无从再谈婚事，一边做买卖一边再找相当的伴侣。"

"噢！总之是为生活。"

"还有一个，报纸也登过了，当一件事实来讲也许行。就是头几天把孩子放在公寓里而出走的今野的事。"

"她不是又结婚了才来领走孩子的吗？"

"是。"

"后来怎样了？"

"您知道二十二号屋子里的牧场多慧子吧！她不是在一个月以前出去相了一回亲吗？这就要决定了。对方也不是在什么地方的警界里做着不错的事，四十一岁前妻死了，没孩子。今野小姐的事是他直接告诉给多慧子的，今野小姐从那时候起苦得不得了呢。"

火车轰轰地渡过了秋的马入河。

牧场多慧子告诉给葵这样一个关于今野的故事。

今野把孩子丢在公寓里和某一个男人同居了，那个男人问他为什么不把孩子带了来的冠冕的话。

"家里没孩子太没意思，我很喜欢小孩，有了孩子的家庭真正幸福才算开始。今野感激他到几乎要哭的程度，回到公寓里来把孩子领了去，她真以为是已经抓住了幸福，一块过了十天之后，丈夫再没回家来，到警察署去请求给找找看的时候，丈夫已经被关到狱里了。问问是什么罪，说是骗婚。可不是今野苦心储蓄的七百块的支票本也给他了。另外还有三个和今野同样情形的女人也被他骗了。"

警官审问那个男人的时候他边笑着边说：

"骗带着孩子的年轻的寡妇什么的并不容易哟！她们实际上顶混蛋了，一开头就跟她说结婚的话准吹，她准说什么我给这个孩子当一辈子好母亲的那种好听的话。我不那么办，我连女人看都不看一眼，只是爱惜她的孩子，给孩子买点什么，带孩子出去玩什么的……这么一想才能抓住小寡妇的命门，她想他这样疼爱孩子，跟他结婚孩子一定能得到幸福……她们在自己所望的幸福之上，先愿负起对孩子的责任来，这时候我就这样说：喂！把这个孩子给我吧！女人说不行，我就说那么咱们什么时候结婚吧！这样孩子就好啦！你想想看。这时候，在她考虑中，把孩子带过来，孩子就是押来的信物。几天之后她来了，说什么为孩子才愿意的话，仿佛讨厌自己结婚似的，这样她有多少钱都能拿得出来。"

葵听见这个故事的时候，想到所谓的女人底幸福是怎样羸弱，怎样危险的东西呀！恒美如此，正代底情形也如此，女性对男性的期待，完全崩溃了。

"我这样想，女人把一生的不幸与幸福丢在结婚的赌注上，真危险。男人结婚是没有这样大的赌博性的。女人不去寻找另外的更伟大的幸福是不可能的，这是一件怎样困难的事呀！在这样困难的情形中，母子保护法的社会设施是必要的。"

高村点着头听着。葵说完了之后自己想，自己还没到用结婚来赌今后的幸福的时候吗？现在离开高村去找寻别的幸福去吗？真的离开了高村后将怎样呢？不会好吧！这时候火车的左方看见了真鹤的山岬，一会便走进了山洞中。黑暗中晞三衔着的烟卷红红地燃烧着，葵从刚才就觉到了他的膝在碰着自己裙下的双膝，双颊和眼仿佛被火烤着一样地热上来，这感情在苦着自己。

决定葵来管理选举事务中的会计。

起初，大家都住在近沼津海岸的秋元底家里。

一着手办起事来，就知道一时是回不去东京了。从大份的什么选举、通讯的发送费，印刷费以至小份的工役钱啦！茶钱、点心钱什么的，会计整理起来的时候十分麻烦。还有，演讲会也开始了，又得一回回地到开会的地方去。

地域广，村庄里的住户又是分散在各处，一晚上跑四五个地方去开讲演会的事常有，恰巧遇着橘子的收获期，哪一个候选人的讲演会中的听众都不多。从东京有两位律师来做应援演说，雨宫章尔也连着两天中来了两次，秋元和沼津的一位议员也给讲演了一回。

无论到哪个村庄里去，枝头都结满黄黄的橘子，这地方的秋天是美的。投票期一天比一天近了的时候，居民也带着仿佛一向就不大注意选举的事情的样子。

这之间知道了高濑的运动员都埋伏在这儿，他像是又开始了贿买。热海市中清水浩太郎占着绝对的优势，伊东大部被高濑鲸吞了，只有沼津和三岛之人的势力均等，这是秋元底观测。以下因为中心的加茂群一带也在高濑的掌中，高濑的当选几乎成了必定的事实，秋元又到富士郡一带去侦察了一次，意外地发现了高濑连那一带也吞到口中来了。

"你只好吸收沼津和三岛间的知识分子了，扔开这次的选举，先打下下次的根基吧！"

高村倒并不懊丧。

"这次失败的话我就不再想做议员了，我以为直接到议会里去为政治劳动之外还有其他的方法，我要能得到多数妇人团体的拥护，来团结在一起合成一个力的话也好。原来我就没想会有很多的人投票。"

"没劲的候选者！"秋元笑了起来。投票日近的时候，葵手边的杂事简直忙不过来，高村从东京把鲛岛正代叫了来，把本部会计交给葵，叫正代来管理讲演会场中的一切。

预备一夜中完成长冈温泉，大仁和修善寺温泉三个地方的工作的那一天，高村，秋元和鲛岛正代一块从沼津的本部出发而去。

在修善寺街头的川上小学校里开完了最后的讲演会之后，那一晚上大家往修善寺的旅馆中去的时候，已经是夜里十点钟了。

进了大门，一行顺着廊子往里去的时候，院子里引进来的山谷的河水滔滔地流着，在照着水面的电灯的光闪里，看见了绯鲤的红色的背。这时，一位穿着旅馆里的和服便袍的旅客仿佛认错了人似的。"呀"地叫了出来。

高村对着呼声看去，立刻知道那个人并不是在叫着自己。鲛岛正代和那个男人对面的时候，立刻露出了僵了的表情，大家把她留在那儿走进屋里去。

"好久不见了，好吧！"

他是竹内夏雄，像正是要去洗澡的样子拿着毛巾，乍一见，他底体格他底言谈都很安详，他底精悍的性格在他笑着的眼睛里闪动着。虽然知道鲛岛正代生了自己的孩子，不去安慰也不特别关垂的这样的一个男人。年龄和高村相仿。

看见了他，看见他把手叉在和服便袍的怀里的样子，正代立刻觉到了煎熬一样的忌妒，因为她曾和竹内一块在这样的温泉里同栖过。她战栗着唇笑了起来。

"和谁一块来的，你这个坏蛋。"

"悟！带一个女人来的。"

"色魔！"正代低声叫骂着，竹内笑起来。

"色魔太冤了，我带来的那个女人才六岁，跟我叫爸爸。"

"说谎。"

"为什么说谎呢！不信你上我屋里看看来。"正代一瞬间犹疑着，突然地答着。

"我去。"撞了竹内的肩膀一下。竹内默默地返回廊中去。在最里面的三层楼上有两间相连着的屋子，在座灯暗红的光影里，一个小女孩躺着。半张着嘴偏枕着枕头的小脸，带着不幸的表情。

另外还铺着竹内的被褥，以外再没人了。像他一个人刚喝过啤酒，那间屋子的桌上摆着啤酒的空瓶子和小碟，食器也是一人份用的。

正代站着闻了屋内的空气。

"坐呀！"

竹内先坐下拿过烟灰碟来。正代依旧站着。

"我正想见你，在打听你底住处，没想到倒在这样的好地方遇见你。"

"唔！你还找我有什么事？"

听说话，正代很暴乱很强硬，仿佛站在胜利的立场上，其实，说硬话正是表示了失败，表明拼命和失败挣扎的顽强。

"先坐下，好些事要跟你说呢。"

竹内仍旧悠然地笑着。

正代横穿过屋子，哗地一下开开了窗子，就在窗下坐下。

"为什么没带太太来呢？"

"太太死了哟！"正代觉得轰底一下血灌到头上，眼前黑黑地跟着。听见了竹内底玩笑似的声音。

"太太死了哟！说不定，魂灵来了呢，看见我跟你这样说着话，也要会忌妒呢，今夜，正是幽灵出现的好机会。"

正代悄然地感到了襟边的冬风，夜凉蚀着她底背，她从窗中滑下来，叭地关上了席子拉门。

"跟你一块的人都是谁？"竹内问着，用手枕着头躺到叠席上去。

正代默默地，不由得见着睡着的孩子，想到竹内是父亲的时候便愤怒起来。

"找我，有什么事呀！"

"哪能就说呢。你做什么呢？我得先听听你呀！还独身吗？"

"不能自个活着的是谁？"

"也许是我，咱们坦白地谈一谈不好吗，咱们又不是仇人。"

"我恨你！"正代挑衅似的说，跟着吐了一口长气。

"过去的叫它过去吧，咱们商量，别找你们那伙同伴去行不行。"

正代默默地走出了竹内的屋子，很多要说的话，但不觉之间却说不出来，而且正代又不愿意高村疑惑到其他。

一行预定了四间相连的屋子，三人一块聚集在高村的屋子里喝了两瓶酒谈着预想投票的结果。到温泉来，穿上便袍之后，风尘都洗净了。

鲛岛正代进屋后谁也没注意她，高村正向讲演赢得彩声的先辈律师道着劳，正代悄悄地坐下去。高村问刚才那个男人是谁，足证高村已经注意到他了。一会高村拿过旅馆中的明信片给东京的母亲写着信。

正代进了第二间屋子脱去了洋服，然后一个人走过了长廊到浴室去。

一个人也没有的浴室显得很宽阔，只有水涌流的声音。她把瘦削的身子长长地伸展在浴池中，年轻的肉体哟！对这肉体，不知为什么觉得羞赧，这时在迷蒙的水蒸气里，突然漂起一个乱发的女人的脸，幽灵一样的一张脸，仔细瞧去，看清了是为水汽罩得迷离了的镜中的自己底影子。她想起来竹内死去的妻子，想起来竹内说的她化为幽灵而来的话。

迷惑地在浴室里几乎有一点钟的样子到屋里来时，大家都已经睡了，隔着纸的隔扇听见了高村低微的鼾声。正代在被上坐了有十分钟，总觉得不能就这样就完结了，明天早晨八点预定离开这儿，今夜一定得要再和竹内好好地谈一谈去。

　　她捏起来便袍的袖子，蹑着脚走出了屋子到竹内的屋中去。但她没拉开竹内的屋门的纸隔扇，她不知道竹内在过着怎样的秘密的夜。也许真的有幽灵存在，她恐惧着，在廊下站了十分钟后又回到自己底屋中来，开始写一封预备明天早晨给竹内的信。

　　按照熟于选举情形的人们预想，高濑忠造占投票的半数，其余的半数清水浩太郎和高村晞三相争。清水和高村的比率差不多相等，高濑的中选是没问题的，清水的支持者是以热海的旅馆商人为中心以及市街中的商人阶级，高村的支持人是知识阶级和一部分农民。

　　大选的前夜，从外边回来的秋元，很兴奋地坐在事务室中的火盆前说：

　　"今晚上高濑派的贿买不得了哟！高濑底手人下昨晚从东京一元钱的票子打成行李拿来了五万多元呢，听说头一拨行李装得满满的有这个数的二倍之多。"

　　正翻着会计簿的葵悄悄地看了看高村，晞三正倚着柱子把着膝很高兴地在吸着烟卷，既不着急，也不绝望。

　　"怎样！喂！候选者不加点油吗？"

　　"选举这类的事不是我干的，尽麻烦你了，这样去裹乱是没意义的，跟我一向的意见相左，从明天起，换一个方面进行吧！"

　　"得啦！优选者不再狠一点是不行的呀！"

　　秋元也笑起来：

　　"那么，祝你落选。"说着向高村举起杯子。

　　几个来帮忙的青年们开始收拾着屋子，现在只剩下等着明天的投票。

第二天，突然冷了起来，第一次降了霜，但天气很好。秋元早早地就到市公署里的投票处去了。高村吃完了早饭穿着旅馆中的便袍，横躺在叠席室里看报，报上中选的料想依旧是高濑忠造，清水和高村的票额和他差得很多。

"先生还预备在这儿耽搁几天呢？"葵在另一个屋子里这样问着。

"得等明天的开票，这还得酬谢酬谢秋元，最早也得后天回去。"

鲛岛正代从账房那儿借来熨斗，替高村烫着选举中弄皱了的洋服。这自然是做给葵看的。

"那么我想明天回东京去，有些不放心的事。"

"你走了这里怎么办呢？"

"鲛岛小姐可以替我的。"

"呀！我什么也摸不着头那怎么行。"正代这样说，但立刻使人觉出来她这并不是由衷的话。

到正午的投票的状态，还是高濑忠造最好，弃权的像是很多，从热海和下田来的电话报告了同样的消息。

吃过午饭，葵一个人从旅馆走向车站去，两个星期的旅馆生活，身心都疲惫得想早一分钟地回到东京去休息一下。

十六

回到薰风公寓中后，两位保姆伴着孩子平安地过着日子，事务堆了一大堆。

把事务清理到谁接手都能明白的程度之后，夜深的时候，葵独自地睡在自己底屋子里，这是最后的一夜了。

第二天早晨，她和三个孩子一块吃了早饭。两星期不见，鲛岛正代底孩子已经走得很利落了，正光着脚在廊下啪打啪打地走着。她底妈妈忙于追逐自己的幸福，对她很少爱怜，离乳的同时爱抚也没有了。

吃过饭葵坐在院中的长椅上，干涸了的喷水池中沉着枯了的大柿叶子。花园中的花也枯萎了，只有秋千架上的山茶鲜艳地开着红花，它像是象征了公寓中的女性们一样。

对着院子这许多只窗，窗内住着的独身的女人们。有的已经过了四十了还带着吃乳的孩子，痛惜着失去了再婚的希望。有的说了一家又一家，仿佛一匣要卖的东西似的这个埠头那个埠头逗留着。也有很早就对人生绝望，沉溺于爱情中来安慰自己。还有一个从孩子身上剥下了小小的坚固的铠甲，隔离开自己和世界，把全部的生活都缩在这小规模里生活着。这位死了父亲的孩子，从遗产中要来了八千元钱的依田春子，今早上叫了一辆载重车拉走了行李，又为自己叫了辆小汽车。

她给孩子穿上了漂亮的短裤，手里提了只旧的皮包，穿着黑色的有家徽的和服外衣和皮展，完全太太底样子走到葵坐着的院中来。

"最上小姐，一向承您照应，先生不在也没法辞行，您替我道歉吧！"

"就走吗？一切珍重，义雄少爷也结结实实的。"

"您闲着的时候请到我那去吧，就在四谷旁边很近的。买卖小，可是我想还比住在这里好。"

这样说着春子响亮地笑起来。

"到事务室去坐一坐吧！喝杯茶……！"葵说。

"不啦！车等着呢，再见吧！"春子微笑着说，从胸前拿出来一个小小的纸包。

"一点小意思，送给您的。"

在葵茫然的一瞬间，春子把纸包放在葵手里，仿佛给旅馆里的女招待酒钱似的，给完后立刻转过来高兴的脸，踏着细沙子路走出大门去。葵看看手中的包着钱的小包，不自觉地笑了出来。依田春贵妇人似的坐了小汽车走了以后，葵回到自己底屋子里，坐在桌旁，这回真的得写告别信了。

"高村先生……

"选举完了请允许我如约辞职，在您不在家的时候离开公寓，请原谅我。

"公寓中一切事务都整理好了，谁接着做都可以。

"今天开票了，结果大概一如预想，我颇觉遗憾。远远地祈望先生用别的方法来完成先生底事业。

"在没能帮助完成任何一件事情的中间离开您，我很不好过。先生曾说过叫我别顾小节，我既不是顾小节也不是感情作用，为了自己将来的生活方针来向您告假。女人是有女人底生活方向的，别人不明白女人底私情也有，我不是自暴自弃，不是讲空理，也不是基于感情，我以为我除此之外别无前路，请允许我自由去处理吧。

"天冷了，希望先生和妈妈一切保重。"

葵写到这里放下了笔，想就写这几句话就好。虽然也想在这分别的信里写出来自己压到心底下去的爱情的悲哀，但走了后，也许高村又要去拉自己回来，愿意去拉自己回来，又疲倦地觉到越早越好地忘下他才好。

"——薰风公寓的事，先生的事，恐怕是我一生最值得怀念的事，愿意先生也不忘最上葵。"

这样已经够了，葵放下了笔，也许觉得颊上火烧着一样，但依旧那样装到信筒里，穿上了大衣，去见高村底母亲。

老太太戴着古旧的大眼镜，穿着黑毛线的孩子式的坎肩，捶着腰走了出来。

"天冷了，最上小姐，进来吧！刚好沏上茶，还有甜点心……"

站在门口，像接待自己底女儿一样地露着笑脸，葵不知不觉地觉得眼窝一热。

"不打扰您了，有一点急事。"

"怎么？"

"这就要上姐姐那儿去，先生回来的时候，请您把这个交给他。"

"你什么时候都忙的，晞三大概明天回来吧！明天来一块吃晚饭呢！"

"谢谢您。"

交过信，葵底胸闭塞着，本来是向高村底母亲辞行来的，她逃一样地跑出大门去。

不可思议的感情，写信的时候，曾想是写的过火，送完了信回来之后，又觉得信写得不够而不能使高村先生明白自己的真正的感情而不满意。分别了，明白不明白不都是一样吗？自己又这样决绝的想，总之，和高村之间的感情这次是决算了。

一种浸润着悲壮的欣喜，觉得巧妙地渡过了激流，那么跟公寓去话别吧！

她整理好身边的一切后，打电话叫辆汽车，然后走到仆役室去。

"婆婆，有茶吗？"

"有，还有点心呢，给孩子们三点钟时吃的点心。"

"我就要茶就好。"

葵进屋来坐下。

"婆婆，今天我已经辞职了。"婆婆暂时忘掉了手中的工作，凝忘着葵底脸。

"可是，你走了这儿怎么办呢？前几天鲛岛小姐来管事，常跟大家吵架，跟我们吵了一回。"

葵只微笑着，从大火盆上拿下水壶往茶壶里倒着。

"先生以后一定有办法的。"

听说正代不能胜任，葵不知为什么觉得高兴。只要是高村觉到事务棘手，自己虽然不在，自己底评价也会高起来的吧！联想到自己一向是怎样努力又热心地做着自己底事情。

"里边的那所幼稚园不是最上小姐买过来的吗？您辞职后怎么办呢？"

"不，那是先生买的要做育儿院，婆婆该忙了。"

喝着茶谈着这样的话之间，叫的车来了。葵对公寓里的任何人也没知会，把自己仅有的行李堆在车里，自己也坐上去，送她的只有肥胖的婆婆。

车开了，葵倚在行李上闭上了眼睛，觉得一切都清算了似的，爱情完结了，事业也完结了，和公寓中的人们以及孩子间的亲密的关系也完结了。

一切结算后的凄苍的空白，心里不可思议地不知道想什么才好。在没离开高村之前，自己觉得自己底方针早定，现在离开了他，意外地又觉得一切都迷失了方向，一切都丢失了的空虚。高村晞三的安详的表情温和的语调，心里像烧着火似的那样怀恋着，景慕着。

到姐姐底公寓之后，在廊下挺精神地拉开了姐姐底门，嘴里叫着：

"姐姐！我来了。"

姐姐没有回答，进去看，姐姐正在睡着。

除了玻璃窗上照耀的初冬的近午的淡淡的阳光之外，这屋子里没有一件使人感到温暖的东西。火盆里的火灭了，开水也冷了。一张早报扔在鞋上，姐姐像是从早晨还没起来过。

葵进了屋子后，到姐姐底被旁去看姐姐，这时候恒美才睁开苍白的眼睛。

"呀！你什么时候来的。"

姐姐底脸又瘦又丑，不但眉都脱掉了，颧骨凸出来，头发乱草一样地堆在额上。

"怎么了？"

"没怎么。"

"不是没事的样，到底怎么了？"

"今早晨一起来眼前一黑晕倒了，已经好了。"

"没吃饭吗？"

"不饿。"

"真糟姐姐！这样你还预备生孩子呀！只剩下骨头和皮了……找死是怎么的？"

被葵这样责问着，恒美淡笑着坐起来。葵把自己底东西拿进来堆在屋角，脱了大衣，拿下来挂在柱上的姐姐底围裙。

"你躺着吧！我做饭去。"

"你怎么了？怎么把行李也拉了来？"

"我来看护姐姐来了。"葵这样说。

"公寓里辞了吗？"

"是，这回可真闲着了，和姐姐高高兴兴地玩玩吧！吃点好东西，去看看电影，我已经半年没看电影了呢！"

站在洗东西台前的葵洗着东西这样明快地说。想到失去了生之力的姐姐底日常生活，悲和愤一齐上胸来，胸闷塞着。结果还是姐姐失败了。和雨宫的事件，今后不安的生活，姐姐没有克服这些事件的生活力。因为没力量支持自己，只好过着怠惰的、没精神的日子，连日常生活的料理都没精神来做。想及此葵不由得恨起雨宫来。男人受了怎样的打击，肉体也不至于被毁。女人则精神及肉体都会遭到灭亡。恋爱的破绽在女人是直接触及生命的，就是有生活下去的精神，肉体已经先死了，恒美的情形不正是这样吗？洗着东西的葵这样想，下意识地这样叨叨出来：

"姐姐没精神不行呀，没精神活着就要死了。"

自己底话侵入自己底心，泪要落下来，葵忙忙地拿起来架子上的买东西的小筐，跑出了姐姐底屋子。

选举总决算的那一夜，为了慰劳秋元等人，高村设了一个小小的宴会，酒清洁地洗去了他预备做议员的野心。那一夜，他畅快地喝着酒，与其说是为了落选，倒不如说是因为他觉得自己底事业方针已定而愉快。停止政治的活动吧！自己用自己认为最好的方法，最完全的组织，去为生活所窘的母子尽力吧！自己的事业无论怎样小，到成功的时候，也会改变世间的旧有观念的。这可以说是一个改革社会制度的实验馆，一个改良社会制度的研究室。若是能成功，以它为实在的例子再去向政治方面活动吧！这是最初的基础，有实在的例子，政治自然会尊重的。现在第一先来完成薰风公寓，扩大公寓中的儿童室，做成附属的育儿园，有余裕再办托儿所，那样对中流家庭的女人和孩子，和知识阶级的母亲们就很好了。不过管事的人没教养绝对不行，最上葵是一定能胜任的。

想及此，高村愉悦地吞咽着庆祝落选的酒。

高濑忠造以绝对的多数当选，高村和清水浩太郎都跟他差得很远，高村比清水多二百张票。

"——再选准备中落选，我未失望，敬谢演讲厚意，晒三。"

给雨宫哥哥打了这样的电报后，翌日，高村带着鲛岛正代回东京来了。

到东京站，正代一个人回到公寓去。他到西郊有轨电车公司去访问雨宫。

拉开董事室的门，章尔正在翻阅恒美后任的女秘书送去的文件，看见了晞三，立刻温和地笑了。

"累了吧！"

"真累，难得很哟！"章尔看着手表：

"午饭呢？"

"还没吃。"

"我也没吃呢，走吧！"章尔连大衣也没穿便走出来。很熟稔地带着弟弟进了公司旁边的大楼中六楼上的豪华的饭店。

坐下，先叫拿来葡萄酒，哥哥把酒杯举到眉上。

"恭喜你，第一回这样已经不容易了，没背榜就好。"

"在我倒是一个用功的机会。"晞三笑着说。

饭来了后，章尔说：

"因为你不在，前两天我去看好久没见着的妈妈了。"

"是么，那真好。"

"妈妈挺惦记着你的事。"

"不过妈妈也早想到我不会选上吧。"

"是，妈妈明白地表示了愿意你早日结婚，那位最上葵小姐怎么样了？"

晞三觉得从哥哥嘴里说出最上葵的事实在是不可思议。

"最上葵还依旧。"

"上一次她好像是因为我骂得她狠了，说过要辞职的话来的吗？"

"她真跟我辞职来的，我强留下她了，她现在离开公寓，事情还真没合适的人接。"

"那么？还在喽。"

"说是选举事完就走，也许就要辞了，哥哥不知道她底优点，因为她跟哥哥底思想完全不同，我觉得哥哥对女人的观察点太旧。"

"我知道，不过这一次去给你应援演说去的时候，默默地观察她，我明白你所以喜欢她的原因了。"

"哪一点？"

"唔，这倒是一言难尽，总之是有不错的地方，我当然还是喜欢恒美，妹妹是妹妹，随你意吧。"

哥哥能理解葵，晞三自然很高兴，他想回去把这消息告诉给葵，葵也一定高兴的。哥哥怎会突然理解了葵底那样性格了呢？晞三立刻就想及了和哥哥新婚的雨宫里枝，她像也是一位具有近代的明朗磊落的性格的女人，一位比葵还没轨道，还任性，还布尔乔亚的女人，章尔在理解妻的同时，也间接理解了葵吧！

公司里打电话来找雨宫，说是有客人在等着。

吃完饭晞三立刻跟哥哥分别了，回到自己底家里来，一进门妈妈便笑着迎了出来。

"遗憾得很，去试试也就很好了，澡堂子烧好了，洗澡去吧！"

"谢谢妈妈，从前天就没洗，净是泥了。"脱了上衣，他立刻到澡堂去了。

从现在开始来修改里手的幼稚园吧，经费的筹措虽然不算容易。把儿童室的保姆调去，叫葵做主任，公寓里的事情交给鲛岛正代，人事也就大至如此了吧。

洗完澡换上了便袍，到茶间去坐的时候，看见了那一封信，拿起来后看见了葵底署名。

"妈妈：这封信——"

"啊，昨天送来的。"晞三开了封看后不由得一惊，不知为什么，觉得触及了葵这样顽固的性格的底面而立刻失去了兴致。但葵说是，不是讲道理也不是感情用事，只是为了自己未来生活着想也无从怪她，结果只好长叹了口气，她到底是一个难以捕捉的女人，许多计划都因为葵底出走而崩溃，他觉得前途暗淡起来，只有最后的那一句："愿先生也不忘最上葵——"中秘藏着的女性的热情，激打着胸。

直到第二天高村尚迷茫着，自然这种迷茫是无济于事的，正是跟葵把爱情做一个总决算的好时候。现在雨宫哥哥不十分反对，妈妈又希望，在这样的好条件里反倒迷茫地显示了自己底卑怯。把要说的话说出来吧，假如葵依旧说什么为了女人底前途的话，就由她去吧，育儿园现在无从着手，迟延下去的话环境也会不利的。

吃过晚饭，晞三自己在二楼的书房里开了座灯给葵写信。印着"高村法律事务所用笺"字样事务用的信纸正好用来描写高村律师的爱情。他像给托他打官司的人写事务上的信一样地左手拿着烟卷，平静地一气写了五六张。连再读一遍都没有的立刻封好了贴上邮票搁在桌上，假如葵看了这封信再倔强地不给回信的话，也就用不着再请她回来了，他决绝地磕下了烟卷上的灰烬。

鲛岛正代来了，听见走路的声音的时候，他想是妈妈，已经是夜里的十点了。当他知道那是正代的时候，他淡然地望着她。

"有事吗？这样晚。"

正代大摇大摆走到晞三的桌前来，立刻说："先生，我要跟您谈一件事。"

"什么事呀？"

"我自身的事。"

"什么事？"

"竹内向我求婚，我不知道怎样才好。"

"竹内是谁呢？啊，小孩底父亲吧？"

"是，上次在修善本旅馆里遇见他来的。"

"噢，就是在廊上遇见的那位吧？"

"嗳。"

"那位不是有太太吗？"

"有一个小女孩，太太死了。"

晞三笑起来，人世间的关系真是不可思议的奇妙。

"现在在东京吗？"

"住在芝，昨天要求见我，我去了。去了后突然说他又有小孩子，又想有跟我结婚的义务，在我底孩子没父亲也是不幸，在母亲的义务上来说也是应该结婚的，从前对我什么力也不能尽，老是于心不忍，现在总算是有了可以尽力的机会的话，我不能一时就决心怎样，现在还没答复他，我愿意听听先生底意见而依着先生底意思去做。"

"这不是一点问题也没有吗？"晞三说。

"那您说还是拒绝他好，是不是？"

"不，我的意思是你跟竹内结婚。"

正代扭结着两手，啮着自己底唇，她所希求的言语高村都明白，她愿意高村说拒绝竹内的话。如果高村叫她去回绝竹内的要求，自然高村要对正代负起责任来，她所希望的正是这一点。

"竹内希望结婚，两方面又都挺合适，孩子也可以有亲生的父亲了，我觉得没有可反对的理由。"

"先生真是——"

正代叹息着，嚛了口，呼吸慌乱的。

"人间跟机器一样。您是说环境合适就得结婚吗？"

"也不尽然，我是律师，判断事情的时候爱偏于理智，不过你不是爱竹内的吗？我想这正是一个好机会。"

"以前我是爱过他，可是有那样不负责任的男人嘛？因为太太死了才要跟我结婚，这不是对我好，而只是偶然的机会，你以为这是我底幸运吗？"

"你若已经想及此了，还跟我谈什么呢！"

"我愿意听听先生底意见。"

"我叫你跟竹内结婚，你听吗？"

"不。"

"为什么呢？"

正代沉默了一会儿，把头垂在膝上喘息着，做着可怜的失恋了的样子。

"先生真胆小。"

"什么？"

"您知道。"

"倒底是什么呀！"

"你什么也不肯说是不是？"

"我不是说了好些话了吗？"

"我愿意先生说的，是先生底心绪。"

说了这句话后，正代跟小姑娘样地哭了起来。

"原来如此！"高村才觉到了自己底迂阔，他突然从椅上站起来，来回地在屋中走着。

正代哭了一阵后，渐渐地平静下来，擦去眼泪抬起头来的时候，看见了桌上的高村写给最上葵的信。立刻她更清晰地觉到了自己是被踢开了。但她反倒安静下来。在完全知道自己是被摒弃了的时候，受虐狂一样地感到了愉快。

"我，清楚地告诉你，你这样实在使我迷惑。"高村依旧来回地走着这样说，他想再不跟正代表示决算两人间的这种奇妙的关系是不行了。

听见了迷惑这两个字，完全冷下去了的正代底心又忽地热上来，在自负的她，高村说是自己迷惑的话使她又忍不住问。她想高村正在痛苦地舍弃寄托生涯的希望所以才觉到迷惑的。

"说迷惑太过，窘而已，我根本没爱过你，自然不会对你有爱的表示。你这样无理地逼问我，当然我要觉得窘了。"

"您说是我没有和您结婚的资格是不是？"

"是，你没有。"

"唔！因为先生太高尚了，带着孩子的女人看不上眼。那么，我问您，你既然这样看不起带着孩子的女人，又何必经营什么薰风公寓呢？先生是为善呢？还是买名……您借这个去选议员，虫子一样……"

"住嘴，我不是说别的，我只是说你没有跟我结婚的资格。"

"是呀！我倒要请问理由。"正代决然地笑了，晞三安静地在她眼前燃着了纸烟。

"话说得真厉害，不论你这样辩证，今夜你到这儿来征求我底意见的行为已经证明了你底心是怎样的不纯，你自己也明白吧！你说你昨天见着竹内了，你昨晚又没回薰风公寓睡，婆婆抱着你底孩子睡的。就这一个理由已经太多了，我叫你跟竹内结婚的意思就在此。"

"跟侦探一样。"正代最后这样无力地反抗着。

"这正是一个好机会，别挑剔，信赖竹内的爱情生活下去最好。怎样计算着去求最高的幸福也不见得就能够真正获得幸福。你只有信赖竹内爱竹内的一条路，你再单纯再安娴一点就更好了……已经很晚了，回去睡吧！我不是责备呢，独身的人有时候是容易激动的，回去吧！好好地想想我的话。"

这正说破了正代还要辩明的心意，她连回答的话都说不出来了，毅然地告辞了走出来。

高村在后面招呼她：

"喂！挺冷的还得麻烦你，请把这几封信扔到拐角的信筒里吧！有两封急着要发的信。"

他递给她五六封信，其中并没有写给葵的那一封，正代指着桌上：

"那封不也是要寄的吗？"说着讽刺地笑起来。高村本来预备自己去寄这一封信的，不愿意使正代想到别的不好的事情上去，默默地把那封信也交给了她。

在正代今晚的大失败里，诱惑高村拿出这封信来的语句里是有着顶撞意味的，她想反正也是没望了，索性这样说了出来。

回公寓后，正代在电灯下拆开了高村底信。偷看别人的秘密使得她底头昏乱着，脉搏也急促地跳着，是高村律师的事务信纸，高村底挺削的笔迹，不规矩地写着——

"最上葵小姐：

"从沼津回来，你已经走了，只有你的信在等着我，如果你不后悔你底行动，我是该舍弃这无味的感情的。我觉得唯一的遗憾，就是我们应该再互相地多知道一点对方的感情，我不愿意说这样的话，我不愿意把这样的话由嘴里说出来。我觉得你好像不明白我底心，我想你不是一定非得要听我说出那些肉麻的爱恋之语的吧！爱情，在我是不喜欢做出太露骨的表示来的。海面上的冰山虽然只露出来那样一点，但海中却隐藏着它庞大的实体，爱情也正应该和它一样，只露出来一鳞一爪就够了，对方能敏感地捕获这一鳞一爪，由于一鳞一爪的表现里去捕获爱情的实体才行，如果她没有这种敏感，那就是她底心还没准备到能够容纳对方底爱情的程度。

"我觉得我明白你，虽然我不知道你对姐姐是负着怎样的责任和义务感，但你个人，以及你底人格我却是知道的，因此我相信你，我愿意我相信的葵不这样慌慌张张，也不对自己的前途迷惑，再多相信我一点，和我一起向前迈进。由于雨宫哥哥底事，你好像是误解了，哥哥反对那不是哥哥的事吗？我底生活方针，不管哥哥底事业上怎样用金钱支援我，也是得照着我自己底意志来做的。我有这样的自信我也有这种的矜持。并且哥哥现在终于认识你底人格了，一切问题都过去了。在现在你一定得离我而去的理由我不能想象出来，我真要责备你底信赖太薄太弱了。这样的一点小小的误解和这样一点小小的不如意，就决绝地连行李都一块拉走，你是这样轻浮的人吗？你一向做着相信我的样子，实际上你一点也没信我。女人底爱情若是这样的一点奇怪的东西的话，我不再希求女人底爱情。

"我的话很乱，我也不想用文章来装饰它。在你回来之前我一定要说，不管你有没有决心你都回来吧！没有勇气来跟人生斗争是不行的，没有越过危险前进的自信也是不行的，我愿意负起这责任来，我想你是不会犹疑的……"

读着高村信的时候，鲛岛正代觉到了自己是侵蚀在不幸之中，一直到现在，她从没接到过一封写着这样的爱情的信，虽然充满了理智，但也充满了自信的强烈的爱情。假如这封信是给她的，她想简直是用不着再思索什么而立刻就飞到男人底腕中去，葵要看见这封信的时候呢，当然她也要立刻回到高村底身边来的。

正代绝望地把信细心又细心地撕碎了后，在火盆残余的火上燃着了它。

载着高村最后的希望的信，在这样情形下没送到葵底手中去，自然葵也因此失去了回来的机会。从薰风公寓出来后一天，两天，三天，在感情平静了的同时，觉得了自己是做了一件怎样愚笨的事呀！高村自然任何表示也没有，还是不能舍弃他的，自己今后的出路究竟在哪儿呢？葵在后悔着。

鲛岛正代在烧掉高村底信的同时，自己也决定了。在前天见着竹内夏雄的时候，自己尚不能完全决定，她想见过高村，知道高村底心意后再说。自己早料到见他也是白费，所以那一天晚上接受了竹内的引诱而在竹内那儿睡了一夜。这样看起来，正代去见高村，仿佛去要他来决绝地表示拒绝自己一样。在使她觉到难耐的耻辱，是高村非难他在竹内家睡了一夜的事。也许高村说着那样的话的时候她已经决定了。

第二天早晨九点，她起来后立刻出了公寓，用附近的自动电话给竹内打着电话。

"啊啊！是你呀！干什么呀！"

因为正在上班，竹内这样乱暴地回答着。

"喂！我呀——"正代甜甜地说着，把受话机贴在耳上俯下了头。

"唔！什么呀！"

"前天，您说过的事，我决定了，还是，喂，还是那样做最好。您，您愿意吗？"

在她的耳边，听见了竹内像被略吱了似的笑声。

"讨厌，您笑什么呀！我是诚心诚意呀，喂，好不好呀！您怎么不快说呀。"

"当然好，不过怎么办才好呢？"

"您现在能请假回家去吗？我想现在就把东西拉了回去。因为我跟公寓里吵架了。怪不痛快的，想立刻就飞出去才好。真好吗？那么，就这样办吧！午前一定可以到的，那么，待会再见吧！”

不管周围人怎么想，鲛岛正代自己在这一天里是决定了今后的运命，抓住了安定的生活。她仿佛等不了似的，打着口哨来收拾行李。

正代一句话也没跟高村说，就飒爽地搬出了公寓，正如小说中形容的“唯恐沙子沾到脚上”一样，是婆婆把这消息带给高村的。

听见这个消息时，高村觉到一个很大的冲动。那个冲动不下于葵走后所留给他的。自然，在葵是因为爱情的失望和事业方针的不能遂行而冲动，正代所留下的和葵留下的虽然完全不同，但正代这样决绝地出走了的态度，使高村感到了她是根本非难他的事业的那样一种不安。

回想起来，从正代到薰风公寓里来以后，她得到什么利益了呢？公寓只是给她了许多浮动的机会，在这浮动的机会的结尾她依旧投到她从前的爱情中去，高村并没有助她什么。

“为什么呢？为什么不能消灭这个大失败呢？”

这在高村是一个新的大问题，正代巧妙地指责了所谓薰风公寓这样的社会事业的根本的缺陷，但那缺陷是什么呢？

她固然是一个极端的女人，正是高村所感觉的任性的女人在薰风公寓里住过，受着公寓的恩惠而树立了新生活的人的确有过，为什么鲛岛正代一点什么也没有得到呢？

高村突然想到她们所望的东西究竟是在哪儿呢？他自己也知道薰风公寓本来只是年轻的不幸的母亲们的一个半途的休息所，为了她们底生活安定费很低，为了能使母亲们出来工作给照看孩子，说起来也不过是帮助母子们解决了经济问题而已。

　　自然就只由于这一点得到了好处的人也有，但在鲛岛正代，她的问题不仅仅是为了安定经济，在她，除了夫妻关系之外是没有使她能觉到和平和幸福的东西的。今野常子和牧场多慧子也清晰地表明了这种倾向。薰风公寓的缺陷就在此，带着小孩的没有丈夫的女人底最强烈的欲望就是再婚，经济问题只是一个能使她生活下去的方法而已，所以想要把薰风公寓做成根本的社会事业的话，薰风公寓不成为结婚的媒介的地方是不行的吧！高村在电炉上暖着两手这样思索着。今野常子先走了，依田春子也走了，终于牧场多慧子也走了。接着是葵，现在鲛岛正代也去了，薰风公寓做得再好，再合乎需要才行。但现在没有人来帮自己的忙了。若是葵依旧在这儿的话呢，他想着葵看了昨夜托正代寄去的那一封信能回信才好，他在热烈地期待着。

十 七

　　最上恒美和葵一块住下去之后，她发觉妹妹突然失去了昔日的泼辣的性格。早上醒了之后老是在被窝里匿着不肯起来，吃过晚饭立刻就说：

　　"无线电没有意思了，睡觉吧！这样厌倦地说了后，比姐姐还早地躺下，听见别的屋子里远远地唱着留声机的声音，静静地竖起了耳朵。"

　　"姐姐，买架留声机吧！"

　　姐姐是知道两个人的储蓄的可怜的数目的，这数目连作她底生产费都不充分，不去赚钱是无从生活下去的。恒美在妹妹要买留声机的希望里，觉到了妹妹是自暴自弃的时候，不由得一惊。

　　"葵！怎么净说这些个不振作的事呢？"

“什么？”

恒美正预备往盆里添菜在削着白萝卜，暂时停止了工作，这样忍不住地说：

“你还是回到高村先生那儿去不好吗？”

“为什么说这样的话呢？”

葵觉得突然地撞了心一下，慌乱起来。

“最近你太忧郁了。”

“因为找不着职业。”葵这样答。她每天早上都留心报纸上征人的广告，她也明白广告里是找不出来合适的职业的。

“喂，葵——”恒美拿着菜刀的手放在膝上这样望着妹妹底脸。

“对不起你，在我生完孩子恢复了后的这个期间里为我去做工可以吗？这比什么都要紧呢。”

妹妹坐正了身子。

“姐姐为什么这样说呢？我惹姐姐不高兴了吗？”

“没惹着我，因为我看你一点没有做事情的意思。”

“不是，姐姐要跟我说的不是这句话。”

“我看你像是那样似的，疲乏了的缘故吧！”

“不是，我是预备着做事的，姐姐放心。”

这样的感情上的摩擦，近来常有了，每天都要有一回没有结果的争执。

原因很清晰，正如姐姐所指摘的那样，葵是失去了工作的心绪了。

她失去了在薰风公寓中，吹着口哨，高兴地把一件事从头做到尾的那种愉快的心境，姐姐说她累了，那使她疲乏的原因在哪儿呢？她自己这样思索着。

"事情也是要找找看的。"

把正念着的书放在小柜上，她起来换着衣裳。

"天冷小心伤风。"

听见姐姐仿佛母亲一样亲切地在身后说。

"葵！"恒美叫着，"你怎么说这样的话呢！我这样子的身子你叫我跟你说什么好呢？我怎样生活下去呢，我知道我自己罪有应得，你别这样待我不好吗？你这次到我这儿来，尽是叫我苦恼，你因为什么不能再在高村先生那儿待下去呢？"

姐姐哭了起来。看见姐姐哭着的姿态，葵像被冷水浇了一样地立刻知道了自己是陷在怎样的迷茫里，是怎样地暴露着狼狈。在高村先生身边就一切都不成问题了，离开薰风公寓之后，丢失了生活的指针的自己只有不知所从的迷茫。她想起来鲛岛正代的事，她曾想过自己无论在怎样不好的境遇里也一定不像正代那样狼狈。可是现在，不是完全和正代一样地露着丑陋的狼狈样子了吗！不找寻职业，和姐姐一样地无精神地生活着，这不是被郁积的爱情的癫狂吗？

镜中的自己底脸，她从没觉得像今天这样丑陋过。

薰风公寓正在忙着过年，高村利用律师事务上年末的闲暇，自己在整理公寓一年来的会计和其他杂事。空着的四五间房子就那样地锁着门，里手的幼稚园从买过来后还一直上着木板窗，从最上葵去了之后，高村底事业休息着。

他底寂寞的心里，和着朔风底奏着寒冷的歌曲。也许因为他觉到了在他这样的素人利用着业余来做意义伟大的社会事业是怎样的困难。由于社会的缺陷而产生的母与子的悲剧，社会制度不改正的话是无从把那缺陷订正的。

关于薰风公寓呢？还是改变方针另做，高村站在这两个思潮的分歧点上。

虽然他不高兴，但他也预备使住在公寓中的这十家快乐热闹地度过正月。

给妈妈们预备年糕，给男孩子们风筝，给女孩子买拍踺子的花板吧！对那些无从承受父爱的孩子们自己权且做一个大家的爸爸，快快乐乐地玩过去这个正月吧。

高村底这个打算，也许是为了借此安慰他自己的寂寞吧！照上来太阳的院子里，霜开始融解，但没有孩子们跑出来玩，冬的薰风公寓是这样安静，只偶尔地有孩子们在廊下跑去的声音击撞玻璃的窗户。

高村坐在公寓的事务室里，添好了炉子继续整理着账目。回忆生动得仿佛还能在这只桌子上感到失去了的葵遗留下的体温似的。他下意识地在憎恨着葵看见了最后那封信而毫无反应的倔强的心。

他发现了有一个女人在廊下向屋中窥看，跟着门开了，进来的是那位过了四十岁的西久保女士：

"先生，您有功夫吗？我想跟您请教一点事……"

"什么事呢？还是上次说过的那件事情吗？"

"是，还是浪江底事，我还是愿意她去演电影，她是那样的爱好，学扮演的人底表情学得真像，我觉得她一定能够成名，虽然是童星，但据说是报酬很好呢！先生。"

西久保一直在邮局的算盘系继续了十六年了，月薪是六十二元，她要把没上女子中学的孩子送去演电影，在没有再婚希望的西久保，现在只祈望母子生活的安定。她想把姑娘送去做电影演员，她是预备叫孩子成一个卖艺者的。

冷冷地眺望着西久保的卑逊的不自然的笑脸，高村觉得是贫乏使得这个女人卑屈了。

"也许好也不一定。"他不知道为什么有些寒心，这样没诚意地答着。

正月的假日完了之后，高村旅行去了，为了整理那郁结着的精神，他希冀任意地去在陌生的土地上徜徉，正好有一位住在长崎市的人有诉讼的事情拜托他，去搜集一点资料后，在北九州玩几天再回来吧。

穿着厚呢的灰色大衣，只拿了一个小手提包，他到了长崎。围绕着长崎市的群山带着绿叶枯了后的紫色，市街令人觉得明快，在离县衙门的石头房子很近的一个高冈上的旅馆里，时时能听见的汽笛的波波的声音，使得旅行的心寂寞着。

拜托他提出诉讼事件的人，是嫁给一位年轻的医生的女人，两人在东京恋爱结婚之后，过了两年女人染上了肺病，丈夫说是为了她养病把她送回故乡的长崎来。妻回来之后，丈夫就要求离婚，理由是医生的妻染上了肺病是丢尽了医生的颜面，并且也不能再接近患者。女人则以为这种处置不当，请求赡养费和前年生的孩子的教育费。

男人是把生活和事业结在一起；女人则是把生活和爱情结在一起，

两人之间的接触是生活与爱情的接触。在女人，认为妻病了是不能算作离婚的理由的，若是按照爱情来说，两人是只有期待妻的痊愈的。但在被告，以为这正是使自己的终身职业出了致命的破绽的恐怖事件，自己没有为妻底病而牺牲的必要。在单纯的人道主义的立场上来说，女人底理由是正当的，若是把被告和他的家族当中心来看的话，被告所遭受的损失也是无从躲避的，问题的变化就在此。是照着个人底利害来考虑，还是按照家族全体的利害来着想呢？

高村又临到了一个难题上，薰风公寓中的母与子，每个都是遇见了这样的问题，没能力解决地过着不安定的生活。法律的制裁，道德的批判，以哪个为基准才算对呢？男与女将永远这样纷争下去吗！随着以后的经济生活的发展，这纷争就也愈要增加吧！

在最上恒美的情形里，雨宫的一家觉得那样对待恒美是对的。也可以说，恒美个人的利害是为了雨宫的一家牺牲了。鲛岛正代向竹内底一家挑战结果也败北了。

这样的女性底悲剧，也许是由于女性以个人的立场对男人集团的立场的不利条件而产生的吧！女人一个人嫁到集团的家中去，也就是女人底不利之点吧！

人间自然的结合中所谓的爱情，所谓的结婚，它本身就带着缺陷，高村渐渐地沉陷在不能理解的迷茫里。

入夜，他穿着旅馆中的便袍到街上去散步，预备明天从长崎出发，忘了一切烦恼和事业去旅行。回东京的时候，是由别府坐船经内海到大阪好呢？还是去看看向阳的高千穗山，然后在博多逗留一两天坐飞机一气飞回东京去好呢？这样心里打算着愉快地散步，预备给妈妈买一点什么土物带回去，他从高冈上的旅馆走到下面的热闹的市街上来。

很多卖精致的鳖甲细工物的铺子，风消了后的温和的夜，晚饭后又正是街上热闹的时候，每个铺子都装设着辉煌的灯。把手笼放在便袍胸前看着店里的陈设，觉到了长久没有觉到的解放了的闲暇。

突然在刚看到的一家铺子的窗饰中，晞三看见了一个精致的鳖甲的小盒，小盒旁边有一个美丽的别针，小盒上的象用青螺做的象眼，画着古风的南蛮船，衬着蜜黄的鳖甲，确实有南国的华丽的风味，他想把这只盒子买来送给最上葵。

小盒子空空地送给她好吗？当她在膝上解开盒子的包纸的时候她也接受了寄去的高村底感情，但也没有在里面放一封信的必要，她已经是去了的人了。高村只是想把这美丽的赠品送给葵作没有结果的爱情的纪念物而已。那么买一根别针放在里面寄去吧！她一定要把这根别针，扣在深蓝衣裳前胸上的明快的浅蓝色的饰领上吧！她一定要把它端端正正地扣在白皙光阔的颈下吧！为了纪念这远了的怀恋，高村觉得买这枚别针是恰好。

买了两样东西回来的路上，他不知为什么觉得畅快。"刚才给您来电报了。"

迎到大门口来的女侍，这样说着。

"噢，请拿来吧！"

"给您放在屋里了。"

他上楼进了自己的屋子之后，站着打开了电报：

——晞三速归母字——

东京的妈妈的电报，妈妈不是遇事慌张的人，既然用电报叫自己回去一定是有重大的事情，他决定坐夜车回去。

坐火车一直回去的话得后天到，他预备明天早在福冈换飞机。把头靠在夜车的窗上，他在忖度着妈妈所以叫他回去的原因。如果事情普通，妈妈一定会预先说明，想及了最不幸的场合时他不安着，他想也许是有关最上葵的事。

第二天早上到福冈后，恰好买到了一张飞机票，在旅馆里吃完了早饭便到雁之巢的飞机场去。天晴着但风很大，海湾里的波浪翻滚着啸叫着，飞机回转着发动机，在库前很久地响着剧烈的爆音。

意外的空中之旅，濑户内海晴着，向着太阳仿佛池水一样的平静。过了大海底上空经奈良到伊势湾的时候，左手盖着雪的群山冷冷地闪烁着。他把鳖甲的小盒放在膝上，额承受着由通气孔吹进来的冷风，迷茫地吸着烟。富士山和箱根山也全白了。从飞机场一直回家的路上，云低下来，雪开始一点一点地落下来，今年的初雪呢。

到家，意外地比妈妈还先到门口来的是沼津的秋元，他张着穿着和服的宽阔的胸站在门口。

"喂！高村，你的命真好，哈哈哈哈——先给你道喜。"

"什么？"他觉得很奇妙，也许是吧！他这样想。

原来是他这一向不知道的，高濑忠造派违反选举的事件证实，高濑有罪失去资格，而补选比高濑差一倍的自己的事情。

"原来如此！"高村索然地叠起坐在躺椅中的双膝。

不一会儿雨宫哥哥也来电话了，庆祝他底再次出发，并且说要为他筹设一个小小的宴会。

"秋元为你，昨天就来了。"晞三看见了说着这样的话的母亲苍老的眼睛里的晶莹的泪光。

四五封祝电来了。

一个一个地看着，最后的一个牵去了他底注意力。

——兴奋之情，无可言喻，谨遥祈健最上葵——

最使高村高兴的，还是因为自己底中选而欢愉了葵的事，为了没能给葵丝毫报酬而分别，他觉得这样就是对葵致了最大的谢意。

他把小盒自己包好了，但在寄去这只盒子之先他愿意借这个机会去见葵，自己底事业以后要更忙了，没有一个好的帮手绝对不行，葵若是能回来才好。

他预备立刻就给葵打一个电报去。穿上了短外衣踏着初雪急急地走向附近的邮便局去。

——急欲一见，望君前来，高村——

那么，从哪一样事情上着手好呢，在议会休会的期间里得先办好了到议会去的种种手续。头一样，这一个月里产生的许多关于母子保护法的疑惑还没解决，现在他觉得自己的研究室不足了，他觉得迷惑。

为爱酒的秋元预备了祝贺的晚宴，喝着酒，夜一点点地深了。衷心期待着的最上葵并没有来，朦胧地听着秋元底激励的话，心底一隅空虚着，高村在喜悦里下意识地觉到了孤寂。

十 八

把高村底电报放在膝上，葵透过夜的玻璃窗，眺望着飞着白雪片的暗夜。

"你还是去好，那是最自然的一条路。"恒美把沉重的身子倚着柱子，这样静静地说。

"关于我底事，坦白地想起来的话是没问题的，我觉得也用不着觉得不好意思。"

姐姐对自己底事情完全消极，对妹妹却这样积极地忠告着。但葵并没回到高村那儿去。

第二天的傍晚，高村寄来的小包到了，打开后，露出了美丽的鳖甲小盒，其中装着美丽的别针。

葵一点也没有高兴的样子，忧郁地不动地凝望着小盒上象眼的光闪，她心中的深重的迷惘，是无法从这单纯的喜悦中而解开的。姐姐这几天里就得入院了，妹妹一定得要留在姐姐身边一个月才行。这样左右地想了之后，她终于放弃了去访高村的心。离开薰风公寓已经一个半月了，生活一点点地压迫着葵，葵不得不去就一个任何不合适的职业，若是她底收入过少，说不定姐姐抱着刚生下来的孩子就得去打扰薰风公寓。

那一夜，失眠中过了十二点。一点也过了，外面的雪积得足有三寸，快天亮的时候，葵在枕上被姐姐叫醒了。

"怎么了？"

"不好受，也许到时候了，虽然我计算着还得三四天。"

"痛吗？"

"一阵一阵的。"

"厉害吗？"

"不怎么厉害。"

钟将过六点，外面依旧黑着。

"怎么办呢？请大夫来看看吗？"

"还行，再过一会儿看看吧！"

这样两人躺在被里睁着眼睛，雪住了后起风了，风吹着房檐呜呜底响，寒冷的黎明。

还是像到了时候了，葵给医院打去了电话，又叫了一辆汽车，这之间简单地吃了早饭。

"喝一个生鸡子吧！能喝两三个最好，没劲不行哟！"

但恒美却像没听见妹妹底话似的，找出来到医院去要用的东西又把它包好了，然后自己装饰着身上。

汽车来了，往出走的时候，恒美巡视着屋子说："啊！不知道还能不能平安地回到这屋中来。"

冲着吹着积雪的朔风，苍白的恒美和紧张的葵坐着汽车，静静地登上了濠边的电车道。

医生立刻就给看了，然后把葵一个人叫到廊下去，嗫嚅着："那位多大岁数了。"

"二十九。"

"噢……大概还得八九点钟，第一胎吧？"

"是。"

"要难产呢。"

"是吗。"

医生燃着了烟卷，不好说的暂时噤了口。

"非常的难吗？"

"第一她体力不足，体力能继续到什么时候是问题，体力好就没什么。还有二十九岁头一胎任何人都很难，年轻是比较容易的。还有，她底……"医生用两手抚着自己底腰骨，是一位四十岁左右的瘦削的认真的医生。

"她底腰骨相当的狭窄，当然这更要比较难了，请您放心，我想的都是最不幸的场合，也许挺容易地就生了，没有这些个麻烦。生产本来是自然的，生下来就什么都不成问题了。"

医生嘱咐葵到了时候去通知他，就回到自己底屋里去了。

恒美坐在病房里的铺上，两手在濑户火盆上烤着，歪着苍白的脸，两手战栗着。

"怎么？痛的很吗？"

"不十分痛。"

"你在打战呀！"

"我害怕。"

恒美轻轻地躺下，把被一直盖到眼睛下面。外面依旧在刮着大风。

"我睡一会好不？"

"睡吧！有我在这儿……"

葵坐在那儿看着姐姐的睡姿，也不知过了多少时候，姐姐的样子又瘦又疲乏，医生底话更使她不安，姐姐还能平安地回到公寓里去吗？从高村那儿出来之后，不止一次地和姐姐吵，惹姐姐伤心，今后一定得要多多地照应姐姐才行。假如姐姐真的临到最不幸的事，怎么办才好呢？葵觉得从心里爱着姐姐。虽然姐姐动不动就像丢失了理性那样似的消极，动不动地就像田螺一样地老显示着顽固的一面，老旧的，煮都煮不烂的姐姐，但对于葵实在是一位良母一样亲切的姐姐，真的像"保持贞洁"那句话一样地坚定地保持了自己底身子的姐姐，在过去的生涯里只犯了一次过失……这样说法还不对……仅仅犯了一次过失就被投在失意与不幸的谷里的这样女人底生涯，只好说是不幸吧！姐姐恍恍惚惚地像是睡着了，葵想这时候睡觉一定对姐姐有益。

看护妇拉开了门，把头探进来。"怎么样？"

"正睡着呢。"

"什么？奇怪，还睡的挺香似的，肚子痛得怎么样了？"

"痛的怎么样了呢？"葵也这样说，天已经快正午了。

看护妇看去还不到二十岁的脸上带着认真的表情，走到恒美身边来，轻轻地把手伸到恒美的被子里去数着她底脉。

"真痛起来的时候是睡不了觉的。也许还早，也许得明天也不一定呢。"若是明天的话，葵想回公寓去一次，于是她出了医院，在一家洋食店里的窗前一边眺望着外面的雪，一边简单地吃了午饭。窗外的风景是雪和着泥，风刮着，冷酷的冬的姿态。等待着姐姐底生产应该是快乐的事，但不知为什么心里一点也不痛快，反倒预感到什么似的心在战栗着。

买了瓶稀糖，她用大衣的领子包着下颚，又回到那个医院去。

姐姐底铺旁坐着医生，恒美看去比刚才还苍白。承受着医生的诊察，在紧闭的双眼下的，在睫毛的阴影里，衰弱的生命在战栗着。

医生知道，从今天早上的初痛起已经过了七八点钟的现在，反倒痛得一点也不厉害了，只是睡觉，明明是表示了症状危险。失去了时机是不行的，在夏天黎明的凉风里脱壳的蝉，有的就那样地死在壳里。这也一样，在预定的时间里不生，母亲和孩子的生命也立刻临近危险，医生瞥视了葵底脸一下，然后对着看护妇低声说：

"到产房去！"

"嗳！"这样短短地应了后，看护妇张着宽大的裙缘走出去。医生也把听诊器卷起来放在衣袋里默默地走出去，葵不可思议地觉到了不安。

一会恒美两边被两个看护妇抱着似的抬了出去，只剩下葵一个人坐在屋里在火盆上烤着手。现在多少点钟也得这样等下去了，这之间自己深切地觉到了孤独，也许恐怖是甚于孤独之感的。

侧耳听去，这医院里几乎没一点声音，包括四五间病房的医院的全体，仿佛在静静地守护着最上恒美的危险的性命一样，真是可怕。

葵几次往火盆添着炭，静静地看着炭变成白灰，不能把思潮集中，书也看不下去，这之间，炭火逐渐显得明亮起来，冬的白日近黄昏了。

她站起来开了灯。暂时在屋中伫立着，这时候，她的确听见了婴儿的啼声，她立起来耳朵听着。

的确是，也许是耳朵的毛病，是朦胧的声音，盼望再听见一声，但又恢复了原来的寂静。

终于听见了有拖鞋上楼的声音，今早上的看护妇来了。

"快了。"

"是吗。"

"小少爷。"

"啊！这可好了。"

但带这消息前来的看护妇脸上并没有女人底喜悦的表情，令人感到不知哪点上带着冷酷的样子。

"很难呢。也许生不下来了，不知一会儿怎样，现在已经打了九针了。"

看护妇这样说了后又走出去了。

这样又过了一点钟，夜色浓了，屋里冷上来。

姐姐不知怎样了，葵愿意立刻就知道，被他们送回这屋里来，葵觉到了一定是情形不好的不安。

葵轻轻地到廊下来，下了楼梯，姐姐在哪间屋子里也不知道，在楼梯上站着倾听着。

不意在廊下那边的角落里出现的看护妇，忙忙向葵招着手，跑近了的时候，看护妇拉开了一个屋子的门说：

"请。"

八叠大的白色的屋子，在药味里觉到了生血的臭味，医生正往恒美苍白的腕上卷着胶皮带。高个的看护拿着药针等着，姐姐底脸上一点精神也没有了，头呀，臂呀，都软软地垂着。

"姐姐！是男孩啊！好了。"葵在床前的枕旁跪下来，笑脸向着姐姐，但姐姐一点表情也没有。

"挺难过是不是，已经过去了。"

恒美底嘴看去很干，动了两三次完全失去了血色的嘴唇，断续地说。

"雨宫先生……"

听见这样的声音，葵觉得血冲流到头上来，她没想到姐姐现在还在叫着雨宫，姐姐是有了死的自觉而想见他一面吗？姐姐不是在怨恨着雨宫吗，受了他那样的冷淡，心里还在惦记着他吗？想到姐姐底可怜的心，刚才涌上来的泪怎样也遏止不住了。

"我找他去！我去给你找去，等着呀！"

她跑出了廊子，拿起来药局的电话。对面半天也没声音，注意看是在往雨宫的公司中打着电话，这样晚当然公司里是没人了。自己真是急糊涂了。她又拿过电话本子来往雨宫的住宅里打着。

女仆的声音，说是雨宫不知道什么地方有宴会，不过十点是回不来的。

姐姐是葵唯一的亲人，姐姐的血造成的婴儿躺在白的小床里，开始了新生的呼吸。但在爱这个孩子之先是恨他的——那对雨宫的不能解的感情，那夺去了姐姐底性命的悲愤。……最上恒美的二十九年的生命，在做妹妹的人的感觉中只有怜惜。医院中的通夜，连花也没有的寂寞的深夜中，凝视着盖在姐姐脸上的白布的葵，只有痛惜姐姐没能再强健一点，再舒服一点底享受着生活。但这在恒美已经是用尽了精力的生活方式了。先去了父亲，在母亲凄寂的心境中养起来的姑娘，对生活的认识也就是这样了。葵底心里不安地清晰地浮上来姐姐最后想见雨宫的事，是自己想见他呢？还是要雨宫收留孩子呢！无论如何在恒美，雨宫是她生命中的唯一的男性，他底伟大在她心里超越了所有的愤怒，怨恨和后悔，在她的生命里，他的存在是绝对的。

既然他对她是那样的绝对，那样存放着全部的生命，为什么不去积极地斗争一下积极地追求一下呢，葵觉得这实在是遗憾。假如姐姐能够知道她的死期已经临近了的话，也许她会把这短促的生命和爱情作赌，恒美绝不是爱情不够，她只是珍惜自己的生命，怕自己危险而已。妹妹不能不觉得这是遗憾。

那么姐姐究竟怎样做才算好呢，女人底爱情什么时候都是跟着危险的，就是怎样费心去打算，也没有逃出危险的计策。薰风公寓中集聚着的女人们，不但因为轻率和愚蠢而陷于不幸，是由于一种女性的要求，不顾一切地投身于爱恋之中而被爱恋巧妙地玩弄的。一匹聪明的鲋鱼，在香的钓饵的四围环游着，结果碰在锐的钓针之上。不幸的钓针是藏在爱情的香饵中的。

这样说起来自己还算聪明的吧，在没有看到高村的爱情的结果之前离开了他，这是有见识的恋爱术吧！总计算的结果，预想到将来的不幸而离别的事，是聪明的生活方法吧！也许能防范将来的不幸，但是因为离别才招来现在的不幸的。

深夜在玻璃窗上冻了冰的花，从姐姐的衣襟上觉出姐姐睡着的样子仿佛很冷，这感觉使得葵不能忍受。但一想到姐姐已经不能知道冷的事的时候，新的悲哀袭上来，从今以后只剩自己了，不努力地活下去是不行的……这样想着的葵，尚且觉到了回忆是怎样令肌肤发冷。

姐姐葬仪完了的时候，已经是傍晚了而且下着清雪。

那一晚上，近九点钟的时候，葵带着不能忍耐的焦灼出去了，用姐姐底好看的毛披巾厚厚地裹上了那个新生的孩子，一只手撑了伞走出去，在濠边的大路上等着出租的小汽车。等车间，风吹着雪濡湿她的衣边和鞋，汽车减低了速度，灯光耀着白雪开了过来。

总之得要到高村家去一次，见了他，与其说是打算去和他商量一个好的解决方法，毋宁说是她底心里充满了愤怒，她知道她是应该去找雨宫章尔的，应该把孩子叫雨宫带了去最好，但她不想见雨宫，她只想会会高村。

汽车响着湿水走着的浊音，她把头靠在车窗中闭着眼睛，闭了眼睛之后仿佛被吸到无底的孤独之穴里去一样地恐惧着。姐姐底葬仪的情景生动底在眼前浮现出来。一位看护妇，一位公寓的管理人，再加上葵，送殡的只有三个人。读完了经后，葵抱着烧香的孩子突然扬声地哭了出来，仿佛听到了牌位后面的姐姐底温柔的声音似的，令人战栗着。

抱着的这个婴儿，葵对他不知为什么一点爱意也没有，明明知道他是姐姐的血，但感情上总不能释然。也许姐姐愿意葵把他养大，葵是没心这样做的。

从电车站往右拐，到那条熟稔的路上来，没十秒便到了薰风公寓。葵把孩子重新抱好，仿佛像走入了敌人的阵地一样，同时感到了撼心的怀恋。

公寓的大门关着，过了公寓的门，看见了二楼上的高村的书房里燃着的灯。

下了汽车，高村家底门紧紧地关着，里边的门也在关着。车走了之后，在濡湿着衣裳的清雪里，她暂时伫立着。二楼的灯安静地呈现着黄色，屋中的书桌啦，书架子啦仿佛一一地清楚地用眼看见了似的。

抛开了一切顾虑，她用指按着电铃，仿佛电铃通到身上一样，心怦怦地跳了起来。

高村正在二楼的书房里，做了新议员的他不得不多用些功，但从他已得到的知识上看起来，以确立母子保护制度为希望而去做议员的事是错了，议会制度并不是那样理想，它是非常的现实，毋宁说是堕落了的东西，还是从薰风公寓到育儿院，这样从根本上坚实地做起来才行。

这样交叉着双手衔着烟卷想着的时候，他听见了门前停着了小汽车的声音。

妈妈挺冷的拢着双袖到书房里来了。

"有客吗？"

妈妈像触着了他底肩似地挨近了他的脸。

"是最上小姐，不知怎么回事。"

"没什么吧，领她来吧！"

"抱着小孩呢！"

晞三立刻想到一定是有什么事了。

"领她来吧！"他重说着。

"她挺难受的样子，好好地问问看。"

妈妈这样小声地说了后走下楼梯去。

高村见葵后的第一个印象，葵底脸仿佛疯了似的那样极度的苍白着。两手紧紧地抱着孩子，看了葵底神气他立刻明白了事情的真相。

他走过去把手放在葵底两肩上，替她掸落了两肩上的雪。

"姐姐呢？"

"死了。"

果然。他想着，不用说明，看葵的脸色已经能知道她是在怎样的不幸之中了。

高村轻轻地把孩子放在沙发上，把葵带到电炉前坐下，插了插销后立刻热上来，葵底全身开始冒着白气。

高村底妈妈端着大盘子上来了。

"冷吧！正好有甜酒，喝好了，喝一口暖和暖和吧！"

葵接过来喝着。

晞三注意到她刚才是抑着呜咽来的。

"怎么啦！"

葵坐好了说：

"我想请您把孩子送给雨宫先生，如果雨宫先生那儿不方便，就收在您底育儿院里吧！也许姐姐愿意我替她养大。但我不能，姐姐是为孩子牺牲了，牺牲姐姐已经太多了，我是不能再为他牺牲的。"

高村静静地听着，葵底身与心的疲劳仿佛在眼前一样。

"这儿的育儿院里还没有收留孩子的设备……"他刚这样说，葵立刻抢过去："那么请雨宫先生给一些设备好吗，用这孩子存着的五千块钱总够了吧！姐姐是妈妈自然有养育他的理由，我是没有这种责任的。"

葵的话急躁又激烈，高村知道她的说话法不是这样，一定得要使她休息，把她从孤独中救出来才行。他默默地下了楼，请妈妈为葵预备一个睡觉的地方。

　　"她累极了，我想叫她安静地歇一晚上才好，请妈妈照应那个孩子一晚上吧。"

　　"好。"妈妈慈爱地答着。

　　今夜，在这个家里睡的事葵一点也没想到。到妈妈来温和地劝她安歇，话明天再说的时候，她的倔强的气志消散下来，这个家里充满了温厚之情，甜酒温暖了她底身，厚情融化了她心中的冰块。为人底温情所感动，欲泣无声。为无言的高村底希望自己安眠的心感动，尤其是湿衣换了睡衣，轻轻地把脚伸进被里去，从脚尖不意地袭上来的暖水袋的热，激动了她，感到了两月来从没有过的想睡的感觉。

　　头里又浮上来就这样承受这亲切吗的疑问。对高村，曾坚强地想过永不见他，在见了他后，却又觉得什么也没有，实在也是什么隔膜都没有的。

　　以前，就是相信高村的，只是为了信赖与雨宫章尔的不能撼动的存在，在所有的女人底要强心里，推定将来没有幸福而出走，姐姐底事也是促成出走的原因之一。

　　葵把脸深深地埋在被里，听着雪降落在房檐上的声音，沉在这样的思索中……自己不是因为看了太多的不幸的女人的遭遇才不能相信爱情的吗！但在深远的计算之后，所余下的又有什么呢？最上恒美已经明白地把这样的生活昭示给人了。

　　女人底深远的计算，结果否定了热情。这计算过激的时候，造成了鲛岛正代那样的性格。在爱情的计算上，最聪明的方法也许是最笨的，最后除了相信爱情是别无他路的。所有的考虑的结果，只有信赖男人底心和信赖自己的爱，当然是要躲避不幸的，可是不幸任何地方都有，什么时候都可以飞出来的。与其躲避不幸，不如和不幸斗争而战败它。

这样的思潮，也许是由于这个家里的温情复活了她脆弱的年轻的感情的缘故。她觉得她从迷梦中醒了过来，长久地存在心中的硬块一点点地融解。她觉到了新生，总之不管怎样也是得生活下去的。

通夜的睡眠不足之后，直到第二天早上她依旧什么也不知道地沉睡着。

那一天早上天晴得很好，妈妈把葵底濡湿了的衣裳都烤干了放在那儿。穿好了衣服到廊下来的时候，高村正在那儿眺望着天空，微笑地回答了葵底招呼后，指着木屐说：“不穿上它出来走走吗？”

然后开开里边的木门，拖着烟卷的烟丝，走进了花墙那边的幼稚园的院子，葵跟着他。

“你没在，这儿一切还没着手……”说着开开了幼稚园廊下的木板窗，黑暗的空屋，被尘灰封闭的寒冷的空屋。

“计划是都计划好了，这儿是孩子的卧室，我想可以放十六张床，隔壁做保姆的卧室，想把这墙拆了安上门。”

听着高村的说明，葵在廊下走着，高村穿着便袍，裸足穿着拖鞋。

“看见我的信，为什么不回来呢？”他无事似的，一边上着楼一边说。

“您底信吗……我不知道。”

“不知道？”

“是，我没接到您底信。”

“奇怪。……所以你才这样彷徨了吧！那么以后预备怎么样呢？”

“还没一定。”

开了二楼的窗，远眺是很好的。

"这是事务室，相邻的屋子做孩子们的病房……你坐在这个事务室里正好，对你最好，还可以帮助我。"

葵底胸里满满的什么也回答不出来。她从早就知道，除此之外，也可以说是除了高村底怀中之外，是没她底归宿的。愿意把这感情清楚地说出来，但又不知说什么好。她凭窗向外眺望着远处的风景，朝阳在许多矮的屋檐上闪烁着。

"雨宫先生底孩子，您肯收留吗？"

"也可以，"高村说，"不过叫哥哥收没理，我养他吧！"

突然葵的两肩上，加上了高村的两手，他在后面把手放在葵肩上，这样说：

"不过照料那个孩子的人没有，交给妈妈，妈妈太辛苦，所以我有一个条件，得你跟他一块过来，怎样？"

哈哈哈哈高村出声地笑了出来，笑着摇撼着葵的两肩，葵脱开了他底两手转过来。

"真狡猾，先生。"

"不，一点也不。"

"是狡猾，狡……"

"不，一点也不，对你这样顽固的小东西不用策略是不行的。"

突然葵底身子断了似地倒过来，撞一样地倒在高村底胸上。

抱紧了她，葵在双腕中剧烈地哭泣起来，哭着两手"啪啪"地打着高村底胸，说着："先生可恶！先生可恶！"高村只得睁大眼睛，但立刻感到了这位不知道怎样表现爱情的姑娘是在蕴藏着怎样深厚的热情的时候，眼睛和头都热起来，他把那啪啪地打着的双手也一块抱到胸前使她不能动一动，然后在她耳边低语着：

"你不也可恶吗？"

眼前浮动着葵底饱满的白色的耳朵。"这也是我底了。"高村想。

初刊北京《妇女杂志》

第 3 卷第 11 期—第 4 卷第 9 期

1942 年 11 月—1943 年 9 月

玉米地里的作家
——赵树理评传

2000 年 11 月北岳文艺出版社出版

[日] 釜屋修原著

序　董大中 [①]

　　我跟釜屋修先生相识，是因为这本书；我跟梅娘相识，还是因为这本书。现在，面对着他们一位译者，一位著者，我不能不说几句。

　　1979 年初我调到《山西文学》（当时叫《汾水》）编辑部，编理论批评稿件。一天，编辑部收到一包国外赠书，打开一看，是《中国的光荣和悲惨——赵树理评传》，有著者釜屋修先生的题字。当时任编辑部主任的李国涛，把书交给我，让写一封回信，表示感谢。我用了编辑部的名义，将信寄走。那是刚送走了让人一举一动都胆战心惊的十年以后不久，"改革开放"还只是仅闻其声，未见行动，我只能"姑隐其名"。通过几次信以后，我大着胆子"亮"了"相"，这结果便是得到了釜屋修先生给我个人的赠书，而时间已是 1980 年的 11 月。在这前后，素不相识的上海社科院陈嘉冠先生，也寄给编辑部一本，为我所得。因此，把这本书说成我跟釜屋修先生相识的媒介，是很恰当的。

[①] 董大中（1935—）曾任《山西文学》副主编，《批评家》主编，现为中国赵
　树理研究会会长

　　我没有学过外文，拿起书，有点茫然。亏了中日"同文同种"，从夹杂在其中的一些汉字上，多少可以揣摸到一点意思。我最感兴趣的是谈《福贵》的一章，因为题目上有"返回""人间"等字眼，向一位粗通日文的同事请教，他说可以翻译成"还我做人的权利"，而这正是我对这篇小说的理解。究竟釜屋修先生是如何论述的，我很想找人翻译出来。于是把陈嘉冠先生赠我的一本送给那位略通日文的朋友。也许由于事忙，也许由于日语水平不够，那位朋友好久没有译出来，我也就把这事忘了。

　　我已想不起来是怎样跟梅娘相识的。只记得，在《批评家》于1985年初创刊之前，我从中国文联出版的《文艺界通讯》上读到釜屋修此书第五章的译文，译者即是梅娘（署名孙嘉瑞）。1988年，我在《批评家》上刊发了梅娘译的第十章，而谈"福贵"的一章是由长治市赵树理文学研究会主办的《赵树理研究》发表的。在那篇译文之前，梅娘有一封给编者的信："1988年有一次与康濯同志相见时，谈及老赵。他问'釜屋有一篇评论《福贵》的文章，你见过没有？'我说，我有一本釜屋专论老赵的单行本《光荣的生与悲惨的死》，其中，"还我做人的权利"是评论"福贵"的。康濯同志很欣赏这篇论文，特意嘱我译出交他推荐发表。我将此文译出后，康濯同志已住入医院，我曾到医院去看过他几次，但已无法再提此事。现在，康濯同志已去，但是他的殷切之情和我对老赵的思念，久久无法拂去。因此，将此文寄给贵刊。"

　　我跟釜屋修先生见面，是在1986年9月。那时，为纪念赵树理诞生80周年和举行第二次赵树理学术讨论会，山西省作家协会邀请了日本、美国的七八位学者来太原，其中就有釜屋修先生。我向釜屋修先生提到梅娘，已是1994年8月先生第二次来太原的时候。那年，他作为访问学者，在北京大学工作，为期半年。说到梅娘 15 岁即到日本，在大阪的中文报纸上发表了许多小说，说到梅娘这几十年生活的艰辛，釜屋修先生又惊又喜。回到北京，他立即前往拜访。从此，他们也建立了通信关系。

请人翻译这本书，是我早有的想法。诚然，书中没有、也不可能有什么值得特别注意的地方，但它毕竟显示出一位外国学者的眼力和学力。从 80 年代初期以来，学术界翻译了许多外国理论著作，引进许多思潮和方法，1985 年还被称为我国批评界的方法年。这对活跃我国学术界、批评界，起了不小的作用。但过去译介进来的批评著作，都只是批评外国作品，跟我们终隔一层。我想，如能有外国学者，从他们的文化背景出发，站在一个遥远的也更为客观的立场上来看我们中国读者比较熟悉的当代大众化的文学作品，或许能给我们一些实际、有益的启发。由此自然想到了釜屋修先生的这本书。可以说，让人们领略一下外国学者是怎样全面地看待赵树理及其作品的，是请人翻译这本书的主要目的所在。

之所以请梅娘翻译，不仅因为她已经译过三章，还因为她对这本书有比较深刻的把握。从 80 年代末起，我和梅娘几次见面，每谈到这本书，她都掩不住一股喜爱之情。她特别赞赏书中的评论部分。梅娘最近给我的信中，又一次称赞了釜屋修先生的严谨的治学作风。即使那有关生平事迹的三章，梅娘在给我的信中说："这三章中的情节，对我们中国读者来说，是再熟悉也不过的了。但是，作为日本的汉学者，釜屋不知涉猎了多少典籍，才深入浅出地描绘了一个中国作家的生活历程。"她说："把釜屋的书完整地介绍给赵树理的爱读者，是釜屋的喜悦，更是我的安慰。能为长者赵树理做点什么，这是我的幸福。"

　　梅娘跟赵树理，则不仅是文学上的契友，更是工作中的同事。梅娘是在沦陷区极受欢迎的一位女作家。她于 1920 年冬生在长春的一个富有者的家庭，父亲孙志远是一个实业家，经营粮食、建筑、铁路等行业。她名叫孙嘉瑞，也叫梅娘，以梅娘驰名文坛。她的第一本小说集叫《小姐集》。到日本留学，她出版了第二本小说集《第二代》。以后佳作迭出，40 年代与张爱玲齐名，有"南玲北梅"之称。从抗战后期起，她为寻找一条为祖国、为人民做好事的道路，到处奔波。全国解放前夕，她随丈夫柳龙光赴台湾后，丈夫不幸遇难，她毅然返回大陆，在刘仁同志的关怀下，到新成立的北京市大众文艺创作研究会工作，编《说说唱唱》。这个大众创作研究会是赵树理和王亚平、苗培时等人发起成立的。从此，梅娘和赵树理成了同事。以后，他们还一起在晋东南的平顺县下过乡，住在同一个村子里。梅娘对赵树理的大众化文艺创作和为人都很崇敬。她说能为赵树理做点事是她的幸福，乃由衷之言。这本书也是她跟赵树理友谊的一个纪念。

　　本书著者釜屋修，他在《后记》中已经写到了自己，我这里补充几句。第一，他生于 1936 年，今年是他的 60 岁寿辰，这本书在中国出版，对他也是个纪念。第二，写这本书的时候，先生在玉川大学教书。不久，他到东京私立和光大学任教授，1988 年又到了驹泽大学。第三，釜屋先生对中国现当代文学都有研究，曾参加新版日译本《鲁迅全集》的译注。到和光大学以后，他发起成立了一个"中国当代文学研究会"，十几年来一直坚持活动，每年都出版研究会报。第四，赵树理是他的一个研究重点，除这本书外，他还写过多篇论文，培养了好多年轻的研究者，他对赵树理的感情，读者在本书中是可以体会得到的。

　　据著者说，本书原名《玉米地里的作家》，发表时改成了《中国的光荣和悲惨》。我以为，前一个名字更为确切，就径自改回原名了。

1996 年 10 月 7 日

谨致中国读者

釜屋修

我的一些文章翻成汉语，能见到中国读者，能见到中国赵树理文学爱好者，能见到热爱农村、热爱农民、热爱赵树理人品的朋友们，感到非常高兴！

农村与农民，这个复杂的存在，又有旺盛的生命力、顽强的斗争力量，又有难改的封建性、政治上的保守性，但是它很有魅力！在这个先进和落后混合在一起的土地上生活的人们，很可爱。我们的"老赵"，经过长期的、独特的生活经验，以一个生在农村的人的眼光与愿望和改革农村的知识分子的视线，来栩栩如生地写这个复杂的农村。看他的作品，有时我感觉到，我隔壁坐着日本的潘永福、三仙姑。

我们都知道日本的农村濒临危机，日本的谷物自给率(1998)已下降到37—38%。我非常怕日本农村被消灭；也非常担心人们丧失对农村文化前途的关心。

有时候，走在郊外，能看到田地，能闻到小时候在农村闻过的一股农村气味，我就赶快回家，从书架上取出北岳文艺出版社出的《赵树理全集》，看一些作品。闭着眼睛回想山西，回想尉迟村。

衷心感谢中国赵树理研究会、北岳文艺出版社各位先生、女士对我的照顾。衷心感谢董大中先生、梅娘女士对我的鼓励！

2000年8月于日本

第一章
/光荣的崛起与悲惨的辞世

1970 年 9 月 23 日，在中国山西省的太原市，一位作家——作家赵树理死了。这死……这死讯直到 8 年之后才加以公布。这个不同一般的公布说明死得悲惨。有着人民作家光荣称号的作家，竟这样死去，实在令人难以接受。

"文化大革命"兴起之前，赵树理举家从北京迁回了故乡山西，"四人帮"揪出赵树理的时候，赵正在山西省晋城县任县委副书记，从事实际工作。

作家陈登科在怀念赵树理一文中，这样写道："从太原斗到晋城，从城里斗到乡下，他头上戴着高帽，脖子上挂着几十斤重的铁牌子，站在三张桌子垒起来的高台上……不到四天，赵树理同志便含冤离开了人间。"

这是同样蒙受迫害的前辈陈登科的回忆。

赵树理之死并非是当时中国文艺界的个别事件。在 1966 年"文化大革命"的狂风暴雨中，文学家、演员、电影人、音乐家很多人都蒙受迫害。从被红卫兵殴打因而气愤投入太平湖的老舍等，加上我们的老赵，统统死于非命。这些人就那样死去了，没有一则报道，报道他们是如何死去的。那种迫害的质与量，都超乎常情，现在，一些幸存的人才一点一滴地透露了实情。

诗人峻青说：能眼见屠夫操刀血流的景象，而心灵不受到残害的事吗？我们过早地披上白发，身上到处是病，宝贵的时光空空流去，这是生命的最大浪费。一位老朋友悲愤地吼道："把笔还给我！"

诗人艾青说："约计十年，我一本书也没有出，而且各地的图书馆把我的书都封存，不准读者借阅。我有4年，失去了人身自由。"

不准借阅，赵树理的书也同样遭禁。"四人帮"扬言："解放17年来，文艺界是全无成果的空白期，因为是周扬的文艺黑线统治了文艺界。"

作家韦君宜说：文艺黑线统治了文艺界的这一论断，切断了老作家和出版社的联系，编辑阵线被打得七零八落。偶然相遇时，连互相致意也禁口，那些从未读过作家作品的红卫兵们，那些"革命群众"，向知识界投掷了仇恨。

作家李准说：那拍着桌子怒骂的声音迄今仍在耳边回响：喜旺是中间人物，李双双也是中间人物。《龙马精神》中一心扑在种地上的韩芒种是中间人物，《老兵新传》中的那个憨直的老战士也被划为中间人物。把这些一总括，我就是塑造中间人物的黑尖兵，丑化劳动人民，是人民的敌人。说我丑化劳动人民，绝对不能接受，他们那一系列的丑化，我只能嗤之以鼻。

赵树理被打成了中间人物的鼻祖。于伶、马可遭监禁达9年之久。一位墙报的作者愤怒地吼道：一个干部一生能有几个9年！被监禁在自家书房里的巴金，被江青残酷迫害失去了语言能力的方纪，受迫害的还不仅仅是他们本人……

刘白羽在谈到作家柳青受到迫害时说：林彪和"四人帮"残酷迫害柳青，迫使夫人致死。摧毁了他在长安县皇甫村的生活基地，剥夺了他 10 年之久的宝贵的创作时间，迫使他远离我们，使他无从完成《创业史》的写作计划。柳青 62 岁辞世，因迫害时遗留的病症而病逝。

在这个特定的时空内，我们的老赵是怎么样了呢？从友人片断的追忆中，从片断的悼念中，赵树理的身姿模模糊糊地浮现出来。

"文化大革命"来了，与文艺界的诸多恶事没有直接关系，因为赵树理已经回了农村。

1953 年赵树理说过这样的几句话："我之所以没有作品问世，可以举出上百条的客观理由。其实，真的理由只有一个，那就是我远离了生活。"因此，赵在 1963 年回归农村，可以说是实现了他的凤愿。他拿起了久违的笔，开始了创作活动。依据体验，写就了长篇《三里湾》，又写了一些短篇。

1964 年夏，赵树理根据上党地区上党梆子的传统戏目，写了剧本《十里店》，按照"文化大革命"前夜的时序，1965 或比 1966 年也可能还早，构想了长篇小说《农家》，也曾命名为《户》。预想通过三户农家的家庭变革，写出《三里湾》之后，由人民公社带来的社会主义农村的变革，塑造社会主义时代的英雄群像。根据新华社记者在赵去世后所进行的采访，这个长篇未能完成。

赵树理 1964 年回乡，被"文化大革命"的暴风席卷，迎来了不该有的悲惨时日，即使在"文革"的漩涡中，赵树理对农民的深情厚爱，对创作的独特热情，也完全没有消减。

1979 年 1 月 12 日的《人民日报》，刊出了这样一个特写：《老赵是咱社里人》。

……1963 年秋天，当"四清"运动刚刚开始试点的时候，赵树理再次返回太行山区，来到长治市黄碾公社，仍然以一个普通农民的身份，出现在群众面前。

……老社员还清楚记得赵树理朴实的形象：高个子、黑瘦脸，穿一件旧袍子、戴一顶黑毡帽、挟着一个抗日时期使用过的黄布包包、口袋里插着一根旱烟袋……

老赵深入到农村的男女老幼之中，和他们吃一锅饭，商谈各种各样的事情。人们熟悉他，熟悉的不是作为文坛元老的老赵，而是老赵是咱社里的人。美国有位贝尔登先生，1947 年中国内战时期到解放区采访，会见了老赵，得出这样的判断：这个穿着粗布上衣，扎着头巾，似乎幽灵一样的男人，在解放区，除了毛泽东和朱德，他是最有名望的人。过了 10 多年，赵树理的着装几乎没有改变。

在农村中生活，跟农民起居与进行创作的赵树理，被粗暴地批判为不写英雄人物，专写落后的、中间的人物。常常在半夜里被从被窝里拉出去批斗，最后关进了牛棚。对农村干部、对农村中的革命活动家的批判，赵树理直率地袒露自己的意见。就是在那种极不正常的待遇下，他也并没有对自己的创作失去信心，要求对自己作品中的错误给予具体的批评，以便自己深刻检查。可是，这一要求，生前未能实现。就在这种苛刻的迫害之中，他也没有失去农民的乐天性，为了激励同受迫害的关在牛棚里的难友，他常常唱起一段上党梆子。

赵树理悲惨的死亡，是中国文艺界的最大损失。且让我们看看悲惨死亡之前的赵树理，即那位被称作人民作家的赵树理是个什么模样。人民作家的崛起与悲惨的迫害致死构成了巨大的反差。日本作家洲之内彻的小说《在枣树下》描写了这样一个场景：这是专门搜集共产党情报的校官古贺大尉和在太行扫荡战中抓获的中共女党员大学生范桂娥在调查室里的一段对话。田坂以这样的问话开场：

"中国文艺运动的新动向是指的什么呢？"

古贺认为田坂的提问不好回答，直视着范桂娥。

范却意外地爽利地回答了："赵树理方向！"

"什么，赵树理方向？他一个人的什么方向？"

田坂从口袋里拿出来稿纸，紧接着追问下去。范桂娥叙述了太行区党委召开的文艺座谈会的情况。在那次座谈会上，讨论了文艺作品的大众化及提高文艺作品质量的问题，在热烈的争辩中，一个老百姓模样的人出现在讲台上，他说：我给大家介绍一个地地道道的大众化作品，说着，从怀里掏出一本粗糙黄纸印成的小册子，高声朗读起来：观音老母坐莲台，一朵祥云降下来，杨柳枝儿洒甘露，搭救世人免祸灾……他还没有念完，人们就哄笑起来。这个人却一本正经地宣称：我们的创作，就是要向这本小书学习。这种写法最合劳动人民、农民的胃口。我们成立了"通俗文艺社"，立志要写出老百姓喜读的作品来。

　　这是洲之内彻描述的一段场景，其实这段讲话是赵树理1942年在太行山解放区抗战文艺创作活动总结会上的发言。当时，他的成名作《小二黑结婚》还没有面世。赵也就是三十五六岁的光景，这之前他肯定已经有了很多小作品问世，但现在能找到的已经不多了。

　　赵树理1957年9月在一篇短文《决心作个劳动者》中说：我从20岁上开始爱好文艺，练习着写上几篇，真正从事创作，是38岁的时候。

　　真正创作的开始年代，与鲁迅相似，其实，他在总结会上的发言，已经明确地道出了赵树理文学的本质。现在，让我们以作家赵树理的崛起为焦点作一番报道。

　　1931年9月18日"满洲"柳条沟事变、第二年"满洲国"建立、1937年七七卢沟桥事变、南京大屠杀、1940年亲日政权（南京汪兆铭）成立，日本对华侵略与日俱进。对此，激起了中国人民愤怒反抗，东北人民奋起抗战，瑞金中华苏维埃诞生，国民党对苏区围剿，红军经过有名的长征进入了延安，中共提出抗日救国统一战线宣言(1935、8、1)、西安事件(1936)、国共第二次合作(1937)，赵树理生活在激进抗日的大环境之中。卢沟桥事变之后，他在中共的领导下参加了抗日工作。1938年在解放区做过40天的区长。1940年开始工作在宣传、文化战线上。

　　1943年，日军全面占领了山西省，对山西实施扫荡战，解放势力的文化机关开始向大山深处疏散转移，赵便在山西省左权县边区政府的所在地工作。当年4月，去访问本家的老亲戚时，不意遇到了一件非常悲惨的事。该村的民兵队长岳冬至，被村长和救国会秘书扣上了腐败堕落的帽子，毒打致死，还把他吊在牛棚梁上伪装自杀来蒙混群众。这村长和救国会秘书本是地主富农的残余分子，伪装积极混入政府机关，起因是这两人看上了岳冬至的恋人智英祥，便对冬至下了毒手。在处理这个案件时，赵树理两次进行采访。1943年5月写成了《小二黑结婚》，先在《解放日报》连载，后出了单行本，仅仅在太行山区就发行了三四万册。这在当时物资匮乏的解放区，按当时的印刷条件，以及读者群来说，都是奇迹。小说被改编为多种地方戏，如中路梆子、武乡秧歌、武安落子、襄垣秧歌等，都获得了巨大的成功。单纯朴素的曲调、简练的舞台造型、幽默的故事所表达的民族形式，赵树理的创作称得上是华北文化的真髓。农民们互相传递着《小二黑结婚》在这个村那个村上演的消息，大姑娘、小媳妇、小青年们赶上十里八里的村路前去看戏。人们或者不知道赵树理，但是却没哪个人不知道《小二黑结婚》。当时八路军的副总司令彭德怀，读了小说的原稿之后，写下了这样推崇的题词："像这种从群众调查研究中写出来的通俗故事还不多见。"由此看来，贝尔登先生说的"共产党地区最有名的人，除毛泽东、朱德，就是赵树理"的话，并没有夸张。

原事件是悲惨的，但写成的小说却是明朗的。被害的青年变成了小二黑，信奉道教的恋人之母三仙姑、女主角小芹，加上金旺、兴旺恶棍两兄弟粉墨登场。要求恋爱、婚姻自主的二黑和小芹，并没有完全的恋爱婚姻自由。二黑那算卦的父亲，小芹那跳神的母亲，加上伪装积极的村委会主任和政治委员即金旺和兴旺，一齐构筑了这出大戏。二黑的父亲二诸葛给儿子买下了童养媳。封建习俗中的各种陋习纠结而来，席卷着二黑和小芹。赵树理把岳冬至那悲惨的爱情升华为自由翱翔的爱情，这在当时是非常大胆的，以追求圆满爱情的农村青年为背景，以金旺那不合人情的奢望受制于村长（政权的代表）的事实，二诸葛、三仙姑的封建思想在人们的哄笑声中受到批判，小芹和二黑恋爱成功。赵的这一冒险手法，不止是实现了农村青年追求自由爱情的梦想，而且直接抨击解放区存在的各种封建陋习，抨击了以伪装积极谋求蠢动的旧地主势力，唤醒农民那尚未成熟的对旧势力的反抗。赵用山高皇帝远的成语形容解放区当时的实态，这种对当时实态的深刻洞察，提出了问题，提出了解决问题的一杆子插到底的办法，具有时代的意义、要求。

伴随着统一战线和解放区的发展，女性的任务加大了。从某种意义说，解放区的恋爱婚姻问题成了女性解放的关键问题之一。之后于1950年5月实施的《婚姻法》，从精神实质来说，还是从当时的部分解放区摸索而来，从文学层面来说，正是赵树理的《小二黑结婚》。长年禁锢妇女的封建习俗，一直是文学上的主题，如鲁迅在《祝福》中的控诉，时至今日，仍然残留有这个亡灵的阴影。赵树理为宣传新婚姻法，曾再以这类事实为主题，写下了《结婚登记》(1950年6月)。

解放区新文学的旗手作家赵树理，一跃成名。不是辉煌灯光中身着燕尾服的作家先生，而是穿着平日的老羊皮袄、生活在农民群众中的一个男人。这个男人以他的存在、以他的作品昭示了新文学前进的方向。

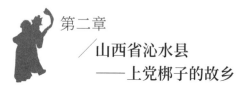

第二章
山西省沁水县
——上党梆子的故乡

赵树理，生于 1906 年。关于他的生年，可以说，一直是众说不一。1906，是他在回答日本的研究人员询问时自己说下的。出生地是山西省沁水县尉迟村。现在的名称是山西省沁水县潘庄人民公社尉迟生产大队（指的是作者出书的时间：即 1979 年 11 月——译者注），是个山明水秀的村落。

山西省原称作晋，山西的山，指的是太行山。就是说，这个省的位置是在太行山的西麓。所以称晋，是因为早在春秋时代（公元前770—430），这里曾是晋国的领地。现在的人口约为2800万。省会太原。是黄土高原的东部，地表覆盖着厚厚的黄土，海拔一千至一千米以上的地块很多。黄土高原，壑谷重重，东南部横亘南北的是一个红薯样翘起的地块。太行山脚的西侧，大概是在由河南省郑州的黄河主流分流出来的支流沁水，沿太行山脉的西山向北而上，那就是赵树理的故乡沁水。这里离太原市较远，离海拔一千五百米的山间盆地晋城、长治等地较近。冬季的平均气温为摄氏零下一、二度。7月的平均气温为摄氏二十六、七度。夏季的降雨量为年降雨量的百分之六十以上，是那种所说的十年九旱、作物难以成长的地区。解放后进行了大规模的绿化、保持水土的建设。邻近的阳泉、长治都是出煤的地方，是中国数得上的煤与铁的产地，煤的埋藏量约为2000亿吨，占全国埋藏量的百分之五十二。

　　在现实生活中、作品世界中，赵树理想解也解不开对山的情结，那山就是太行山，是太行山脉。在这变化着的大山的怀抱里，赵树理成长、战斗，成为作家。

　　没有入过大山的人，听起山里的故事来，往往弄不清楚故事产生的地理情况。例如我说起太行山里的故事来，有的人就问我："一座太行山究竟坐落在什么地方？你说的太行山为什么有时候朝东、有时候朝南？"提这问题的人就没有入过大山。凡是有名的大山，都指的是一大群连在一起的山，不是一座山。就以太行山说吧：从河南省的济源县起，经过山西的晋城、陵川、壶关、平顺、襄垣、武乡、辽县、和顺、昔阳和河南的辉县、林县，河北的武安、涉县、磁县、沙河、邢台一直到井陉，大大小小重重叠叠的无数山头都叫太行山，可是每一个山头又都不叫太行山。你要是想横穿过太行山去，不论在哪一段上，从山的一边到另一边，都有那么二三百里厚，其中也有上也有下，也有河流，也有平地。有时候你不觉着在山上走，可是那些地方已经比你进山和出山的地方高出几百公尺以上了。

　　闲话少说。我现在要说的故事，又是这太行山里的故事，这故事出在太行山南端。这地方有一条山沟叫灵泉沟。为什么叫这么个名字呢？因为沟的最后边有一股核桃粗细的泉水从一堆乱石下钻出来，往前流了十几步远，又从丈把高的岩石节上落下去，落到一个岩石窝窝里，聚成了二亩来大的一池清水。从前讲迷信的时候，每逢天旱，附近几十里的人们常到这里求雨，所以把这泉叫作灵泉。灵泉沟的名字就是这样来的。这地方有七八十户人家，分散着住在沟的两岸，总名叫作灵泉沟村。三五户人家的各个小庄，又都各有小名——有叫石窑上的，有叫白土嘴的，有叫田家湾的，有叫刘家坪的……不必一一细数。

长篇小说《灵泉洞》（未完成）开篇，如上述引文，如实地描写了太行山。就在这个山地的大舞台上，展开了一段抗日时期老百姓的故事。赵树理就是在这山腹的穷村子里度过了他的少年时代。

请再看下面的引文：

1934年秋天，有一天后晌，黄沙沟的放牛孩子们——二和、满囤、小囤、小胖、小管、铁则、鱼则——七个人赶了大小二十四头牛到后沟的三角坪去放。

这三角坪离村差不多有二里路，是一块两顷来大的荒草坪。因为离村远，土头也不厚，多年也没有人种它。事隔远年了，村长王光祖就说是他的祖业，别人也没有谁敢说不是。就算是他的吧他也不开，荒草坪仍是荒草坪。放牛的孩子们都喜欢到这里来放牛——虽说远一点，可是只要把牛赶上坪去，永不怕吃了谁的庄稼。这几年也有点不同，逃荒的老刘（就是刘二和的爹），问过了王光祖，在这坪上开了几亩地，因此谁再到坪上来放牛，就应该小心点。话虽是这么说，还得老刘自己多加小心。因为他是外来户，谁家老牛吃了他的庄稼也不赔他。

平常来这里放牛的孩子本来要比这天多，因为这一天村子里给关老爷唱戏，给自己放牛的孩子们都跟他们的爹娘商量好了，要在家里等着看戏。只有他们七个人是给别人放，东家不放话，白天的戏他们是看不上的。他们每次把牛赶到坪上，先要商量玩什么。往常玩的样数很多——掏野雀、放垒石、摘酸枣、捏泥人、抓子、跳鞋、成方……

这一天，商量了一下，小囤提出个新玩意。他说：咱们唱戏吧？兔子们都在家里等着看戏啦，咱们看不上，咱们也会自己唱！

可以！可以！七嘴八舌都答应着。

小管说：咱们唱什么戏？

小胖说：咱们唱打仗戏。

大家都赞成了，就唱打仗戏。他们各人都去找自己的打扮和家伙（就是乐器）。大家都找了些有蔓的草，有些草上长着黄花花、有的长着红蛋蛋，盘起来戴在头上，连起来披在身上当盔甲。又在坡上削了些野桃条，在老刘地里也削了些被牛吃了穗的高粱杆当枪刀。二和管分拨人：自己算罗成，叫小囤算张飞，小胖、小管罗成的兵，铁则、鱼则算张飞的兵。

满囤说：我算谁？

二和看了一下，两方面都给他补不上名，便向他说：你打家伙吧！

戏开了，满囤用两根放牛棍在地下乱打，嘴里念着冬仓冬仓……六个人在一腿深的青草上打开了。他们起先还画了个方圈子算戏台，后来乱打起来，就占了二三亩大一块，把脚底下的草踏得横三竖四满地乱倒。

满囤在开戏的时候还给他们打家伙，赶到他们乱打起来就只顾看，顾不上打。后来小胖打了鱼则一桃条，回头就跑，鱼则挺着一根高粱杆随后就追；张飞和罗成两个主将也叫不住，他们一直跑往坪后的林里去了。满囤见他们越唱越不像戏，连看也不看他们了，背着脸来朝着坪下面，看沟里的水。

上面引文，是小说《刘二和与王继圣》的开篇。作者在这篇小说刊出时，有这样的说明："抗日战争时期一幅描写旧中国农村的图画。"

小说中出现的一群孩子，是没有上学机会的几个孩子——几个贫农的孩子。很可能这就是作家赵树理少年时代的体验，也许时代比他的少年时期略早。不过，这里面包含着赵树理幼小时期的感情是肯定的。

赵树理详实的传记材料不多，这篇小说描绘的事实本身，可以作为理解赵树理的性格、生活方式的一个参考资料。应该说，这比任何一个中国人来描述赵树理的生活片断都更贴切，且请允许我对这篇故事的构成作番探讨。

赵树理出生在1906年，比鲁迅小了25岁，和巴金、丁玲、李广田、周立波等作家相差一两岁。5岁时逢辛亥革命，13岁时迎接了五四运动。那时，正是我们日本作家藤村的著作《破戒》，漱石的《少爷》、《草枕》，以及作家二叶亭的《其面影》等问世的年代，也正是河上肇的《社会主义评论》出刊之时。随着作家辛德秋水从美国返回日本、作家樱井忠温讴歌战争的作品《肉弹》出笼，那年是明治三十九年，是第一次西园寺内阁成立之年。

赵的祖父是恪守道教经典《太上感应篇》的行善主义者，并以之教育赵树理。关于赵的父亲，现有的资料不尽相同。他有十亩上下的田地，背负着高利贷的重压，以至于赵树理从很小就痛恨高利贷的残酷。

小说《李家庄的变迁》有这样几句阐明高利贷的文字："到期本利不齐者，由承还保人作主将所质之产业变卖归还……文书上写的一百元，实际上只能使八十元，以八当十，三分利，三个月一期。"

赵树理的叔叔也陷进了这种高利贷的逼迫而破产，赵树理自身有不得不卖掉妹妹的惨境。

1962 年 2 月，赵树理在一篇散文中写道："我是被债务挤过十几年的，经我手写给债主的借约（有自己的，也有代人写的），在当时，每年平均总有百余张。其中滋味，有非今日青年所能理会者。"

由于和农民同甘共苦，形成赵树理那种切不断的怀旧情结，当然，这也是幼小的赵树理的家境实况。

关于赵的父亲，资料虽不尽相同，那是位好劳动者却无疑义。他在种田之外，编筐编篓，还时常为乡亲们诊治外科中的小伤小痛。这是个渐趋没落的农家。

1950 年，赵树理在北京，见到了苏联外交官费多连珂（原苏联驻日大使，曾在莫斯科东方大学专学汉语、中国文学史），他是这样回答有关他身世的一些问题的。赵说："可以说，我家是村里最穷的人家之一，我是在与贫困的斗争中长大的。"（引自木村浩所著《新中国的艺术家们》）赵从少年时期起，就肩负起家庭的重担；帮助干农活、放牛、喂驴、拾粪、打柴，样样都干。有时还干瓦工、木工。"被称作"煤与铁的产地"的故乡，小赵树理也曾去捡过煤块。离赵树理家乡最近的都市是北面的阳泉以及长治（原潞安）等有名的煤炭基地。最近刊出的由北京语言学院编辑的《中国文学家辞典》还记有赵树理少年时期从商的经历。旧中国农民饱尝的苦难，赵树理深有体会。

1958 年，赵树理的家乡成立了人民公社，在公社的食堂落成之际，赵树理忆起了诸多故人。

1959 年，在散文《新食堂里忆故人》中有这样一段话：

这地方叫"南院门口"，南院的前院里住着我的一户本家，原是弟兄三个，论岁数都和我父亲的年纪差不多，只是按辈数和我是平辈。老大哥名叫喜贵，当年因为没有地种，在安泽县种山地，没有结过婚就死在那里了。老三名叫各轮，青年时期要算当地的劳动英雄。坏地产量太少，无心受苦，改学梁上君子，结果被族里人打个半死埋了。他的遭遇和鲁迅先生所写的阿Q有点相像，当年我也曾想给他写"正传"，后来终于没有写成。这两位老兄，就是这样被贫困夺去了生命，连个后代也没有留下。

食堂的东头，叫"窖头上"，这院从前也住着兄弟两个，他们也和我父亲的岁数相仿，姓吕，老大名叫栓成，我称伯伯；老二名叫随成，我称叔叔。这两位，除了住的房子以外，再没有什么产业。那位栓成伯伯是伤寒病死的，死后留下两个孩子，大的一个灾荒年饿死了，二的一直住在舅家，直到土改时候才回来，现在是一位小队长。随成叔也和我那位喜贵哥一样，没有结过婚，被一块中了蛇毒的死牛肉给吃死了。

少年时期的这段生活体验，对赵树理作为作家气质的形成，给予了独特的影响。身为八口之家的次子，除了有记载的被卖掉的妹妹以外，其他的兄弟姐妹没有任何记录留下。生活在艰难的环境中，少年赵树理，对传统艺术拥有极大的兴趣，他从那满溢着生命活力的民族遗产中，从农民乐天的本性继承着，演练着，练就了一身艺术技艺。

安藤、陆井、前芝三人合译的《中国震撼世界》一书中，有这样的描述："赵树理是个对未知事物有着浓厚好奇心的少年，从十分爱好演戏和音乐的童年起，就学会了打鼓、敲锣、打快板、吹笛子；因为他大戏唱得好，被村里的大人们所组成的八音会吸收为会员。"

赵树理在前引的散文《新食堂里忆故人》中有这样几句话："'东头院'，住着一户姓吕的，兄弟四个，我对他们其中两个称伯伯、两个称叔叔……他们都爱好民间音乐，八音会的乐器长期存在他们家里，我爱打锣鼓大半也是在他们家里学会的。"

所说的八音，是中国传统音乐里所用的八种乐器——金（黄铜所铸之钟）、石（石以及玉板）、丝（弦）、竹（笛、箫）、土（瓴）匏（笙、簧之类）、革（大鼓）、木（木制的乐器、祭祀所用），统称为中国的传统音乐、民族乐器。

从小就酷爱传统音乐的赵树理，随着年龄的增长，对传统艺术更加着迷。他的这个素养使得他和他的农民读者相处得水乳交融。赵树理参加太行山区的解放战争时，有这样的轶事。

杨俊所写的《我所看到的赵树理》这样写着：

"那时（1942）我们住在一个村子里，赵树理同志编辑的小报《中国人》（华北《新华日报》的副刊，面向日本占领区同胞）一落了版，便常到我们的院子里来。他是个愉快的人，爱说笑话，更喜欢唱，特别爱唱的是他的家乡戏上党梆子。他喜欢拉胡琴，但买不起，因为那时正是抗战艰苦时期。提倡白天少开会、黑夜少点灯，用一切办法克服困难，争取'度过黎明前的黑暗'呢，哪里有钱买乐器。一双筷子一本书是他的鼓板、胡琴。锣、鼓全由他的一张嘴来担任。有时唱得高兴起来，他便手舞足蹈，在屋子里走起'过场'来。老羊皮大衣，被当做蟒袍一样舞摆着，弄得哄堂大笑。老赵到了哪里，哪里便会有笑声。"

赵树理一直没有丧失对新鲜事物的好奇心，他通过农民喜爱的乡土文化与农民亲密无间，他是悠久的历史、多彩的山西风土培育的"山西之子"。

只要提到中国的旧剧，我们日本人立刻就会联想到京剧。京剧是源自唐代、形成于宋代的南曲，属于明代的昆腔流派。在中国还存在有另一流派，那就是以宋代为源的北曲（用于元杂剧中的音乐称元曲）。在北方，形成陕西梆子，俗称秦腔。说这是旧戏世界的两股洪流一点不过。这秦腔在汉民族的腹地陕西形成，流传到赵树理的家乡山西之后，称山西梆子。山西梆子不仅仅在山西，在除北京以外的北方地区广为流行。平易的戏词和强烈的梆子节奏，赢得了群众的广泛喜爱。梆子，是用枣木制作的木击板。韵律、旋律、节拍等演奏手法可以由演者自由发挥，是一种有个性的演奏乐。

作为赵树理遗作的《十里店》，充分运用了梆子的传统特色。从陕西流传到山西的这个剧种，在赵树理家乡附近的襄垣、长治一带，形成为以当地地名称呼的上党梆子。这是连儿童的游戏都会出现的一种得到广泛流传的戏剧，给予赵树理的作品世界以强烈影响。可以想见少年的赵树理在黑暗的夜晚，凝注着舞台那灿烂灯光的神往形象；可以想见那强烈的打击乐器的旋律回响在他耳边的情景。

小说《福贵》中有这样几句话："村里有自乐班，福贵也学会了唱戏——从小当小军（跑龙套），长大了唱小生，唱得很好。"

这可能正是赵树理自身的体会之一吧！

赵树理的父亲，虽是种田人中有教养的人，可也并没打算叫赵树理念完了私塾再升学。他很可能以为：自己和自己的哥哥都是农民。根据论证，赵树理的父亲是因为要为儿子创造入世的好条件才送儿子上学的，这正是当时流行的教育投资论。赵树理本人的回忆和这却不完全相同。在《"出路"杂谈》里，有这样一段话："我本来出生于一个农民家庭，从小虽然上过几天私塾，我的父亲可并未打算叫我长大了离开农业。突然在我十四周岁那一年，我的父亲被一个邻居劝得转了念头，才让我上了高级小学。这位邻居对我父亲自然费了很多唇舌，不过，谈话的中心只有一个——'出路'。他无非说：'在家种地无出路'，'念书人腿长，说上哪就上哪去了。为了孩子的出路，应该花点本钱'……至于'出'到哪里去，'上'到哪里去，他们好像心照不宣，一句也没有解释。因为他们说的向上爬的故事太多了——只是不大具体罢了。"

如此这般，赵树理上了高级小学。有的记录中把这所学校叫作"村学"，很可能还不是完全的新式小学校，学校中的课程，照例以儒教的古典为基础，受了祖父在这方面的严厉训诲，赵总是班上的第一名。

1925 年，在赵树理 19 岁的时候，进了山西省长治第四师范学校的初级班，这是所对学生生活有补贴的学校。和中国当时的很多知识人一样，赵也选择了负担较轻的师范学校。上小学是几岁到几岁，小学毕业、上师范学校之前有没有空白岁月，这一段的记录纷纷纭纭。不过，诸多记录中都涉及了一点，赵在师范学校就读期间，第一次接触了世界的近代文学，并为之深深激动。

第三章

／流浪中的向往

　　赵树理到师范学校上学，是 19 岁，是 1925 年。这一年，对中国历史来说，是非常重要的时期。

　　1911 年，从汉民族来讲，满以为推翻了满清封建王朝的统治，便可以实现共和制的辛亥革命的成果，可没想到政权又被新兴军阀窃取；正如鲁迅所说："狐狸方去穴，桃偶已登场"（摘自《哀范君三章》），人们感到的是深深的失望。当然，鲁迅坚韧不拔的精神没有被失望之海淹没，他认识到：这种不人道的政治轮回只能靠庶民的觉醒才能从根基上加以改变。失望并不能以掩盖来消除。小说《在酒楼上》中的吕纬甫、《孤独者》中的魏连殳表现了那种低气压下的知识人的孤独质感。这虽然都是虚构的独立人物形象，却是体现了鲁迅自身青年时代的"寂寞"。这是对旧中国黑暗现实深切凝注形成的创作时点，表现了当时氛围中知识分子孤独的素质，构筑了 40 岁鲁迅的作品世界。从 1924 年到 1925 年，同一时空的中国，一个青年，一个从贫穷的农村步入地方师范学校，怀抱着另一种思绪的青年开始学习了。

　　在此，愿就鲁迅与赵树理的接触略谈鳞爪。1959 年第一版的《鲁迅日记》中，有这样的记载：1936 年 7 月 8 日，"下午谷风来。得赵树里信并诗。"1936 年赵树理是 30 岁，是有可能性。不过，在赵树理回答青年们关于创作问题时说："我在从事创作之前，没有向任何作家写过求教的信。"（《青年与创作》，1957 年 9 月）据此，可以断定赵树里不是赵树理。之后，在 1976 年人民文学出版社出版的《鲁迅日记》(二版)中，赵树里的"里"字订正为"笙"，鲁迅所谈的是赵树笙。赵树理与鲁迅没有接触。

对辛亥革命的期望迎来的是相逆的由于革命不彻底带来的挫折与愤怒。对看不见中国光明前途的人来说，1915年开始的"五四"新文化运动，再次提出来挑战性的革命课题。同时，对没有体验过辛亥革命的青年一代给予了激动人心的洗礼。思想界的变革在政治层面上的喷发，体现在1919年5月爆发的高扬政治旗帜的废除不平等条约的学生运动。这个"五四"运动和历来的改革、革命不同，知识分子介绍的新思想，没有仅仅停留在宣传层面，而是向广大的工人、市民展开，形成了浩大的运动。以同年1月终结第一次世界大战的巴黎和会为背景，向列强提出了废除不平等条约，与帝国主义列强的贪占展开了斗争，这与中国政府的姿态难说毫无关联，将反帝、反封建两大课题一揽子提出，推动历史前进。

1915年，陈独秀等人创刊的青年杂志，后更名为《新青年》，作为"五四"运动的先驱给予思想界以巨大影响，在这巨大的冲击中，众多新文学人登场。鲁迅的《狂人日记》发表于1918年。中国最早的文学社团——文学研究会与创造社成立于1920年至1921年。当反动的政治飓风镇压下来时，诸多的文学人隐入失望之渊，这是"五四"的退潮时代。这个退潮，受1925年的"五卅运动"，以及继之的国民大革命、北伐战争的鼓舞，再次兴起，并向贫困的农村迫近。这对在这运动后期才得以进入都市的赵树理来说，没能体验到失望与挫折，在一浪一浪高涨的打倒军阀的情势中，赵树理吸收的是"五四"以来的新文化与新思想。

1925年，日本资本在上海经营的纱厂中的工人为了要求改善待遇，为了成立工会，联合了 22 个厂、4 万工人举行了大罢工。工人被枪杀，经过激烈的抗争，全上海的学生商人联合起来总罢工，这就是"五卅运动"。这是中国有史以来最初的真正高昂的工人运动，是"五四运动"的后继，并为 1926 年打倒军阀的国民大革命作了准备，是非常重要的一年。

当然，这种激荡的情势对满怀向往进入师范学习的青年赵树理来说，绝不可能毫无影响；正像当年在南京学习时的鲁迅一样，他感到的是学校的固守旧态。贝尔登在《中国震撼世界》一书中说起："赵不热衷于科学技术的学习，他以为古典课目中糟粕很多。"他在学校的图书馆里，读到了美国的建国史，读到了法国大革命以及产业革命的历史，读到了屠格涅夫、易卜生、莫泊桑等人的文学作品，有记录说他那时也曾写过诗和小说。这些传播自由、革新的思想激动着他的心。这对赵树理很有纪念意义的师范学校的生活，因为保守的校长容不得作为学运中心人物的他，仅仅一年左右便被军阀势力以"开除学籍"画了句号。大约是 1926 年。

这期间，赵树理同情国民军打倒北方军阀的运动，很可能参加了活动。在山西省青年学生的爱国运动中，以共产党的嫌疑分子被山西军阀阎锡山逮捕入狱。这件事也有多种说法。被学校开除的事也有记录说是阎锡山的反共行为。赵在狱中的特殊体验，在贝尔登的书中是这样说的："狱吏告诉赵树理他们，要想出狱就得写一篇反共文章。这使得赵树理他们十分困惑，因为他们并不知道共产主义是什么。于是，狱吏扔给他们几本小册子并说这就是共产主义，你就写反驳的文章吧！这几本小册子却使这些年轻人的灵魂开窍，小册子将旧封建社会的罪恶以共产主义的学说作了尖锐批判，使赵感到了旧社会对思想的禁锢，狱卒的几本讲义使他清醒了。"

这可能是在土皇帝阎锡山势力中心的太原的监狱，时间大概在1927年4月，很可能是阎对蒋介石"四·一二"反共政变的一种响应。也有人说赵的刑期定的是二年，详细也还是不很清楚。

出狱后的赵树理，究竟都做了些什么不是很清楚，不很清楚可能是最好的说明了。为了糊口，他帮助贫农种过地、写过杂文、给周刊写论文、做书店店员、做军人的小吏、教小学、教初级师范等为生活奔波。据推测，这几年，他的足迹流浪在太原、开封等几个城市之间。

这期间，赵树理第二次结婚。第一次的婚姻是义务式的，在师范学校上学期间，与一位14岁的少女成亲，这个小媳妇在赵树理太原蹲狱的前夕弃世了。赵树理出狱后几年的流浪生活之间，每次返乡都受到父亲要他再婚的规劝。对此，赵树理是种听之任之的态度。这第二次的结婚伴侣伴着赵树理过了一生，没听说还有第三次婚姻。赵已经有了成人的儿（赵虎儿，兄）、女（赵广建，妹）。

多数的资料证明：在萍草生涯的日日夜夜中，对饱尝生活艰辛的故土乡亲父老的关注之情从未消失，想代农民倾吐心声进行创作的矢志没有一日淡忘。有的传记还说，虽说不是很明确，可以说他对文艺大众化的热情从未消减，他和文学青年志愿者也有过交往。

在师范学校学习时接触到新文学的赵树理，想怎样把自己这种全新的感受传送给故乡中的乡亲们才好。学校放假之际，他便把自己爱读的新小说、新杂志带回家中，他以为父亲也一定会像他一样地喜欢。结果是与他的期望相反，作为乡里的"知识人"的父亲，对这些新信息一个劲地摇头，赵树理左说右劝，父亲就是不感兴趣。

这个苦涩的尝试和后来流浪生活中的辛酸，使赵树理自身的文艺"哲学"，开始孕育成型。1927 年出狱之后，据吴调公写的《人民作家赵树理》一篇文章中的介绍，可以追寻出赵树理的心迹。

当时的新文艺，只在少数的知识层中流传，与广大庶民无缘，庶民不喜欢。庶民们日常接触的是封建的、神道的、武侠的甚至是猥亵的东西。传播的圈子很小，读了新文艺的部分人，仿照已有的模式进行创作并跃登文坛，就这样来来去去，所结的果实仍是原有类型。赵树理把这种现象称之为"交换文学"，把成果称之为"文坛文学"，他不想成为这样的文人。他说他只想做个"地摊文人"，在大道旁摆上个地摊，地摊上的书，是用三五个铜板就能买上一本的小册子。

"地摊文人"、原野大道旁的小书摊，赵树理一心向往的是这样的文人——这种被农民喜爱的文学者。这个心愿支撑着赵树理的创作活动，成为他生活的原动力量。这个在流浪中成型的志愿，在流浪生活打了句号之后，更加明确而坚定。这是他生命中的一个契机，带着这样的目的，他和山西省最大的组织牺牲救国同盟会相遇了。

第四章
进入斗争的漩涡
——与牺牲救国同盟会的相遇

"我有这么些事不明白：李如珍怎么能永远不倒？三爷那样胡行怎么除不办罪还能做官？小喜、春喜那些人怎么永远吃得开？别人卖料子要杀头，五爷公馆怎么没关系？土匪头子来了怎么也没人捉还要当上等客人看待？师长怎么能去拉土匪？……"他还没有问完，小常笑嘻嘻走到他身边，在他肩上一拍道："朋友，你真把他们看透了！如今的世界就是这样，一点也不奇怪。"

"难道上边人也不说理吗？"

"对对对，要没有上边人给他们做主，他们怎么敢那样不说理？"

"世界要就是这样，像我们这些正经老受苦人活着还有什么盼头？"

"自然不能一直让它是这样，总得把这伙仗势力不说理的家伙们一齐打倒，由我们正正派派的老百姓们出来当家，世界才能有真理。"

1945年抗日战争胜利后的冬天，在严寒的太行山的解放区里，赵树理写下了他的第一部长篇小说《李家庄的变迁》。主人公贫农张铁锁被地主李如珍及李如珍的爪牙小喜、春喜霸占了家屋不得不离家出走，在太原附近一个叫满洲坟的地方，遇上了被传说是共产党员的小常。在铁锁的心目里，这小常是他有生以来遇见的第一个"真正的人", 时间设定在 1930 年, 即"九 · 一八"事变的前夕、共产党成立后的第九个年头。

小常向大家讲解了团结一致进行战斗的必要之后, 约好了第二天再详细叙谈, 却遭到了逮捕。那正是山西的土皇帝——阎锡山联合汪精卫、冯玉祥反蒋一败涂地之时, 回了家乡的张铁锁, 怎样也忘不了和小常的相逢, 把那次会面严严地锁在心里。又过了几年到 1935 年, 阎锡山害怕在陕西省建立了根据地的共产党和红军, 呼应蒋介石的不抵抗运动, 又在山西境内开展了反共运动。铁锁对这"防共"之举满怀疑问, 因为他不断向至近的人讲说小常的事、共产党的事, 因而惹祸入狱, 被交到"训导班"改造。1937 年卢沟桥事变之后, 国民党、共产党二次合作, 释放了一大批政治犯, 释放政治犯正是牺牲救国同盟会多种活动之一。

"山西的爱国人士组织的牺牲救国同盟会, 简称牺盟会, 在'七 · 七'事变后, 派人到县里来发动群众抗日。这时候, 八路军已经开到山西打了好多大仗, 在平型关消灭了日本的坂垣师团。防共保卫团也已经解散了, 铁锁住的这个训导班再没有理由不结束。结束的时候, 牺盟会派了个人去给他们讲了一次话, 话讲的很简单明白……"(摘自《李家庄的变迁》)

给他们讲话的这个人, 正是铁锁在满洲坟见过的小常。铁锁在人群中追到了小常, 小常还记得和铁锁交谈过的事, 使得铁锁十分高兴。小常把铁锁带到了牺盟会的办公室, 铁锁就这样入了牺盟会。在小常等人的指导与帮助下, 铁锁由此在故乡展开了战斗。

在小说《李家庄的变迁》中, 农民张铁锁受了学生小常的开导, 1937 年加入了牺牲救国同盟会。如果把这个细节还原给作家赵树理的话，可以推定那是 1936、1937 年间的事，是较早入会的一批。从小说中的小常与铁锁的关系来分析，赵树理在牺盟会中的位置不可能等同于铁锁，可能就在小常身边工作。流浪中形成的要作为一名地摊文人的梦想很可能由此继续下去。从这一点来说，赵树理与牺盟会的相逢，确实是他生活中的一个重要步骤。

牺牲救国同盟会究竟是个什么样的组织呢？小说中，小常向铁锁是这样解释的："我们牺盟会就是专门来干这事的（将大家组织起来），不止要对付这些家伙们，最重要的还是抵抗日本帝国主义。不过不对付这些家伙们，大多数的好老百姓被他们压得抬不起头来，如何还有心抗日？这些事马上说不明白，一两天我要到你们那一区的各村里去，也可以先到你们村子里看看，到那时候咱们再详细谈吧……你就先加入牺牲救国同盟会吧！"

小常这样说着，递给铁锁一份志愿入会的申请表。为了动员其他人入会，还多给了几份入会申请书。

根据一些资料，牺盟会入会的资格可以简单地举出其中的三条：

一、本会以民族牺牲救国为宗旨。

二、不愿意作卖国贼，不愿意作奴隶的人，经本会会员介绍便可入会。

三、本会经费由会员自由赞助。

牺盟会的成立宣言，明确宣告：

不分党派、不分男女、不分职业、不分贫富，凡愿为民族的生存，为个人出路而奋斗的人均可申请入会。"又说："中国致命的病根是贫穷和软弱，要治愈这两者，首先是调整人力和物力。发展人力组织民众，训练散沙般的民众，使他们像混凝土一样坚固地团结起来、武装起来。为了集中民众的有生力量，先组织 30 万人，以这 30 万人为核心，就可以领导千百万人创建我们的事业。对加入我们团体的、理解我们团体的、同情我们团体的人，有钱的出钱、有力的出力，共同向前迈进，担负起警戒、侦察、运输、看护、交通、检查等各项任务——这一切行动就是我们牺盟会当前的具体任务。

这是一个扩大强化、组织民众起来抗日的统一战线。李家庄的农民也在把散沙铸成混凝土的战斗中行动。这种组织群众工作的体验，很可能就是作家赵树理进入斗争漩涡的二重奏。

说起牺盟会，一个十分奇妙的现实是：总会长竟是山西的土皇帝——军阀阎锡山。创建大会的议长是共产党员张文昂，实际领导行动的是中共北方局的成员薄一波。这看上去稀奇，实质上它正是当时牺盟会历史背景的浓缩。牺盟会在"九·一八"事变后五周年的"九·一八"在太原成立——即 1936 年的 9 月 18 日。一方面，共产党早有成立这种组织的意图，1936 年 1 月就曾在上海组织了各界联合救国会。另一方面，阎锡山控制御用的团体"主张公道团"的内部抗日要求十分强烈，阎锡山被这种激情裹胁，勉勉强强地承认了牺盟会，不情愿地就任了总会长。这是蒋介石尚未公开扯断国共合作之前的阎与共产党的合作。不用说，多数的中共党员并不是以中共党员的身份活跃在牺盟会之内的。《李家庄的变迁》中以小常等于共产党的描绘领导活动，其实应该是由共产党员掌握着。还有牺盟会中的积极分子百分之八十有蹲监狱的经历，他们蹲监狱的牢狱生活日总计达到四百年之多，很可能这也包含着赵树理蹲狱生活的日数在内吧！从成立到 1937 年 3 月，牺盟会以百万之众的大目标在山西省各地开展活动。到 1937 年

11 月，日本军第五师的察哈尔兵团占领了首府太原，1938 年春占领了山西全省。牺盟会组织的抗日政府、抗日组织实行坚壁清野，以点线相连围困日本军。

《李家庄的变迁》的最后一章，说的是由牺盟会组织起来的老百姓，忍受艰苦，召开大会准备迎接抗日战争胜利的喜庆之时，传来了恶讯，阎锡山纠结山西省内的日军，开始反共大扫荡，再次掀起了内战。然而，李家庄的农民不动摇，决心继续战斗下去。

李家庄人涌向抗日战争胜利庆祝大会的会场。"就在这时候，铁锁来了，大家就让他先上台去讲。他开头第一句话就说道：'我来的任务，是报告大家个坏消息！'台下大部分人都觉着奇怪了，暗想胜利了为什么还有坏消息呢……铁锁接着道："因为日本虽然宣布了投降，蒋介石却下命令不叫日本人把枪缴给我们，又下命令叫中央军渡过黄河来打八路军。阎锡山跟驻在山西的日军成了一气，又回到太原，把小喜他们那些伪军又编成他自己的军队，叫他们换一换臂章，仍驻在原地来消灭八路军。八路军第二次来的时候，不是跟大家说过永远不走了吗？可是现在人家中央军要来，阎锡山军也要来，又不叫日军缴枪，你看这……'台下的人乱叫起来了'说得他妈的倒排场，前几年他们钻在那里来？'有人问：'上边准备怎么办？'铁锁道：'怎么办？日军的枪还要缴！谁敢来进攻咱们，咱们只有一句话：跟他拼！'白狗跳上台去向铁锁道：'你不用往下讲了，要是他们想来占这地方，我管保咱村的人都是他们的死对头！'台下大喊道：'对！有他没咱，有咱没他。'"

就这样，从 53 名志愿者中选了 37 人送往前线，看家的村干部的缺额也选举补齐。第二天，召开了欢送参军人、悼念牺牲者的大会。牺牲者的牌位正中摆着小常的牌位。欢送会上，人们说："现在的李家庄是拿血肉拼出来的，不能再被别人糟蹋了。""我们纵不为死人报仇，也要替活人保命。"李家庄就这样表明了继续战斗的决心。

《李家庄的变迁》中所描绘的农民群像，可以看作是自1936年到1945年间赵树理自身斗争的历史。也许，这些农民的经历还是赵树理自身的体验。他观察他们的活动，与他们同喜同悲。这是赵树理作为地摊文人、大车店文人深入生活的结果。这个时期，赵树理主要的工作是搞行政、搞宣传。

1940年，在山西省武乡县刊行的华北《新华日报》作过校对之后，1942年，在他孕育成名作《小二黑结婚》之时，编辑面向沦陷区同胞的小报《中国人》。为了使群众接受这份宣传品，赵下了很多工夫。征稿、写稿、标题的形式、插图安排以及版式等等，一律自己动手，外加上校对。面对大众的评论文章，使用了小说、诗、剧、戏本、相声、民谣、讽刺喜剧等一切文艺形式。遗憾的是，这些作品丧失殆尽。应该说，这是赵树理文学的重要构成因素，是赵树理这一时期的即兴创作。而且在赵树理的意识中，他的这种创作方式，不仅仅是技术上的修炼，而是他作为地摊文人的基石。解放后，在谈到过去的工作时(1936—1945)，赵把自己名之谓业余作者。其实，他这种利用本职之外的时间进行创作，虽说明自己不是专业作者，但也绝非一般业余作者，因为他是为了解决本职工作接触到的问题而创意的，这是他独有的，任何其他作家都无法具有的独特称号。从赵来说，熟悉农民、投身农民之中为提高农民文化素养而工作，与农民同一视野观察事物，这是生活，更是文学创作之源，是不能截然分离的两个源头，这好像不可能兼得的二元。赵树理跨越了理论的沟壑，身体力行，这可以说是哲学上的一种顽强。

从加入牺盟会到抗日战争胜利，从某种意义说，赵树理并没有回归的愿望。那是个既没有缅怀也没有苦难的时期；或者可以这样说：那是个什么时候都能确认自身存在意义的时空，那是他作为地摊文人的原点。

赵与革命团体的相遇，早在短短的师范学校就学期间便孕育了契机。不过，和牺盟会相遇，可以说是真正的革命相聚。笔者以为：在复杂多变的山西省的政治时空里，牺盟会与农民的联系最紧密时间也最长。这个组织的活动给予赵树理的影响十分巨大，可以说：就是在这个组织的活动中，赵树理萌发了加入共产党的愿望。

根据新近出版的《中国文学家辞典》所列：赵在1937年以降参加抗战工作，在从事农村的宣传、民事工作中入党。从时间推断，赵不可能在1936年9月入党，可能是在加入牺盟会后，即1937年以降的事。

赵的入党，应该是在加入牺盟会后，与农民共同生活进行抗日斗争的过程中实现的。党给予赵树理的影响之深，也是至关重要的。可以强调，牺盟会用活动的实质冶炼了他。

终于，赵树理在发表成名之作《小二黑结婚》后被称为人民的作家了。那就让我们来欣赏赵树理作品世界中登场的农民群像吧！

第五章

／哄笑声声
——作家赵树理的诞生

1959 年 3 月，赵树理在《当前创作中的几个问题》中有这样的话：

从前，有些人不承认它，说它没有文学价值，到了"五四"时期，有人只承认一种话剧……但是，我们能说（旧戏剧）一概没有思想性和艺术性吗？群众喜欢旧剧，我们就应该重视它，渐渐把它改造、提高，使它对群众更有营养成份，不应该只把群众不喜欢的或暂时不能接受的东西，硬往他们的手里塞。……现在我们印的书，整整齐齐，可是有许多他们就不喜欢看，更不装在兜里，你说该怎么办？我们应该把这个看成一个问题，到群众最多的地方去考察一下，看看有没有我们印的新书。没有，就得想个办法。否则，我们写作是给群众服务的话岂不落空了吗？

1958 年 10 月，他在《从曲艺中吸取养料》有这样几句话：

我们的读者对象主要是他们这些新的有文化的生产者，在文学趣味方面不曾染得洋风，而却从口头上接受过一些传统的东西。没有染得洋风，让他们染一些也可以，只是不要把推广洋风代替传统作为一个任务，主要的方面应该放在继承传统上。

如上所述，早在师范学校上学期间，赵树理就体验了失败。这失败就是：他想通过自己的父亲，在农民中传播新文化，却遭到拒绝。后来，在流浪的生活中，这体验曾重复出现。对赵树理这样一位投身在农民当中，和农民亲密无间生活在一起的人来说，农民们喜欢什么样的文艺形式，喜欢如何展开故事情节，喜欢什么样的语言等等，可以说是了如指掌。鲁迅先生把自己的读者对象作为知识分子，他就是为知识分子而写的这一信念，决非不逊。而赵树理，以地摊文人自命的赵树理，他的文学性格就是地摊文学，这可以说是他坚定不移的信念。

如何使农民把自己的书一读到底，如何使农民读起自己的书来不至于半途放弃，这种不以取媚为胜的文学该是什么样子，这就是赵树理的文学态度。

文学与农民结缘，通过文学这个导管给农民输送优秀的精神食粮，这个导管可要加意制造，加意制造的产物之一，便是赵树理文学世界中登场的喜剧型人物。

赵树理作品中登场的人物，本名之外，常有不同的诨名，这诨名出处的故事一经扩散，真名反倒没人提了。

成名之作《小二黑结婚》中，也有这样的两个人，其中一位神仙，诨名三仙姑。小说以当时农村中残存的地主势力杀害一个青年的事实为素材，一反素材的悲惨事实，讴歌了自由飞翔的爱情。且让我们来欣赏赵树理笔下那独特的农民幽默来看看登场的人物吧！

在名为刘家峧的村庄里，有两位无人不晓的知名人士，一人是前村的刘修德，人们叫他二孔明、二诸葛。当然，这是从《三国演义》中的诸葛孔明抄借而来。说是"二"，那就意味着不是真孔明，是假借。这位二诸葛是个连自己家人都不信服的算卦先生，是青年小二黑的父亲。另一位是老实巴交的庄稼汉于福的老婆，本名已经湮没，人们称她三仙姑。一听这个诨名你就能联想到这是个跳神的巫婆。立野信之在他的小说《北京的暴风雨》中就描写了一个非常俊俏的女拳匪头目，名字就叫三仙姑。刘家峧的三仙姑，是小二黑的情人小芹的母亲。

三仙姑跳神已经有了30年的历史。这神仙附体的由来是这么开始的：她刚刚嫁给于福的时候，每当公公和丈夫到地里去干活，这个美貌的小媳妇便花枝招展地吸引了年轻的男人围着她转。公公看不下去，斥责了她。她便躺在炕上装病，一天一夜不动弹，公公以为她中了邪，请巫婆来给她跳神消灾。她说她自己就有神缘。于是，她便开始给村人们看病消灾，为村人占卦问卜，为村人还愿，跳起大神来了。一时间好不红火。其实，年轻人找她来看病的目的，是来参拜她这个女观音。她是村里最标致的女人，穿时兴的衣裳，擦胭脂抹粉，佩戴着各种饰物。

村里这两位有名人物的子女闹起了自由恋爱，这就使事情复杂化了。二孔明说小芹火命，跟儿子二黑的金命命相不合，何况即将成为亲家的三仙姑又名声不正，极力反对。他不但不理会二黑的抗议，还从一个逃难人的手里买下了一个八、九岁的小姑娘，给二黑做童养媳。据他掐算，小姑娘的命相和二黑的命相相合。三仙姑更有她自己的打算，她一心想把唱大戏的好手二黑拢在自己身边，当然反对小芹和二黑恋爱结婚。她多方托人，背着小芹，给小芹找了个有钱的复员军人作续弦。小芹可说得干脆："我不管！谁收了人家的东西谁跟人家去！"

这位三仙姑从新婚之后开始装神获得成功起，三十年来借着神的威势，一直没把丈夫看在眼里，在村里年轻人把她奉为观世音的气氛里，君临在这个家族之上。她一共生了六个孩子，却只养活了一个已经十八岁了的小芹。

三仙姑在全盛时代，每到吃饭时分，年轻人便聚集到她家里凑趣，还有远道而来的外村人。当年迷恋三仙姑的青年，如今胡子拉碴，大部分人的儿子、女儿也都到了谈论婚姻的岁月。除了几个老光棍，人们已经失去侍奉她这个观音的热情了。老光棍难以满足三仙姑的欲望，她寂寞得不行。她想，一定得想个办法把青年们再聚到自己的身边来才好。她就着意地打扮起来，穿上有花的绣鞋，穿上带花条的裤子，用黑头巾遮着秃了的脑门，用白粉把脸上的皱纹抹平，看上去，她像驴粪蛋挂上了霜。

说也怪，后生们又聚集到三仙姑的家里来了，而且比过去还多还红火。三仙姑使用了什么样的手法使那火炽的场面复苏了呢？其实，秘密就在小芹身上。

村里那些惯会说长道短的人们评论："小芹比她娘年轻时候好得多。"小芹去洗衣，后生们跟在她屁股后面，小芹去砍柴，后生们跟在她屁股后面。三仙姑以为吃饭时分聚到自己家里来的后生为的是自己，这可完全错了。经过一段观察，三仙姑发现了人们完全是为闺女小芹而来的。她更发现了，小芹虽然也和大家有说有笑，却只钟情小二黑一人。是自己的女儿，就是自己的这个女儿夺走了自己身边的后生。她不由得谋划起来：小芹和小二黑自由恋爱的风声越来越大了，若真成了事实，往后，自己连跟小二黑说句玩笑话的自由都没有了，那可真是真真正正的窝心！

前面讲过：三仙姑为小芹定下了一位复员军官，小芹将给军官作续弦。她接下了定礼后，为了使小芹就范，使用了一贯使用的老伎俩，假借神仙下界，判定这件婚姻乃是前世缘分天意注定。若逆天行事，必遭恶报等等。老实巴交的于福不同意这桩婚事，甚至向三仙姑下跪求饶。小芹可和当年的爷爷与父亲不一样，她完全不听三仙姑那套鬼话，三仙姑的招数失灵了，眼睁睁地瞧着闺女把小二黑从自己身边牵走了，再没一条办法可用。小说在这里设置了一组障碍人物，那就是代表残存的地主势力的金旺和兴旺。这金旺和兴旺，早已各自成家，却对小芹打着非分的主意。金旺利用自己是武委会主任的地位，他的身为妇女救国会主席的妻子也嫉恨小芹招惹了她的丈夫，便想斗争小二黑和小芹，这件事被村长给挡下了。当小二黑和小芹一起商量如何对这件事采取措施的时候，被金旺以"私下通奸"的罪名将两个人押送到了区政府，也连带传唤了小二黑的父亲二孔明和小芹的母亲三仙姑。

其实，金旺的恶行区政府早有了调查，结果是金旺被押，二黑和小芹无事释放。焦点转移到了阻止两人自由结婚的双方家长头上。小二黑那个十二岁的童养媳，政府命令二诸葛要认作女儿养育。

现在，该来看看三仙姑的行事了。

区政府的通讯员来传唤她的时候，她暗暗地为闺女小芹的不幸高兴。她把语音拉得长长的，扬声说道："闺女大了，咱管不了，就去请区长替咱管教管教！"她吃罢饭，换上新衣裳，系上新头巾，穿上绣花的小鞋和有花条的裤子，重新擦了白粉，戴上簪子、花朵，叫于福为她赶着毛驴，到区上去了。

"你今年多大岁数？"

"四十五。"

区长说："你自己看看你打扮得像个人不像？"

门边站着的一个看热闹的小姑娘嘻嘻地笑了起来。通讯员把小姑娘赶开了，区长接着问："你会下神是不是？"

"……"

"你给你闺女找了个婆家？"

"找下了。"

"使了多少钱？"

"三千五。"

"还有些什么？"

"有些首饰布匹。"

"跟你闺女商量过没有？"

"没有。"

"你闺女愿意不愿意？"

"不知道！"

"我给你叫来你亲自问问她！"

通讯员去传唤小芹的当儿，邻近的女人们听说来了一个如此这般的女人来打官司，便都挤到区政府的院子里来看热闹。小芹被传唤来了。区长说："你问问你闺女愿意不愿意！"三仙姑被院子里的女人们那七嘴八舌的评论，窘得张不开嘴了。区长说："你不问我替你问。于小芹，你娘给你找的婆家你愿意跟人家结婚不愿意？"

小芹说："不愿意！我知道人家是谁？"

于是，区长向人们一条条地宣讲了婚姻法，指出，两个年轻人的婚姻完全合法。命令三仙姑把所接的聘礼全部退回，三仙姑羞窘交加，只好一一地答应下来。

俊俏的年轻时的自己，以及这个俊俏的自己构筑成的花一样的世界，三仙姑怎样也难以割舍。假借神的威势在家族在村内形成的权威，使三仙姑一向不把丈夫于福放在眼里，可是在新形势中生长起来的女儿小芹，却成了自己美妙世界复生的障碍。这种生活在农村，却游离在生产之外的寄生人物，在熟悉农村的赵树理来说，可是看得太多了。解放后，在刘家峧那偏僻的山村，甚至连一个可以担当村政权职务的人也找不出来，才被伪装的金旺式的地主残余窃据了政府职务。毋庸讳言，三仙姑式的装神弄鬼的人在解放前，正是旧政权的社会支柱，老百姓一时还未能识破他们。"山高皇帝远"，解放初期，常有悲惨的事件发生，作为小二黑文学形象的原型——一个青年就被残杀了，这个事实证明了当时是个什么样的现实。

可是，小二黑和小芹这样的年轻一代，在解放区的自由氛围里，具体地解决了生活中的现实问题。可以说：这并不是他们觉醒到能够利用解放区的新思想去战胜封建思想，而是依靠着政府的政策所取得的成果。赵树理把素材的悲惨，转化为对自由爱情的颂歌，是对解放区农村的一种哺育式的促进吧！

在解放区新的氛围中，三仙姑那种寄生的人物，不能不在农民们那明朗的、健康的、提高生产的意识面前退却，她之所以承诺允许小芹婚姻自由，并不是思想上明白了自由恋爱所包含的意义，而是屈服于政府的法令。她那羞羞惭惭一项一项承诺，她那驴粪蛋挂霜的浓妆，她那以闺女为恋爱情敌的心态，一律是被嘲笑的对象。她被传唤到区政府问话时立即招来了更多看热闹的女人，小姑娘述说着是一个四十五岁的女人来打女儿的官司，那女人穿着绣花鞋、穿着彩裤等等。女人们叽叽喳喳地评论开了：

"看看！四十五了！"

"看那鞋！"

"看那裤腿！"

从来没因害臊红过脸的三仙姑，这个场面中可绷不住了，汗渗出来。通讯员带小芹来的时候，吼道："看什么？人家也是个人吧，没有见过？闪开路！"女人们便哈哈地畅笑起来。

院子里人们那嘲笑的语句一句一句往三仙姑的耳朵里灌，窘得她连区长的问话都不会回答了。更有人说："瞧！那是人家的闺女！""闺女不如娘会打扮！""听说她会下神！"知道底细的人讲起来"米烂了"的故事，那是三仙姑一件丢人的往事。三仙姑难堪得想一头碰死才好。

由于区长的支持，小芹胜利了。使三仙姑羞窘得丧失斗志的关键是什么呢？

上面提到的"米烂了"的故事，是三仙姑正在下神的当口吩咐丈夫去照看煮着的米饭。在当时，三仙姑并未因为这个失误丧失威信。可现在，在区政府的院子里，三仙姑却完全忍受不了妇女们对自己的品评、议论。在由好奇心引发，那些正直、健康的村妇们并无恶意的讪笑中，三仙姑下意识地感觉到，自己精心构筑并在里面逍遥了几十年的世界，原来是游离在村中正常的伦理之外，这使她羞愧难当。

群众大会公审金旺，人们控诉了金旺的种种恶行，被县里判处了十五年徒刑。村干部改选了，两位神仙二孔明和三仙姑也相应地发生了变化。

那天在区上，三仙姑被众妇女当作稀罕物件围观之后，自己真真切切地觉得不是滋味，回家后对着镜子研究了半天，是有点不合适。

自己的闺女都要嫁人了，自己还卖什么老来俏。于是下了决心，从头到脚改了打扮，穿戴得像个长辈人的样子，连那三十年来装神弄鬼的香案也悄悄撤了。

二孔明的情况大同小异。两人又有了新的绰号，三仙姑叫前世姻缘，这或许是和新时代中的姻缘采取了同一步调的意味了吧！

有位名叫李建章的诗人，可能是位农民。土改时写一首率直、朴实的诗歌，歌颂土地回家的快乐。

歌词大意是：

土地见俺笑哈哈！

俺见土地笑哈哈！

土地呀！土地！你以前跑到哪儿去了呀！

你的果实谁拿去了啊！

明朗的秋天，你回到了俺身边，

俺要给你穿上碧绿的新袍；

叫麦苗腾！腾！腾地往上窜，

来年抓个大丰年。

（选自《世界抵抗选刊》）

刘家峪的村民，还没达到李建章讴歌土改的思想高度，但他们开始动用健康的哄笑来促使三仙姑那种寄生人物的反省，他们从只有喘息份儿的苛酷环境中走出来，甩掉在阴湿底层中那奴隶式的苦笑，生产者固有的源于现实的欢快笑声，正在复苏，不正是这种健康的哄笑迫使三仙姑在改变自己吗！

喧闹的农妇们，用健康的哄笑完成了第一步任务，下一步还会出现什么样的问题呢？被迫前进了一步的三仙姑，会这样顺顺当当地前进吗？赵树理用自己独特的手法在追求答案。

由于《小二黑结婚》的广受欢迎，赵树理牢牢地树立了作家形象。这篇作品是解放区最受欢迎的作品之一，而且有比书的读者多十几倍、几十倍的观众，从舞台上，从各式文艺演出的场地里，接受了《小二黑结婚》的艺术再现。

赵树理恢复名誉之后，《人民日报》的戏剧广告栏中，出现了久违的歌剧《小二黑结婚》的上演广告。小说原著赵树理，剧本：田川、杨兰春，作曲是老将马可及其他二人。1979 年 5 月的《中国文化》刊载了《小二黑结婚》的英文版。舞台上三仙姑的形象引出了观众席上的哄笑，观众们很容易在自己身边看到三仙姑类型的人。像三仙姑这种必须批判的人在解放初期的农村中随处可见，说不定现在仍有所存在。将焦点聚在这个形象之上来展开各式各样的问题，将观众自始至终吸引到作品之中来，这就是赵树理的方法论。

由于《小二黑结婚》的成功，出现了向赵树理学习的口号。我在第一章介绍过的《在枣树下》(洲之内彻著)的小说中，有"赵树理方向"之一说。这和毛泽东讲话的路线是一致的。不过，与其说赵树理是沿着讲话所指引的方向创作的，不如说，赵树理从自己的创作实践取得的成就与讲话的方向达到了一致。可以说：赵树理是毛泽东文艺讲话的忠实旗手。许多人都礼赞作家赵树理的诞生。这可以以郭沫若、茅盾、周扬等人在 1945 年、1946 年所发表的多篇文章为证。

赵树理有他自己的苦恼阶段，请在本书第七章中，看看赵树理的又一个侧面。

第六章

还我做人的权利
——福贵的控诉

在赵树理的小说世界里，与三仙姑同一谱系的人物栩栩登场。这些人物生动地过着自己的日子。在很多场合，也许因为他们算不上是社会主义建设的积极分子吧，作者没有为他们运用更多的笔墨，但这并没有妨碍他们完成自己登场的任务——也就是要给予读者深刻印象的这一特定任务。从这一点分析，不能不说作者把他们塑造得生动极了，出色地表达了作者的——使文学与农民大众贴近、吸引农民大众进入文学世界并使他们喜欢到底的心愿。这些人物举手投足都能使农民开颜，农民认同了围绕他们发生的一系列事件；无论是以他们为主题或是以另外什么为主题的情节，他们那诙谐的、耍小聪明的、鬼精灵的样子，润滑油似的推动着舞台转换。

赵树理的这项本领并不是在他所有的作品中都有所展现。抗日战争胜利后 1945 年的冬天，在寒冷的太行山里，作家裹着粗毛毯，靠火盆散发的点点微热，写就了长篇《李家庄的变迁》，这是作者在又一个领域里的拔萃之作。让我们对和《李》篇属于同一谱系的短篇《福贵》作一番探讨吧！

《福贵》在《李家庄的变迁》问世后的翌年——1946 年 8 月写就。

福贵十二岁上丧父，是母亲一手拉扯大的、又聪明又漂亮的好少年。十六岁时，干起田间活路来已经无逊于成人。母亲接了个失去双亲靠哥嫂养活的九岁的小姑娘银花作福贵未来的媳妇。母亲是把银花作为亲闺女养育的，作者深情地描绘了贫困庶民的这一片爱心。这一点，完全有别于《小二黑结婚》篇中对童养媳习惯的否定。不过，这并不是《福贵》篇的主题。

福贵从小酷爱戏剧，一直是村剧团中挑大梁的角色。未来的小媳妇银花，在村民们对福贵的一片赞誉声中、在未婚夫嘹亮的歌喉和美妙的舞台亮相中，带着梦一般绮丽的憧憬成长起来。在福贵二十三岁、银花十五岁的那年 7 月，母亲知道自己的寿数绝拖不过冬天，便给俩人办了喜事。之后的两个月，母亲与世长辞，俩人在乡亲们的帮助下，悲伤不尽地埋葬了母亲。

这一阶段，可以说，福贵虽穷却是幸福的。他这个庄稼活的好把式，以为凭着自己的劳动养活娇小的妻子绝无问题。可是，结婚、葬母向地主、族长王老万借款的一纸借据——仅仅 30 元的一纸借据，却使得这对小夫妻大祸临头。仅有的 4 亩薄地难以还债，福贵不得不给王老万去干长工。迎来秋收时，原有的借款，本年预借的粮食，加上利钱，总共由原来的 30 元上升为 40 元 8 毛。王老万还说看在家族的份上把 8 毛零头抹了，福贵净欠王老万 40 元整。这还不要紧，又苦熬了 4 年，本利总共涨到了吓死人的 90 元。这年，银花又生了儿子，年关在即，把家里仅余的一把米熬成粥给妻子和儿子喝了，自己只喝了两碗米汤。村里正张罗着唱戏贺新春，几次来叫福贵，福贵饿得哪还有唱戏的力气，为顾全面子只好推脱说："小孩子才三四天，家里离不了人照应。"邻家大娘了解福贵的真实情况，向村里说情；村里作了安排，福贵登台唱戏了。这样度过了正月。

当福贵拿到唱戏的一点酬金时，被嗜赌的后生劝诱进了赌窟，一下子把钱输得精光，福贵由此滑坡了。

福贵思忖，自己在王老万家干活，月拿1元5毛，可欠王老万的本利合计一个月就是3元6毛。指望干活还债是永远也还不清的。索性不干也罢，先闹下二斗米为妻、子糊口，自己另想办法，便离家外出了。

外出又去赌，赢了钱便买米回家，王老万那里索性全断了。王老万便以上年的利息还欠7元为由，胁迫福贵还债。福贵只能破罐破摔了，说："我那四亩地归你，反正我种了打下粮食也不够你的。"就这样忍痛割舍了土地，再次弃家外出了，有时，两三个月也不回家来一趟。

银花理解、心痛自己的丈夫，就是福贵杳无音信，她也毫不怨恨，心甘情愿自己拼搏着养活娘俩。

就在头生儿子4岁那年，银花又生了老二。这年腊月，福贵仅穿着一件单衣回家来了。银花用准备过冬的粮食换了布为福贵做了棉衣。为了二斗米，福贵无奈去做被人唾骂的送葬活路。村里不再邀他唱戏了，因为他干了下贱的行当。一些不明不白的丑事也都按到他的头上来了，说他偷了人家的萝卜，不但罚款20元，还五花大绑打得他遍体鳞伤，威逼他以住房抵押债，福贵又一次弃家外出了。

福贵这番回家时，穿得一身新，还给了银花五枚银元。银花问他是怎么回事，他只说："你放心好了，是正路来的。"村里人怀疑他作了贼。其实，福贵不过是参加了县里的吹鼓手送葬队，不时去县里出席这类葬仪的王老万，认为福贵干这种低贱行当丢尽了家族的体面，便和村里人商量或是把福贵打死或是把他活埋。邻居大娘把这噩耗说给银花，银花连夜安排福贵逃离了村子。从此，七、八年没有福贵的音信，头一个儿子已经十五岁了，给人家当牛倌，常常被人骂作王八羔子。福贵走后一年，日本人占领了村子，人们劝说银花再嫁，银花只说："是你们不摸内情，俺那个汉不是坏人！"银花这纯情的语言淡淡说来，读者决不会感到意外。在作为妻子的这几句话里，潜含着老百姓血泪史下难以割舍的爱恋之情，尽管历史总是对这原始的爱恋横加摧残。今日的福贵和银花，在历史的狂流中，被引导进入新的流向，成为细微而光辉的先行者。

且听听福贵回村后的一段演说：

"众位老爷们，我回来半个月了，很想找个人谈谈话，可是大家都怕沾上我这忘八气——只要我往哪里一站，别的人就都躲开了。对不住！今天晚上我要跟我老万家长领领教，请大家从旁听一听。不要怕！解放区早就没有忘八制度了。咱这里虽是新解放区，将来也一样。老万爷！我仍要叫你'爷'！逢着这种忘八子弟你就得受点累！咱爷们这账很清楚，我欠你的是30块钱、两石多谷；我给你的，是3间房、4亩地、还给你住过5年长工。不过你不要怕！我不是跟你算这个！我是想叫你说说我究竟是好人呀还是坏人？"

"……老家长！我不是说气话！我不要你包赔我什么，只要你说，我是什么人！你不说我自己说：我从小不能算坏孩子，一直长到二十八岁没干过一点胡事！后来坏了！赌博、偷人、当忘八……什么丢人事我都干！我知道我的错，这不是什么光荣事！我已经在别处反省过了。可是照你当日说的那种好人我实在不能当！照你给我作的计划，每年给你住上半个长工，再种上我的4亩地，到年头算账，把我的工钱和地里打的粮食都给你顶了利，叫我的老婆孩子饿肚。一年又一年，到死为止。你想想我为什么要当这样好人啦？我赌博因为饿肚，我做贼也是因为饿肚，我当忘八还是因为饿肚！我饿肚是为什么啦？

因为我娘使了你一口棺材，十来块钱杂货，怕还不了你，给你住了5年长工，没有抵得了这笔账，结果把四亩地缴给你，我才饿起肚来！我从二十几岁坏起，坏了6年，挨的打、受的气、流的泪、饿的肚，谁数得清呀！直到今年，大家还说我是坏人，躲着我走，叫我的孩子是'忘八羔子'，这都是你老人家的恩典呀！幸而没有叫你把我活埋了，我跑到辽县去讨饭，在那里仍是赌博、偷人，只是因为日本人打进来了，大家顾不上取乐，才算没有再当忘八！后来那地方成了八路军的抗日根据地，抗日政府在那里改造流氓、懒汉、小偷，把我组织到难民组里到山里去开地。从这时起，我又有地种了、有房住了、有饭吃了，只是不敢回来看我那受苦受难的孩子老婆！这七八年来，虽然没攒下什么家当，也买了一头牛，攒下一窖谷，一大窖子山药蛋。我这次回来，原是来搬我的孩子老婆，本没有心事来和你算账，可是回来以后，看见大家也不知道怕我偷他们，也不知道是怕沾上我这个忘八气，总是不敢跟我说句话。我想就这样不明不白走了，我这个坏蛋名字，还不知道要传流到几时，因此我想请你老人家向大家解释解释，看我究竟算一种什么人？看这个坏蛋责任应该谁负？"

上面引的一段，是福贵要求恢复人格控诉演说的绝大部分。译成日文的"畜生野郎"，在中国话里是忘八、坏蛋之意。这是中国语言传统中独特的唾骂人的语汇，可以说是历史悠久。这是儒教伦理观的典型的衍生物，这类暗含着关联不正当性行为的语言，是糟蹋从事统治思想判定的下贱行当的人：诸如运死人、掘墓人、葬仪的吹鼓手等等。福贵的控诉，既是对这种伦理观的反击，更是不得已落到这个行列里的人的觉醒。

就在福贵要求还我人格的怒吼声中，小说戛然而止。从结构上看，这确是个既高潮又富余音的结尾。

纵观中国革命诸多阶段中以恢复人格为戏剧的作品，农民读者是如何阅读的呢？这不是三仙姑那类角色所肩负的文学使命，福贵的生平与控诉，无论是读者或听众，其中的某个农民被作品中的人物所同化，这情景绝不困难。

堕落，却又不被堕落所容，对自己的所为时时警觉却又难逃敌对的窥伺而抑郁不已。就这样无可奈何的滑落、滑落，对自己的痛恨反责之情，在觉醒了的福贵的控诉声中历历可闻。明知丈夫心胸的银花，正如前面提及的那样，她爽直地反驳了村人的非议。她说："是你们不摸内情，俺那个汉不是坏人！"

对福贵要求恢复人格的控诉，作者一点都没描绘村民对此的肯定反应，只不过在控诉当中插入了族长王老万的几句台词："我从前剥削过人家的都包赔过了，只剩你这一户了……"对王老万这种物质上的补偿，福贵不屑一顾。进入新天地新生活就必须与"忘八"诀别，福贵要求的是做人的尊严，他的姿态显示了混有泥土芳香的尊严的人性。

某位中国评论家，把《福贵》篇列为可以和鲁迅的《阿Q正传》相比并的作品，或者可以说：福贵身上有阿Q体现的中国农民的历史足迹。阿Q的Q字既可读作阿桂也可以读作阿贵；那么，作为兄弟行的福贵也可以读作阿富或读作阿福吧！而且都是劳动者，然后是滑坡，没活干，出走。农村中的赌博习俗。对弱者的无情罚款。怀揣大钱回村。这些构成在内容上又何其相似。而且，身着罪衣，被押赴刑场，在将与露珠一同消失前的一刹那，阿Q妄想抓着已经失去效应的精神胜利法以自慰，但他看见了什么呢？"而这回他又看见从来没有见过的更可怕的眼睛了，又钝又锋利，不但已经咀嚼了他的话，并且还要咀嚼

他皮肉以外的东西，永远是不远不近的跟他走。"（《阿Q正传》）

在这最后的一刹那里，如果说一种朦胧的意识，一种农民愚昧状态下的意识，一种对和自己同样遭遇的弱者的同情，一种被杀人集团出卖了的本能的恐怖——虽然有了这样的意识，阿Q仍然被杀的结局乃是历史的必然的话，那么，福贵在解放区重新站立时所获得的朴素的理性觉醒，生发了"还我以人"的要求；这就确证了阿Q的时代、阿Q的世界基本上终结的历史必然。

福贵的原型，按赵树理自白："食堂的南边有一户姓冯的，父子两代都没有一垅地。孩子名叫福归，我称哥哥，也是在外讨饭被饿死的。我写的小说《福贵》，有一部分就是他的生活。"这说明，福贵含有赵树理邻人的影子。赵树理欲为之写篇《阿Q正传》式的传记，并不是福贵。这点我将在另一篇章里论及。

赵树理究竟在何等程度上忆及了这一点并不重要，这和毛泽东《在延安文艺座谈会上的讲话》与"赵树理的方向"之间的关系相似。赵树理不是那种把追逐文坛风云作为头等大事的"作家"，从如何反映历史必然的创作态度以及手法（或说是创作方法）上，将鲁迅与赵树理作一番比较论述，那当然是又一个范畴了。

小说《福贵》所表达的农民对恢复人格的执着要求，采用了慢慢讲来的基本语式，按农民堕落的程序把意境推向顶峰。这里没有《小二黑结婚》篇中的喧笑与幽默。因此，很难一下子就把两篇作品归入同一谱系。福贵该纳入哪个系列之中呢？赵树理的作品有个共同点，那就是以时时发生的问题并逐个加以解决为主题，并围绕这个主题展开各式场景，这可以说是赵树理的一贯创作作风。我将在另一章里论及赵树理的现实主义创作。

第七章

/在苦恼的低谷中
——失去了运笔的权利

中华人民共和国成立于 1949 年 10 月 1 日，迄这一天为止，赵树理的主要创作如下：

1933	盘龙峪（长篇未完，未发表？）
1936	打倒汉奸（韵文独幕剧）
1943	小二黑结婚（短篇）
	李有才板话（短篇，获中共中央文艺奖小说一等奖）
1944	孟祥英翻身（短篇）
	土地（短篇）
1945	李家庄的变迁（长篇）
1946	福贵（短篇）
	催粮差（短篇）
1947	小经理（短篇）
1948	邪不压正（短篇）
1949	传家宝（短篇）
	田寡妇看瓜（短篇）

创作不是很多，这是赵作为业余作家的必然。避开这些小说的主题来议论小说是行不通的，问题是：赵树理是以非解决问题不可的态度抓取了这些题材的，这就是说，当时中国最基本的民族性的问题是：抵抗日帝的侵略，打倒与日本勾结残酷压榨农民的封建地

主阶级，以这个大构架为基准打倒为恶的从政者。这个大构架决定了他的创作主题。

初期的《打倒汉奸》，采用了活报剧的形式，《李有才板话》《李家庄的变迁》《福贵》，正面揭示了反帝、反封建的主题，是这一时期的代表作，是赵树理深入农村反映农村具体情况的力作，是采用了不同视角的创作成果。

《小二黑结婚》，这部以农村中恋爱、结婚、自由为主题的创作，当然属于反封建系列，同样的主题还出现在 1949 年创作的《传家宝》中。结婚后家庭主妇的问题有《孟祥英翻身》，1948 年《邪不压正》也属于这个范畴。之后，赵树理目光注意到解放后农村家庭中在新情况中的变化，写了《田寡妇看瓜》。而反映农民困苦生活实态的《催粮差》，淡淡写来，是部幽默味浓的佳品。

1947 年以后，他着力于反映解放区生活的实态。《小经理》反映了与解放区残存的封建势力的斗法，塑造了年轻的为农民合作社奋斗的共产党员。《田寡妇看瓜》从主题的背景来讲也正是描写了解放后的农村。

这之间，比其他作品高上一档的应该说是 1944 年问世的《土地》（原名《地板》），对那个认定土地能产生价值的地主王老四，他的身为小学教师的哥哥王老三，一再向他讲述劳动的艰苦，劳动的可贵。作为小地主儿子的哥哥王老三，一向过着依赖土地的闲适日子，由于日本人的入侵，由于饥荒，闲适的生活崩溃了。他在实际生活中体验到一条真理，土地之所以产生价值，是由于农民投入了劳动。自己这种连镐头都挥不动的人，虽然占有土地，可不加上农民的劳动就什么也生产不出来。若不是农民给予自己作小学教师的机会，怕早已饿死在土地之上了。这个短篇描绘的是劳动产生价值的图景，通篇没有一句概念化的语言，大部分是王老三的独白。赵树理就是完全运用了农民朴素的语言，讲解了土地的价值关系。这可以说是地摊文人赵树理的新的尝试。

经过哥哥和村干部的一再说服，说明减租的意义，弟弟王老四却只有一句话："那是法令，我还有什么意见！"农会主席说："法令是按情理规定的，咱们不只要执行法令，还要打通思想。"王老四说："思想我是打不通的，我的租是拿地板换的，为什么非要叫我少得些才拉倒？我应该照顾佃户，佃户为什么不应该照顾我？要我说理，我是不赞成你们说那理的。他拿劳力换，叫他把我的地板缴回来，他们到空中生产去。你们是提倡思想自由的，我这么想是我的自由，一千年也不能跟你们思想打通。"

看！就是这么油盐不进！弟弟如此顽固，哥哥是这样娓娓独白。大力宣讲农业合作化的村干部和满怀抗拒以消极姿态出现的地主，反映了当时农村严峻的现实。赵树理冷静地注视着这个两极，期待着农民力量尽快成熟以便越过这个现实的关隘。他热烈期待着的同时，简单明了地讲清道理，他没有塑造一说就通的农民形象，这显示了他与表面文学不同的文学分野，这是新中国成立后，一直贯穿在赵树理全部创作中的描绘农民的严峻笔触。

与众多作家不同，赵树理就这样连续创作了"问题小说"而成为作家。正像人民称他为"人民作家"所昭示的那样，他沿着他自己设定的地摊文人的道路顺利前行。

迎接中华人民共和国的诞生，历史的齿轮加大运转，日本投降，国共内战，赵树理以《李家庄的变迁》等作品，描绘了这一历史场景：

老百姓对共产党的支持，军队那压倒蒋介石的高昂士气，带着一次次的激动进逼到北平。

当北平、天津解放之时，赵树理随着《新大众报》进了北平。《新大众报》首刊于西柏坡，据王亚平的回忆，赵树理创作了鼓词、快板等多种文艺形式的宣传品宣传形势，这是他进北平的初露头角。接着丁玲等文化人相继入平，毛泽东、周恩来向滞留在香港的茅盾等文化人发出了归国邀请，这很可能是北平解放以前就已形成的中共解放战略的一个组成部分。

1949 年 3 月 22 日，由华北文艺工作委员会及华北文协牵头，召开了北平文艺界茶话会，从香港转道大连到了北平的郭沫若，即席倡议成立中国文艺工作者大会，选出了筹备委员 42 名，赵树理被选为筹委会委员之一。经过 6 月末的前期准备，从 7 月 2 日到 19 日，第一届全国文学艺术工作者大会开了会，时间是共和国成立的前 3 个月。大会的最后一天，成立了中华全国文学艺术界联合会，赵树理被选为常务委员会委员，并兼任创作部负责人。对赵树理坚持的文艺创作的方向，周恩来、彭德怀、茅盾、郭沫若、周扬等人一致给予了很高的评价。和延安成长起来的文化人不一样，赵树理直到第一届大会期间尚未见过毛泽东，直到大会的第五天 (7 月 6 日)，毛泽东到会，赵才见到了他。

赵的《传家宝》是 1949 年 4 月写就，《田寡妇看瓜》是同年 5 月写成。赵是 1949 年的 1 月或 2 月进入北平的，3 月份参加茶话会，这两篇都是繁忙中的创作。6、7 月份，身为文代会的筹备委员，更加繁忙。9 月下旬又作为文联代表参加中国人民政治协商会议，紧接着，迎接了中华人民共和国的开国大典。共和国诞生后不久，应苏联联合工会的邀请，与丁玲等一行 14 人，作为中国工人、文化界的代表团去莫斯科访问，这可以说是他生命中的第一次也是最后一次的国外旅行吧！

"从小练就了消化小米的胃和爬山的腿，这种机能永远不会退化。"（摘自《下乡杂记》）这就是赵树理。共和国成立后，远离了长年熟悉的农村，到北京并担负着主要的工作，赵树理面对的是急剧变化了的环境。

赵在莫斯科停留了十八天，应当时苏联舞蹈家的邀请，用桌子代表响器，以手击之敲之，示范了中国传统打击乐器的韵律。对农业，留下了寄予了高度关注的询问。用消化小米的胃和爬山的腿的那种坚韧来面对革命老大哥苏联，这正是赵树理的风格。从苏联回国，北京市文联副主席、创作部长的职务正等待着他，《说说唱唱》以及《北京文艺》正等待他主持。当时，正在北京的苏联文学家费多连珂会见了赵树理之后，有这样一段记载：

那是 1950 年，中华人民共和国宣告成立之后的第七个月，在自由了的都市北京，苏联大使馆邀请中国的文化人开联欢会。四月之尾，北京正沉浸在新绿之中。客人们在宽敞的院子里，三三五五悠闲地散着步。我随在客人当中，和我参加工作的那家大型出版社的同事们，谈论着如何出版苏联新刊文学的话题。伴随着人民政权的胜利，大规模出版新的苏联文学已经有了可能。谈话热烈之间，一群中国作家参加了进来，看起来，作家们的兴致完全不在我们以下。这时，我注意到了一个高身量，略略有点水蛇腰，身穿藏青衣服的男士。

"我们的出版业，以旧的技术为基础的话还做不到，我们需要新的技术。"

这个不知姓名的人说着，向我靠近了一步，说："对不起，我好像没有听错，你是用中国话说的吗？"

"是，您没有听错，我是用的中国话！"我回答："关于技术问题，您说得对，旧技术是大事业前进的阻力。"

"过去老百姓看不到的书籍，现在必须出版！"那个人说："这是个好时代，书也应该和人一样，从地下走出来。"我望着和我谈话的对手，想怎么能知道这位先生的姓名才好。朋友看穿了我的心思，告诉我："让我作个介绍，这是朋友赵树理！"

"原来是你呀！"我兴奋地说。我的新朋友也一脸的高兴，稍稍有点拘谨的紧紧地握住了我的手。(引自木村浩的《新中国的艺术家们》)

这种描绘赵树理以心血浇注新中国艺术的动情姿态，可能由于费多连珂对赵本来就怀有热情所得的印象，也可能由于赵正处于革命激情澎湃之中，或者更可能是二者叠加的效果。赵树理已经适应了首都干部那舒适的生活了吧！话说回来，以农村生活为本源的赵树理会不会感到飞鸟伤羽的寂寞呢？

请看赵树理的一段讲话：

"这三年来(1949—1952)我没有创作面世，很多同志和朋友，口头上、书面上问我什么原因。我感谢对我的关心，却无以回答。若说原因，我可以举出上百个客观理由。其实，真正的理由只有一个，那就是脱离了实际、脱离了大众。"(引自木村浩所译：《我在改变现状》)

说"脱离实际"、"脱离大众"，并不意味着那是指北京高高在上的干部生活。对赵树理来说，实际上大众就是农村。这根据他在莫斯科的言论可以得到证明。1950年，赵在作为抗美援朝运动一环的文艺讲演会上提倡：要不是概念的，而是结合帝国主义经济侵略实际来进行创作。他说：我对都市不很了解，把握不深，我愿意就农村的实例试加以说明。1933 年，因为蒋介石从美国得到了"棉麦借款"，引出了山西省谷物市场的价格暴跌，而赵居住的解放区，历经十年并未受到影响。

不了解都市，概念地理解事物不可能化为作品。当赵意识到都市生活不可能成为他创作的基地时，他有了"转业"的念头。

在《三里湾写作前后》的短文中，赵树理写道："抗日战争初期，我从事农村宣传动员工作，成为职业宣传手，只有'转业'了。"

回归农村的愿望，在赵树理的心中，逐日浓重，这完全不是感情上的妄想，而是为了求得生活的源泉、创作的材料。赵语言中的"下乡"完全不是空洞的表态，更不是感情上的委屈，他不回农村便无从创作，回农村绝不是考虑个人的安逸。作为地摊文人，自己得心应手的活动场所只有农村。作为解放后文艺界面临的问题之一，这可以说是自己的事，是自己应该负起的责任。从解放区的大山中来到北京，北京有很多工作等待自己去做，这伴随着形势进展围绕着自身发生的变化，正是赵树理为之战斗过的可喜收获。对待工作一丝不苟的他，作为革命一员度过的日日夜夜，工作可以说是并不困难。那么，为什么总是有不甚安心的表态呢？只是一种怀乡之情、怀旧之念吗？这不是赵树理。他知道都市工作的重要性，他是为占有人民群众中绝大多数的农民牵心，如何提高农民的文化水准，为实现这个提高而朝夕在念，这是使他无法安心都市的根本。都市的工作就让那些更熟悉都市情况的人去做吧！回农村去！在新形势下，将自己置身于变革的农民群众之中，那是自己创作的源头。离开了这个源头，也就没有了自己的文学，这是赵树理融于血肉的信念。

　　是不是赵树理为了回避不熟悉的都市工作而逃归农村的呢？或许有人这样怀疑吧！这个怀疑无从成立，笔者愿意再强调一次。这是赵树理一开始就形成的美好信念，他渴望的就是在革命进展的过程中，逐步提高农民的文化素质，当然这与农民的经济状态、农村的社会位置息息相关，这信念这情怀是建筑在他冷静的与严峻的凝视之上的。请看他在1958年发表的《从曲艺中吸取养料》中的一段讲话："文艺为谁服务的问题，在理论上早已解决，在实践中并未解决，至少还没有全部解决……我们写的东西能起作用，但往往只能在五百万知识分子中起作用。鲁迅先生的文章读者对象很明确，就是写给知识分子看的。因为那时的工农大众还在敌人统治下，别说学文化，连吃饭也说不上，群众还没有掌握文化，能左右舆论界和思想界的人是知识分子，所以鲁迅先生选择的读者对象也是知识分子。……今天的情况不同了。解放了思想的群众已远非昔比，古今中外任何农业科学家都根本想不到稻子可以亩产五六千斤，能够左右生产的不是知识分子，而是群众……这些新的有文化的生产者，在文学趣味方面不曾染得洋风……让他们染一些也可以，只是不要把推广洋风代替传统作为一个任务，主要的方面应该放在继承传统上。"

　　"……我们学习的时间比较长，读的书和写的东西可能比人家多，但绝不能因此说不值得学习。他们的作品值得学习，他们的技术值得学习，首先是学习他们怎样直接为工农群众服务。毛主席说：文艺要为工农兵及其干部服务。我们新文艺工作者直接为工农兵服务的比曲艺少，而对所'及'的干部则比曲艺多。我以为要向曲艺学习的重点正是这直接。我们不要把群众看得那么狭隘。群众可以接受知识分子的东西，知识分子的东西至少也是百花中的一花。'五四'以来，用知识分子的语言写了很多的书，那部分书不读也是可惜的，群众掌握了文化后还是会读的；但是，不能用知识分子的条条把群众的语言彻底'改革'掉了。不能把群众的文艺风度全部扫掉了。"

大众的文化水准一定会提高，一定能从"近代的"文化中摄取营养，赵树理一直怀着这样的展望与愿望。但是，在现状下，要求面条和馒头的人无法使他接受黄油，这并不在于面条和馒头的营养价值比黄油低，而是因为工人、农民、士兵几乎全部来自农民。必须正视这个现实，从1949到1958年赵树理的这个认识一直没有改变。正因为这个信念的日益加强，赵在北京的活动便浓浓地抹上了苦恼的色彩。

在这种情况下，赵树理根据自己的信念、特点，组织了一些活跃的"都会"工作，王亚平有这样一段记述：

"解放后赵树理同志来到了北京，参加第一次文代大会之后，结识了许多民间艺人和民间艺术工作者。为团结广大的民间艺人，他做了很多工作。和王尊三一道创建了中国曲艺协会，之后又创立了中国曲艺工作者协会，艺人们有了自己的组织，进一步接受了党的指导。因他的倡议在大众文艺创作研究会的主持下，创办了《说说唱唱》杂志。他团结民间艺人，教育他们，改造他们，在前门的箭楼创建了大众游艺社，组织新民间文艺上演，有相声、山东快书、快板等等，还组织艺人们为燕京大学文学部演出。演出后和学生一起谈感想、找问题，进行分析研究，很受学生们欢迎。开阔了民间文学在大学教育中的园地，这是大学教育最初受到的口头文学的影响。"（见1979年2月王亚平：《赵树理，卓越的民间文学家》）

莫斯科归来，赵树理自己说："这三年（指1949—1953）我写的很少。"

1950	《石不烂赶车》《万象楼》《结婚登记》
1951	未有作品发表
1952	未有作品发表
1953	着手创作《三里湾》

《石不烂赶车》由诗人田间的作品改写为说唱形式。《万象楼》为旧剧脚本。这三年间，实质性的创作只有发表的《结婚登记》。1955年发表的《刘二和与王继圣》以及1956年发表的电影脚本式的《表明态度》也在此期间动笔。

《结婚登记》，从内容讲属于《小二黑结婚》、《传家宝》系列，可以说是赵树理的结婚三部曲。当然，更可以说技巧方面比《小二黑结婚》更趋成熟了。

《结婚登记》这篇，在为赵恢复名誉之时，作家马烽有一段这样的插话："1950年夏天，正是大力宣传婚姻法的时候，刊物急需要发表反映这一题材的作品，但编辑部却没有这方面的稿子。编委会决定自己动手写。谁写呢？推来推去，最后这一任务就落到了老赵头上。这是命题作文，也叫做'赶任务'。一般的说来是赶不出什么好作品来的。老赵却很快'赶'出了一篇评书体的短篇小说《登记》。这篇小说曾轰动一时，很快被改编为戏曲，改名为《罗汉钱》"，得到了1952年全国戏剧汇演一等奖。

讨厌赶任务出作品的赵树理，却在赶任务的燃眉之急时写出佳作，这情形十分耐人寻味。1949年到1953年赵树理就是这个状态。赵树理重新投向农民，回归故土，奋发了勃勃生机。"没有作品"的真正原因消除了，这该是赵树理取得新的创作素材的唯一途径吧！

第八章

/再次投身农民
——社会主义时代的农村

  赵树理自己很清楚，消除没有创作的真正办法，只有投身农民，只有去倾听农民开怀的笑和悲哀的哭泣才是自己唯一的创作之路。

  《中国文学家辞典（现代第一分册）》是这样记载赵树理的："1951年以后回到自己所熟悉的太行山，与农民同吃同住同劳动，参加了农业合作化运动，以及农村大跃进和人民公社化运动。其间曾参加历次全国文学艺术工作者代表大会。任中国文联委员、中国作家协会理事和曲艺协会主席，被选作第一届人大代表。"

  赵树理1949年进京，到发表《下乡杂忆》的1959年已经整整十年，这十年间，赵一直往返于北京与农村之间。回归农村的愿望在赵的心里时时按捺不住，很可能在1951年时已经涌于表面。在1959年写的《下乡杂忆》中，他这样说："在这期间，我也曾想就地熟悉一些地方情况，把北京作为我新的根据地，可是略一试验，便觉得写作上的根据地不那么容易创造。"

  1959年的这段自白，是苦恼低谷中的感情升华。从1951年开始的都市、农村之间的往返，不仅表露了不打算长住的内心，也并不是对都市的不满，这往返中的"下乡"，是旁观者的下乡，是客观的客人。规定的同吃同住同劳动的三同，对生在太行山、长在太行山的我们的赵树理来说，实在是再自然也不过的事，无须强调。作家马烽在回忆赵树理的文章中说："'文化大革命'前二年，老赵为了深入生活方便，干脆把家搬回了山西，从事农村的实际工作，他在好几个县里担任过具体职务……"

"四人帮"及其爪牙就是从山西省晋城县县委副书记的工作岗位上把赵树理揪出来的。就是说，从 1964 年，到因受迫害致死的 1970 年，约六年时间，赵的全家一直住在农村，和抗日时期一样，赵树理是位业余作家。只不过这"业"的内容，由宣传抗日转变到宣传社会主义农村建设方面而已。

那么，在赵树理往返于农村与都市之间，也就是从 1951 年到 1953 年，农村有了哪些大事呢？

革命前后的中国农村，最大的课题就是土地问题。土地问题基本解决之后，就是如何把农民从贫困中拯救出来。从另一方面来说，也就是如何提高农业生产力的问题。总人口的百分之八十是农民，国民生产总值约百分之四十是农业生产。可以说，时至今日，农业生产在国民经济中仍占有重要地位，仍是中国推进工业化的关键。且让我们简单地回顾回顾历史。

1946 年 5 月 4 日 →	中共中央发表土地改革方针（五四指示）
1947 年 10 月 10 日 →	中国土地法大纲公布
1949 年 10 月 1 日 →	中华人民共和国成立
1950 年 5 月 1 日 →	婚姻法公布
6 月 25 日	朝鲜战争爆发
6 月 30 日	土地改革法公布

1951 年 7 月 10 日	朝鲜停战谈判
11 月	三反、五反运动
12 月 15 日	毛泽东发表关于农业合作化重要性的讲话
1953 年 1 月	第一个五年计划实施
2 月 15 日	中共中央关于农业生产互助合作的决议
7 月 27 日	朝鲜停战协定签字
10 月 26 日	中共中央召开农业互助合作化会议（至 11 月 5 日）
11 月 5 日	毛泽东发表关于农业生产互助合作化的讲话
12 月 16 日	中共中央作出《关于农业生产合作社的发展》决议
1954 年 6 月 28 日	周恩来、尼赫鲁会谈，倡议和平共处五项原则
9 月 15 日	第一届全国人民代表大会
1958 年 8 月	开始开展人民公社化运动

　　且就这一段的情势对赵树理的下乡作一番陈述。

　　这时期，正是中国怀抱着朝鲜战争这颗重型炸弹在外交上的非常时期，又是继土地改革向农业合作化前进的时期。在国际上，由于周与尼赫鲁倡议的和平共处五项原则得到承认，中国的国际地位得到迅速提高。其实，早在 1931 年，中国共产党便在江西瑞金进行过土地改革的尝试。土地改革是中国共产党在农村活动的最大支柱。经过调整了试行中所犯的错误，1950 年的春天，约有一亿五千万农民，有占全国耕地面积百分之四十三的土地投入了土改。1952 年，只有中南区的部分土地没有土改。1953 年春，全国基本完成了土改。土地改革就是把地主所有的土地、家具、役畜、农具等无偿地分配给农民。土改之前实行的减租减息运动，虽然还有部分地区在实行，但随着土地改革步伐的加快，一律纳入土改的轨道。

　　获得了土地的农民的喜悦，比我们能够想象的大得多，农民诗人纵情歌唱的"土地对我笑哈哈，我对土地笑哈哈"，那率直的歌词便是明证。喜获土地的农民，不难想象是怎样以全部热情投入了农业生产，主要农作物的年产量突破了1952年以前抗日战争时期的水平。

　　不过，土地改革并不能立即把农民从贫困中解救出来，小农的分散经营也难以使生产飞速发展，加上小土地所有者固有的保守、自私、利己的倾向，阻碍了生产的发展。因此，农业的生产互助，农业生产合作化便成了必要的手段。人民政府和共产党，一方面重视合作化的推广工作，一方面进行教育，启发农民对合作化的认识。为了保护在合作化进程中有关农民的利益，采取了渐次推进的软方针，即由初级到高级的递进办法。

　　互助组：临时的、季节性的、长年的

　　合作社：初级合作社、高级合作社

　　人民公社

　　众所周知，互助组是生产资料私有、互助劳动。初级合作社是土地、生产资料有偿入社集体劳动。高级合作社是土地无偿入社，其他生产资料给予适当报酬。实际是，由互助组到初级社还残留着若干私有成分，到高级社，便是社会主义的经营形态了。

　　赵树理开始下乡是1951年至1953年，正是由互助组到初级社的进行阶段。到1956年，已经有96.3%的农民加入了合作社。我们的老赵，是怎样行事的呢？

　　他在《三里湾写作前后》一文中，这样说道：

　　我是愿意写农村的，自然也要去摸一摸农村工作如何转变的底。

于是就在 1951 年的春天又到我熟悉的太行山里去。1952 年，从秋到冬，为了了解农业生产合作社，我在山西省平顺县川底村住了三个月。

我在这次试验中仅仅参加了建社以前的一段，在脑子里形不成一个完整的社会生活面貌，只好等更多参加一些实际生活再动手，于是第二年便仍到一个原来试验的老社里去参加他们的生产、分配、并社、扩社等工作。

从老赵这些片段的发言中，可以了解到他在农业合作社之前和农业合作社试行阶段的一些过程。

1952 年老赵参加的农业合作化的先进试点是山西省平顺县西沟公社所属的川底大队。川底村的 18 户农民，组建了山西省最早的十个合作社之一的川底社。

赵树理就是这样搜集着他的创作素材。都市的任务还要完成，这只是创作的准备。他这样说过："1953 年冬天开始动笔写，中间又因事打断好几次。并且又参观了一些别处的社，到今年春天才写成《三里湾》这本书。"这是他解放后完成的第一部长篇小说，也是他长篇小说中的代表作。这部描写农村社会主义改造的长篇，得到了很高的评价，立即被译成法文等外国文字介绍到海外去了。

打倒"四人帮"后，在活跃的文艺创作活动中，对长篇小说寄予了提高的期望。《三里湾》和"三红一创"（即《红岩》、《红旗谱》、《红日》及《创业史》）、《青春之歌》被列为建国十七年来 (1949—1966) 的名作。

从"改行"的苦恼低谷中脱身出来，在农村变革的社会环境中重新获得了创作激情的我们的地摊文人赵树理，且让我们从这部久违的创作《三里湾》，来看看究竟。

书名《三里湾》是地名，湾是流水的转弯处，是弯弯流水奔向大江。

三里湾是个模范村——工作开辟得早，干部多，而且干部的能力大、经验多。县里接受了什么新的中心工作，常好先到三里湾来试验——除奸、减租减息、土改、互助，直到1951年试办农业生产合作社，都是先到这个村子里来试验的。（摘自《三里湾》）

以"三里湾"这个农村变革的样板作为舞台，截取了从1952年的9月1日到9月30日的这段时间，叙述了三里湾这个村庄里发生的变化。核心问题有两个：一个是已经成立的合作社在扩大，一个是如何实施农业灌溉用水的开发。细致地描绘了推进这两项重要工作中难以避开的各种各样的事件，各种各样的人物，涵盖了婆媳的问题，老一辈和小一辈的问题，夫妻之情，青年之爱。有工作经验的老农和青年学生在技术中的结合、农村中的投机商人、土地问题、党员问题、老革命的变质问题等等等等，生动地再现了农民运动中的各类形象。按照赵树理特有的谱系，可以分为这样几个类型：

(1)好样的农民党员，是组织和领导农民进行社会主义改造的共产党活跃分子，如党支部书记兼合作社副社长王金生。

(2)觉悟了的农民群众，曾在地主的苛刻压榨中度日，对党建立农业合作组织，对党的方针率先领会、拥护，积极参加合作社。他们当中，有一心一意改造旧农具的人，这些人在合作社中发挥着生气勃勃的力量。用不同于斗争地主的方针批评农民群众中的错误，绝不容忍走资本主义道路倾向。这是可爱的一群，如作品中的王宝全、王玉生、王满喜。

(3)新的一代——青年学生，并不完全限于贫农出身，他们在农业生产中的经验不多，但是，他们拥有农村发展必要的科学知识，他们有着青年人的朝气，都比较少有农村中固有的缺欠。如作品中投机分子范登高的女儿范灵芝。

(4)农业合作社中离心的一方——是当时农村中各种活动的掣肘势力。他们为小土地所有者、小生产者的利己心理驱使，对农业合作社的道路抵触，时时有走上资本主义道路的危险。这个群体中包容着各种各样的人物，重要的是，他们的思想在影响着老革命、党员甚至一部分青年。作品中这个群体登场的人物最多，是当时先进农村中最突出的问题。

(1) 到 (4) 的划分是根据赵树理的自白："为什么写了那样几个人"(摘自《三里湾写作前后》) 所作的归类。

《三里湾》的故事情节，就是在 (1)、(3) 与 (4) 的对立、冲突、和解直到解决问题的曲折迂回中展开的。请允许聚焦于几个人物来作番简单的介绍。

王金生——一个优秀的共产党员，是作为合作社扩社、规划并实施灌溉水渠线路的用地、高扬村里的政治思想工作的推进人物登场的。他的文化程度并不高。由第三章"一个奇怪的笔记本"将他引领登场。在王金生非常宝贵的红皮笔记本里，偶然落下来一个纸单，纸单上写着高、大、好、剥、拆、公、畜、欠、配、合等几个单字。拾到这个纸单的金生媳妇和金生的妹妹玉梅，怎么也弄不明白这个纸单的含义。纸单最后的五个字：公畜欠配合，联起来猜测的话，可能讲的是：合作社里的役畜不好配对。其他的字便完全无法理解。且请看王金生的说明：所列的

高——是讲在土地改革中获得了丰厚利益的人。

大——记的是村里大家庭。

好——记的是占有上好耕地的人家。

剥——是当时还在剥削别人的人。

这四个字所指的人，是抵触合作化的人。王金生认为：要动员群众认清这两类人的性质，不支持他们，孤立他们，这是扩大合作化的必要条件之一。

拆——意味着分散，围绕着是否入社的大家族面临的是分不分家。这是个老问题。

公——指的是公积金。

畜——役畜入社问题。

欠——合作社社员的债务问题。

配——分配。

合——指的是合作社和未入社者之间，在灌溉水渠用地上的合作。

总之，这个奇怪的纸片，是作为党支部书记当时面临的各种问题的概括缩写。是他这个文化水准所做的备忘录。这不是为了说明灌溉渠道如何必要的演说辞，完全没有文字上的装饰，是一个地道的农民在进入新世界时对环境的观察，在一个一个的汉字里浓缩了这个改革活动家的朴实做法，这是一个推进农村改革的纪实，这就是《人民日报》和党中央倡导的理论在实践中的一个验证吧。

农民群众对党的方针赞成还是不赞成，接受还是不接受，是以自己的实际为准的。利己的实际观点无疑会是一种障碍。

三里湾的村长范登高，曾是土改中的积极分子，现在被人们叫着翻得高，他是一名党员，可是不愿意加入合作社，只愿留在互助组里。

他雇了邻村一个叫王小聚的人帮他忙，跟王小聚订了一份这样的合同：每月给王小聚二十万（53年用的旧币，一万约合一元）元工钱，每笔小买卖做成，再给百分之五的赏钱，不干农活。表面上是给合作社进货，实际上是私卖。在村里处理分家的问题上，他和支部的意见不一致。年轻人分家另过，一家变几家，加入合作社的户数多了，也就意味着他更加孤立。还有，在役畜入社的问题上，他指望着用骡子跑运输，不同意入社。因此，在一系列的问题上，范登高都不站在理儿上，可他总是找出各种原因来辩解。分家问题在王金生那奇怪的纸片上是反映扩社运动的一个争执点，对范登高，党外的批评不少，在党内就更不用说了。甚至于说不批评范登高，党就无法领导运动。党召开了批评范登高的会。

《三里湾》第二十三章，范登高说了这样一段话："在当时，党要我当干部我就当干部，要我和地主算账我就和地主算账。那时候算出地主的土地来没有人敢要，党要我带头接受我就带头接受。后来大家说我分的地多了，党要我退我就退。土改过了，党要我努力生产我就努力生产。如今生产得多了一点了，大家又说我是资本主义思想。我受的教育不多，自己不知道该怎么办，最好还是请党说话！党又要我怎么办呢？"

范登高说完，老党员、合作社社长张乐意是这样说的："我说登高！你对党有多么大的气？不要尽埋怨党！党没有对不起你的地方！要翻老历史我也替你翻翻老历史！开辟工作时候的老干部现在在场的也不少，不只是你一个人！斗刘老五的时候是全村的党员和群众一齐参加的！斗出土地来，不敢要的是少数！枪毙了刘老五分地的时候，你得的地大多数在上滩，并且硬说你受的剥削多应该多得……那时候我跟你吵过多少次架，结果还是由了你……土改结束以后你努力生产人家别人也不是光睡觉，不过你已经占了好地，生产的条件好，几年来弄了一头骡子，便把土地靠给黄大年和王满喜给你种，你赶上骡子去外边倒小买卖，一个骡子变成两个，又雇个小聚给你赶骡子，你回家来当东家！你自己想想这叫什么主义？在旧社会里，你给刘老五赶骡子、我给刘老五种地……小聚给你赶骡子，你还不是和刘老五学样子吗？党不让你学刘老五，自然你就要对党不满！……我都不愿意看着你变成个第二个刘老五。"（《三里湾》第二十三章）

农村的合作化以跃进的姿态开始了。优秀干部、朴实的农民，新成长起来肩负未来的年轻一代，积极支持运动。不过，随着农村的跃进，难以从外在姿态中看到的从柴米油盐等生活细节中显现出来的各种障碍，并未逃过赵树理的眼睛。他把握着生活的具体，看出了有着光辉业绩的昔日英雄，没能保住英名。

再来看看三里湾的人间群像。

如前介绍的那样，用赵树理自己的话来说，三里湾中有"离心力"，这是推进运动的阻力，虽然和《三里湾》情节的展开没有直接关系，但这些人却在自己的范围内，对自家的儿子、闺女发挥着息息相通的影响，这是赵树理小说世界中有时以主角姿态，也有时以配角姿态登场的读者们熟悉的人物。

村里的大家族马家的家长马多寿，他的老婆外号叫常有理。还有党员袁天成，这袁天成是头号的怕老婆，老婆的话比党的话中用，老婆外号叫能不够。这能不够和常有理是祖传牙行家的一对姐妹。袁天成和能不够的女儿袁小俊，从离心力的家庭嫁给了"促进派"家庭中的王玉生，因为能不够的教育，小俊是又任性又不知道节俭，和玉生闹到了离婚的地步。

请看《三里湾》第四节中对能不够的描写：她初嫁到袁天成家的时候，因为袁天成是个下降的中农户，她便对袁家全家的人都看不起，整天闹气。村里人对她的评论是：骂死公公缠死婆婆，拉着丈夫跳大河。到小俊初结了婚的时候，她把她作媳妇的经验总结成一套理论讲给小俊。她说：对家里人要尖，对外面人要圆，在家里半点亏也不要吃，总得叫家里大小人觉着你不是好说话的。对外面人说话要圆滑一点，叫人人觉着你是个好心肠的人。对男人要先折磨得他哭笑不得，以后他才能好好地听你的话。从前那些个爱使刁的女人们常用的"一哭二饿三上吊"的办法她不完全赞成。她告小俊说："千万不要提上吊，上吊有时候能耽搁了自己的性命，哭的时候，也不要真哭，最好是在夜里吹了灯以后装着哭，要是过年过节存了些干粮的话，也可以装成生气的样子隔几天不吃饭。这两个办法她都用过，要不天成老汉也不会像现在这样听她的话。

这是我们非常熟悉的女人塑像，《小二黑结婚》中的三仙姑如此，受了能不够真传的袁小俊也将如此吧！

三里湾这个先进的模范村里，有这么一些落后的农民，像范登高那样的老党员，这就出现了老党员的变质问题。伴随着跃进，出现在跃进中的诸多困难困扰着农村。

王金生那奇怪的纸片上记载的单字，正是农村实际生活诸课题的浓缩。这离心力概括的落后阶层，忘却了昔日革命热情、只顾私利的变质分子等等，在登场时的语言中，描写得多么具体多么精细。故事情节就在这枝枝叶叶的衬托中娓娓道来，与合作社的大事，与灌溉水渠用地的解决等大事中一蹴而成。

该分家的把家分了，该离婚的也把婚离了，新型的情侣诞生了，适合合作化的农具改良在推进之中。

农业合作社的扩大运动，在范登高、袁天成做了自我批评并加入合作社中前进着，灌溉水渠用地的矛盾也解决了。故事在国庆节的前夜做了总结。在连时钟都是稀罕物件的三里湾，在拥有电、拥有汽车的村庄大变样的展望中，农民迈出了从容的一大步。

这部长篇小说，是赵树理下乡生活中捕捉到的诸多问题构成的主题。赵不是那种住招待所、以作家先生的视角攫取素材的作家，而是作为一个农民、一个农村干部，与农民同一视野反映当时农村现实的作家。

1952 年下乡时候的赵树理是这样的：

进村几天，赵树理就和全村的男女老少混熟了，人们都愿意找他叙家常，他到社员家吃派饭，见火不旺，就帮着捅火添炭，见小孩哭闹，就抱在怀里哄孩子。白天和社员一起下地劳动，晚上一起回来开会。开会时，他总是早早赶到会场，把火烧得旺旺的。开会之前，他常给社员们讲故事，唱上党梆子戏。他一个人又打锣鼓，又拉胡琴，舌头打梆子，嘴里还不误唱，人们围着他，像数九寒天围着一炉火……

在合作社建立后的次年，困难可真是不少，赵树理总是和大家一起操心，想方设法把合作社办好，他常说：我们是第一个办社的村，只能成功，不能失败，我们是榜样啊！

秋收分配的时候，老赵特地来到了打谷场上，帮助打算盘，帮助记账。天冷，钢笔冻得不出水，他就哈口热气暖一暖，手指头冻得不好打算盘，他就暖一暖接着打。

这一年，合作社粮食增产，副业收入增加。春节一过，全村的农户都入了社。社员们说"老赵是咱社里人，农业增产，合作社发展，都有老赵的一份功劳。"（摘自《人民日报》1979年1月《老赵是咱社里人》）

马烽在1978年10月回忆赵树理的文章中有这样的评价："我没有和赵树理同志一块下过乡。1971年我获得'解放'后，曾在他蹲过点的一个村庄附近的另一个村庄插过二年队。他蹲过点的那个村子我也去过。提起赵树理来，大人小孩都熟悉。他们告诉我：老赵在这里蹲点的时候，正是大办农业社的那阵子，他不仅参与办社的大事，连改良农具、修补房屋、调解家务纠纷等等他都参与，而且是认真地帮助解决这些问题。吃饭时候，他常常是端着饭碗在饭场上和农民们聊天，也常常和喜爱文娱活动的人们一块唱上党梆子，谁都不把他当作家看待，而是看作他们当中的一员。从这里也可以看出老赵深入生活的一个轮廓。甚至有人指给我看那里是'旗杆院'，那里是'刀把地'，那个人是'王玉生'。这些都是中篇小说《三里湾》中的地名、人名。"

赵树理就是这样生活在群众之中，做着农活，发现了投机分子发展的轨迹，农民吃几根面条他都明了，这些表面上琐琐细细的问题，正是决定着农村社会主义改造大事业的成败问题。

不过，《三里湾》难以说是取得了十二分的成功。这很可能是由于当时的环境没有抗日时期那种戏剧性的高峰，结尾也过于匆忙。组成离心力的群体——马多寿、袁天成、范登高以及那些有名的女人们，这些人的转变如果说是近乎唐突，也可以说就是唐突。在赵树理的作品世界里，《小二黑结婚》也罢、《地板》也罢，虽然顽固派是顽固到底的，在转变思想的过程中呈现的是妥协的屈服，这才是赵树理身在农村对农村变革的真实再现和作为地摊文人的体会。《三里湾》的结尾，对我来说，也是难以置信的。我觉得离心力的一方并没有获得思想上的改造，转变得过于轻易。我想，是不是赵树理为了向急骤开展的大跃进做些小小的贡献也未可知。一步就跨进了合作社的人们，真想看看他们下一步怎样举步。

　　赵树理在逝世之前，已经表露了将写一篇以《户》命名的农村社会主义改造的续篇，这将是跨入人民公社的农村画卷，很可惜，在完成这部长篇之前，赵已经撒手人寰了。

第九章

变革中的农民
落后人物、青年问题

《三里湾》的问世，显示了赵树理的创作激情并未衰减。生活依然是往返于北京和山西省的故乡之间，直到"文化大革命"开展的前夕。

1952 年赵没有作品问世，1953 年以后，包括《三里湾》在内的创作如下：

1953 年	王家坡（俗曲、小调式的地方文艺）
1954 年	求雨（短篇）
1955 年	三里湾（长篇）
	刘二和与王继圣（短篇）
1956 年	表明态度（电影故事）
	开渠（泽州秧歌，发表于 1960 年）
1957 年	杂文多篇
1958 年	锻炼锻炼（短篇）
	灵泉洞（上卷，长篇评书）
1959 年	老定额（短篇本年多杂文）
1960 年	套不住的手（短篇）
	发行评论集《三复集》
1961 年	实干家潘永福（传记，完稿于山西省长治）
1962 年	杨老太爷（短篇，写于山西省太原）
	张来兴（短篇）
	互作鉴定（短篇）
1963 年	小说集《下乡集》发行
1964 年	卖烟叶（短篇）
1965 年	十里店（上党梆子，1978 年以遗作发表）

从 1966 年到逝世时的 1970 年 9 月 23 日，赵树理构想的《户》以及他的所有作品统统遭到批判，被扣上了"黑作家""中间人物的鼻祖""反革命修正主义文艺路线的尖兵"等等帽子，剥夺了他发表作品的权利。因此，《十里店》只能是以遗作发表了。

该如何评价他这一时期的著作，暂不涉及细节，其主要作品按主题区分可以归为以下几类：

(1)活跃在农村中的地道的勤劳农民，这是一群无名英雄。如《套不住的手》《实干家潘永福》《张来兴》。

(2)跃进的农村中的落后分子——焦点对准那些阻碍跃进的人们（当然，故事中设置了落后的对立面，是以批判者的胜利使问题解决而前进），如《求雨》《表明态度》《"锻炼锻炼"》《老定额》《杨老太爷》《十里店》。

(3)描述的仍然是与 (2) 类同样走错误路线的人。与 (2) 类的区别在于，着眼点是担心这种落后思想会对青年产生影响。如《互作鉴定》《卖烟叶》。

《三里湾》在某种意义上说，是以上分类的各色人物的综合，是赵树理人物画卷的囊括。

其实，赵的另一部著作《灵泉洞》也可以列入以上画卷，可惜的是《灵泉洞》没有写完，难以作出正确评价。从上卷所展示的内容看，可以归在《李家庄的变迁》谱系之中。故事说的是：山西省太行山中有个叫作灵泉洞的洞穴，这其实是一条通往山顶的秘密通道，山顶那个鲜为人知的桃花源一样的村庄是故事发生的场景。时间是抗日战争时期。《李家庄的变迁》中的主人公铁锁，先入牺牲救国同盟会，之后加入了共产党。《灵泉洞》上卷，说的是这个桃花源似的村庄里，原来有共产党组织，党员被敌人杀害之后，非党的农民便成了战斗的中心力量。

　　有一篇无法归入赵树理创作谱系的小说，是 1955 年发表的《刘二和与王继圣》。这是一篇描写抗日战争之前的旧中国农村生活的画卷。描写了当时的农村生活，描写了农民自发的反抗意识，描写了这种反抗意识在儿童生活世界中的折射。而且，后半部描写了农村中的庙会，把参加庙会的农民群众塑造得十分生动。这不仅仅是幅平面的生活画卷，更反映了农村中的地主与贫农之间那种支配与被支配的关系。这种关系更在儿童们的游戏中体现。从这些农民中可以窥见潜存的铁锁、福贵等人的风貌。从这里可以体会出：作家与生之养之的故乡的那种割舍不断的纯情。可以断言：对赵树理来说，刘二和与王继圣的世界与他息息相关。赵树理与历史同步前进的时候，愤怒于贫农们的无组织状态，正是这种愤怒，才迈上了李家庄变迁的战斗之路吧！鲁迅在《故乡》中，对故园献上了深情的描述。他对当时农村的极度贫困，对农民身上那根深蒂固的愚昧保守，追根溯源作了淋漓尽致的展现。作为知识分子的鲁迅，明白自己和"故乡"之间隔着鸿沟，情不自禁地涌出一种茫然若失的苍凉之感。鲁迅在自己的理性世界中踟蹰，感到力不从心，这是鲁迅的苦恼。赵树理对故乡的关注，与鲁迅相异，使读者感到，作者与故乡是一体，与农民的喜怒哀乐是一体。我不想在这里评价两篇作品谁优谁劣。我只是想说，对赵树理来说，对农村的取材，只有这样一个唯一的视角。不管人们如何评价《刘二和与王继圣》，我以为，这篇作品应该得到很高的评价。

　　对本章开头所列的篇目，难以一一作评述，仅就前列的 (2) 与 (3)

两类谈谈意见。

关于《三里湾》我对那匆忙的结尾感到不自然，对那些离心力人物的转变感到唐突。在加入合作社这个人物的切入点来看，不由得生出一种这些人以后又会怎么样呢的悬念。从赵树理今后创作的展望看，恐怕仍然是有这些离心力人物栩栩地登场吧！

1962 年 8 月，在大连召开了一个"农村题材短篇小说创作座谈会"。会上，邵荃麟提出了所谓的"中间人物论"，这是几年以来就有"赞"、"否"两极的老话题。进入"文革"，这个话题被一脚踢进了修正主义文艺黑线，直到"四人帮"倒台后，才重新得到了再评价的机遇。赵树理这个时期的作品，被反对论者定名为中间人物的典型，赵树理顺理成章地成了中间人物的开山鼻祖。

邵荃麟之所以提出"中间人物论"，是因为已经有了题材多样化的论点。说的是：要把作家选择题材的幅度拓宽，突破历来创作的狭窄范围。依据是：在人民大众之间，英雄人物、反革命分子都是少数，绝大多数是中间人物。比起英雄人物，这些平凡人物身上有着更多的问题，在中间人物身上聚焦，可以收到教育效果，从而深化文学的现实主义。

然而，以江青、姚文元为中心的一派提倡京剧现代化，理论上提出了至今仍臭名昭著的"三突出"原则。即：在文学上，要描写肯定人物，描写肯定人物中的英雄人物，更进一步描写英雄人物中的主要人物。强调不能抹杀英雄，如此这般，中间人物论便成为错误的导向了。

赵树理的案头构想，并不只是描写中间人物，他也绝不是只为遵循"讲话"的路线而创作。可以这样说：要客观的如实的反映农村中的现实斗争，是无法避开中间人物的。中间人物在赵树理的作品世界中登场亮相，是赵树理创作的必然，这绝不是对中间人物的礼赞。他是把中间人物作为正面人物的对立面命令他们出场的。只要通体观察赵树理小说的构成，这个判断可以立即得来。问题并不在于赵树理是或不是中间人物的开山鼻祖，而是在于能客观地认识在农村的现实斗争中存在不存在这样的人物。主要的是，要在认识的基础上，进行变革，还没看到赵树理本人对中间人物争论持什么观点的资料。我有这样一个联想，也可以说毫无根据，持反对论点的人，可能是犯了幼儿病的臆想吧！

好吧，还是让我们来看看中间人物中最突出最生动的两位女性吧！这是1958年8月在地方杂志《火花》上发表的短篇《"锻炼锻炼"》中的两位人物。这篇小说当年9月《人民文学》作了转载，不过，那是作为批判用的。

争先农业社，地多劳力少，

动员女劳力，作得不够好：

有些妇女们，光想讨点巧，

只要没便宜，请也请不到——

有说小腿疼，床也下不了，

要留儿媳妇，给她送屎尿。

有说四百二，她还吃不饱，

男人上了地，她却吃面条。

她们一上地，定是工分巧，

做完便宜活，老病就犯了；

割麦请不动，拾麦起得早，

敢偷又敢抢，脸面全不要；

开会常不到，也不上民校，

提起正经事，啥也不知道。

谁给提意见，马上跟谁闹。

没理占三分，吵得天塌了。

这些老毛病，赶紧得改造，

快请识字人，念念大字报！

　　这是短篇小说《"锻炼锻炼"》开头的一段，是1957年争先农业社整风运动中的一则墙报。是年轻一代的代表人物杨小四写的，批评的是社里出了名的两个女社员。一个外号叫小腿疼，一个外号叫吃不饱。小腿疼五十来岁，有儿子、儿媳，还有一个小孙子。她一看见对个人有利的活就红着眼睛去争；一看见对社里有利的活就闭着眼不干，说是二十多年前闹过现在已经治好了的腿疼病又犯了。这病是犯还是没犯只有她自己知道。她说疼别人也无法证明真疼还是假疼。她这小腿疼的外号人人皆知，反倒把她的真名湮没了。

　　另一位是个三十来岁、本名叫李宝珠的女人，按年龄说，正应该是社里有用的人材，可她却和小腿疼并排齐名，成了个难缠的人。她和丈夫是那种自由结婚的。她并不满意丈夫，准备一旦有了对心思的人就和丈夫离婚，丈夫只是"过渡期"的丈夫。这个过渡期的说法，很可能是照搬中国共产党关于社会主义建设总路线有个过渡期的说法而来，吃不饱的丈夫并不是个无能之辈，只是被结婚的约法三章捆着了手脚。在他们恋爱的时候，吃不饱提出来三个条件，那可是解放后农村中绝无仅有的三条：(1) 女方掌握财政实权；(2) 做饭、针线活以外的家务，如挑水、打煤饼、舂麦、收拾暖炉一概由男方承担；(3) 吃什么穿什么由女方作主。这三条一实行，男方就完全成了女方的长工。这第三条，因为农业社实行计划口粮难以满足，女方便叫嚷起吃不饱来了。她说：我只是刮刮丈夫吃剩下的锅底，没有干活的力气。如此这般，拒绝出工，明白底细的人嘲讽她的丈夫张信："你也是吃不饱吧！"

如何改造这两个老大难？老积极分子、社主任王聚海虽说是对她俩的活思想一清二楚，可总没有采取过明确的措施。对此，杨小四等人准备依靠群众的支持来解决这两位的问题，因为她俩的行为已经影响了妇女劳力出工的积极性。先在墙报上揭露了她们的思想根子，以便提高群众对这问题的认识。

吃不饱找上比自己长一辈的小腿疼，两人结伙向写大字报的杨小四等人发起反攻。出乎意料的是，对自己无理行为容忍的人都转向了杨小四一边，支持杨小四严厉的批评，闹得自己编排的瞎话被揭了底，还说要再闹下去，还有揪送派出所的危险。小说就在两个人支支吾吾的检讨声中结束了。

这些人和《小二黑结婚》中的三仙姑、《三里湾》中的"能不够""常有理"一样，没有周围群众的监督，是难以改正的离心人物。

赵树理认定：要消灭农村中根深蒂固的自私利己思想，靠的是绝大多数人的觉醒，靠的是正确的组织，靠的是有能力的领头人。他认为：这些条件具备，众多的三仙姑、小腿疼、吃不饱等人就可以慢慢地教育过来，他理想中的那种热爱劳动、吸收新知识、用新知识来解决农村变革中的实际问题，促使农村文化水准提高，发挥创造性的积极作用的"思考型农民"就会诞生。身为地摊文人的他，那时在新的环境里，他将为新型农民而考虑文学问题。当然，这个时期还没有到来。

咱们再来看看短篇《"锻炼锻炼"》的标题。锻炼锻炼本是社主任王聚海的一句口头禅。王聚海在抗日战争前期，就喜欢给人家解决个纷争什么的，有一定的人望。八路军进村之后，土改工作当中，他拒绝过敌人的收买，村支部见他立场坚定吸收他入了党，合作社成立又选他作了社主任，一直继续下来。他的哲学是，用人要根据被用人的性格，选用干部，不通过他这条用人的标准不行。因此，像杨小四那样的年轻一代，虽然得到了党内外人们的肯定，他还是认为他们太嫩，需要锻炼几年。

按照王聚海的哲学，还得好好研究研究小腿疼、吃不饱两人的性格，根据她俩的性格采取教育的措施。这一研究的结果，使得这两位人物毫无顾忌，想闹就闹，对女劳力的影响极坏，遭到了积极出工的女劳力们的反对。

杨小四等人对两位女性实行了大手术，在群众面前揭开了她俩的思想实底，这是趁着王聚海和村党支部书记到乡政府开会去的两天内进行的。把这两位的伪装剥落，对严冬来临之前那些紧张的农活来说，可以顺利地安排了。了解年轻人做法的党支部书记向王聚海这样说：

"你说那两个人吃软不吃硬，你可算是没摸透她们的'性格'吧！若不是你的认识给她们撑了腰，她们早就不敢那么猖狂了。所以，我说，你还得锻炼锻炼。"

　　小说就在支部书记对王聚海说这番话的时候结束，从而凸出了锻炼的主题，阐明了任何一个人都需要锻炼的中心思想。毋庸讳言，小说中塑造得最生动的就是这两位落后的女性。

　　一般说来，作品的主题与细节的描述构成作品的气势。农村中的落后现象，改造落后的措施，促使农村前进的组织能力，群众的监督与落后分子的状况等等，赵树理这样的一流作家，是从两方面着手的：用细节吸引读者，以细节为旋律阐发主题。如果抽出这两位活生生的女性，这篇作品便只能是篇农村干部的工作手记了。

　　小腿疼、吃不饱表现了落后，包括王聚海在内，这可以说是广义的中间分子。按着赵树理的思想脉络探究，这些人物如何叫法并不重要，重要的是农村就是要包容这些人物进行变革。这些人物姿态在变革中受教育，甚至被淘汰，这是赵树理向往的民本主义。

　　不过，当农村中这种反社会主义的逆向思想和行为影响到青年一代时，赵树理的感情是严峻的，目光遮着一片阴影。

　　1957 年他在一篇题名为《"才"与"用"》的杂文中，引用了一位黄姓青年给编辑部的一封信。这位黄姓青年认为，作为一个知识青年到农村参加生产是屈了才。对此，赵树理非常难过，知识青年的"才"不能为农村的变革尽力是不可取的。

　　作为人民作家，赵树理经常收到来自全国各地的文学爱好者的来信。这些信与其说是对赵树理的崇拜，不如说是要赵树理传授为文的秘诀。就是对这些人，赵树理每个月也要回上十封八封的信。信越积越多，他那标有"要回"的信袋已经装得无法再装了。他只好借用杂志作个总答案。长沙地质学校十八岁的学生夏可为，将自己写的一篇关于宇宙诞生的论文寄给地质部长李四光，又给文化部长茅盾写了信。茅盾委托赵树理作个答复。赵写道："你对地质学校的课程感到乏味，怎么能写出关于宇宙生成的论文？又计划写出两千页稿纸的小说。还是把努力放在学习上吧！不要总是幻想。"赵树理的态度亲切又严峻。对他的这份回答，各地青年纷纷提出反驳，认为他是对夏可为的热情泼冷水。有人说："鲁迅帮助青年，你却打击青年。"又有人说："杜甫八岁能诗，作家刘绍棠中学时就发表作品，年龄并不能决定一切。"对这些，赵树理亲切地作了回答（见1959年9月发表的《青年与创作》）。他的回答兴味盎然，面对青年最率直最贴切的问题的意见表现在他给女儿广建的一封信上。赵树理的女儿广建把不愿意在农村干活愿意在文化界工作的意愿向爹爹说出时，赵说："盼望你决心作个劳动者！"这也正是他受到青年们反驳的1957年9月。他给身在故乡的女儿的信，被《山西日报》的记者发现，在《山西日报》上发表了。这是一封严厉又满溢父爱的信。信如下：

广建：

多日不见你的来信，不知近来有何进步。

你离开学校已经一年了。在这一年中，你换了三个工作岗位，最后总算"接近"了劳动人民。我想在现在的条件下、你的思想应该有所开展，因而我又想对你一年来的生活、思想情况作一点分析，作为你今后调整生活的参考。

去年你要到新疆，我同意了。在商量这件事的过程中，你驳回了我的好多建议：我要你回原籍参加农业社，你根本不愿考虑；我让你在北京参加服务业，并具体提出了当售票员、售货员、理发员等职务，你调皮地说售票、售货只售给爸爸，理发也只给爸爸理，其实自然还是根本不愿考虑。

从这一件事看来，当时我说你是看不起劳动人民，你不服气，现在我想你应该能够认识这一点了吧！自然你当时的心境是复杂的，不过，不论如何复杂，其主导思想只有一种，那就是"看不起劳动人民"。你有两个小小包袱：一个是高中学生，另一个是干部子弟。从旧社会传来一些社会职业评价，认为读了书或当了干部就应该高人一等，认为参加生产或服务业的人是干粗活的，俗人。这种与社会主义极不相容的旧观点，偷偷地流传到很多学生和干部子弟的头脑中，而你不幸也是接受了这份坏遗产的一个人。……总以为爸爸当干部儿子就不能理发，其实那有什么坏处呢？我当作家你理发，我的头发长了请你理，我写出小说来供你读，难道不是合理的社会分工吗？

给广建的信也涉及了希望成为作家的青年的问题。他满腔热情地告诫，作为作家，首先是一个优秀的人，是热爱生产活动的人。女儿广建遵从父亲的教导，决心回乡务农的志愿书 1957 年 12 月 5 日登在《山西日报》上，《文汇报》《北京日报》作了转载。赵给女儿的信，之后又被选为语文教科书的教材。

在给女儿的信中，对青年的生活之路谆谆劝导，信里也阐述了生活与文学的关系。忠告青年，生活是创作的源泉，游离于生活之外的文学中国是不需要的。这是赵树理毫不动摇的信念，对有人批评他"鲁迅帮助青年，你却对青年泼冷水"的话题，他这样表明心态："鲁迅先生生活在黑暗的旧中国，现在的时代是完全不同了。说我泼冷水，我认为泼泼冷水可以使发热的头脑清醒清醒。"这回答，体现了赵树理的铮铮铁骨。

革命的风暴过去了，社会相对地安定下来，原有的各种困难在社会主义建设的进程中逐一显现了。昔日的斗士英雄，产生了错误的思想，作了错误的行动。目睹这些，赵树理是看在眼里、痛在心里。这是无法躲避的现实，当他感觉到这不良的倾向将影响年轻单纯的青年一代时，他把这不易解决的问题，作为自己的文学主题创作起来了。这就是1962年的《互作鉴定》和1964年的《卖烟叶》。

《互作鉴定》是以四个回乡务农的初中毕业生之一的刘正为聚焦点构成的故事。刘正给县委书记写了一封投诉信。刘正说："我知道有知识有文化的青年参加生产是光荣的、是有前途的。我是个刚满十八岁的青年，需要有人帮助、有人培育。可是我目前的环境却是冷酷的，没有温暖。我实在是忍受不下去了。"

县委会派了县委副书记到刘正所属的生产队进行调查。早在上中学的时候，刘正知道这位副书记是刨土坷垃出身，就看不起这个土包子。副书记巧妙地组织了另外三个回乡青年，对刘正那要到都市去捞名捞利的错误思想进行了分析、批判。同学陈封记下了副书记给刘正作的十六字总结：自命不凡，坐卧不安，脚不落地，心想上天。小说在这四句评语中结束。一心想到都市中去，中学生与一般的老百姓不同。刘正的这些思想，赵树理的女儿有，希望成为作家的青年们也有。

《卖烟叶》中登场的青年贾鸿年，他对政治思想完全明白。这个明白只停留在流行的层面上。相反，他却对父亲和叔叔偷偷摸摸地作黑市小买卖很欣赏。小说描写了他如何卖上烟叶，描写了担心他走上岔路的他的情人，以及看不清贾鸿年思想本质的老一代的干部。

　　毋庸讳言，对青年，特别是对农村中的青年来说，当前农村的情况实在难以令人满意。虽然和解放前牛马不如的状况有了根本性的改变，就生产与分配来说，就劳动条件、生活条件来说，特别是和都市的差别，都存在着一系列的差距。对此，赵树理完全明白。农业合作化可以解决生产上的一些困难，运营得好，对个人也会多有收益。他认为，作为离心力的中间人物，改造偏离了革命精神的农村干部，是影响青年的症结。为了迎接集体化、合作化发挥真正威力的时刻，一切目光短浅只顾眼前的思想作风都必须改造。那是无论在经济上、在思想上都是难度极大的课题。

第十章
／为农民读者

为了使农民读者一读到底，就必须完全以农民的视角来观察世界，而不能掺杂作者自身的文学趣味。因此，赵树理养成了这样的习惯：带着写就的书稿，到农民聚集的地方去，朗读给农民听，根据农民的意见再加工。这种认识到必须扬弃作家主体独创式的创作态度，对赵树理来说，是必要、也是重要的过程。使用的语言非农民的语言莫属。赵树理熟悉农民的语言达到了这样的境界：当口吃的农民说到一半往下不知怎样表达才好时，赵能够揣摩出他心中所要表述的东西而代替他说出口来。贯彻这种创作手法的赵树理，形成了自己特有的多样的创作风格。

赵树理的创作粗细得当，简繁适度。有时轻描淡写；有时又浓墨重彩。让我们来欣赏他描写的招式，他的粗（简）与细（繁）的手法吧！

（一）描写招式之一——不写田园风光

赵树理自己说："田园风趣固然使我留恋，但更值得留恋的还是和我们长期共过事的人。"（《下乡杂忆》）

许多作家在自己的作品中，写下了激动自己的、那农村田园风景的新鲜与好奇的印象。从赵的杂忆中可以窥知，他对此也并不是全然没有感情。但是，即便整篇作品的舞台都是农村，赵树理的笔下，也未曾出现过微微的风、闪光的绿叶和喧闹流去的河水等等。

例1："一月之后，蚕也老了，麦也熟了。铁锁欠春喜的二百元钱也到期了……"（《李家庄的变迁》）

例 2："第二张挂在中间，画的是个初秋景色：浓绿的庄稼长得正旺，有一条大水渠从上滩的中间斜通到村边，又通过黄沙沟口的一座桥梁沿着下滩的山根向南去。……第三张挂在右边，画的是个夏天景色：山上、黄沙沟里都被茂密的森林盖着。离滩地不高的山腰里有通南彻北的一条公路从村后边穿过，路上走着汽车，路旁立着电线杆。"（《三里湾》）

从上面所举的例子可以看到：这完全是情理上的描述，风景只是为了展开小说情节的需要而写。李家庄那金色的麦浪和闪着荧光的蚕体并非是描写的对象，只是借这两样东西来说明主人公还债的日期已经到来就是了。

例 2 所举的是在典型村三里湾体验生活的画家老梁，应村人的要求，为三里湾画的三张画的说明。三张画分别是眼下的三里湾、明日的三里湾和社会主义时期的三里湾。这三张画的用意，是说明正在进行的扩社运动在水利开发上的计划和三里湾的发展前景。"绿油油的庄稼"、"宽宽的水渠"、"绿叶浓密的大树"，与其说是描写自然风景——正像用汽车、电线杆子标志农业的现代化一样——不如说什么庄稼呀、水渠呀、绿树呀，不过是显示农村富裕的小道具而已。

与生产——这项人与自然的永恒战斗——无关时，自然是温顺的，在欣赏者的眼里留下了美。但在它以凶残的暴力阻碍生产、摧毁人们的生活基地时，对农民大众来说，它绝对不可能是欣赏的对象，绝对不可能兴起抒情之怀。以农民的视角为自己视角的赵树理，在自己的创作中，拒绝多余的田园抒情，当然是顺理成章的事了。

（二）描写招式之一——没有个人面貌的群像

非必要的物事，不是农民读者关心的一切，赵树理是绝对不允许在自己的作品中出现的。这一手法，在登场人物的描写上也贯穿始终。赵树理作品世界中的登场人物，往往是带着愉快又幽默的绰号步上舞台的；有的人，甚至连本名也没有；但那绰号的由来却交待得一清二楚。这不是描写此人的长相，完全不讲他的眉眼、口鼻等特征。请看下面的例子。

例3："小芹今年十八了，村里的轻薄人说：比她娘年轻时候好得多。青年小伙子们，有事没事，总想跟小芹说句话。小芹去洗衣服，马上青年们也都去洗；小芹上树采野菜，马上青年们也都去采。"（《小二黑结婚》）

例4："小二黑，是二诸葛的二小子。有一次反扫荡，打死过两个敌人，曾得到特等射手的奖励。说到他的漂亮，那不只在刘家峧有名，每年正月扮故事，不论走到哪一村，妇女们的眼睛，都跟着他转。"（《小二黑结婚》）

《小二黑结婚》中的小二黑和他的情人小芹，是一对金童玉女，从上面的两则引文中可以得到佐证。对这一双美男俊女，赵树理没使用一句描写他们身体特征的语言。二黑和小芹的美，是在群众的动态中烘托出来的，是在特定的气氛中涌现出来的。从我们常识中对文学作品的印象说来，一般是从脸、从手足的动作、从身体的特征这些可见的外在的形态来反映那难以捕捉的登场人物，是不具个性的。用日本的一句俗语来说："是那种个子虽大却没有五官的怪物。"可是，在赵树理的作品世界里，我们习惯的那种描写没有必要，真的出现了有关面貌的描写的话，说不定只是败笔。在赵树理的构想中，他遣之登场的人物，是他从实在的生活中撷取来的，农民读者完全能够从自己周围的人物中找到这熟悉的形象，这正是作家的着力之点，他使他的人物活生生地浮现在他的读者面前。随在妈妈身后的俊姑娘，村戏中扮演美男子的后生，那些年轻的"小字辈"对他或她投过去的灼热的眼神，这些描绘已经足够了，足够引起农民读者头脑中的联想。"这是我们村的谁……"这种描述比之描绘身体特征更有效果。

但是，如果作品中出现农民日常生活圈外的人与物时，赵树理便例外地使用了描述，目的是使农民读者得到一种补充知识，词语极其淡泊。如：

例5："这个学生，大约有二十上下年纪，穿着个红背心，外边披着件蓝制服。粗粗的两条胳膊、厚墩墩的头发、两只眼睛好像打闪，有时朝这边，有时朝那边。"（《李家庄的变迁》）

例6："这个人有五十来岁年纪，两撇小八字胡须修剪得很整齐。他一揭门帘便客客气气地向林忠打了个躬说……"（《老定额》）

以上所引的例子，都描写了若干身体特征和服饰，这在赵树理的作品世界中是极其少见的。例5讲的是《李家庄的变迁》中的主人公铁锁，在思想觉醒的过程中遇到了党员学生小常时，对小常面貌的描述。这几笔白描，包含两层用意，其一是学生和农民不一样，先给农民读者垫个底。其二，在故事发展中，给铁锁留下再遇见小常型的人物时，能够作出无误判断的能力。

例6是利用八字胡的存在，说明那个人的阶级特征。除了必要的场合，赵树理作品中的登场人物是没有独特描写的群体，所以采用这种手法，毋庸赘述，赵树理的意图是很清楚的，这是表白他给自己规定的一项至高无上的命令，以读者的需要为准。作家如果陷于自以为是的描写，而不顾及读者所关注的事件的话，农民读者是不会把你的书一读到底的。赵树理担心的就是这个。

（三）描写的招式之一——阶级分析

在中、长篇小说的创作中，对小说的开场，赵树理时常使用这种手法，即：对那作为小说舞台的村庄，进行精心的描绘。全书三十四章的《三里湾》，就是从"就从旗杆院说起吧（第一章）"开始，对村庄的历史作了说明。《灵泉洞》的上卷，以两章的篇幅详尽地描述了太行山脉。如果把描写手法（一）、（二）两项列为粗（略）的话，描写招式之一的（三）则可以说是细（繁）的意思。《李家庄的变迁》也是从村人们聚合讲评是非的场地——龙王庙开始的。

赵树理的意图，其一是向读者预告即将展开的故事发生在什么所在。同时利用这个说明，叙述村史，交待村里的阶级状况及经济构成，给读者以必要的、最小限度的预备知识。当然，要为农民读者提供情况，就不能用社会科学的术语，要以农民的尺度为准，要用农民的语言来进行说明。这个引言的巧拙，是农民读者接受不接受的试金石，十分重要。即便是在《李有才板话》那种以农民欣赏的民谣为中心而展开故事的作品中，在《"锻炼锻炼"》开头引述的顺口溜的墙报中，都贯穿着这个旨趣。

赵树理的这种阶级分析的创作手法，让我们再以《李家庄的变迁》为例，进行剖析。

《李家庄的变迁》中的主人公铁锁，和地主李如珍的本家、教员李春喜相邻，两家正为了厕所的地界和地界上的桑树闹口角，到村公所要求评理，赵树理却写了一段分吃烙饼。按理说，谁吃几张烙饼这样的事本成不了文学描写的对象，这可以说是最普通的常识了。为什么我们的老赵无视常识，在作品的一些段落里，把这种"非艺术"的事说了又说？对于那些长期遭受剥削、遭受蹂躏、忍气吞声的农民来说，不可能不关注金钱、土地、食物等这些生活中最必需的东西的。这种表面上无视常识的创作手法，正是赵树理创作意图的流露。他把这种对物的描写作为打动农民读者、引起农民读者关心的杠杆。因此，在他的作品中，这种描写详详略略随处可见。赵树理把评理的过程和裁决写得十分细致，用以抓着读者，向读者说明了作为小说舞台的社会经济状况，这可以说就是赵树理式的阶级分析法。

（四）描写的招式之一——主题的选择

"我的材料大部分是拾来的，而且往往是和材料走得碰了头，想不拾也躲不开……。我在作群众工作的过程中，遇到了非解决不可而又不是轻易能解决了的问题，往往就变成所要写的主题。"（《也算经验》）

"我的作品，我自己常常叫它是'问题小说'。为什么叫这个名字，就是因为我写的小说，都是下乡工作时在工作中所碰到的问题，感到那个问题不解决会妨碍我们工作的进展，应该把它提出来。"（《当前创作中的几个问题》）

这也是一再介绍过的东西。生活与创作相连，这是赵树理执着的信念。如果把这种见解强加给其他作家，或者作为一国的文艺政策来执行，显然极其偏狭。但是，对与农民生活与共，以地摊文人自居、自诩为农民而写的赵树理来说，那就没有任何不可思议之处了。

作品的好与不好，赵树理虽然认为内容第一，技巧第二，但为了农民读者，赵在技巧或者手法上下了相当的工夫。让我们再来剖析赵在汲取中国传统小说手法、民间故事、民谣等优秀传统中的作法。

（五）描写招式之一——传统形式的运用

从赵树理来说，好的曲艺、好的评书，他都认为在反映群众生活方面比新文学生动。因此，他主张一定要虚心汲取民间文学在长时间历史积累中形成的精华部分。当然这是批判地继承，绝不是不分优劣，拜倒在传统的膝下，作传统的奴隶。让我们且以《三里湾》所用的手法，依据赵树理自己的阐述为例来进行分析：

"中国民间文艺传统的写法究竟有什么特点呢？我对这方面也只是凭感性吸收的，没有作过科学的归纳，因而也作不出系统的介绍来。下面我只举出几点我自己的体会……"（《三里湾写作前后》）

赵树理根据下列的五个方面作了阐述，原文很长，请允许我从简论述。五个方面是：1、叙述和描写的关系。2、从头说起，接上去说，故事的连贯性问题。3、用保留故事中的种种关节来吸引读者。4、粗细问题。5、语言问题。

在第1点里，赵树理认为：一般的小说，是把故事的叙述融化在情景的描写之中，中国评书式的小说与此相反，是把描写情景融化在故事的叙述之中。《三里湾》的第一章，便面临着这两种写法的选择。普通小说的写法，农民不熟悉，按农村人听评书的习惯，他们是从一开始便要知道是什么人在做什么事。农民不是不爱听描写，不过最好是把描写放在展开故事的叙述中。

作为民间艺术的评书与说唱等，都具有出色的故事性。说书人练就了一身讲述的本领，这种口头文学农民十分喜爱，新文学必须继承这一特性。当然，这并不是说要迎合大众，要永远如此。涉及青年问题时，在"才"与"用"中，赵树理强调，青年要成为农民有教养的新的一代。在《从曲艺中吸取养料》一文中，赵树理说："群众可以接受知识分子的东西，知识分子的东西至少也是百花中的一花。'五四'以来，用知识分子的语言写了很多的书，那部分书不读也是可惜的，群众掌握了文化后还是会读的……"他又说："我们本来没有的，比如电影，可以接受外国的，把它拿过来。如果牵强附会地说皮影戏才是中国电影的传统，要求电影在皮影戏的基础上发展那是不对的"（同前）。以上的说法，反映了赵树理衷心盼望农村的生产力得到提高，物质条件得到改善，有知识善于思考的新一代农民早日诞生，随着这些条件的成熟，文学与艺术肯定会产生相应的反馈；这与眼下的地摊文人、与熟悉现实的农村与农民情况是一致的，并没有偏离赵树理的一贯主张——不要把农民读者放置在作家自以为是的视点之下的论据。

第2点，强调的仍然是为农民读者所喜爱的故事性。《三里湾》的开头就是这样开始的。

例7："就在这年九月一号的晚上，刚刚吃过晚饭，支部书记王金生的妹妹王玉梅便到旗杆院西房的小学教室里来上课。她是个模范青年团员，在扫盲学习中也是积极分子。她来得最早，房子里还没有一个人，黑咕隆咚连个灯也没有点。可是她每天都是第一个先到的，所以对这房子里边的情况很熟悉——她知道护秋的民兵把桌子集中在北墙根下做床子用……"

这一段，如果像下面这样写法，行不行呢？"玉梅从外面饱满的月光下突然走进教室里，觉着黑咕隆咚的。凭着她的记忆，她知道西墙根枝杈零乱的一排黑影是集中起来的板凳。"这样写的话，农民读者会提出这样的疑问："这本书是丢页了吧！"因为他们要求知道的是谁第一个来到了教室？来到教室为了什么？他们不知道，即便没有交待，作者自有办法说明白，只要读下去，慢慢就懂得了。其实，《三里湾》开头（如例7）是十分平板的。赵树理这样说："按我们自己的习惯，总以为事先那样交代没有艺术性，不过即便牺牲一点艺术性，我觉得比让农村读者去猜谜好，况且也牺牲不了多少艺术性。"这种手法，不仅在同一章中使用，在章与章的衔接上也如此安排，不喜欢中间大起大落，这其实是章回小说的传统。

第3点即所谓的"扣子"，说书人是最会使用这种手法了。例如说到一个人要自杀时，说："只见那人，把衣裳往脸上一蒙，就要往河里跳"时便戛然而止，这是抓着听书人要把故事听下去的心理使用的手法。当然并不是每一章、每一节的末尾都要设下这种伏线。但在不破坏章节的谐调下这确是一种有效的方法。我们小的时候熟悉的拉洋片——这种来自遥远的江户时代戏剧的通俗文艺形式，其中就融汇了中国说评书的技巧。赵树理在《三里湾》中，娴熟地运用了这一手法。

第4点，以前的介绍中已经做了说明，兹不再赘。

第5点，语言问题。赵树理的作品，像《李有才板话》那种充分利用快板形式的手法就不用说了，在其他散文体的小说里，运用合辙押韵的语言是他作品的特征之一。朗读时，朗朗上口，比默读时更能体会到文章的隽美。遗憾的是，他的这种优美的语言，很难在口语中找到相应的词汇进行翻译。在《三里湾写作前后》这篇论文里，赵树理简练地谈到了语言问题。他说："我对运用语言方面的看法，一向不包括在写法中。我以为这只是个说话的习惯，而每一个国家或民族，在说话时候都有他们的特种习惯，但每一种特殊习惯中也有艺术的部分，也有不艺术的部分。写文艺作品应该要求语言艺术化，是在每一种不同语言的习惯下的共同要求，而我只是想在能达到这个共同要求的条件下又不违背中国劳动人民特有的习惯……"话是说得如此轻松；其实，在熟悉农民的语言方面，在避开农民不能接受的语词方面，在学习评书艺人的语言方面，赵树理进行了多层次的努力。

赵树理的作品，用不着润色，便是出色的大众语言的话本，而且高于大众语言。既不是那种难以理解的知识分子腔，也不是那种强调地方性、特殊性、范围不大的地方方言。

以上就赵树理的手法特性进行了分析，当然不是做到了十二分的详尽。盼望能够进一步对赵树理式的尝试，对他的成功与失败，将很多未尽的构思呈献出来。在此仅作小结。

第十一章
／赵树理文学的位置

以鲁迅的小说《狂人日记》(1918)为实质性起点的中国现代文学，从五四文化运动到二十年代，文学社团成立、专业文学刊物出版、出版资本形成、出现了幼小的青年读者群等等，缓慢地积累了现代文学成立的诸种要素。在输入欧、美、日各国文学的主张、形式的同时，从二十年代后期至三十年代，迅速地提倡起无产阶级文学来（普罗文学）。这个稚弱的文坛能不能蓬勃发展，是对仍然处在被封闭的状态之中的中国文学的历史考验。她还没来得及接受考验，便遭到列强、特别是日本帝国主义入侵的摧残。民族危机当前，中国庶民奋起抗战，绝大多数的知识人、文学人本着民族良知，反映了这种精神。30年代至40年代，文学的主潮便是立足于这种精神之上。的确也有向侵略者献媚的文学，也有试着脱离政治在温室中培育文学的花朵，更有黄色的、灰色的、颓废的文化在部分都市青年层中点起了刹那间的火花，但是基调没有动摇。由于形成了以农村为革命中心的根据地、解放区，众多的青年、众多的知识分子基于爱国热情移向了这崭新的天地，进入解放区。其实，在熟悉解放区的思想、生活上也并不是容易之举，促使中国新生的运动力量也并非只有解放区才有。

年幼的文坛，由于作家和读者的分散崩坏了。都市中残留的文学人，依托着民族的良知，和同一时空存在的御用文学和解放区出芽长叶的新生文学，在各自的地域中，生长着自己的果实。

敌占区、蒋介石国民党统治区、共产党八路军统治区，这文学上三分的局面1949年得到了统一。刚刚诞生的中国现代文学，在抗日战争的十五年间遭受了巨大的摧残。对我们日本文学，作为侵略的一方，文学层面也说不上有什么好景可言，当然，比起中国一方的损失，我们的损失没有那么大。应该说，在文学达到的高度上，在文坛的成熟度上，中国比我们晚了一步。

解放区文学，紧紧围绕着抗战、打倒地主两大主题；解放区文学的方向，毛泽东《在延安文艺座谈会上的讲话》做了总的概括。由艾青、何其芳、柯仲平、欧阳山、草明、周而复、周立波、林默涵等几十人参加的座谈会，共开了三次，5月2日第一次，5月23日闭会，讨论内容不得其详。我们的老赵未能参加。5月2日第一次会上，毛泽东、周恩来都参加了。从"文艺讲话"的内容看，作家为谁创作、如何创作都做了决定。因此，与其说是文学理论不如说是文艺政策，这从当时的历史条件，解放区（农村）的状况审视，无疑是妥当合适的。《讲话》的方向与赵树理方向的一致性乃是历史的必然。

1949年以来，在全国统一的情势之下，原来文学中的三个分支展开了统一的活动。经过了《红楼梦》争论、批判胡风、典型论的争论、现实主义的争论、批判丁玲、形象思维争论、中间人物争论等等与政治上开展的"三反""五反"运动、百花齐放百家争鸣、"反右"斗争等相呼应，进行了相应的活动。概括来说，"五四"以来，文坛在生长过程中遗留的未解决的各种问题，解放区探索过的各种问题，全国统一以来出现的新问题，三者交织在一起，呈现的是冲突、调整、发展的复杂态势。这是中国现代文学走向成熟过程的阵痛，这些还不能说已经获得了成功的各种论争，被1965、1966年突起的"文化大革命"一律定为反革命的历史逆流，而推迟了解决的时空。

那么，在这样的概论之下，该怎样为赵树理的文学定位呢？

当然，曾在文学史中有着辉煌记载的"人民作家"、"赵树理方向"，是不能再给予赵树理了。不过，他那独特的文学观、独特的创作方向、独特的艺术手法的探索，是不是该在文学史中定位；或者，从 1940 年到时下，他在中国文艺界只能是主流之外的一种存在吗？作为政策曾有过"赵树理方向"一说，他文学的内核，还没见到有继承者吧！在延安鲁迅艺术学院学习的当时年轻的文学人，康濯、孙犁等人，他们作品呈现的情趣，也和赵树理的世界相异。

赵有他自己独特的文学境界，驱使赵向这个境界迈进的动力是什么？可以这样说：为什么赵要选择这样一条距离文坛成功十分遥远的创作之路呢？

第一，赵对文学现代化过程中的"文坛循环"现象有恐惧感。从某种意义来说，赵对都市中文学运动的状况有种不祥的宿命感。文坛文学常向自我封闭倾斜，这种都市的自我欣赏，会发出忽视农民的危险。赵那种重视中国实情、重视大多数农民的感情，他无法容忍对农民的忽视。当然，赵树理的这恐惧，不是要在文学史上检查，也不是从文学论出发，是他长期与农民接触，从接触上产生的一种血肉相连之感。完全不是一律否定都市的反现代主义。这是他要为农民秉笔而书的矢志，由这坚贞的矢志产生了他的创作手法。

第二，这个作为农民作家的灼见，他不仅仅是自己身体力行，还以地摊文人、副业作家为荣，这与"下放""下乡"那种非义务的意愿完全不同，他是把这种意识作为作家的基准，是一种溶于血肉的执着，远远超出了一般命题的生活源泉论。

解放后的文学活动中，特别强调过作家的"下放"，很多作家深入农村了。这种半义务式的创作结果是塑造了一些走马观花得来的农民英雄形象。赵树理并没有以批评家的身份评说过这一事实，而是根据自己创作实践得出体会，对此进行了质疑。在他准备对青年文学者的发言稿的字里行间可以窥见一二：不要走马观花，要下马，要屈尊，要从农民石头一样难开的唇隙间读出他们的意向。不是这样，就难以洞悉跃进的农村，洞悉在农村的跃进，实现中国农民的喜悦与苦恼，捕捉不到跃进的光与影，也必然成不了农民的代言人。中间人物的登场是缘于事物发展的必然。赵写过英雄人物，他是在把握农村实情的基准上塑造的，这在他的总体创作中如此，在个别作品中也是如此，中间人物同样基于事物的实体。我们日本人看见这种描绘时，常有种善恶分明的纸人戏剧的感觉。问题是：赵的读者对象不是日本人。

赵树理方向与毛泽东讲话的一致是历史的必然，文艺讲话在当时的时空中是有效的，这毋庸再述。那么，现在呢？现在还有效没有呢？如果讲话无效，赵树理也应该是位"过渡期"的作家了。说起来，《讲话》浓浓的文艺政策性格昭示的是方向，它完全没有涉及创作方法中的各项问题。新中国成立了，一致抗战了，内战胜利了，已经从以政治口号为大规模宣传中心向描绘丰富的人间生活前进的状况之下，讲话的前提精神仍在昭示，但已不可能作为解决创作中诸种问题的金科玉律了。它该是文艺理论中的古典，作为文艺政策并可能永恒，应该是在相当的历史背景中的一种理解与接受，已有的各种论争都是对《讲话》的补充。胜利了的农民，他的后继世代，掌握了知识的青年，在社会主义建设中培育的新人、新的劳动者，他们要求多样的文学。

赵树理解放以后的创作，仍然是在血肉相系领域中的一种探索，从发展的角度审视，赵的文学营构可以说是一种带有过渡期意向的创作。以农民为对象的文学，究竟如何具体发展，必须深入研究。

农民在社会主义建设中生活、变化，不管怎么说，10 亿人口、8 亿农民的沉重负载，我们日本人简直难以想象。根据中国政府 1979 年 5 月发布的公报，高级中学的毕业生约 700 万，大学在校生约 85 万，人口由 1958 年的 6 亿 4 千 7 百万猛增到 9 亿，虽然赵树理说过的 500 万知识分子已增加到了近 800 万，按人口比例这个数字还是很低的，当然，教育的普及并不能完全由数字阐明。作为提高农民文化水平的经济建设，特别是农业生产的滞后是个重大原因。根据《人民日报》的报道：由于人口的增加，人均占有的土地面积已经比 1950 年减少了二分之一，人均生产粮食约 1 千公斤，仍是 1955 年的水平。四个现代化中最重点的农业，以拖拉机占有为例，一公顷在西德是 5.4 马力，在日本是 5.3 马力，而中国只有 0.19 马力，计划到 1980 年可以提高到 0.4 马力。完全依靠数字来说明问题会有偏差，但从人口与产量计算，中国农村的现实并非一片桃色，赵作品中反映的残存的阴影并不失真，他仍然以地摊文人为本职吧。

打倒"四人帮"以后的三年中，很多作品面世。被称为伤痕文学的短篇小说，喷进了对"四人帮"所加迫害的愤怒，收到了一定的效果。但"文革"对农村的破坏未见佳作，能说"文革"强加的残害只是停留在都市人和知识分子头上吗？"文革"对生产的破坏非同一般，不应该没以此为主题的创作，说不定现在还存有急需控诉的事件，这正需要赵树理那独特的视角。

从 70 年代到 80 年代，伴随着要求反映新情势的文学作品问世，为八亿农民的文学同样要求新的发展，超越赵树理达到的高度，我们期待着第二、第三的赵树理诞生。

最后，让我借用诗人张志民谱写的对赵树理的挽歌表达我悼念老赵的一片哀思。张志民写道："我人黑，心不黑！"这六个字，是赵树理铿锵的生命旋律，可以这样诠解：我退让一百步承认你们所说的"黑"，可我对祖国、对群众一片丹心，绝没有人戳我的脊梁骨。

我人黑——

心不黑！

六个字

我已经沉吟过

千遍、万遍

老赵啊！

你不愧是铁笔、圣手

——语言的大师！

只用六个字

就写完你的遗作，

你最后的

——宣言！

六个字

是那么通俗！

八岁的娃娃

——会写

七十岁的奶奶

——会念

不失你的风格

没丢你的特点！

六个字

是那么深沉！

它凝聚着

你通身的血流，

全部的憎爱，

满腹的

——沉冤！

（中略）

安息吧，

我们的老赵！

你和多少战友们

都没有白白地死去！

不就是

你们的鲜血，

为我们争得了

四月五日的

——发言权！

后 记

我对中国的关注，不知不觉间就持续了 20 多年。1954 年 5 月，战后第一个访日的代表团，是以李德全女士为团长的中国红十字会代表团。他们抵达日本的时候，恰是我高中毕业，正在家里闲呆着。

近邻的一家药店老板，是个热衷于聆听中国的日本语广播的人，受了他的开导，作为一名维护秩序的人，在当时坐落在四子桥的文乐戏院门口，迎接了中国代表团一行。这是保留在我记忆深处的第一次与中国的接触。从那时起，我孜孜不倦地读了鲁迅、丁玲、老舍、巴金、郁达夫等人的作品，终于下定决心，就到大学里去学汉文。

1955 年 12 月 9 日，中国在大阪举办了商品博览会，在会场的书籍角中，我买到了英译的《太阳照在桑干河上》，不自量力的我，便把这本书作为英语教材读了起来。大学读汉语的过程中欣赏解放后文学作品的同时，我对中国的倾斜一步步加强。大学毕业了，拿不定主意是继续攻读学位好还是就业好时，恩师 K 先生对我说："不要往中国文学那个象牙塔里紧钻了！"就这样我打消了攻读学位的意愿，合理地利用了我对中国文学的热情，把在学校中筹编的研究杂志，和几个好朋友一道继续办了下来，持续了两年，刊出了 10 期。

由于长崎事件中断的日中民间贸易再开展的时候，我到贸易团作了名职员。过了一年，在 1962 年的五一劳动节，实现了访问中国的夙愿。

一个人从东京到香港再到广州。那一年，有 619 名日本人访问中国，且北上到了北京，是战后日本人去华最多的时期。拿着标有日本商人护照的我，没有得到与中国文化界交往的机会。随着日中经济交流的进展，我也忙忙碌碌地过了几年。

1966 年突然兴起的"文化大革命"，打碎了我心目中的中国偶像。我十分痛心地认识到：我对中国的理解还十分肤浅。在喷涌而来的再学习的欲望中，重回母校，进了大学院。那时我是已经成了家、却没有一分钱收入的三十有四之年。

和中国打交道的工作体验，十年埋头的研究几乎是一片空白，不过，从另一种意义说：这些更是我再理解中国的好伴侣。

研究者们也脱不出"阶级斗争"的纷杂，出现了亲中国、反中国的态势，在不支持"文革"、不支持毛泽东就难以实现访问中国或到中国留学的状况下，我把自己对中国的疑点作了仔细检查，结果是对"文革"的疑点增大且无法消解。可以说，那真是一场并不赏心的研究。其间，赵树理文章那泥土的庶民气息对我产生了魅力，又得到了玉川大学出版部要我写写赵树理的邀请。我喜出望外，执笔期间，先是传说赵树理生死不明，继之是横遭惨死，继之是恢复名誉。我曾一度产生的见见赵树理的愿望完全无法实现了。这本书，权作为向赵树理奉献的哀悼之情吧！

釜屋修

1979 年 8 月 28 日

附录

伊藤永之介与赵树理
——两个农民作家

[日] 釜屋修
1988 年 3 月

伊藤永之介，1903 年 11 月 21 日生于日本国秋田县秋田市，原名荣之助，是经营食品买卖失败后转而经营书画古董的小商店伊藤家的第五个男儿。

赵树理，1906 年生于中国山西省沁水县的一个穷村——尉迟村，是没落中农赵家的第二个男儿。原名赵树礼，24 岁时自己将礼字改为理。他自述改名的本意是：以树封建道德之礼进而树马克思主义之理。

伊藤，1959 年 7 月，在东京自宅死于脑溢血，享年 55 岁。

赵树理，1970 年 9 月，受红卫兵迫害，死于太原，终年 64 岁。

这两位作家，在各自的国家，都享有很高的知名度。伊藤被誉为农民作家的代表，赵树理则被誉为人民艺术家。

在两位作家同时生活过的五十多年的岁月里，由于日本帝国对中国的侵略，两国农村都陷在苛酷的生存条件之中。赵树理作为农民作家的起步，是源于从事地方文化工作的方便，而伊藤则是抛弃了从事文艺评论的笔转而致力于农民文学。两位毕生以农民的视角进行创作的作家，并不是想借这个独具的视角在文坛上显露头角进而叱咤风云；他们创作的原动力相同，那就是对农村对农民的深沉的爱。从他们的自喻中，可以很清楚地窥见这个底蕴。伊藤说自己是山野中的榉（榉是一种常见的并不名贵的树），赵树理则说自己是山药蛋派。

伊藤原是日本银行秋田支行的见习生，16 岁时向《日本少年》杂志投稿得奖，从而引发了对文学创作的向往与追求。他从本国作家芥川龙之介、菊池宽等著作中汲取营养，进而涉猎契诃夫、托尔斯泰、左拉等大作家的作品丰富文学知识。由同乡前辈金子洋文资助，辞去了银行职务，到东京参加了左翼刊物《播种者》同人会，同时在《大和新闻》做校对，前进的目标直指作家。

伊藤最初的创作是为文艺战线书写文艺批评。他的文章得到了大作家川端康成的好评，并为川端主持的《文艺时代》写评论稿。但不久，伊藤就对文艺批评失掉了兴趣，他有这样的几句自述："二十三四岁的我，顺应着这样那样的风向写起了文艺评论。其实，思想浅薄的我，对此只是勉力而为，因为我还没体味到真正的人生，我没有消化世事的余暇，我就像锁闭在空壳之中……"

如此这般，伊藤在直驶作家的通路上，暂时搁步了。

在伊藤顺应着这样那样风尚起笔之时，赵树理在任教几个小学之后，进入长治师范学校就读。他读了普列汉诺夫的《共产主义 ABC》[①]等典籍，涉猎了西欧文学，涉猎了中国已经兴起的无产阶级文学，接受了新潮思想。因闹学潮被长治师范开除，继之被军阀阎锡山以共产党嫌疑犯的事由投进监狱。在山西省的自新院，写下了欧化体的小说《悔》和散文《白马的故事》，这可以说是赵树理成为作家的初萌之作。当他因为证据不足被释放回乡时，在潞安县与友人相聚，有这样的诗

①《共产主义 ABC》的作者应为布哈林和普列奥布拉任斯基

句吟咏当时的心境："萍草一样的漂泊，或许是我们的前程。此间一度的欢聚，不知何日再会，朋友们啊！我们的归宿让我们分头找去！"

正像诗句中的表白：为了生存，赵树理作过衙门中的小书记员，糊过信封，帮教员们修改过作文等零星工作，确实像颗萍草。这之间，上海无产阶级文学的兴起及语言大众化的倡导给了赵树理极大的冲击，可以说，这强烈地影响了他日后的文学创作。生活、精神双重混乱的困窘时刻，盘踞在头脑中的父亲那种笃信道教的虔诚所形成的行善主义，和新接受的马克思理论的泛爱思想不停撞击，使他惶惑，且一度丧失了生活下去的勇气，曾想投水自溺。正是这种生存中的苦涩挣扎奠定了赵树理独特的文学创作之路。1933 年未曾完成的长篇《盘龙峪》，可以说是赵树理作品的"祖型"。1937 年参加山西省的牺牲救国同盟会，正式从事抗日救亡工作。在宋之的主持的演员养成所学习过，作过教员，生活趋于稳定之后，一向对地方戏的癖好复苏了，精神也充实了。

伊藤永之介作为作家的实质性起点，应该说是在他参加《文艺战线》之时。从 1928 年到 1931 年，伊藤撰写了各种主题的作品，有他自称为"矿山之物"的描写矿山生活的作品，有描写金融界的作品，也有描写满洲、台湾、朝鲜等殖民地生活的作品。

1931 年日本东北地区遭受了严重的天灾，那也正是日本帝国侵略中国的年份。伊藤为故乡的天灾忧心如焚。同时，日本文艺界也处在动荡之中，各种流派纵横捭阖，伊藤虽未处在漩涡的中心，由于《文艺战线》的停刊与组织的解体，伊藤放弃了对社会题材的追求，转而致力于身边琐事。如 1937 年写就的《冬》《离合》《路上》等等，这是伊藤的消沉，也是伊藤为他独特的文学形式"故事体"进行实践的时期。

1937 年起，伊藤致全力于农民文学，发表了他作为农民文学家的奠基作品——鸟类系列。鸟类系列包括《枭》《鸦》《莺》《鸥》《雁》《鹅》等篇。其中的《莺》获得了新潮文艺奖，并被拍成电影。继鸟类系列之后，伊藤又写就了包括马、鲋、牛、鳟、熊篇等动物系列，这一切所反映的都是农村、农民。

当有人问及伊藤，为什么要把作品的题目冠以鸟类之名？伊藤是这样回答的：《枭》篇中的主人公阿峰，是个卖私酿浊酒的汉子，当地人蔑称他为枭，他到处行商卖酒，特别是在黎明前的黯夜更是频繁出动，这和我要表现的整个环境的阴惨相吻合。第二篇《鸦》是《枭》篇顺理成章的续篇，在私卖浊酒的农家，聚集着鸦，鸦就是卖身的私娼。《枭》篇《鸦》篇暴露了农村隐蔽的一面。又有人问了：鸟类系列的各篇之间，是否互有关连？伊藤回答：鸟类系列，不止是共同以鸟命名；从意义上来说，这些作品是血肉相连，可以视为一部长篇。

从 1936 年起，直至日本战败，伊藤以对故乡的深沉眷恋，独立支撑着农民文学的大业。

赵树理 1937 年参加抗日战线，从事对群众的文化宣传工作。曾作过黄河日报的副刊《山地》、人民报副刊《大家看》的编辑，写了一些为宣传工作必需的文章，也写过地方戏台本和章回小说，可惜这些文章几乎全部散失。赵在与广大农民接触当中，确立了文艺大众化的思想。1942 年延安文艺座谈会之后，用传统的地方戏手法写就了以抗日为主题的剧本《万象楼》，在太行山抗日根据地上演获得好评。作家自己对这个剧本一直十分重视，曾说过他的艺术生命就是从这个剧本开始的。

之后，被彭德怀元帅誉为"通俗文学的范本"《小二黑结婚》问世，获得农民青睐，被改编为各种地方戏上演。农民们不惜跨山过村，争看小二黑。在纸张匮乏的解放区，一印再印，轰动一时。作家自己说：农民是文盲，但绝不是戏盲，他要以"戏"为人民服务。赵树理被誉为人民作家，还提出了向赵树理学习的口号。抗日胜利的1945年冬天，耐着太行山区的严寒，赵树理写下了《李家庄的变迁》这一名作，奠定了他作为人民艺术家的声望。

从1936年、1937年到日帝战败，这两位以农民为怀的作家应历史的悸动而诞生。经历过日本军政府严酷的思想镇压的伊藤，战后一直困守着农民文学这座孤垒。他认为：农村中农民的感觉，同样是一种时代之感。时代感并非都会专有。农民虽然缺少都会人的过敏与奔放，但他们自有深深激动自己的时代感情。1946年，伊藤发表了《春水》《雪日记》《雪代的一家》《恋眷的山河》等，显示了旺盛的创作精力。1953年，和金子洋文等人组成了社会主义文学俱乐部，1954年组成农民文学学会并出任会长，被誉为战后的农民作家代表。

无论是赵树理，还是伊藤永之介，虽然在各自的国家里都被称为大作家；从他们本人来讲，却都没有丝毫雄居文坛的野心，他们只是本着热爱农民的心愿，愿为丰富并提高农民的文化素质而尽力；更有一点是两人完全相同——那就是对文坛偏向都市一方的抗议。赵树理在他的文坛循环论里是这样写的："眼下的新文艺只流传在少数知识分子当中，与广大人民群众无缘。人民大众接触的仍是封建的、神的甚至是猥亵的读物。文坛的少数人读了再模拟出现的新文学，仍流行在知识分子圈内。我无志跃登这样的文坛，我只是个摆地摊的，志向是夺下旧的文艺阵地。"他自称是山药蛋派。

伊藤说：农民文学就是以农民的立场、以农民为对象的文学……是农业恐慌背景下的人道主义文学……是通过地方特性、描述现实的具有普通意义的文学。本质精神与都会文学并无二致……这是偏执于都会文学的反命题，文学不应该只是反映都市小市民生活的东西……伊藤称自己是山野中的榉树。

既以农民为对象，作品的文学形式及语言表达自在考虑之中。赵树理的作品语言运用了评书、地方戏等各种形式，他确信，生动的语言乃是来自群众之中。他这样说道："有人认为大众的语言贫乏，其实大众的语言最为丰富。老舍先生就说过，你去听听街道上长舌妇的拌嘴吧！她们能吵上三个小时没有一句重样的话！"

为了吸引读者，赵树理倾注了全部精力。何处该简、何处该繁，无一不以农民的立场而加以取舍。描写农村的自然景观，绝不从"好奇"着眼而是和农民的生产活动纠葛在一起；不单单描写人们的外貌，除非是为了表达某种意境。如《小二黑结婚》中的半老女人三仙姑，描写了她的涂脂抹粉是为了嘲笑她，是为了丰富人物。《李家庄的变迁》中关于共产党员小常服装的介绍，是为了使他的农民读者接受这个来自自身经验之外的陌生人。当然，赵树理也颇有些饶舌之处，在《李家庄的变迁》中，关于高利贷借方贷方的结算办法，以及村中的仲裁形式，他都不厌其详地作了描绘。他所以执着于这种都市青年不屑一顾的琐细描述，目的是揭露旧农村中高利贷驴打滚利息的残酷及地主盘剥并吞土地的险恶。

伊藤在这方面又是如何呢？

农民文学，当然要描写作为农民生产与生活的自然环境，与其他生活领域的文学相比，农民文学中描写自然的部分应是重头戏。这重头戏该占多大的比重？对农民来说，自然并不是外在的景观，而是生产的对象。有一个很容易比喻的例子，那就是短歌中出现的自然。短歌中的自然是农业生产之外的纯自然。再看工人文学，工人的劳动所在完全在家庭之外。而农民就是从田里回家，也仍然要进行饲养牲畜、饲养家禽的生产劳动。对农民来说：劳动与家庭是纠葛在一起的。伊藤1947年发表的《雪代的一家》，以雪代为中心人物，描写了这一农家从战前到战后的生活经历，用一场割稻子的细节，绘声绘色地凸显了雪代、银藏、荣二从事劳动的不同韵律，用这个细节为的是展现雪代的内心活动，为雪代的情思构架背景。

赵树理的小说中，很多人不是以实名登场，也不是以相异的容貌展现，而是以绰号显示了人物的个性，从而打动农民，使读者心领神会。在《"锻炼锻炼"》中有两个被批判的女性——吃不饱和小腿疼。赵就是用这种形象的绰号，揭露吃不饱和小腿疼占集体便宜，逃避田间劳动的内心活动。

伊藤作品中绰号用得不多，但是《枭》篇中六兵卫这个贪婪的地主，却因为他一向不离嘴的一句口头禅："这是俺的，俺的"理所当然地成了他的绰号。这个连一小段草绳都要据为己有的家伙，哪怕看见一小截烧过了的蜡烛，也会眼睛发光，叨咕出："这是俺的，俺的"这句话来。因此，只要他一露面，连小孩子都会说"俺的"爷来了。

这种描写，是两位农民作家以农民的视角作为聚焦点，敏锐地挖掘了农民幽默的一面。

在农民文学中呈现的"农民性"这一点上，两位作家也有相近、相通的一面。对"农民性"，伊藤有十分清楚的论断。他认为：在农民的人间性中，"农民性"是不同于其他文学中呈现的人民性的。由农民性可以派生出重农主义、农民主义、农民自治派等观念。他说：我承认农民性是存在的，但我不认为他是固定的和发展的；勿宁说他正趋向消灭。这是因为：由自给自足经济孕育的农民，为自己生产生活的方便而习得的一些技艺，如编织器物、建造房屋等等，这可以说是农民性的一个方面，必将伴随着商品经济的侵入而消灭。随着农业机械化的发展，农民从繁重的体力劳动中解放出来，锄把变成拖拉机，草蓑衣换成防水服，农民性也必将随之而变化。农民和工人的区别，只不过是生产原料的人和以原料进行生产的人。换句话说，是沐浴阳光使用土地进行作物栽培的人和通过厂房玻璃沐浴阳光对原料进行加工生产的人。

赵树理则是这样说的：到了共产主义，体力劳动和脑力劳动的差别消失；人人都有文化。琴、棋、书、画成为普遍爱好……赵的展望虽不十分具体，他不认为农民的现状是永恒的则十分清楚，他在期待农民在知识领域中成长。小说《三里湾》开头部分，是画家画就的三里湾未来的蓝图，这蓝图充分展现了赵树理的未来观点。

为农民进行创作的两位作家，都确信农民必将成为有知识的劳动者。对农民的鉴赏能力、接受能力的评价，赵比伊藤深刻。这是因为两人置身的环境不同，两国农民的文化水平、文学鉴赏能力的发展状况也有所差异。赵的环境是文艺界，身后又有文艺必须为群众服务的政治保护伞，可以心安理得地贯彻自己为农民服务的志愿，可以考虑如何使用农民喜闻乐见的形式以期吸引着农民读者。

作为日本作家，伊藤十分珍视自己的职责，可以这样说，伊藤创作的宗旨是：把农村、农民的实情传达给国民的各个阶层。

这两位同是以生命倾注于农民文学的作家，完全不是为了国外读者而创作。在两人仅有的一次会面里，伊藤在《中国之行》的琐记里是这样写的：

在北京的一次宴会里，我和《李家庄的变迁》的作者赵树理邻座。穿着黑色中山装的赵树理，看上去也就是 40 岁左右，魁梧的身材，带着来自农村泥土的素朴。

我将餐桌上我的名签递给他，请他在背面签名，并请他写点什么。我以为他会飒飒地写上两笔；却意外地注意到他并没有动手。他拿着那张足有半张明信片大小的名签，看着、看着，似乎有些困惑。

我惊异地望着这位知名作家不似文人的相貌，他终于落笔了，写下了"有朋自远方来，不亦乐乎！"这个日中人民都熟悉的名句。

作为中国人，赵树理的汉字写得并不算好，人却给我留下了难以忘怀的好印象。

伊藤知道赵树理是《李家庄的变迁》的作者，赵树理知不知道《枭》的作者是伊藤呢？他读过伊藤的作品吗？眼下，还没有资料可以说明。当时，日本文坛对中国的农民文学有着诸多相异的看法，和伊藤所在的"文战派"持不同观点的也是农民文学运动的头领之一的犬田卯，对赵树理的《李家庄的变迁》发表过这样的评论：赵树理的《李家庄的变迁》，仍然是篇政治宣传小说，只不过有一点与丁玲女士的《太阳照在桑干河上》不同，那就是没有那么直接、露骨……作品中的人物行动多少具有些乡土味，这还可取。

犬田的评价是否得当，暂且不论。犬田的论点并不代表日本农民作家的集体认知，这也是事实。对日本农民文学家来说，在长期和权力及地主集团的鏖战中、在目睹"圣战"中农民被迫做出的种种牺牲之中，在农民运动经历了各种挫折的历史中……在这诸多的日本独特的历史进程的背景下，对中国革命进程中的土地改革激烈的情况产生了诸多不同的观点是可以理解的。这不但含有他们对地主那种贪得无厌的剥削的愤怒，更含有对因剥削而贫困不能形成集体战斗力的农民的无奈。

两国的农民文学家各自因不同的历史环境生成了创作农民文学时的差别，但这完全掩泯不了他们在对待农民文学中那种一往情深的心态。伊藤与赵树理的笔是深深楔入农村内幕，楔入农民心灵的战斗的笔。两国农民都怀着最好的祝愿纪念着这两位杰出的农民代言人。

伊藤永之介的纪念碑，树立在秋田市高清水公园，碑词选自他的名句："美丽的山，贫困的人。"

赵树理的墓碑，几经周折，1987年4月，在他弃世后的17年，才建立在他故乡的土地之上。遗憾的是，碑词没有选他为自己所状述的行径："生于《万象楼》、死于《十里店》。"写《万象楼》是他第一部赢得群众赞誉的新作，而最后写的这部《十里店》却成了批评他的靶子。

鸣谢

在搜寻梅娘佚著、佚文的过程中，得到了许多先生、同行、文史爱好者的帮助。他们是杉野要吉、大久保明男、蒋蕾、杨铸、杉野元子、羽田朝子、Norman Smith、孙屏、刘奉文、刘慧娟、陈霞、庄培蓉、张曦灏等。如本文集的书信卷所示，众多梅娘信件的持有者，提供了梅娘手书的复印件。

还有不少亲友为《梅娘文集》提供了梅娘不同时期的照片，入选照片、图片均由柳青编排。梅娘的好友、东北沦陷区作家、书法家李正中先生（1921-2020），生前热情为《梅娘文集》题签。终校得到了刘晓丽教授的友情助力。

在书稿即将付梓之际，谨在这里向所有无私指教、大力协助过的人士，表达诚挚的谢意！

梅娘全集编委会

2023 年 4 月 9 日